EDITION MODERNE KOREANISCHE AUTOREN

Edition moderne koreanische Autoren
Herausgegeben von Chong Heyong und Günther Butkus

YANG Guija

Die Leute von Wonmidong

Übersetzt von CHUN Yonguhn
CHANG Chiyeon und Andreas Heinrich

Mit einem Nachwort
von CHUN Yonguhn

PENDRAGON

Die koreanische Originalausgabe erschien
unter dem Titel „Wonmidong Saramdl“
bei Munhak kwa Jisong sa, Seoul 1987

Die Veröffentlichung wurde von dem
koreanischen Kultusministerium gefördert.

Deutsche Erstausgabe
Veröffentlicht im Pendragon Verlag
Günther Butkus, Bielefeld 2000

Lektorat: Andrea Schiffer, Jörg Reiche
Umschlag: Michael Baltus unter Verwendung
eines Fotos von Jean Marc Leenders
Satz: Pendragon Verlag auf Macintosh
Gesetzt aus der Adobe Garamond
ISBN 3-929096-75-7
Printed in Germany

Inhalt

Vorwort der Autorin	7
Der ferne und schöne Ort	9
Bei Regen muß man nach Garibongdong fahren	32
Das glühende Feuerscheit	63
Das letzte Stück Land	88
Der Dichter aus Wonmidong	114
Eine wandernde Ratte	135
Der Goldfink	159
Die Frau vom Teehaus	181
Tägliches Brot	213
Kellerbewohner	235
Der Gipfel Hankairyung	262
Anhang	290
Nachwort der Übersetzer	294

Vorwort der Autorin

Mir klopfte das Herz, als ich damals einfach so blindlings in diesen mir ganz fremden Ort Wonmidong kam. Der Umzugstermin rückte vor, eines Tages fuhr ich mit der U-Bahn nach Inchon, guckte hier und da und fand Wonmidong für unsere Verhältnisse passend. Obwohl der Ort selbst mir so nichtssagend erschien, klang sein Name doch so romantisch, daß ich es als Trost empfand.

Sechs oder sieben Jahre lang im selben Ort zu leben, bedeutet, daß man weiß, wie die Kinder in der Nachbarschaft heißen, wovon die Nachbarn leben und daß man Mutmaßungen darüber anstellen kann, was sie sich vom Leben erhoffen. Sie kommen aus den Provinzen Chunlado, Chungchungdo, Kangwondo, eigentlich aus allen Provinzen. Sie liefern Kohlen, arbeiten als Aushilfe oder in einer Fabrik. Unter ihnen sind auch einige Angestellte. Die meisten Leuten leben von verschiedenen Handelsgeschäften. Ich bin in dieser Stadt, die das Phänomen der Migration in unserer koreanischen Gesellschaft exemplarisch zeigt, dem mühsamen Streben der Menschen begegnet; und gleiches Leid schaffte Freunde, was schließlich zum Entwurf dieses Romans führte.

Das Leben der Menschen aus Wonmidong erschien mir verzweifelt, und ich verfolgte nur dieses Dunkle. Und trotzdem ist es wahr, daß ich dabei unbewußt und heimlich hoffte, die noch nicht ganz ausgesprochenen Absichten könnten sich im Roman gegenseitig korrigieren, miteinander in Verbindung treten und zusammen ein unerwartetes Bild entstehen lassen. Denn das Leben muß nicht ausschließlich verzweifelt sein. Aber daß dieser Wunsch sich nur dann erfüllen würde, wenn die Leser ihn annähmen, vergaß ich auch nicht.

Wichtig war mir, mit diesem Roman zu zeigen, daß es ein Wonmidong überall in unserer Gesellschaft gibt. Wonmidong ist ein Ort, in den ständig Leute zu- und aus dem ebenso oft Leute fortziehen. Kaum ist man mit einem Nachbarn näher bekannt geworden, dann zieht er schon aus, und es kommt ein neuer Nachbar. Es ist eben ein Ort, an dem man das allgemeine Phänomen der Migration in der koreanischen Gesellschaft in konzentrierter Form beobachten kann. Das zu spüren ist nicht weiter schwer, aber das zu spüren und „mitzuerleben“ ist eine aufreibende Erfahrung.

März 1999
YANG Guija

Der ferne und schöne Ort

Es war wie damals beim Einzug; ein groschengroßes Seitenstück des Schrankes war abgebrochen. Weil er eine Seite des Schrankes festhielt und außer Atem war, konnte er den neuen Kratzer nicht genau sehen. Er vermutete nur, daß die elfenbeinartige Farbe des Kernholzes und die Splitter der Holzfasern noch deutlicher als die alten Kratzer sein würden. Solche Beschädigungen waren auf dem 10 Cha langen Schrank schon mehrere vorhanden. Es war nicht zu ändern. Im ersten Augenblick macht man sich Sorgen, aber mit der Zeit werden die Blessuren bloß als eine andere Spur der Zeit übrigbleiben.

Indem er stolperte und nach vorne fiel, vergaß er bald die Beschädigung. Der querliegende Schrank wurde gerade wie ein Sarg langsam durch die schmale Tür geschoben. Drehen Sie nach links, nach links, befahl der Möbelpacker mit heiserer Stimme, den Mund verzerrt. Da wich er mit ganzer Kraft ein bißchen nach links. Erst jetzt kam das Gesicht hinter der Tür zum Vorschein: es war angespannt, und die Sehnen traten deutlich hervor. Wegen der schiefen Haltung spürte er einen Krampf im rechten Handgelenk; noch hatte er viel Kraft beisammen, aber er hatte Angst, seine Hände könnten abgleiten.

Wieviel Kraft muß ich denn noch einsetzen, bis der Rest ohne Kratzer ganz durch die Tür gehen wird? Diesmal gebe ich alles, dachte er hoffnungslos und schloß die Augen. Es war, als ob gleich ein Hilfeschrei, schmerzlicher als ein Stöhnen, tief aus der Kehle hervorbrechen würde. Langsam, langsam! Nein, nein! Ziehen Sie nach hinten! Der Packer biß die Zähne zusammen. Nach hinten, nach links! Es ist nur eine Frage der Zeit, bis meine Handgelenke keine Kraft mehr haben, dachte er. Schon jetzt werden die Hände schlaff, fühlte er, und kalter Schweiß lief ihm den Rücken hinunter. Nicht mehr, es geht wirklich nicht mehr, dachte er, und während er seine dreckigen Handschuhe ansah, wollte er den Mund öffnen, um etwas zu sagen. Da wurde das Gewicht schlagartig geringer, denn der Mann, der den Schrank getragen hatte, hatte den unteren Teil des Schrankes auf den Fußboden der Diele abgestellt. Es war gelungen, ihn bis zur Diele hinauszutragen. Da schrie der Mann nach draußen. He, Fahrer Chang, komm her! Tragen wir den Schrank raus. Der Hausherr schafft es nicht.

Man sah, wie der Packer und der Fahrer sich Zigaretten in den Mund steckten und anzündeten, nachdem sie den Schrank weggetragen hatten. Es war ein Haus mit über dreißig steilen Steintreppenstufen. Es schien, als ob die Steintreppe unter der Last des Schrankes vor Erschöpfung stöhnen würde. Unter der Treppe war etwas Platz, wo ein Auto nur mit Mühe kehrtmachen konnte. Obwohl es mit dem Kleinkram immer so war, war es ihm unangenehm, seine schäbigen Haushaltsgegenstände so in aller Öffentlichkeit zu sehen. Er wandte sich von dem billigen Hausrat ab und suchte eine Zigarette in seiner Tasche. Wegen des kräfigen Windes war es sehr schwierig, sie anzuzünden. Es war erst ungefähr zwei bis drei Tage her, seit die richtige Kälte, die immer in der Ghimsang-Saison hereinbricht, begonnen hatte. Unter minus zehn Grad; sicher der kälteste Tag in diesem Jahr. Nach dem Wetterbericht von gestern Nacht sollte heute ja wirklich der kälteste Tag des Jahres sein.

Während seine alte Mutter ein leichtes Päckchen trug, schien sie den Kratzer gesehen zu haben, der jetzt das Kernholz bloßlegte. Tzz, Tzz. Das Geräusch ihres Schnalzens drang in den Garten, wo er stand. Das Geräusch war so aufdringlich, daß er die noch nicht halb aufgerauchte Zigarette mit dem Fuß ausdrückte. Seine Mutter war wohl wegen der dicken Kleider, die sie übereinander angezogenen hatte, und des Schals, den sie um den Kopf gewickelt hatte, noch langsamer bei der Arbeit. Das Schnalzen seiner Mutter klang irgendwie zum Erschaudern. Vielleicht kam das von dem kalten Wetter. Über seine klägliche Habe blies ein starker Wind, vielleicht war es dieser Wind, der ihn so schaudern machte.

Außer seiner Familie, dem Packer, und dem Fahrer gab es keine Hilfe, weil der Umzug so plötzlich gekommen war und dazu heute noch ein Wochentag war, dachte er. Selbst wenn er alles frühzeitiger hätte planen können und heute ein Wochenende wäre, würde er bestimmt niemanden um Hilfe gebeten haben. Denn er zog zu oft um. Es waren noch nicht ganz zwei Monate, und schon verließ er dieses Haus wieder.

„Schon wieder?“

Er hätte nicht den Umzug als Entschuldigungsgrund für seine Abwesenheit vorbringen sollen. Der Abteilungsleiter Cho fragte zurück, wobei er unbewußt die Stirn runzelte. Er fand keine Worte. Genau zwei Monate vorher hatte er das letzte Mal vor dem Tisch des Abteilungsleiters gestanden. Er hätte schon früher wissen müssen, daß er wie damals dieselben Worte aus dessen Mund zu hören bekäme. Schon wieder umziehen? Warum ziehen Sie so häufig um?

Solche Art Rückfragen waren seine Gewohnheit. Warum schaffen Sie es nicht? Haben Sie vergessen, daß Sie um 8 Uhr hier sein müssen? Wissen Sie nicht, was die Aufgabe einer Geschäftsabteilung ist? Was für ein Tag ist heute? Eine Antwort will nicht kommen. Selbst wenn ihm eine Antwort einfiele, würde die Rückfrage bestimmt lauten: Na ja, dann, warum machen Sie es jetzt?

Solche unbequemen Nachfragen zu verhindern, war unmöglich. Trotz solch dummer, törichter Nachfragen muß man halt schweigsam seinen Weg gehen. Es gab keine andere Möglichkeit. Man mußte selbst auf seinen Atem achten. Vielleicht gehörte auch sein Atem nicht ihm selbst. Wie bei allen anderen Leuten, gab es auch bei ihm eine starke Familienbande. Er arbeitet den ganzen Tag am Tisch in einem Büro, in dieser drückenden Atmosphäre, wo selbst die Luft zu schwer war. So befiel ihn danach immer eine Erschöpfung, so als ob er einen Kampf auf Leben und Tod bestanden hätte. Es lohnt sich kaum, darüber zu reden: Warum konnte man nicht einfach mit dem sechstagelangen Kämpfen aufhören? Jeder kann eben nur das haben, was er erkämpft hat.

Genau überlegt, war es doch ganz natürlich, daß der Abteilungsleiter Cho die Stirn gerunzelt hatte. Egal, wodurch man gezwungen wurde, so oft die Sachen für den Umzug zu packen, sollte man aber doch nicht jedesmal der Arbeit fernbleiben, meinte Park Chan-Sung, der neben ihm saß. Die Hausangelegenheiten einfach seiner Frau zu überlassen und es sich bequem zu machen, das sei sein Motto. Seiner Erfahrung nach genüge es, am Umzugstag die Adresse und die Lage des neuen Hauses zu kennen. Nach der Arbeit dann das Haus zu suchen, wo seine Familie auf ihn warte, das mache noch viel mehr Spaß.

„Wenn es nicht geht, dann macht man es eben zusammen am Sonntag“, sagte Park.

Für ihn selbst hingegen war es ganz unmöglich, am Sonntag umzuziehen: Der Ruhetag war eines der Dinge, bei denen er von seiner Mutter kein Einlenken erwarten durfte. Ihren Glauben, daß man den Tag des Herrn nur Gott widmen solle, durfte er nicht verletzen. Sie hatte schon lange ein Ehrenamt in der Kirche inne.

„Man kann ja doch nicht jemanden entlassen, der nur einen Tag wegen eines Umzugs gefehlt hat, oder? Aber wenn du schon am Tag des Herrn umziehst, wird Gott dich wegstoßen. Was schlimmer ist, weißt du selbst."

Nachdem der Packer die Zigarettenpause beendet hatte, begann er wieder, die schweren Sachen hinauszutragen. Es schienen nicht mehr viele übrig zu sein. Seine Frau packte mit seiner Tochter in der Küche die Küchengeräte zusammen. Sein Kind zappelte vor Ungeduld. Es klammerte sich an seine Mutter und rieb die Stirn an ihrem Rücken.

„Sieh mal Eun-He, sie will auf dem Rücken getragen werden."

Das Kind schien schläfrig zu sein, weil es wegen des Umzugs zu früh aufgewacht war. Die Nase seiner Frau war ganz rot. Sie band mit den Händen ihre zerzausten Haare zusammen und versuchte, das Kind zu trösten. Sie hatte die rechte Hand in die Hüfte gestützt, weil sie mit ihrem stark geschwollenen Bauch nichts machen konnte. Durch die tägliche Arbeit waren ihre Hände angeschwollen, und in der Kälte waren sie steif geworden. Der Packer, der mit den Winterschuhen durch das Haus ein- und ausgegangen war, trug den Reisbehälter hinaus, der vor der Küche stand. „Warum bist du so lästig? Mama ist sehr beschäftigt. Wenn du weiter so quengelst, kriegst du Haue." Das Kind quengelte weiter, und seine Frau tröstete es mit müder Stimme.

Aus dem Zimmer waren die Sachen schon weg. Das Zimmer war kahl, es lag nur noch der Müll herum. Seine Schritte hallten, als er in das Zimmer ging, und er sah eine Weile rings umher: verrostete Nägel auf den entblößten Wänden und schnörkeliges, krauses Gekritzel von Eun-He auf der Tapete. Die Tür zum Dachzimmer war ganz offen, und an der Stelle, wo der Schrank gestanden hatte, hatte sich ein langer Rand gebildet, der sich mit dem Staub wie Watte verfilzt hatte. Die durcheinanderliegenden Sachen nur grob zusammenzukehren, dann würden alle Zeichen der leichten Erholung, die er jeden Tag nach der Arbeit in diesem Zimmer gesucht hatte, endgültig getilgt sein. Das Zimmer anzusehen, in dem er sich jede Nacht nach der Arbeit hingelegt und, an die Wand angelehnt, die Zeitung gelesen hatte, befremdete ihn. Die vereinzelten Erinnerungen und Spuren, auf die er hier stieß, erschienen ihm seltsam.

Da war das Lineal am oberen Teil der Wand, eines Tages angebracht aus reiner Langeweile. Es war ein auf die Wand geklebtes Klebeband, auf dem genaue Zentimeter markiert waren. Damit hatte er die Größe von Eun-He messen wollen. Es war nicht abzusehen gewesen, ob er so lange in diesem

Zimmer leben würde, bis sie einen Meter groß sein würde, und deshalb hatte er das Lineal nur bis einen Meter sechs gezeichnet. Anfangs wollte das Kind alle fünf Minuten seine Größe messen und stellte sich vor dem Lineal auf. Er erinnerte sich an ihre ernste Miene und die gerade Haltung, ihre schmalen Schultern abgestützt. Das Kind schien nicht so schnell zu wachsen. Es war, als ob die Zeit stillstünde, denn die Markierung auf dem Lineal veränderte sich nie. Aber die Zeit verging bestimmt. Er sah noch einmal auf die kleine Skala. Die schmalen Schultern des Kindes hatten sich vor das Meßband geschoben. Dieser Streifen, der nur einen Riß hinterlassen würde, wenn man ihn entfernt, blieb nun als einziges auf der verlassenen Wand zurück.

Während er die Tür zum Dachzimmer zuschloß, stieß er auf eine andere Spur der Vergangenheit. Welcher Abend war das noch gewesen? Es war ein Tag gewesen, an dem er viel getrunken hatte und zu spät nach Hause kam. Es war noch nicht so lange her. Er konnte sich jetzt noch genau an das Trinkgelage erinnern. Es war die obligatorische Party der Älteren aus der Geschäftsabteilung. Wie Park Chan-Sung sagte, sollten sich die Alten über dreißig nicht entmutigen lassen, wenn so junge Leute zusammenkommen. Unter diesem Vorwand trank man alles, was Alkohol enthielt. Wie und mit welch glänzenden Methoden die jungen Leute klein zu halten waren und was genau darüber gesprochen wurde, daran konnte er sich nicht mehr erinnern. Wie dem auch sei, er kam weit nach Mitternacht nach Hause und warf sich gleich aufs Bett.

Aber weil er Durst hatte, wachte er mitten in der Nacht auf. Das Zimmer mit den zugezogenen Gardinen war ganz dunkel. Er wollte Wasser trinken und suchte im Dunkel tastend die Tür. Aber die Tür ging nicht auf. Er hatte schon vorher das Gefühl gehabt, daß irgend etwas mit der Türklinke nicht stimmte. Es war nicht der runde Knauf, den er mit seiner Hand festhielt, sondern eine schmale und lange Klinke, und die bog sich und brach schließlich ab. Er schlug kräftig mit der Faust gegen die Tür. Das dünne Furnier, das nur als Verzierung diente, brach ein. Durch das Geräusch schreckte seine Frau aus dem Schlaf auf. „Warum willst du die Tür zum Dachzimmer öffnen?“ Er betastete den Schaden an der Tür und die zerbrochene Klinke. Warum er mit dieser Tür zum Dachzimmer gekämpft hatte, war leicht zu erklären: Wo er das letzte Mal gewohnt hatte, befand sich an dieser Stelle die Zimmertür.

Er merkte erst dann immer richtig, daß er umgezogen war, wenn er aus alter, im vorigen Haus entstandener Gewohnheit einige Male in eine ähnliche Situation geriet. Weil Eun-He so oft zum Dachzimmer geklettert war, hatte er selbst die Klinke festgenagelt, damit die Tür verschlossen bleibt. Eine verschlossene Tür, die sich nicht öffnen läßt, sein Durst und seine brennende Ungeduld. Er stellte sich eine Gestalt vor, die mit der Faust gegen eine Tür schlägt, welche nicht aufgehen will und deren Klinke abgebrochen ist. Er drehte sich um. Das laute Weinen von Eun-He erschütterte heftig das ganze Haus. Wahrscheinlich war Eun-He von ihrer Mutter geschlagen worden.

„Warum läßt du das Kind so schreien. Eun-He, komm her. Weine nicht an einem so fröhlichen Tag. Heute ist es schrecklich kalt, nicht wahr? Aber trotzdem freue ich mich sehr. Ich bin sehr froh, daß wir jetzt in unser eigenes Haus ziehen, das wir selbst gekauft haben. Wie oft sind wir schon herumgewandert."

Die Großmutter stand vor der Tür und trug Eun-He auf dem Rücken. Das Kind versuchte ein neues Weinen zu unterdrücken, indem es seinen Mund spitzte. Das Gesicht war vor Kälte leichenblaß, der Rotz eines noch anhaltenden Schnupfens mischte sich mit den Tränen. Aber die Großmutter wiederholte immer wieder, wie glücklich sie sei. Dabei zog sie ihr Gesicht in Falten.

Gott Vater, ich danke Dir. Ich danke Dir, daß Du uns ein Haus gibst und uns gesund aus dem alten entläßt. Oh, Herr, Du hattest Abraham versprochen, seinen Nachkommen Wohlstand zu geben, und Du hast ihm ein gutes Land gegeben. Unsere Familie hatte bis jetzt viel zu leiden, weil wir kein Haus hatten. Aber jetzt läßt Du, unser Vater, uns in das versprochene Kanaan gehen. Wir danken Dir, Herr, der Du uns unser eigenes Haus gegeben hast. Behüte uns auch dort und laß uns so weiter leben und Deinen Willen achten.

Er erinnerte sich an das Morgengebet seiner Mutter. Sie sprach das Gebet flüssig, ohne jedes Stocken. Das war auch kein Wunder, denn sie war seit vierzig Jahren gläubig. Aber das Gebet von heute morgen war besonders flüssig. Ihr starker Dialekt war verschwunden, und sie betete kräftig und nachdrücklich fast zehn Minuten lang. Die Geschichte von Kanaan hatte sie schon mehr als zweimal erwähnt. Nach Buchon in die eigene, Achtzehn-Peong-Wohnung umzuziehen, war für sie wie eine Reise nach Kanaan. Es waren vier Jahre seit der Hochzeit, aber für seine Mutter war es nach dem Tod des Vaters das erste Mal, daß sie eine eigene Wohnung besaß. Für sie war es wirklich seit zwanzig Jahren die erste, eigene Wohnung.

„Was wollt ihr? Wollt ihr mit dem Taxi vorfahren?“ fragte seine Mutter, die sich Sorgen machte, weil es im Lastwagen nur zwei freie Plätze gab.

„Es wird sehr viel kosten, von hier nach Buchon mit dem Taxi zu fahren. Wir können doch hinten auf der Ladefläche mitfahren. So können wir den Weg zeigen...“

Seine Frau wollte offenkundig nicht mit dem Taxi fahren. Sie hatte alles, was sie hatte, für dic Wohnung ausgegeben. „Nimm doch eine Decke. Wenn wir uns in die Decke einwickeln, wird es nicht so kalt sein.“ Sie ging mit schwankenden Schritten wieder in die Küche zurück.

„Geht das denn?... Du bist ja nicht allein, du bist schwanger. Ich sollte lieber hinten Platz nehmen, das geht ja vielleicht.“

Es war unmöglich, seine Mutter nach hinten zu schicken. Und man kann ja auch nicht vom Packer verlangen, nach hinten zu gehen. Wenn man einen Menschen, der körperlich arbeitet, ungerecht behandelt, wird er unkontrolliert und hektisch. Der Weg war auch nicht kurz. Es wurde ihm noch einmal bewußt, daß er nun nicht mehr Bewohner dieser „Außergewöhnlichen Stadt Seoul“ war. Er wußte nicht einmal, wie lange die Fahrt dauern sollte, es sei denn, er würde mit der U-Bahn fahren. Umzug von Miari nach Whakogdong, wieder von Whakogdong nach Ssangmundong; so eine Art Umzug innerhalb Seoul war eine Sache, aber der heutige Umzug nach Kyonggido war etwas anderes. Das Ziel dieses Umzugs, der die Grenze der Provinz überquerte, war ihm einfach fremd.

Nur seine eigene Wohnung war dort, ansonsten war dieser Ort ganz fremd. So schien es ihm besser, sich zu beeilen. Flüchtig sammelte er mit beiden Händen den Müll zusammen. In diesem Moment stieß sein Fuß gegen etwas sehr Hartes. Da sprang etwas aus dem Müll heraus, schlug gegen die Wand am anderen Ende des Zimmers und fiel mit lautem Geräusch zu Boden. Der rote Rücken und die vier zappelenden Füße wirkten abstoßend. Er hob es vorsichtig auf. Es war ein Seelöwe, ein Plastikseelöwe, den er im letzten Sommer nach der Arbeit vor dem U-Bahn-Eingang beim Straßenhändler für ein paar Groschen erstanden hatte. Wenn man die Triebfeder am Bauch aufzog, schwamm er mit paddelnden Beinen. Sein roter Rücken war verblichen und mit häßlichen Flecken übersät, weil er den ganzen Sommer lang unnötig viel geschwommen war.

Wahrscheinlich hatte seine Frau den Seelöwen weggeworfen. Weil er nun gegen die Wand geprallt war, klapperte die Verbindungsstelle zwischen Bauch und Rücken lose hin und her. Aber ansonsten funktionierte der Seelöwe ganz normal. Man konnte ihn einfach wegwerfen oder auch mitnehmen, also steckte er ihn in seine Jackentasche. Es wird nicht so schlimm sein, die Dinge, die man jederzeit wegwerfen kann, noch länger zu behalten, dachte er.

Seine Mutter trug Eun-He auf dem Rücken und stand draußen. Sie vergaß nicht, jedesmal wenn der Fahrer die Gegenstände verstaute, ihn zu ermahnen, daß er damit vorsichtig umgehen solle, weil sie so zerbrechlich seien. Eun-He kauerte sich wegen des Windes, der heftig von der Anhöhe herunterwehte, auf dem Rücken der Großmutter zusammen. Möglich, daß es schneien würde. Der Packer stellte das übrige Geschirr in eine breite Wanne und faßte sie mit festem Griff. Während der Kerl die Wanne wegtrug, schrie er ihm, der auf der Diele hermlungerte, laut und ohne sich umzudrehen zu: „Es ist das letzte Stück. Laß uns abfahren, bevor wir vor Kälte sterben.“ Auch seine Frau, die an der Tür angelehnt verschnaufte, murmelte: „Wirklich. Ich fürchte, man könnte erfrieren. Fahren wir schnell ab!“

Da kam er wieder zu sich. Er war immer wieder aus dem Zimmer auf die Diele und wieder von der Diele in den Garten hin- und hergelaufen. Endlich, jetzt fuhr er weg, um in die eigene Wohnung einzuziehen. Wie seine Mutter sagte, zog er um wie Abraham nach Kanaan, wo es Milch und Honig gab. Trotzdem war er unschlüssig und verwirrt. Aber warum? Obwohl er wie Abraham war, war er sich doch im unklaren darüber und unsicher, ob er seine kurz vor der Entbindung stehende Frau und seine beinahe siebzigjährige Mutter und schließlich die quengelnde kleine Tochter ohne Probleme und sicher nach Buchon bringen könne.

Die Männer begannen hastig und lieblos, die Packen mit Tauen zu verschnüren. So wie seine Frau es sagte, wurde der Platz vorne auf der Ladefläche hinter dem Glasschutz des Fahrersitzes für sie und ihn geräumt. Wenn Sie da sitzen, kann man doch nicht laden! Der Fahrer war ärgerlich. Aber schließlich wurde es doch so geregelt, wie seine Frau es angeordnet hatte. Das ist doch verboten! Der Fahrer war schließlich doch etwas nachgiebiger als der Packer. Dieser zeigte seinen Ärger, indem er seiner Frau, die nun zwischen die aufgeladenen Bündel kletterte, ungehaltene Blicke zuwarf. Es würde hier nicht so kalt sein wie hinten. Seine Frau begann, als ob sie gar nichts gehört hätte, in einer engen Lücke die Decke und die Kleidungsstücke auszubreiten. Das war eine gute Idee. Vorne würde das Glas, rechts und links die Schränke gegen den Wind schützen. Seine Mutter stieg vorne ein, nachdem sie das schlafende Kind mit ihrem Pullover ganz zugedeckt hatte.

„Sieh mal nach, ob wir etwas zurückgelassen haben. Wenn wir jetzt wegfahren, werden wir nie wieder zurückkommen. Also sieh noch einmal nach."

„Zieh, zieh! Noch kräftiger! Hast du alles festgezogen?" Der Hauch aus dem Mund der Männer war dicht wie Rauch. Er keuchte schwer, indem er die Treppe hinaufsprang. Er nahm nicht an, daß etwas zurückgeblieben war. Er tat es nur, weil seine Mutter es befohlen hatte. Er sah noch einmal im Haus und draußen nach. Hinten im Kohlenspeicher lag eine Zange für Preßkohle herum. Es gab nichts mehr mitzunehmen. Als er zurückging, sah er einen Zettel, der an der Tür des Hinterhauses eingeklemmt war. Dort wohnte ein Ehepaar, beide waren berufstätig. „Den Rost, den ich dir geliehen habe, nehme ich mit, Mutter von Eun-He." Die zierliche Handschrift seiner Frau war ihm sehr vertraut. Wenn seine Frau sogar ihre Sachen aus der Küche von Fremden mitgenommen hatte, konnte nichts anderes zurückgeblieben sein.

Anders als vorhin, als er ins Haus hineingelaufen war, ging er jetzt ganz langsam. Seine Frau hatte sich zwischen den durcheinander gestapelten Bündeln zusammengekauert und winkte, damit er schneller käme. Der Packer und der Fahrer, die einen langen Weg vor sich hatten, verrichteten, abgewandt stehend, noch schnell ihr Bedürfnis. Jetzt brauchte man nur noch loszufahren. Als er die letzte Treppenstufe erreicht hatte, blickte er zurück. Die Haustür, deren wassermelonengrüne Farbe sich zu entfärben begann, schlug im Wind. Von heute morgen bis jetzt zur Abfahrt sahen sie niemanden aus der Nachbarschaft. Er sah mit einem flüchtigen Blick hinüber zu den Häusern im europäischen Stil, die auf großen Grundstücken errichtet waren. Endlich sprang er auf die Ladefläche des Lastwagens.

Anders als er gedacht hatte, war der Platz ganz behaglich. Während der

Wagen abwärts fuhr, mußte man sich Mühe geben, nicht nach vorne zu fallen. So stemmten sie sich mit den Händen gegen den Boden. Aber danach genügte es, nur den Schwingungen des Wagens standzuhalten. Er wollte das Gesicht seiner Frau, das in der Kälte eine Gänsehaut bekommen hatte, mit einem dicken Mantel bis über den Kopf bedecken. „Noch nicht, das ist unbequem.“ Seine Frau zog den Mantel wieder runter und bedeckte damit seine Knie. Wenn man nicht so genau hinsah, konnte man sie wohl für eines der Bündel halten. Aber auch wenn man genau hinschaute, waren sie nichts anderes als ein Bündel namens Mensch.

Während der Lastwagen durch die Innenstadt fuhr, saßen die beiden schweigend da, wobei sie sich in die Decken kauerten, die sie über die Schultern hochgezogen hatten. Ab und zu warf es seine Frau hin und her, da es ihr mit dem dicken Bauch schwerfiel, sich hinzuhocken. Er schob ihr zur Stütze einige Kleidungsstücke in den Rücken und ließ sie sich an der Trennwand zum Fond anlehnen. Ab und zu drangen die Töne eines Schlagers aus dem Fahrerhaus heraus, so, als ob sie ganz weit weg wären.

An den häufigen roten Ampeln zogen alle beide einen Pullover über, damit die Leute, die in den nachfolgenden Autos saßen, die beiden nicht bemerkten, wenn der Wagen hielt. Seine Frau hatte sich lang gemacht und angelehnt, sie war ganz unter den Kleidungsstücken und der Decke verborgen. Er aber bedeckte mit dem Pullover seine Augen und saß ganz dicht am Schrank daneben. Der Wagen war immer wieder stehengeblieben, und seine Frau sagte kein Wort. Wenn sich ihr Körper nicht, verursacht durch das Rucken beim plötzlichen Stoppen oder unerwarteten Anfahren, bewegt hätte, wäre er nicht sicher gewesen, ob sie überhaupt noch lebte. Er drückte ein Bein an den Körper seiner Frau. Die wohltuende Wärme ihres Körpers übertrug sich auf ihn. Seine Frau wälzte sich wieder herum. Der Sack mit den Bettdecken, um die ein Seil geschlungen war, wackelte ständig, und von irgendwoher klapperte das Geschirr.

Es war ein Fehler gewesen, so unbedacht in das Haus einzuziehen, aus dem sie jetzt gezwungenermaßen ausgezogen sind. Er hatte gewußt, daß es zum Verkauf angeboten wurde, aber nicht damit gerechnet, daß es im eisig kalten Winter verkauft werden würde und seine Familie im Monat vor der Entbindung noch die Sachen packen müßte. Dem Wort des Maklers so fest zu vertrauen: noch ein Fehler! Er hat behauptet, daß seit drei Jahren niemand gekommmen war, um das Haus zu besichtigen. Das

Haus sei zwar zum Verkauf angeboten worden, aber es sei kein Objekt, mit dem man wirklich handeln konnte. Das zwischen den Luxushäusern eingeschobene Grunstück bot ein schreckliches Bild, auch war die Lage am Berghang ein Problem. Aber noch schlimmer war die Tatsache, daß es einem sinnlos erschien, irgendeine Reparatur in Angriff zu nehmen, weil das Haus so verwohnt und verwahrlost war. So war es : wegen seiner Lage und seines Äußeren war es sowieso ganz ausgeschlossen, daß das Haus irgendwann verkauft würde. Der Hausbesitzer selbst hatte schon längst die Hoffnung auf einen Verkauf aufgegeben und plante, es vielleicht im nächsten Jahr umzubauen und an seinen Sohn abzutreten. Das war die Erklärung des Maklers. Zwei Zimmer und eine Diele, ein ganzes Haus, das ausschließlich seiner Familie zur Verfügung stand und das für eine recht billige Miete, das hatte ihm gefallen. Und so hatte er beschlossen, trotz aller Zweifel den Mietvertrag zu unterschreiben. Weil der Winter näher rückte und die Frist bis zum Auszug aus der alten Wohnung fast abgelaufen war, hatte er keine Zeit zu verlieren.

Manchmal geschehen merkwürdige Dinge auf der Welt. Das Haus, das seit drei Jahren niemand besichtigt hatte, wurde ungefähr einen halben Monat nach dem Umzug verkauft. Der Handel kam durch die Vermittlung desselben Maklers zustande. Der Hausbesitzer, der das Haus seinem Sohn zu übertragen beabsichtigt hatte, unterschrieb den Vertrag zum Verkauf des Hauses, ohne auch nur vorher darüber zu informieren, und teilte mit, daß man die Zimmer räumen solle. Die Leute, die im Nebenhaus wohnten, konnten weiter dort bleiben, aber das Hauptgebäude, das seine Familie gerade neu bezogen hatte, sollte für den neuen Hausbesitzer frei sein. Wenn man erst im nächsten Jahr einziehe, werde das Unheil bringen, meinte der neue Hausbesitzer und so wollte er unbedingt noch in diesem Jahr einziehen. Die Sache stand für ihn und seine Frau, deren berechneter Entbindungstermin am Ende dieses Jahres war, äußerst schlecht. Da er gewußt hatte, daß das Haus zum Verkauf angeboten war, mußte er klein beigeben und konnte nicht weiter auf seiner Wohnung bestehen. Der Hausbesitzer hatte sich immerhin einverstanden erklärt, die Kosten für den Umzug zu übernehmen, und so mußte er zustimmen.

Er glaubte, erst jetzt ein neues Leben begonnen zu haben und konnte doch anfangs die neue Wirklichkeit nicht einfach akzeptieren. Bis er sich mit dem Bescheid abfand, der plötzlich ohne jegliche Ankündigung eingetroffen war, brachten allerlei phantastische Einwände, die eigentlich keine solchen waren, seinen Kopf durcheinander. Vorgestern erst habe man doch die Wohnung umgemeldet und sich an die Buslinie gewöhnt, und noch habe man nicht alle Sachen ausgepackt. Höchstens so etwas hätte er sagen können, aber ansonsten hatte er nichts vorzubringen. Weil es sowieso nicht anders ging, brachte er ziemlich bald seine verworrenen Gedanken wieder in Ordnung. Der klügste Weg war, so schnell wie möglich zu verzichten. Es gab wohl nichts Dümmeres als der verwegene Mut, gegen etwas Aussichtsloses zu kämpfen. Und so begann die Wohnungssuche von neuem.

Der Gang zum Maklergeschäft wurde fällig.

„Oh je, sieh mal. Der Han-Fluß wird bald zu Eis."

Sie rüttelte ihn. Sie hatte schon den Kopf vorgestreckt. Der Lastwagen war gerade dabei, über die Brücke zu fahren. Der Wind blies ihm vom Fluß her entgegen. Der Fluß begann, vom Rand her Stück um Stück zu gefrieren. Dort, wo das grüne Wasser das Eis berührte, breitete sich das dünne Eis wie Papier aus. Sind das Wildenten? Da waren nämlich Zugvögel, deren Rücken schwarz waren. Sie versuchten, vom gefrorenen Strand des Flusses mit flatternden Flügeln aufzufliegen. Die Arbeitsschiffe waren eingefroren, sie blieben am Strand des Flusses liegen. Seine Frau versuchte dauernd mit vorgestrecktem Kopf den gefrorenen Fluß zu betrachten, so, als ob sie den Han-Fluß zum ersten Mal sähe.

„Ist dir nicht kalt?"

„Nein. Nur ein bißchen."

Während er auf den gefrorenen Fluß sah, überfiel ihn aufs neue die Kälte. Obwohl seine Frau gesagt hatte, ihr sei nur ein bißchen kalt, fühlte er doch eine frostige Kälte. Seine Frau begann, sich die Füße zu reiben, nachdem sie die Hände unter die Decke gesteckt hatte. Das Sitzkissen erwärmte sich nicht unter ihrem Körper, und die Kälte, die sich um ihre Beine gelegt hatte, verwandelte sich in Schüttelfrost. „Rück näher!" Er zog seine Frau ganz nah an sich heran und legte seine Arme um ihre Schultern. Während seine Frau die Kleidungsstücke, die bei jeder Bewegung fortrutschten, heraufzog, sagte sie leise: „Ist es noch weit von hier? Was machen wir nun? Es ist schon so kalt."

Ist es noch weit von hier? Die Frage seiner Frau erinnerte ihn an den Samstag, an dem es so viel geschneit hatte. Er wollte damals zum ersten

Mal nach Buchon fahren und nahm bei der Rathaus-Station die U-Bahn. Eine ehemalige Mitschülerin seiner Frau hatte ihnen geraten, nach Buchon zu fahren. Diese Freundin seiner Frau hatte in Buchon viel Geld gemacht, indem sie einige Häuser gebaut und verkauft hatte. Ihrer Meinung nach konnte man mit dem Geld, das für eine einmalige Mietsumme für ein Haus in Seoul ausreichte, schon ein Appartment kaufen. Das schien den beiden, die es inzwischen leid waren, in Seoul immer wieder nach einem Haus zu suchen, durchaus bedenkenswert. Wenn er mit dem Umzug, der für einen Tag vor Weihnachten geplant war, hätte warten können, wäre er nicht so ratlos gewesen. Weihnachten aber sollte seine Frau entbinden. Man sollte wenigstens zehn Tage vor dem Entbindungstermin in das neue Haus umziehen, dann könnte man ruhiger sein.

Sogar als er während der Arbeitszeit kurz Urlaub genommen hatte und sich umsah, um ein Haus zu suchen, machte er sich Sorgen, daß bei seiner Frau die Geburtswehen vielleicht schon beginnen könnten. Schon ein Anruf von zu Hause ließ ihn nervös werden. Er war so ungeduldig, und ein Haus war schwer zu finden. Besonders eines, bei dem Beschaffenheit, Miethöhe und Einzugstermin zusammenpaßten. Ein einigermaßen gutes Haus zu mieten war erstaunlich teuer, und wenn es mit dem Geld klappte, war das Haus oft sehr eng und unpraktisch. Es gab auch Momente, in denen er dachte, das richtige gefunden zu haben. Aber dann stellte sich heraus, daß der Einzugstermin nicht paßte. Auch seine Frau, obwohl sie kurz vor der Entbindung stand, ging los, um ein Haus zu suchen. Samstags und Sonntags mußten alle Mitglieder seiner Familie sich auf die Suche nach einem Haus machen. Zufällig bekamen sie in jenen Tagen die Information über Buchon. Es gab keinen Grund, noch länger zu zögern. Er wartete bis Samstag und nahm zusammen mit seiner Frau die U-Bahn von Seoul über Buchon nach Inchon. Wenn es möglich war, wollte er schon am selben Tag den Mietvertrag abschließen. Es war ein Tag Anfang Dezember, an dem es viel Schneeregen gab.

Er würde die Fahrt nach Buchon lange nicht vergessen können. Seine Frau, die ihm mit dickem Bauch und nach Luft schnappend gefolgt war; die fade Fleischsuppe, die sie an irgendeiner Ecke gegessen hatten, nachdem sie in jener fremden Straße umhergeirrt waren. Sie war noch im Bau. Und die durch den Schneeregen nasse Gasse war noch nicht bepflastert und sehr matschig. Hier und da baute man an neuen Häusern, obwohl es

Winter war. Von der U-Bahn-Station ein wenig entfernt, lagen hier und da freie Plätze, an denen Kohlenasche aufgehäuft war. Egal, ob es Wohnhäuser oder Läden waren, sie alle stellten mit ihrem einförmigen Äußeren nicht eine freundschaftliche Beziehung, sondern ein lässiges Desinteresse zur Schau. Die Stadt schien jetzt ganz neu zu entstehen. Plötzlich sah sie aber wiederum ganz alt und verkommen aus. So liefen sie umher in dieser fremden Stadt, in der Aufbruch und Verfall zusammentrafen, und ihre Lippen waren blau vor Kälte.

Nachdem sie eine ganze Reihe lieblos gestrichener und versteckt gelegener Häuser angeschaut hatten, hatten sie endlich doch eines gefunden und auch einen Vertrag abgeschlossen. Aber keinen Mietvertrag, sondern einen Kaufvertrag. Von der U-Bahn Station ungefähr vier Bushaltstellen entfernt befand sich dieses Haus. Im dritten Stock, achtzehn Peong. Es genügte, zu dem Geld, das sie für das Mietshaus angelegt hatten, nur noch drei Millionen und fünfhunderttausend Won hinzuzulegen. Überdies waren zwei Millionen ein langfristiges Darlehen. Wenn sie den Sparvertrag kündigten und die Hochzeitsgeschenke verkauften, konnten sie das übrige Geld schon beschaffen. Außerdem war es ganz gut, daß der Umzugstermin sehr früh war. Der Plan seiner Frau, daß man nach dem Auspacken Ghimsang machen und sich noch eine Woche vor der Entbindung erholen konnte, hatte ihn beflügelt. Es gab drei Zimmer und einen Raum, den man als Wohnzimmer bezeichnen konnte. Und einen Kohleboiler, aus dem man warmes Wasser entnehmen konnte, gab es auch. Seine Frau schaute sich alles an und lächelte nach langer Zeit das erste Mal wieder. „Oh, Mann! Wie ein Traum! Sieh mal, da! Erinnerst du dich noch an Hyuns Haus in Chungnung in Seoul, wo wir letztens wohnten? Das war achtzehn Peong groß und kostete über dreißig Millionen. Nein, jetzt kostet es wahrscheinlich schon fast vierzig Millionen. He, komm mal her. Eine luxuriöse Badewanne aus Kunstmarmor, das Muster ist auch elegant."

Der Lastwagen hielt am Yeongdungpo-Rotary an. Viele Autos standen auf den Straßen, die nach allen Richtungen verliefen, und warteten darauf, daß die rote Ampel erlosch. Er wollte rauchen, und so suchte er träge in seiner Tasche nach den Zigaretten. Seine Frau öffnete die Augen und fragte: „Wo sind wir?"

„In Yeongdungpo. Den halben Weg haben wir hinter uns. Dir ist wohl kalt, nicht wahr?"

„Ja, ein bißchen.“

Seine Frau begann wieder, sich die Füße zu reiben. Nachdem er die Decke hochgezogen und sie zugedeckt hatte, erhob er sich zögernd, seine Beine streckend. Vorne, rechts und links war alles versperrt, freier Raum war nur hinten. Dort hielten nur Taxen an, so brauchte er keine Sorge zu haben, von irgendwem bemerkt zu werden. Zufällig fand er einige Zigaretten in der Hosentasche. Während er sich, eine Zigarette in der Hand, vorsichtig hinsetzte, fiel ihm ein, daß die Streichhölzer auch in der Hosentasche waren, und er erhob sich wieder. In diesem Moment sah er seine Mutter, die durch die Glasscheibe blickte. ‘Kalt, wie?’ sagte sie vermutlich. Während er ihren faltigen Mund sah, der sich wie wortlos öffnete und wieder schloß, schüttelte er verneinend den Kopf. Er wußte nicht, wann Eun-He aufgewacht war, und jetzt guckte ihr Gesicht hervor. ‘Papa’, schien das Kind zu sagen. Er wollte ihm zulächeln, aber er fühlte nur seine Lippen zittern. Die kleinen Hände des Kindes schlugen gegen das Glas. Daneben tauchte ein anderes Gesicht auf. Es war der Fahrer. Während er zögernd da stand, gab ihm der Fahrer ein Zeichen. Ja, ich sollte besser sitzen. So kroch er auf seinen Platz wie ein gehorsamer Schüler.

Die rote Ampel erlosch, und der Wagen begann mit einem Ruck anzufahren. Der scharfe Wind, der kurz nachgelassen hatte, fuhr ihm wieder entgegen und flaute nun nicht mehr ab. So verzichtete er vorerst auf die Zigarette und steckte seine Hände in die Taschen, um sie zu wärmen. Etwas war in der Tasche und behinderte seine Hand. Was ist das schon wieder? Als er es aus der Tasche herausgenommen hatte, sah er den Seelöwen, dessen roter Rücken verblichen war. ‘Habe ich die ganze Zeit dieses nutzlose Ding in der Tasche gehabt?’ tadelte er sich ungehalten und preßte ihn in der Hand zusammen. Der Seelöwe hielt stand, fast schien er zu zerbrechen, aber noch wollte er nicht aufgeben.

„Der Abteilungsleiter Cho, glaube ich, hat in Eeongdong mehr als zehn Barmädchen, die alle seine Geliebten sind. Der Kerl ist ein Frauenheld. ‘Weißt du überhaupt, was für ein Tag heute ist?’ Diese Art zu fragen, hat er auch von diesen Weibern. Verstehst du? So fangen sie an, wenn sie etwas zu meckern haben. Und diese Barmädchen benutzen das dann als Trick, um in einen vertraulichen Jargon zu wechseln.

Sein Kollege Park Tschan-sung fand es interessant, den Abteilungsleiter Cho zu analysieren und zu enträtseln. Von diesem Park hatte er einmal folgende Geschichte über einen Seelöwen gehört. Natürlich war diese Geschichte nur ein Anlaß, um Cho zu analysieren.

„Wißt ihr, wieviele Frauen sich ein Seelöwe nimmt? Ungefähr fünfzig Weibchen kann er sich leicht nehmen. Du bist ja wirklich so ungebildet. Wozu hat denn sonst der Seelöwe ein Begattungsorgan? Eben deswegen hat er eins. Unserem Abteilungsleiter Cho fällt es es schwer, sich fünfzig Frauen zu nehmen. Er ist ja auch schon alt, aber zehn sind für ihn kein Problem. Hahaha. Wir könnten ihn schon als „Cho den Fruchtbaren" bezeichnen. Wenn auch „Cho der Furchtbare" lustig ist, ist doch „Cho der Fruchtbare" noch lustiger."

Und einige Zeit lang hatte man Spaß daran, und lachte über Cho den Fruchtbaren. Wenn sie sich jeden Morgen unausgeschlafen im Büro trafen, war „Cho der Fruchtbare" eine gute Gelegenheit, überhaupt einmal lachen zu können. Unauffällig die Menschen zu ärgern, heimlich anderen Mitarbeitern gewaltige Mengen an Arbeit zuzuschieben und sich gegen jede Arbeit zu streuben, sich aber selbst untätig die Zeit zu vertreiben, und am Ende alle fertige Arbeit als eigene Leistung auszugeben, das war die Maxime Chos. Aber andererseits gab es wieder keinen Mitarbeiter, der Cho überhaupt nicht ausstehen konnte. Diese ganzen Fehler gehörten nun einmal zum Charakter von Abteilungsleiter Cho. Abteilungsleiter Cho war ja auch nicht besser dran als die anderen, dachte er. Ein bißchen mehr Gehalt, ein bißchen mehr Erfahrung und eine etwas höhere Position. Davon abgesehen war Cho auch einer von uns, der sich in seiner Bedeutungslosigkeit um sich selbst drehte und den Spitznamen „Cho der Fruchtbare" trug.

„Meint ihr, die Abteilungsleiter wären eine besondere Spezies? Wenn sie zusammen sind, lästern auch sie über Vorgesetzte und lechzen danach, mehr Geld für ihre Spesen zu bekommen. Unser Cho der Fruchtbare spuckt große Töne hinter dem Rücken des geschäftsführenden Direktors. Wenn er aber vor ihm steht, nickt er nur immer beflissen. Aber so ist es ja immer, nicht wahr?"

Park Tschan-Sung war sozusagen die rechte Hand des Abteilungsleiters Cho und deswegen besser informiert als alle anderen über die Verhältnisse der Leute „da oben". Die Mitarbeiter wußten bereits durch Park Tschan-Sungs Gerede, daß die Frau von „Cho dem Fruchtbaren" einen neuen Schildpattschrank gekauft hatte. Dann brauchte man sich nur über den

Preis des Schrankes und seine Schönheit auszulassen. Und schließlich fügte man „Verdammt!" oder „Donnerwetter!" hinzu.

Das war alles. Es schien ihm nicht weiter der Rede wert, daß das Leben aller Mitarbeiter mit einem „Verdammt!" endete. Wie dem auch sei, man konnte sich schon glücklich schätzen, den Abteilungsleiter Cho „Cho den Fruchtbaren" nennen zu dürfen. Etwas anderes gab es in dieser Welt sowieso nicht. Einer wie er begegnete dem Abteilungsleiter Cho, der Abteilungsleiter Cho wiederum dem Direktor, und der Direktor dann dem Chef, alle begegneten ihrem Vorgesetzten nur mit demütigen Blicken. Wie könnte derjenige, der solche Blicke nicht nötig hat, das in diesen demütigen Blicken verborgene kleine Glück erkennen?

Er sah den Seelöwen an, den er auf seinen Schoß gelegt hatte, und rauchte. Der Lastwagen bog in die Straße, in der schon einige graue Zementhäuser standen. Aus den großen Schornsteinen quoll schwarzer Qualm. Vorher war der Wagen nur zögernd vorwärts gekommen, aber jetzt fuhr er viel schneller. So wurde auch der Wind noch stärker. Seine Schultern schüttelten sich vor Kälte, und er zog den Zigarettenrauch tief ein. Seine Hände zitterten, so daß die Zigarettenasche herabfiel. Die Asche wurde sogleich vom Wind fortgetragen. Und die Räder vibrierten, so daß sein ganzer Körper durchgeschüttelt wurde.

Die Fabriken lagen da wie graue Körper, der Ruß hatte sich zumeist dunkel auf sie gelegt. Man befand sich jetzt wohl ungefähr auf dem Wege über Kuro nach Kebongdong. Schon so weit gefahren, und trotzdem hatte man Seoul noch immer nicht hinter sich gelassen. Die Betonmauern schienen sich ewig zu verlängern. Er dachte an die Leute, die jetzt in der Fabrik arbeiteten und stellte sich einen anderen Ableitungsleiter Cho vor, der aber letztlich genauso war wie sein eigener Ableitungsleiter Cho, und er malte sich aus, wie diese Leute in der Fabrik über ihn lästerten. Er dachte auch an ihre Familien, die sie ernähren mußten, und sah seine Frau. Seine Frau hatte sich wieder unter die Kleidungsstücke und die Decke verkrochen und streckte nicht einmal ihr Gesicht hervor. Ihm fiel ein, daß Kälte immer schläfrig macht und daß Schlaf in der Kälte gefährlich ist. Er wollte seine Frau wachrütteln, unterließ es aber dann doch. Es war deutlich zu sehen, wie sich ihr dicker Bauch fortwährend auf- und abbewegte. Er hoffte, daß sie eingeschlafen war mit dem freudigen Gefühl, zu ihrem eigenen Haus zu fahren, in dem es sogar eine Luxusbadewanne aus

Kunstmarmor gab. Daß er seine alte Mutter und seine kleine Tochter auf dem Sitz des Beifahrers und seine Frau, die kurz vor der Entbindung stand, sogar auf der Ladefläche sitzend mitnehmen mußte, ließ ihn sich einmal mehr seiner traurigen Situation bewußt werden, er zog den Zigarettenrauch kräftig ein. Dann hob er seine Hand weit hoch, um den Zigarettenstummel wegzuwerfen, und schmiß ihn auf die Straße. Immer noch in Seoul? Hier, wo die Linienbusse aus Seoul immer noch hin- und herfuhren, begann ihm die monströse Ausdehnung der Stadt Angst zu machen.

Er verspürte wenig Lust, sein Leben, das nirgendwo in dieser „Außergewöhnlichen Stadt Seoul" fest verwurzelt war, Revue passieren zu lassen. Seit dem Zeitpunkt, als die gesetzliche Mindestmietdauer sechs Monate betrug, ist er zusammen mit seiner Mutter von einer Mietwohnung zur anderen gezogen. Als er in den letzten Studienjahren war, zog die Familie seiner älteren Schwester zu ihm. Als er heiratete, brauchte er unbedingt zwei Zimmer, und bis jetzt hatte er sich - so kam es ihm vor - fast zu Tode gekämpft, um zwei Zimmer und eine Diele zu erwerben. Es gab Momente, in denen das Zimmer sie förmlich vertrieben hatte, aber auch solche, in denen sie einfach von sich aus das Zimmer verlassen hatten. Nachdem er so oft umgezogen war, stellte er fest, daß kein Haus zu besitzen bedeutete, ohne Hoffnung zu leben. Hoffnung, das hieß, besonders für die Bewohner Seouls, eben ein Haus besitzen.

Und um dieser Hoffnung willen verließ er jetzt Seoul. Es schien ihm einfach seltsam. Und er konnte dieses Gefühl nicht abschütteln. Er hatte bis jetzt in diesem riesenhaften Seoul gelebt, ohne ein Haus zu haben. Er hatte also sozusagen ohne Hoffnung existiert. Aber jetzt hatte er ein Haus. Nur, daß es nicht in Seoul, sondern in Buchon stand. Ist auch in diesem Fall das Haus ein Synonym für die Hoffnung? Er fand keine Antwort. Nein, ich bin nicht vertrieben worden, dachte er immer wieder. Auf der Ladefläche zurückgezogen sah er seine Frau, die vor Kälte zitterte, und er seufzte leise. Er war so deprimiert, daß er kaum glauben konnte, jemals so aufgeregt gewesen zu sein, daß er den Kaufvertrag immer wieder gelesen hatte. Er war ein niemand. Die tiefsinnige Andeutung seiner Mutter, daß er wie Abraham war, der mit seinen Anhängern durch die Wüste nach Kanaan zog, war vielleicht auch nur eine schöne Umschreibung für eine trübe Vorahnung. Abraham? Nein, er konnte nicht Abraham sein. Von dem Haus, seiner alten Mutter, seiner kleinen Tochter und seiner Frau konnte er sich nicht befreien: Da gab es hier noch Geld zu zahlen, dort stand ein ausstehendes Darlehen aus, hier ein kleiner Bonus, da einige geringe Einkünfte, kleine Schulden, elektronische Spielzeuge, die seine kleine Tochter immer wieder von ihm verlangte. Einen Abraham, der Seoul verläßt und der solche Fesseln an seinen Füßen trägt, konnte man sich nicht vorstellen.

Das wievielte Jahr schon verlief das Leben so. Aus dem Bett aufgestanden, fragt man sich 'Den wievielten haben wir heute?'. So ein Leben. Indem er nach einem neunzehnten zahlreiche neunzehnte hinter sich ließ, träumte er immer wieder von einem Tag, der nicht der neunzehnte wäre. Heute ist der neunzehnte und morgen der zwanzigste; solche Tage kannte er ganz genau. Obwohl er wußte, daß heute der zwanzigste oder der achte war, wünschte er, daß es nicht der zwanzigste oder der achte sein würde. Er wachte immer mit einer solchen Hoffnung auf. Und wenn er erkannt hatte, daß ein Tag, der vorher so fern erschien, daß man ihn nicht mit den Händen fassen konnte, daß heute genau dieser Tag war, dann erst kam er zu sich und stand auf, um sich zu rasieren.

Hoffnung liegt überall bereit. Nur für ihn gab es keine. Aber es gab doch einen Trost. Wenn der neunzehnte vorbei war, kam manchmal der Sonntag, und dann rückte der Tag ganz nahe heran, an dem man Bonus bekam. Man mußte sich auch der Gefahr bewußt sein, daß man jederzeit abstürzen konnte, wenn man sich etwas anderes wünschte und es wagte, etwas in Bewegung zu setzen.

Ab Orüdong stand der Wagen mehr, als daß er fuhr. Es war ausgeschlossen, daß sich die auf der Landstraße immer wieder verlängernde Autoschlange auflöste. Wenn die Räder aufhörten zu vibrieren, wachte seine Frau aus dem Schlummer auf, rollte sich wieder zusammen und drehte sich um. Dann zog er die heruntergerutschte Decke und die Kleidungsstücke wieder hoch und sah in eine andere Richtung, weil er fürchtete, dem Blick seiner Frau zu begegnen. Unter den Füßen seiner Frau waren Päckchen mit Instantnudeln aufgestapelt. Achtung. Achtung Porzellan. Er betrachtete das Warnzeichen, das mit rotem Buntstift hastig daraufgeschrieben worden war. Auf einer Kiste war eine Warnung mit Ausrufezeichen zu lesen: „Besondere Achtung. Glas!" Anfangs war seine Frau bei einigen Umzügen fast in Tränen ausgebrochen, wenn sie ein paar beschädigte Sachen sah. Als einmal zwei Kristallgläser eines Sets zerbrachen, weinte sie wirklich. Jetzt hatte sie sich so sehr ans Umziehen gewöhnt, daß sie auf jede Kiste nur verschiedene Warnhinweise schrieb. Aber wenn sie am Schrank oder Toilettentisch einen Kratzer fand, schrie sie beinahe vor Ärger.

Von dem Schrank war ohne Ende die Rede. Anfangs, als er seine Braut zu sich nahm, wollte der Schrank, der zehn Cha lang war, nicht durch die Tür gehen. Es war ein schäbiges Miethaus, wo es keine Tür mit Drehknopf gab, sondern nur eine rohe, mit Furnier notdürftig beklebte Tür. Der Schrank ging nicht quer, geschweige denn längs hindurch. Im Zimmer gab es kein Fenster. Obwohl sie einige Jahre Geld gespart hatten, reichte es nicht, um nach der teuren Hochzeit eine Zweizimmerwohnung zu finden. Nun mußte der Schrank seiner Braut auf der Diele des Hausherrn stehen.

In der nächsten Mietwohnung konnte man nicht den ganzen Schrank im Zimmer aufstellen. Man konnte nur das vier und zwei Cha lange Stück im Zimmer aufstellen und den anderen Teil im Zimmer seiner Mutter. Bei diesem Hin und Her entstand auf dem fast neuen Schrank ein langer Kratzer. Der Schrank war bei jedem Umzug ein Hindernis und reizte die Nerven der Packer. Wenn man endlich den Schrank im Zimmer aufgestellt hatte, egal wo, verwandelte sich das Zimmer dadurch immer zu einer engen und langen Kiste. 'Lebt man denn nur für den Schrank, oder was?' So gingen die Klagen. Unterdessen begann auch seine Frau, den Schrank als Belastung zu empfinden, weil sie erkannte, daß sie den Schrank zu groß gekauft hatte. Aber immerhin war dieser Schrank dank ihres Eifers in einigermaßen gutem Zustand erhalten.

Wenn seine Frau wüßte, daß heute morgen noch eine neue Blessur auf dem Schrank entstanden war, würde sie nur noch ein kleines Geschrei veranstalten. Vielleicht hatte sie es schon gesehen. Seine Frau konnte zur Zeit so müde sein, daß sie wegen der neuen Blessur kaum noch einen Schock bekommen würde. Er sah seine Frau an. Wegen des häufigen Anhaltens war sie schon wach. Und wenn nicht deswegen, so konnte sie doch vor Kälte nicht mehr schlafen. Es tat ihm regelrecht weh, den niedergehockten Körper seiner Frau anzusehen. „Wo sind wir?" fragte seine Frau ganz leise und ächzend unter der Decke. Zuerst nahm er nur irgendein Murmeln wahr und schrak zusammen. Noch einmal: „Wo sind wir?" fragte sie.

Zuvor hatte er sich alle möglichen schrecklichen Dinge vorgestellt. Von diesen Vorstellungen war die schlimmste, daß eine Frau, nein, seine Frau in diesem fahrenden Wagen auf der Ladefläche entbinden würde.

„Gleich sind wir da. Halte nur ein bißchen aus. Kalt, nicht wahr?"

Seine Frau streckte ihren Kopf vor und bemühte sich, sich zu erheben. Der Wagen war dabei, entlang der Stadtgrenze einen niedrigen Berg zu erklimmen. Seine Frau zitterte heftig und nieste ganz laut. „Siehst du. Weil du in der Kälte so gehockt geschlafen hast, hast du dich erkältet." Er sah die rote Nase seiner Frau und wußte keinen Rat. „Wenn dir so kalt ist, willst du nicht den Platz mit der Mutter tauschen?"

Seine Frau schüttelte den Kopf. „Es ist schon auszuhalten. Wir sind gleich da". Die schwache Stimme seiner Frau wurde von einem Niesen verschluckt, das aus ihrem Mund hervorbrach. Seine Frau zog sich zusammen und lehnte sich am Schrank an.

„Du hast doch darum gebeten, daß man das Kohlenfeuer nicht ausmacht?"

Er hatte den alten Makler und dessen Frau zwar schon darum gebeten, aber er war unruhig, weil er nicht angerufen und sie noch einmal daran erinnert hatte.

„Es wird leicht sein, den Schrank aufzustellen, denn das Zimmer ist groß."

Er versuchte, sie zu trösten und nur deswegen kam er auf den Schrank zu sprechen.

„Es ist doch egal, wo man einen solchen dummen Schrank hinstellt."

Die Gleichgültigkeit in ihrer Stimme machte ihn sprachlos. In Seoul war sie wegen des Schrankes so gereizt gewesen. Vielleicht war sie auch zu dem Schluß gekommen, daß der Schrank in Buchon nicht dieselbe Bedeutung hatte wie in Seoul. Seine Frau lächelte schwach, während sie ihre Haare im Wind wehen ließ und ihre rissigen Lippen zeigte.

„Da ist die Firma Haitai. Ab hier ist es nicht mehr Seoul."

Endlich fuhr der Lastwagen über die Stadtgrenze in die Provinz Kyonggido. Hier hörte Seoul auf. Auf Wiedersehen. Mit diesem lapidaren Gruß verabschiedete sich Seoul. Sie sahen von der Ladefläche aus, auf der der Wind heftig blies, schweigend dem sich entfernenden Haitai nach. Seine Frau begann bald refrainartig zu murmeln: „Hier ist es noch kälter. Es friert mich an den Füßen fast zu Tode."

Er steckte seine Hände unter die Decke und betastete ihre Füße. Ein kaltes Gefühl, wie beim Anfassen von Eis, kroch in seine Hände hinüber, und er begann, ihre Füße zu reiben. Währenddessen starrte er in das Gesicht seiner Frau. Auch sie blickte in das rauhe Gesicht ihres Mannes.

Die Füße wollten nicht so schnell warm werden, und der Lastwagen schüttelte sie fortwährend. Ist schon gut. Seine Frau zog ihre Füße an sich. Er machte sich wieder an der Decke zu schaffen, während der Lastwagen unter einem großen Gewölbe, vor dem ein Schild stand, hindurchfuhr. Weil die Ladung das Blickfeld einengte, konnte er nicht alle Buchstaben lesen, die auf dem Schild standen. Willkommen. Das war alles, was er gesehen hatte. Auf Wiedersehen und Willkommen. Die zwei Grüße, die er einen nach dem andern gelesen hatte, machten ihn trübsinnig. Auf eine hintertriebene Art hatte Seoul sie heftig von sich gestoßen, und nun nahm es heuchlerisch Abschied: „Auf Wiedersehen“. Auf der Ladefläche eines klapprigen Lastwagens in seine neue Wohnstätte einziehend, nahm er ihre Huldigung entgegen: „Willkommen.“ ‘Was für ein Haken mochte sich hinter diesem herzlichen Gruß verstecken?’ fragte er sich ängstlich zitternd. Nein, er zitterte vor Kälte, während er sich die neue Umgebung besah.

Es war seine Schuld, als der Fahrer sich nun verfuhr und in einen falschen Weg einbog. Erst vor der Einfahrt zu Sosadong erinnerte er sich daran, daß der Makler gesagt hatte, man solle Richtung Rathaus fahren. Der Lastwagen, der kurz angehalten hatte, setzte sich dem Wegweiser entsprechend in Richtung Rathaus in Bewegung.

„Sosa, kommen da nicht die Sosa-Pfirsiche?“

Seine Frau sammelte neue Kräfte, vielleicht fühlte sie sich erleichtert. „Jedesmal wenn ich das Wort „Pfirsiche“ höre, denke ich an die Zeit, wo ich Eun-He unter dem Herzen trug. Wieviele Pfirsiche ich gegessen habe. Von allem anderen wurde mir übel, nur Pfirsiche konnte ich essen. Damals sagtest du, daß dieses Kind in meinem Bauch zum Spielen im Paradies bestimmt sein könnte.“

Auf ihr Wort hin mußte er bitter lächeln. Warum erinnerte sie sich ausgerechnet in einem solchen Moment daran. Von Kanaan bis zum Paradies. Während sie diesen Weg auf der Ladefläche verbrachte, hatte sich in ihr wahrscheinlich doch neue Hoffnung geregt.

Nachdem man am Rathaus vorbeigefahren war, war es seine Aufgabe, den Weg zu weisen. Als man an den weißen Häusern, die einen übermächtigen Eindruck erweckten, vorbei war, verengte sich der Weg plötzlich, und der Lastwagen meldete sich bei den Menschen an, mit einem Hupen, das wie ein Schrei kurz ertönte. Sie fuhren die Straße entlang, in der in ihrer Gleichförmigkeit monoton wirkende Maklerhäuser neben freien Grundstücken unpassend plaziert waren. Und da erst begann sich der ferne Ort, in dem er leben sollte, vor ihnen aufzutun. Man sah das dunkelgraue Fabrikgelände, das an das Wohngebiet angrenzte, und den schwarzen Rauch der Schornsteine. Nicht weit entfernt verfärbte sich der Schnee, der den ganzen Ort entlang auf dem Bergabhang hier und dort sichtbar war, unter dem dunklen Himmel zu trübem Matsch.

Endlich hielt der Lastwagen an. Zusammen mit seiner alten Mutter, seiner kleinen Tochter und seiner Frau wurde er Bewohner dieses fernen, schönen Ortes Wonmidong. Als der Lastwagen anhielt, steckte der alte Makler sein Gesicht aus dem Laden, und von irgendwoher sprangen ein paar Kinder hinzu und turnten um den Lastwagen herum. Die Frau vom Friseursalon öffnete ihre Tür und unterbrach für einige Zeit ihre Arbeit des Legens von Dauerwellen. Der Mann vom Tapetengeschäft, der gerade unterwegs zum Tapezieren war, sah ebenfalls, wie der Lastwagen hielt. Ein junger Mann mit hohlen Augen erschien am Fenster des zweiten Stockes und sah zu, wie vom Lastwagen die Gepäckstücke abgeladen wurden.

Bei Regen muß man nach Garibongdong fahren.

Die beiden Arbeiter kamen kurz nach acht Uhr morgens. Sie begannen mit der Arbeit und hämmerten drauf los. Als er die beiden heftig schlagen und hauen sah, runzelte er die Stirn über den Lärm. Aber besonders wegen der Kachelstücke und der Betonsplitter, die bei jedem Hammerschlag nach allen Seiten fortsprangen, konnte er nicht mehr bleiben. Auch in der Küche, neben dem Bad, war alles in Unordnung. Die dort abgestellte Badezimmereinrichtung ließ in der kleinen Küche kaum noch Platz. Dort wusch seine Frau das Gemüse, um das Mittagessen für die Arbeiter zuzubereiten.

Eun-He sah immer noch fern. Es war eine Sendung für Kinder, die noch nicht die Schule besuchten. Er hatte bis jetzt keine Gelegenheit gehabt, sich die Sendung anzuschauen, und es gefiel ihm, wie seine Tochter das Lied mitsang, das gerade in der Sendung gebracht wurde. So ließ er sie weiter fernsehen und sah in das kleine Zimmer hinein. Sein jüngstes Kind, das noch gestillt wurde, lag auf der Seite und schlief trotz des lauten Lärms aus dem Bad. Als seine Frau nach Eun-He noch eine Tochter geboren hatte, sagte seine Mutter nichts, aber sie schien recht enttäuscht zu sein. Eine Zeitlang hatte sie gebetet, Gott möge ihnen ein eigenes Haus geben, und nachdem seine Familie in die eigene Wohnung nach Buchon umgezogen war, begann seine Mutter nun, für einen gesunden Jungen zu beten.

„Mutter ist zu Diakon Kim gegangen, um beim Umzug zu helfen", sagte seine Frau, weil sie glaubte, er suche seine Mutter, da er hier und da herumguckte. Er erwiderte nichts und sah wieder in das Bad, das sich zu einem Chaos verwandelte. Um die Badewanne nicht kaputt zu machen, hämmerte Herr Im ganz vorsichtig und geschickt. Er trug ein gelbes T-Shirt und hatte die Verantwortung für die heutige Reparatur. Der Arbeiter, der die Bodenfliesen aufgeklopft und aufgebrochen hatte, war ein junger Mann und sah mindestens zehn Jahre jünger aus als Herr Im. Trotz der Hitze hatte der Arbeiter ein langärmeliges Hemd und eine enge Jeans-Hose an, die für eine Hilfskraft nicht passend schien. Daher konnte er nicht viel auf diesen jungen Mann zählen. Sogar Herr Im selbst, der sich als Techniker ausgab, war ursprünglich Kohlenverkäufer, der im Winter mit der Lieferung von Kohle Geld verdiente. Darum konnte er auch diesem kein großes Vertrauen entgegenbringen. Herr Chu vom Tapetengeschäft hatte Herrn Im, der im unteren Teil des Dorfs wohnte, empfohlen. Herr Chu sagte, daß er ihn beim wiederholten Tapezieren genau beobachtet und keinen besseren Arbeiter als Herrn Im gefunden hatte. Er war bei der Arbeit sehr geschickt und fleißig. Bis jetzt hatte So-Ras Vater die Kleinigkeiten repariert. Aber der war zur Zeit krank und konnte selbst keinen geeigneten Arbeiter finden.

Er wollte nun den Worten Herrn Chus vom Tapetengeschäft glauben, war mit dem Vorschlag Herrn Ims einverstanden und beauftragte ihn mit der Arbeit. Erst danach erfuhr er von seiner Frau, daß Herr Im eigentlich ein Kohlenlieferant war und nur im Sommer verschiedene Gelegenheitsarbeiten verrichtete, also eine ungelernte Hilfskraft war. Darum fürchtete er zunächst, daß Herr Im die Reparatur nicht sauber ausführen würde, und er ärgerte sich. Gerade eine Reparatur im Bad, dachte er, verlangt Fachkräfte für Wasserrohre, Dichtungen, fürs Mörteln und Fliesenlegen. In dieser Hinsicht war seine Entscheidung bestimmt übereilt gewesen.

So ein Pech. Nach dem Zwischenfall im Bad pflegte er so oft vom Pech zu sprechen. In der Tat: Jedesmal wenn unerwartet Ausgaben für Hausreparaturen anfielen, stieß er diese Worte hervor: „So ein Pech." Pech hatte er, und dazu noch nicht einmal wenig. Nachdem er sich in Seoul so herumgetrieben hatte und endlich dem Leben in der Mietwohnung entronnen war, hatte er eine Wohnung in einem Mehrfamilienhaus gekauft und war umgezogen. Aber fast jeden Monat gab es hier und da ein Problem, so daß er beinah den Verstand verlor. Die Mängel im Haus waren derart groß, daß man sie sofort beheben mußte und sie Geld fraßen. Darum war er immer knapp mit dem Geld, nachdem er Herr einer eigenen Wohnung geworden war.

Im Winter des Umzugsjahres begann das Wasser durch die feuchten Decken und Wände zu sickern. Dann wurde das ganze Haus modrig, und als das Wasser allmählich auftaute, begann es wie Regentropfen von der Decke herabzutropfen. 'Wenn es mein eigenes Haus ist, muß ich solche Schäden doch reparieren lassen', dachte er. Und diese erste Reparatur ging ganz glatt. Diese Reparatur, für die Herr Chu vom Tapetengeschäft Wonmi verantwortlich war, bestand in dem Anheften von dickem Styropor an die Außenwände des Hauses und an die Decke. Die kleinen

Styroporkörnchen schwebten als Staub im ganzen Haus. Alle Haushaltsgeräte waren von ihrem ursprünglichen Platz weggeräumt, so daß es wie auf einem Marktplatz aussah. Danach wurde alles mit wasserfestem Papier tapeziert, was dem Haus eine helle, angenehme Atmosphäre verlieh. So betrachtet war die Reparatur gar nicht unvorteilhaft.

Die erste Reparatur war eigentlich ein Fingerzeig auf ein böses Omen gewesen. Einige Zeit danach platzte das Warmwasserrohr im kleinen Zimmer, das Eun-He und seine alte Mutter gemeinsam bewohnten. Das Ergebnis brachte nicht nur ein Wirrwarr für ein paar Tage, als man den Zimmerboden aufbrach und alles wieder in Ordnung brachte, auch der finanzielle Aufwand war erheblich.

Aber nicht nur das. Es ging damit weiter, daß der Abzug in der Küche verstopft war, der Rauchfang des Boilers abfiel und wieder ein neuer Boiler aufgestellt werden mußte. Er wunderte sich, daß in einem Haus, nur drei Jahre alt, immer wieder irgend etwas zersprang, verstopft war oder abfiel. Und wenn nicht das, dann wurde etwa der Wasserhahn im Bad locker, oder der Wasserbehälter des Klosettbeckens ging kaputt, so daß die Reparaturen endlos waren und Geld kosteten. Als er mit keinen weiteren Schäden rechnete, da ging plötzlich das Zusatzschloß kaputt und er mußte ein neues Computerschloß einbauen lassen.

Und jetzt passierte es im Bad. Es war erst gestern geschehen. Als er ohne rechten Appetit nur mechanisch frühstückte, donnerte jemand an die Tür. Durch diesen lauten Lärm wurde sein Säugling geweckt und schrie. Es gab doch die Klingel, und wenn man es unbedingt vermeiden wollte zu klingeln, dann konnte man doch höflich klopfen. Was zum Teufel sollte dieses unverschämte Donnern? Er war ärgerlich und stieß die Tür mit einem Ruck auf.

Draußen stand ein alter Mann, über sechzig, mit weitgeöffneten Augen. Auf seinem Vorderkopf wuchsen keine Haare. Der Alte schien durch das ruckartige Öffnen der Tür erschreckt zu sein, und seines eigenen rüden Verhaltens war er sich nicht bewußt. Merkwürdig! Aber als er in das unschuldig dreinblickende Gesicht des alten Mannes sah, besann er sich auf einen höflichen Ton.

„Bitte, was haben Sie?“

„Ah, na, Wasser...“

„Wasser? Meinen Sie das Leitungswasser?“

Er dachte an das Leitungswasser, das man seit Sommer nur alle zwei Tage bekam. Aber der Alte schluckte immer wieder seine Worte herunter, als sei er ungeduldig und rieb sich die Hände.

„Wasser...also aus dem Bad...Wasser..."

Das war weder ein normales Stottern oder Stammeln, vielmehr schien der Alte aus einem bestimmten Grunde zu stocken. Das machte ihn langsam ärgerlich. In diesem Augenblick drangen laute Schritte vom unteren Treppenhaus herauf. Und gleich darauf erschien eine junge Frau.

„Ach, mein Gott, Großvater. Hören Sie doch auf! Wahrscheinlich ist das Wasserrohr in Ihrem Bad geplatzt. Heute morgen sollte das Wasser doch kommen. Gestern gab es kein Problem, aber heute morgen begann das Wasser von unserer Decke zu tropfen. Es tropft immer mehr, bitte beeilen Sie sich mit der Reparatur."

Seine Frau mischte sich ein, wobei sie dem Baby weiter ihre Brust gab.

„Um Gottes Willen, also deswegen kam das Wasser nicht richtig. Was machen wir denn."

Nachdem sie weggegangen waren, drehte er den Hahn an der Wasseruhr ganz zu und setzte sich wieder an den Frühstückstisch. Da von dem Wasser von gestern noch viel übriggeblieben war, würde es schon für heute reichen. Er entschloß sich, sich nach dem Feierabend die Sache genau anzuschauen. Aber vor Zorn war ihm der Appetit vergangen. Ein paar Monate waren ganz ruhig verlaufen, aber jetzt mußte so etwas passieren! Morgen war Feiertag, der Befreiungstag, und er hatte geplant, sich an diesem Tag ausgiebig auszuruhen. Aber sein Wunsch wurde vereitelt.

„Sag mal, wer war dieser alte Mann?"

„Das war doch der Großvater Schreihals . Du hast ihn schon mal gesehen."

Und seine Frau lachte kurz auf, für diese Situation völlig unpassend.

„Schreihals? Was für ein Name ist das?"

„Eben. Dieser Name ist eine Idee des Vertreters Kim und es ist ein ganz zutreffender Name."

Ja, richtig. Er hatte ihn auch gesehen. Es war vor ein paar Tagen auf dem Weg nach Hause. Ein alter Mann, der vor ihm herging, schien irgendwie merkwürdig zu sein. Er war ihm von der Bushaltestelle bis hierher gefolgt. Und alle dreißig Sekunden hatte jener Alte geschrien: „Eack, Eack." Und er schrie nicht nur, sondern, während er schrie, klatschte er kräftig in die Hände oder er schlug sich auf die Arme, als wollte er irgend etwas aus der Kehle schleudern. Als er das zum ersten Mal gehört hatte, klang das wie das Husten eines alten Menschen, wie ein Ausspucken von Schleim, aber das war es nicht. Nach den Worten seiner Frau hatte dieser Alte vor zwei oder drei Monaten das kleine Zimmer in der Wohnung im unteren Stock gemietet und lebte ganz allein. Sehr oft ging er auf der Straße in Wonmidong hin und her.

Als Zweifel an seiner Zuverläßigkeit angebracht schienen, brachte Herr Im die Badewanne ganz geschickt heraus, ohne sie dabei zu beschädigen. Nach seiner Meinung hätte sowieso der ganze Boden im Bad aufgebrochen werden müssen, weil das Rohr mit neunzigprozentiger Sicherheit unter der Badewanne hindurch bis zum Wasch- und Klosettbecken liefe. Wenn man mit ein wenig Glück die kaputte Stelle schnell fände, müßte man trotzdem damit rechnen, das ganze Bad neu einzurichten, wenn man die Reparatur sorgfältig ausführen wollte. Denn einerseits sei die Wasserdichtung defekt und andererseits müßte das alte Wasserrohr gegen ein neues ausgewechselt werden. Falls bei der Reparatur nämlich Mängel aufträten, würde es für ihn schwierig, im Dorf von den Reparaturen zu leben. So arbeitete er nie nachläßig. Das war auch der Grund dafür, daß jeder, der ihm einmal eine Arbeit überlassen hatte, ihn auch mit weiteren Aufträgen betraute. Mit seinen Händen war er genauso flink wie mit seiner Zunge. Als Herr Im sah, daß die Stelle, wo die Badewanne gestanden hatte, ganz feucht war, lächelte er zufrieden und steckte sich eine Zigarette in den Mund.

„Chef. Sehen Sie mal hier. Es ist doch von der Stelle an feucht, wo die Badewanne zu Ende war, nicht wahr? Ich habe richtig geschätzt. Das Problem muß irgendwo von hier bis zum Waschbecken liegen."

Als Herr Im, obwohl schon ungefähr achtunddreißig oder vierzig, ihn Chef nannte, wurde er verlegen. Chef! Er war nicht einmal über die unterste Stufe eines Angestellten hinausgekommen. Doch schien sich dieser Mann entschlossen zu haben, alle Hausherren Chef zu nennen.

„Ach zum Teufel. Sehen Sie mal hier, Chef. Diese Schurken! Wie ich schon vermutet habe! Das ist ja von noch schlechterer Qualität als die Sachen von der Marke BS, alles Ramschwaren. Obwohl der Preisunterschied nicht groß ist, nehmen diese üblen Immobilienhaie immer die schlechtesten Produkte."

Herr Im schimpfte und schlug leicht an das verfärbte Rohr. Da mischte sich der junge Mann neben ihm ein.

„Ach, Herr Im. Es ist doch diesen üblen Immobilienhaien zu verdanken, daß wir überhaupt Arbeit haben und davon leben können. Aber nicht nur wir. In Wonmidong gibt es doch Dutzend Installateure. Und diese Leute zu ernähren ist doch ihr Verdienst, oder?"

Nachdem die junge Hilfskraft die Bruchstücke in den Papiersack geschüttet und sie ein paar Mal nach draußen weggetragen hatte, setzte er sich, schon seiner Arbeit überdrüßig, und zündete sich eine Zigarette Arirang an. Aber Herr Im rieß die Packung Arirang, die er von der Hausherrin bekommen hatte, nicht einmal auf und nahm immer seine alten Zigaretten, die er noch hatte. Er empfand bei den frechen Worten dieses jungen Mannes nicht wenig Zorn und runzelte die Stirn wegen des Zigarettenrauchs, den dieser Junge ausblies. Er war ungefähr zwanzig und spielte mit dem Tabakrauch, blies Kreise und staubte seine Kleidung ab. Weil man einem so widerlichen Kerl die Arbeit überlassen hat, wird bestimmt nach ein paar Monaten wieder irgendwo etwas kaputtgehen. Während er zum Zimmer zurückging, plagten ihn wieder die Zweifel. Und Herr Im, der eben diesen Jungen als seine Arbeitshilfe auswählte, kann nicht besser sein, dachte er. Wenn das Rohr schon nicht kaputt geht, könnte es doch passieren, daß das Wasser durchsickert, weil die Rohre nicht richtig abgedichtet sind. Im Ausland, sagt man, stünden die Häuser viele hunderte Jahre lang ohne Probleme, aber in unserem Land war so etwas unmöglich. Als ihm das in den Sinn kam, kam ihm das Wort über die Lippen: "Mit den Kreaturen aus Chosun kann man nichts anfangen."

Es ärgerte ihn, daß solche Schimpfworte, mit Selbstverachtung gepaart, seinem Mund entschlüpft waren. Die Tatsache, daß solch ein Rest japanischen Kolonialismus ihm bewußt oder unbewußt tief eingeprägt war, wunderte ihn. Außerdem hatte er in diesem Frühling seinen Arbeitsplatz gewechselt, er war von der Vertriebsabteilung in die Informationsabteilung versetzt worden und war nun verantwortlich dafür, eine Art Firmenzeitung zu redigieren. Seine Aufgabe war es, kurz gesagt, die besseren Seiten des Koreaners, nämlich seine guten Eigenschaften Anständigkeit, Ehrlichkeit u.s.w. möglichst klar darzustellen. Das bedeutete, daß er sich damit beschäftigte, ungefähr hundert Seiten zu füllen mit der Feststellung, dem Nachweis und der Vergegenwärtigung, daß wir die stolze Nation Han sind. Dennoch war ihm gerade mit jenem Ausdruck „mit den Kreaturen aus Chosun könne man nichts machen..." eine Kritik entschlüpft. So konnte er nicht umhin, einen seltsamen Widerspruch zu empfinden. Das war so, als gehöre er selbst einer stolzen Nation Han an, Herr Im und dieser dumme Junge aber zu den Geschöpfen Chosuns. Während er in diesen Gedanken vertieft war, sprang ihm Eun-He entgegen und schrie laut.

„Papa, Papa. Ziehen wir auch unsere Flagge auf? In So-Ras und Chung-Mis Haus haben sie sie auch aufgehängt."

Stimmt, heute war doch Befreiungstag. Er streckte seinen Kopf aus dem Fenster. An einigen Häusern fehlten sie, aber in den unteren Etagen wiederum mußten alle schon längst die Flaggen aufgezogen haben, sie hingen im heißen Sonnenschein und leuchteten grell. Nachdem er unter dem Drängen seiner Tochter die Flagge aufgezogen hatte, lief sie wieder davon, wahrscheinlich um damit zu prahlen. Während im Bad das Geklopfe noch im vollem Gang war, war seine Frau in der Küche eilig dabei, das Mittagessen vorzubereiten, und das auch noch mit zuwenig Wasser. Sie drehte immer wieder den Ventilator in eine andere Richtung, weil sie sehr schwitzte.

„Heute wird es nicht fertig, oder?"

Seine Frau schien schon darüber verärgert zu sein, daß die Arbeit noch bis morgen andauern sollte.

„Ich vermute, nein."

Er sagte es so nebenbei, als er gerade die Haushaltsgeräte, die ihm im Wege standen, woanders hinstellte. Als er Herrn Im so ähnlich fragte wie seine Frau, antwortete dieser ebenso beiläufig.

„Es wird für Sie kein Problem, Chef, egal wie lange diese Arbeit dauert. Sie bezahlen ja nur das, was auf dem Kostenanschlag steht. Das übrige ist sozusagen meine Arbeit. Und wenn es hundert Tage wären, ich muß halt die Arbeit ohne Fehler zu Ende machen."

Wie Herr Im schon sagte, schien er seine Arbeit heute nicht beenden zu wollen. Der junge Gehilfe arbeitete höchstens eine halbe Stunde lang und machte danach jedesmal eine Pause, indem er entweder ein Glas Wasser trank oder eine Zigarette rauchte. Und Herr Im mußte einerseits auf den Jungen aufpassen und sich andererseits auf seine Arbeit konzentrieren, und dazu noch sprechen. So erschien ihm auch das Arbeitstempo

Herrn Ims sehr langsam. Zugegeben, solche Arbeit war nicht mit der Arbeit an der Nudelmaschine zu vergleichen, aus der die Nudeln nur so herausfließen und wobei man noch Spaß haben kann. Aber gerade diese Arbeit, nämlich klopfen, herausheben und abreißen, zeigten nach einiger Zeit immer dasselbe Bild. Dennoch konnte er nicht wie ein Aufseher vor der Tür stehen und sie ständig kontrollieren, damit sie ihn nicht austricksen konnten. So ging er hier- und dorthin und sah umher.

„Hänge nicht so herum. Geh doch hin und sieh genau zu. Die Arbeiter neigen leicht dazu, flüchtig zu arbeiten, wenn der Hausherr nicht zusieht."

Seine Frau, die gerade den Salat vorbereitete, sagte das so leise, als fürchtete sie, man könnte sie hören. Wenn sein Säugling schreien würde, könnte er sich wenigstens um ihn kümmern. Aber er schlief immer ruhig, wenn er satt war. So hatte er nichts zu tun. Es blieb ihm nichts übrig, als wieder ins Bad zu gehen und zuzuschauen. Herr Im schickte gerade den Jungen fort, um ein neues Rohr zu holen. An der Verbindungsstelle, an der das Rohr von der Badewanne zum Waschbecken umgebogen war, schien etwas nicht zu stimmen. Herr Im hob den Kopf, von dem der Schweiß tropfte, und sagte: „Chef, drehen Sie bitte den Hahn der Wasseruhr auf. Ich glaube, das Wasser wird wahrscheinlich hier herauskommen."

Als er, so wie Herr Im ihn gebeten hatte, den Hahn aufgedreht hatte und zurückkam, sprudelte das Wasser genau an jener Stelle heraus, von der Herr Im sprach.

„Sehen Sie. Wenn ich mit diesem Ding einmal auf diese Stelle schlage, wird das Wasser wie ein Springbrunnen sprudeln."

Herr Im nahm einen Hammer, der neben ihm lag. Kaum schlug er leicht dagegen, da spritzte das Wasser in großer Menge heraus.

„Es ist ganz verrottet, Chef. Drehen Sie schnell den Hahn an der Wasseruhr zu. Die Arbeit ist fast fertig, weil wir die undichte Stelle gefunden haben."

Während Herr Im auf den jungen Mann wartete, bat er seine Frau um ein Glas kaltes Wasser. Daß Herr Im gesagt hatte, die Arbeit sei fast fertig, versöhnte seine Frau ein wenig und sie füllte ihm ein Glas mit einem erfrischenden Getränk und sagte : „Die Wasch- und Klosettbecken sind in Ordnung, oder?"

„Ja. Denn an anderen Stellen braucht man das Rohr nicht zu biegen.

Diese Stelle schien von Anfang an, also schon beim Einbau, zu stark belastet gewesen zu sein, weil man hier die Badewanne aufgestellt hat."

Herr Im trank das Getränk in einem Zuge aus. Er dachte, daß dieser Kerl, der ja nur im Sommer Hausreparaturen machte, doch ganz geschickt arbeitete. Und er sah sich noch einmal das Äußere dieses Kerls genau an. Das T-Shirt, das ursprünglich eine violette Farbe gehabt haben mußte, war wegen des häufigen Waschens vergilbt und an der Hüfte der Trainingshose ragte ein Gummiband heraus. Dort waren die wirren Spuren eines ungeschickten Nähversuchs zu erkennen. Die Schultermuskeln und die Sehnen der Arme waren im Vergleich zu dem kleinen Körperbau recht kräftig, und das vor Hitze gerötete Gesicht sah robust aus, wie das eines Bauern, der gerade zum Pflügen unterwegs ist.

„Herr Chu vom Tapetengeschäft lobte Sie, und Sie arbeiten wirklich ganz gut."

Er lobte ihn. Die Menschen werden beim Lob verlegen. Gerade diesen Mann, einen Arbeiter für einfache körperliche Arbeit, müßten solch schmeichelnde Worte dazu bringen, sich noch eifriger der Arbeit zu widmen. Er bildete sich ein, seine Worte seien sehr geschickt. Aber die Reaktion Herrn Ims entsprach nicht seiner Erwartung.

„Nein. Es ist nämlich gleich, wer da arbeitet. Bei der Reparatur im Bad gibt es halt einen bestimmten Ablauf."

„Trotzdem..."

Er wollte ihm schon mit dem „Trotzdem" das Wort abschneiden. Aber er fand keine Worte und zögerte. Trotzdem sei seine Arbeit die beste; wenn er das so sagen würde, könnte es komisch klingen. Aber wenn er dann formulieren würde: Trotzdem, wer könnte besser arbeiten als Sie, wäre das genauso komisch, weil man sofort seine Absicht erraten könnte.

„Gnädige Frau. Ich kriege diese Reparatur zu hundert Prozent fertig. Kaufen Sie doch Ihre Kohlen in unserem Laden. Ich bin nämlich ein Kohlenverkäufer."

Als Herr Im das ausgesprochen hatte, war es für ihn noch schwieriger, etwas zu sagen. Auf die Selbstanpreisung Herrn Ims konnte er nichts erwidern. Auch seine Frau antwortete nicht mit „ja" und schien irgendwie verschlossen.

„Wo ist Ihre Heimat?"

Er wechselte das Thema, wobei er glaubte, daß er wenigstens in geistigen Dingen Herrn Im nicht unterlegen sein würde. Irgendwas mußte es doch geben, was Herrn Im aufregen könnte. Er nahm sich vor, ihn mit irgendeinem herzlichen Wort zu fesseln, damit Herr Im sich ganz der Arbeit widmen und eine perfekte Reparatur leisten würde.

„Heimat?“

Herr Im fragte zurück und lachte bitter.

„Frag doch nicht nach der Heimat, sagt ein Schlagertext. Wenn man von der Heimat spricht, bin ich einfach sprachlos. Es ist schon sieben oder acht Jahre her. Ich war Bauer in Ichon in der Provinz Kyonggido und hatte das Ackerland verkauft, um ein Stadtbewohner zu werden. Aber jetzt lebe ich so schlecht. Ach, wenn ich doch das Ackerland behalten hätte.“

In diesem Augenblick kam der junge Mann mit einem Rohr in der Hand zurück. Mit einem Eis im Mund, wie es Kinder mögen, ging er mit schlurfenden Schritten ins Bad hinein. Solche Jungs verdienen es, das ganze Leben auf einem Bauplatz als Hilfskraft zu verbringen. Ach, du ahnungsloser Kerl.

Als sie im Bad mit der Arbeit weitermachten, zog seine Frau ihn in eine Ecke. Sie wollte ihm wahrscheinlich etwas zuflüstern, was die Arbeiter nicht hören sollten.

„Was soll dann mit der Rechnung geschehen? Dieser Mann hat anfangs gesagt, er wolle alles im Bad auseinandernehmen, nicht wahr? In seinem Kostenanschlag war das berücksichtigt. Es sind doch fast zweihunderttausend Won, oder?“

Als seine Frau das so sagte, schien auch ihm die Sache nun einleuchtend. Man müsse die Reparatur im Bad hundertprozentig machen, hatte Herr Im immer wieder gesagt und einen Kostenanschlag gemacht, der mehr Arbeitsschritte berücksichtigen mußte als das Auswechseln des Rohrs, das zwischen der Badewanne und dem Waschbecken lag.

„Geh doch hin und frag ihn genau. Wenn es sich um Geld handelt, ist für solche Leute das Lügen kein Problem. So ein hoher Kostenanschlag, aber er hat nur halb soviel gearbeitet. Er hat bestimmt geschwindelt, ich bin ganz sicher. Wie kann unsereins alles wissen, was auf einer Baustelle passiert. Wenn man etwas sagt, müssen wir es halt glauben.“

Seine Frau war voller Sorge. Man hätte hier und da einen Kostenvoranschlag einholen lassen sollen; man hätte Herrn Chus Worten nicht glauben sollen, dann hätte man nicht betrogen werden können. Weil Herr

Im so gewissenlos vorging, könne er seinem Schicksal, als Kohlenverkäufer leben zu müssen, nicht entgehen. Und schließlich sprach sie davon, daß die glatte Ausdrucksweise Herrn Ims nur dem Vertuschen seiner schlechten Absicht diene.

„So einen Kerl hat man nun gelobt, er mache seine Arbeit ganz gut. Ach du meine Güte."

Seine Frau warf ihm einen tadelnden Blick zu und ging in die Küche zurück. Von dort her klang das laute Klirren des Geschirrs. Offensichtlich war seine Frau sehr verärgert, weil sie an das Geld dachte, von dem man ihr unrechtmäßig zuviel abverlangen würde. Sie hatte schon damit begonnen, sich nach dem Preis eines Hauses in Seoul zu erkundigen und grübelte. Sie war der Meinung, daß man doch nicht zu lange in Wonmidong so unscheinbar leben sollte. So betrachtet war ihr Ärger schon zu verstehen. Sie klagte jedesmal, wenn sie mit der U-Bahn über den Hanfluß fuhren. Es sei unerträglich, die Hochhäuser zu sehen, die den Fluß entlang in den Himmel emporragten. Und einmal sagte sie auch, daß das Gefühl, das man bei der Überfahrt des Hanflusses empfand, zwiespältig sei, je nachdem, ob man in Yeongdungpo, wo es diesen Qualm von den Fabriken gab, über den Hanfluß nach Seoul hineinfuhr oder ob man beim Verlassen Seouls den Fluß überquerte.

Die Zufriedenheit, die man nach dem Einzug in ein eigenes Haus verspürt hatte, über die drei Zimmer, darunter ein kleines Zimmer neben der Küche, das man höchstens als Abstellplatz benuzten konnte, die Diele und das Bad, war knapp ein Jahr später schon fast verschwunden. Natürlich war das Leben in Wonmidong anders als das endlose Chaos und das vergebliche Umherirren in Seoul. Aber beim Leben in Wonmidong war es nicht so leicht, Wurzeln zu schlagen. Man fand einfach keine Ruhe wegen der häufigen Reparaturen. Aber noch wichtiger war die Tatsache, daß seine Frau immer noch nicht die Hoffnung aufgegeben hatte, in Seoul leben zu können. Wenn er darüber nachdachte, konnte er es kaum glauben. Als er auf der Ladefläche des Lastwagens gesessen hatte und an Yeongdungpo vorbei und über Kaibong nach Buchon gefahren war, hatte sein unsicheres Gefühl keine Hoffnung auf ein neues Land verraten, keine Erwartung auf ein neues Leben. Eine Art Zufriedenheit, daß man nicht in ein fremdes Haus, sondern in sein eigenes Haus einzog, die hatte er schon empfunden. Sonst wäre er nicht in einen Ort wie Buchon umgezogen.

Gerade hier lag das Unfaßbare. Unter den zwölf oder fünfzehn Millionen Stadtbewohnern Seouls muß es auch solche geben, die weniger Bildung und Geld haben als er und seine Frau. Sogar die leben in Seoul, aber wir sind aus Seoul vertrieben worden und hier gelandet. Dieses Gefühl nagte an seiner Seele und an der Seele seiner Frau, so unauffällig, wie wenn giftiges Kohlengas durch die Tür strömt. Man sagte, in Buchon sei das Leben für die armen Leute viel leichter. Aber er war doch ein Angestellter, dessen Firma sich in Seoul befand, ja, sogar in einer ziemlich angesehnen. Er trank nur mittelmäßig, so daß er bei den Kneipen in der Nähe seiner Firma Schulden von zehn- oder zwanzigtausend bis zweihundert- oder dreihunderttausend Won hatte. Und er war so feige, daß ihm von einem schrägen Blick seines Vorgesetzten das Herz klopfte. Aber er war doch grundsätzlich anders als dieser Herr Im, der im Winter die Presskohle lieferte und im Sommer harte Bauarbeiten leistete.

Seine Frau war fest davon überzeugt, von Herrn Im gründlich betrogen worden zu sein, und machte ein verdrießliches Gesicht, bis sie das Mittagessen brachte. Sie sagte nicht einmal „Guten Appetit", was ihn verlegen machte. Sie hatte auf den Tisch nur zwei Reisschalen gestellt. Für ihn hatte sie nämlich kein Essen vorbereitet.

„Bring mir auch Reis. Ich esse mit diesen Herren zusammen."

Er drängte seine Frau und tat sehr freimütig.

„Iß nachher mit Mutter zusammen. Es ist noch früh", sagte sie und meinte, daß er doch erst vor kurzem gefrühstück hätte. Aber er verstand schon, was sie dabei dachte. Sie wollte sein Essen nicht auf denselben Tisch wie für die Arbeiter stellen. In diesem Augenblick stimmte ihr Herr Im bei, der gerade dabei war, die Eßbestecke zu nehmen.

„Hören Sie auf Ihre Frau. Wir sind bei der Arbeit und unsere Bekleidung ist so staubig. Es schickt sich nicht, mit Ihnen zusammen zu essen."

„Ach was. Bring meinen Reis, schnell."

Seine Frau brachte nur ungern seinen Reis und die Eßbestecke. Mit weißem Zementpulver auf dem Kopf begann Herr Im die übervolle Reisschale zu entleeren. Der junge Tagelöhner aß nur die mit Ei panierten Wurstscheiben. Darum wurde er von Herrn Im ausgeschimpft.

„Ach dieser Hund. Du ißt ja nur das, was deiner Zunge schmeckt. Bist du noch ein Kind, oder was?"

„Reden Sie doch nicht so. In anderen Häusern hat man in der Pause Kuchen und Milch gegeben. Aber heute bin ich wie verhungert."

Vielleicht dachte Herr Im, das sei für ihn peinlich zu hören, und schlug dem Jungen auf den Kopf.

„Gearbeitet hast du nur so viel wie die Tränen eines Spatzen, aber essen willst du so viel wie ein Stier."

„Am Vormittag war die Zeit zu kurz, so daß wir keine Zeit hatten, in der Zwischenzeit etwas zum Essen vorzubereiten. Am Nachmittag wollen wir doch etwas trinken und Pause machen."

Da hob Herr Im ablehnend die Hand, den Mund voll Reis.

„Reden Sie nicht so, Chef. Es ist schon genug. So viel Zeit haben wir nicht, wenn wir heute die Arbeit fertig haben wollen. Dieser Schurke hat einfach einen großen Appetit."

„Ist doch wahr. Um gut arbeiten zu können, muß man essen, weil erst dann die Kraft im Bauch entstehen kann."

Der junge Hilfsarbeiter spitzte seinen Mund.

Diejenigen, die Schreiben gelernt, die Universität besucht haben und mit dem Kugelschreiber arbeiten, brauchen nicht so kräftig zu sein. Bei der geistigen Arbeit ist das übermäßige Essen sogar ein Tabu, aber bei diesen Hilfskräften ist es von Vorteil, wenn man ihnen viel zu essen gibt. Er reichte ihnen diese oder jene Beilagen. Aber dabei fürchtete er, daß er wieder von seiner Frau beschimpft werden könnte.

„Wann haben Sie angefangen, solche Arbeit zu machen?"

Beim Anblick der schwieligen Hände von Herrn Im wurde er auf dessen Lebensweg neugierig.

„Es gibt fast nichts, was ich nicht gemacht habe. Ich dachte, wenn ich fleißig arbeite, ohne meinen Köper zu schonen, könnte ich es besser haben als ein Bauer. Anfangs hatte ich vom Verkauf meines Ackerlandes ein bißchen Geld und habe mit diesem Geld Fische verkauft. Aber dadurch verlor ich meine Investitionen. Und weil ich eben ein Bauer war, versuchte ich es mit Paprikahandel. Aber der verschlang mein ganzes Vermögen."

Genau so schnell, wie er bei seiner Arbeit war, leerte Herr Im die Reisschale und war mit dem Essen schon fertig, als er noch nicht die Hälfte gegessen hatte. Herr Im steckte sich eine Zigarette der Marke Milchstraße in den Mund.

„Ohne Kapital; so mußte ich auf gut Glück arbeiten. Nachdem ich in

Seoul mein Kapital verloren hatte, bin ich nach Buchon umgezogen. Es war vor ungefähr sechs Jahren. Ich habe hier alles mögliche gemacht. Ich verkaufte Eis, Gemüse, Hunde, Seidenraupenpuppen... Wenn man einen Handel betreiben will, muß man Geld hineinstecken, egal wieviel es ist. Und das endet oft mit dem Verlust der Investitionen. Wenn das Geschäft mal glücklicherweise gut ging, hatte ich trotzdem viel Ausgaben, weil ich viele Kinder hatte. Und so arbeite ich seit dem vorletzten Jahr als Hilfskraft. Als Anstreicher, Klempner, Installateur... Es gibt nichts, was ich nicht angepackt habe. Wenn man sagt, man brauche eine ungelernte Hilfskraft, dann arbeite ich eben als ungelernte Hilfskraft, und wenn man einen Tapezierer braucht, arbeite ich eben als Tapezierer. Und wenn der Winter kommt, lade ich auf dem freien Platz die Kohle aus und lebe vom Kohlenausliefern."

Da erinnerte er sich eines langen Textes, den der kleine Sänger Ha, Chong-Il und der große Sänger Seu, Su-Nam sehr schnell sangen, fast ohne zu atmen. So lang war die Liste und so vielfältig waren die Berufe, die Herr Im aufgezählt hatte. Trotz der vielen Beschäftigungen lebt er immer noch in schlechten Verhältnissen. Wenn er das so bedachte, dann mußte wohl dieser Trick, mit dem überzogenen Kostenvoranschlag und der dann doch nur verhältnismäßig geringen Leistung einen Extragewinn zu machen, eine üble Kunst sein, auf die Herr Im am Ende dann verfallen war.

„Auf jeden Fall ist das Kohlenliefern am besten. Die Kosten der Lieferung für die Kohle stehen fest, so daß man rechnen kann, wieviel Kohle man im Winter ausfahren muß, um überleben zu können. Wenn man arm ist, fürchtet man sich sogar davor, daß die Kinder groß werden. In einem Kellerraum wohnen wir jetzt, und manchmal essen wir zweimal am Tag nur billige Instantnudeln, pro Stück einhundert Won. Als wir auf dem Land anbauten, konnten wir an den traditionellen Festtagen wenigstens genügend Reiskuchen zubereiten, für die man pro Mahlzeit ein Maß Reis brauchte... Als ich auf dem Land war, schien es nur in der Stadt haufenweise Geld zu geben. Aber sobald ich in die Stadt kam, war es schwierig, überhaupt Geld zu sehen."

Er fragte sich, was Herr Im wohl mit dem Geld, das er durch seinen Schwindel von den Hausherrn gewonnen hatte, gemacht hatte, und wieder sah er Herrn Im an. Wahrscheinlich gab es keinen zweiten Hausherrn, der einfach solchen Wanderburschen wie Herrn Im einen Arbeitsauftrag geben würde, vermutete er und verlor den Appetit. Ihm schien, er hatte sich zum Narren gemacht.

„Sie hätten lieber weiter Eis verkaufen sollen. Das kühlt doch im Sommer sicher schön, oder?"

Laut rülpsend lächelte der Junge. Da er wählerisch war und nur die Beilagen gegessen hatte, die ihm zu schmecken schienen, blieb sein Reis übrig. So ein bedauernswertes Geschöpf, dachte er und wandte sich von ihm ab und sah Herrn Im zu.

„Ach das. Bloß kein Wort davon. Ich hatte viel Geld investiert, weil ich einen Lastwagen leihen und da drinnen die Gefrieranlage einrichten mußte. Anfangs schien das ein bißchen Gewinn zu bringen. Genau genommen wurde ja Eis eigentlich mit Wasser gemacht. So hatte ich eine ganze Saison hindurch gearbeitet, aber am Ende verdiente ich nichts. Weil ich zu billig geliefert hatte, um Stammkunden zu gewinnen. Also: ich hatte mich umsonst abgemüht."

„Als Sie Hunde verkauft haben, mußten Sie viel Hundefleischsuppe essen, nicht wahr?"

Das sagte der Junge abschätzig, der, an die Wand gelehn,t rauchte.

„Chef, Sie essen auch Hundefleischsuppe, oder? Im Sommer ist es am besten, wenn man zur Hundefleischsuppe Reis ißt."

Seine Frau, die gerade den kleinen Eßtisch wegtrug, verzog ihren Mund. Abgesehen vom Ärger seiner Frau, war Herrn Ims Geschichte vom Hundehandel ganz interessant. Als Herr Ims Mischlingshund Junge warf, begann sein Hundehandel. Wie Herr Im sagte, verlief dieser Handel so, daß man einen Rucksack auf den Rücken nahm, in dem die Arme eines Tintenfisches oder die Köpfe von Schellfischen waren, und so in den ruhigen Wohnbezirken umherlief.

„Wie früher sind auch heute sowohl die Käufer als auch die Verkäufer bei den Preisen von Mischlingshunden sehr knauserig. Es bringt schon Gewinn, wenn man ein herrenloses Schoßhundjunges findet. Man wirft ihm den Kopf eines Schellfisches hin, wartet, bis das Hundejunge ihn ganz aufgefressen hat, und geht weiter, wobei das Hundejunge mit lechzendem Maul folgt. So geht man ein Stück weiter, dann legt man ihm eine Halskette um den Hals und geht mit ihm zusammen weg. Schon ist die Sache erledigt. Es gibt, wie Sie auch wissen, im Markt Yeongdungpo eine Gasse für Hundefleisch. Wenn man das Hundejunge dort abgibt, ist die Sache fertig. Am nächsten Tag geht man dorthin und sieht, daß dieser Hund als rotes Fleisch auf dem Verkaufstisch liegt. Es war keine Sache, die man ohne Gewissensbisse erledigen konnte. Wie der Hund mit weitgeöffneten Augen tot dalag, bekam man schon ein schlechtes Gewissen."

Als die Zahl der Hunde, die von Herrn Im angeschleppt und im Schlachthof aufgehängt wurden, einige Dutzende zählte, hörte Herr Im mit dem Hundehandel auf. Es war in dieser Zeit, daß Hundefleisch, das ihm früher so gut geschmeckt hatte, langsam ekelhaft wurde. Und kurz danach machte man viel Aufhebens in den Medien, daß das Hundefleisch irgendeine Bakterie enthielte. So kam eine Zeit, in der das Leiden der Hunde abnahm.

Als sie sich erhoben, um weiter zu arbeiten, kam seine alte Mutter mit Eun-He herein, die vor ihr herging.

„Das Haus war sehr schön. Ich wußte nicht, daß es ein so schön eingerichtetes Haus in Buchon geben könnte."

Sie meinte damit das Haus des Diakons Kim.

„Mutter, essen Sie bitte."

Seine Frau brachte schon das Mittagessen.

„Nein. Ich komme nur, um Eun-He zu holen. Dort ist man sehr damit beschäftigt, ein Essen vorzubereiten, um mit dem Herrn Pastor eine Andacht für den Umzug zu halten. Wenn Eun-He hier ist, könnte sie die Arbeit stören. Darum nehme ich sie mit, esse dort und komme zurück, nachdem ich dort ein bißchen weitergeholfen habe."

Nachdem seine Mutter Eun-He die schmutzige Kleidung ausgezogen hatte, ging sie wieder weg. Seine Frau saß allein zu Tisch und füllte ihre Reisschale mit Wasser. Es war ein Zeichen, daß sie sich unwohl fühlte.

„Was ist?" fragte er sie eindringlich.

„Sie hätte Eun-He hier lassen sollen. Ach, warum hast du sie nicht davon abgehalten?"

„Was ist denn dabei so schlimm? Eun-He kann ja dort etwas ganz Leckeres essen."

„Macht es dir denn nichts aus, daß sie in einem Haus, wo man sehr mit dem Umzug beschäftigt ist, womöglich schief angestarrt wird? Sind wir denn Bettler, daß wir uns nicht einmal leckeres Essen vorstellen können?"

„Ach du meine Güte. Was ist mit dir los? Hast du etwa etwas dagegen, daß Diakon Kim ein Haus so groß wie ein Palast gekauft hat?"

„Wer sagt das. Außerdem sind ja unsere Verhältnisse überhaupt nicht mit denen von Diakon Kim zu vergleichen."

Seine Frau schien sich ihres Standes einigermaßen bewußt zu sein. Das zeigte sich auch darin, daß sie sogleich auf das Problem des Kostenvoranschlags zurückkam.

„Geh doch schnell hin und mach ihn darauf aufmerksam. Wie ich vorhin hörte, muß er mit allen Wassern gewaschen sein, ein sehr fähiger Kopf."

Als er den Lebenslauf Herrn Ims hörte, hatte er sich ein armseliges Leben vorgestellt; ein Leben, das ebensowenig zu retten war wie das Leben der Hunde, die von ihm verschleppt wurden. Aber seine Frau sagte, nachdem sie die dieselbe Geschichte gehört hatte, daß sie ihn durchschaut hätte und er ein sehr fähiger Kopf sei.

„Es ist nicht dringend. Das kann ich bei der Übergabe des Geldes machen. Wenn er ein sehr fähiger Kopf wäre, wäre er nicht in solchen Verhältnissen."

Er stand bewußt oder unbewußt auf Herrn Ims Seite und nahm nicht mehr für seine Frau Partei. Aber auch das war nichts als etwas Mitleid, das er beim Zuhören einer armseligen Lebensgeschichte von irgendeinem Kerl empfunden hätte.

Am Nachmittag nahm die Arbeit eine neue Wendung. Denn der Junge, der nur sehr ungern tat, was man ihm befohlen hatte, hörte wegen einer Verabredung mit der Arbeit auf.

„Geben Sie mir jetzt den Lohn für den halben Tag. Sie haben für gestern auch nicht bezahlt, nicht wahr? Ich habe nicht mal Geld für eine Tasse Kaffee."

Der Junge streckte Herrn Im seine Hand entgegen. Er achtete nicht darauf, daß er ihnen zusah. Herr Im schien ihm zuerst einen Schlag auf den Kopf geben zu wollen, doch händigte ihm dann einen Geldschein von fünftausend Won aus, wobei er vor sich hin schimpfte. Der Junge stand vor dem Spiegel, der an der Wand hing, sah sich seine Zähne darin an, kämmte sich mit seinem Kamm, den er bei sich hatte, die Haare und wusch lange Zeit seine Hände in der Küche, den Wasserhahn über der Spüle aufgedreht. Man konnte schon erraten, wohin er mit dem Lohn für den Vormittag gehen würde.

„Weil er nichts Schweres durchgemacht hat, ist er so. Er ist ein Nachbar von mir. Da er zu Hause nur faulenzt, nehme ich ihn zur Arbeit mit. Aber er lebt so leichtsinnig."

„Er sieht nicht so aus, als ob er zu einer solchen Arbeit gehen würde."

„Stimmt. Das paßt gut zu ihm, als Schürzenjäger andere zu betrügen."

Andere zu betrügen, diese Worte kamen aus dem Munde Herrn Ims, so daß er nicht anders konnte, als sich an die kriminelle, schlechte Absicht zu erinnern, mit der Herr Im ihm so viel Geld aus der Tasche ziehen wollte, wie auf dem Kostenanschlag stand. Herr Im, obwohl zu anderen Menschen so streng, war mit sich selbst sehr großzügig, hoffte vielleicht, daß man seinen Betrug doch verstehen könne.

Er begann damit, daß er beim Aufstellen der Badewanne auf die ursprüngliche Stelle half und arbeitete tüchtig, wie eine ungelernte Hilfskraft unter der Leitung Herrn Ims. Als er vorhin den Jungen arbeiten sah, empfand er seine Arbeit als Kleinigkeit. Aber jetzt, wo er selbst als ungelernte Hilfskraft arbeitete, wurde ihm klar, daß solche Arbeit viel Kraft verlangte. Zuerst bestand die Arbeit darin, ein paar Mal einen Sack voll zerbrochener Steine bis zum unteren Stock wegzutragen. Sie war für ihn so schwer, daß ihm seine Schultern weh taten. Und nachdem er drei- oder viermal die Treppen hinauf- und hinuntergegangen war, war sein Turnhemd vom Schweiß völlig durchnäßt. Herr Im sagte zu ihm immer „Chef, Chef", aber scheute sich nicht, ihm alle mögliche Arbeit zuzuschieben - so schien es ihm jedenfalls - , was ihn langsam ärgerlich machte.

„Chef. Heute haben Sie keine Ruhe, nur viel Arbeit. Ach, es ist ganz schlimm. Sehen Sie mal Ihren Schweiß."

Herr Im sah erstaunt die Schweißtropfen auf seinem Gesicht, obwohl auch er selbst viel schwitzte, und lächelte gutmütig. Die Arbeit, Zement und Sand zu tragen und sie zu mischen, war die Sache des Chefs, und Herr Im machte, wie es sich für seinen Stand als Techniker ziemte, nur die Maurerarbeit. Dann mußte er, der sog. Chef, sobald die Dichtungsmittel alle waren, zum Baumittelgeschäft hinunterlaufen oder mit lang ausgestreckten Armen kräftig gegen die Badewanne drücken, damit sie besser ausgerichtet werden konnte.

Es war nach drei Uhr. Seine Frau brachte eine Flasche Makgoli und einige Beilagen. Erst da konnten er und Herr Im sich ausstrecken und eine Pause machen.

„Für die Arbeiter ist Makgoli das Beste."

Als Herr Im kurze Zeit später eine Flasche Makgoli entleert hatte, rannte er die Treppen hinunter, um die Fliesen zu holen. Vielleicht als ein Dankeschön für seine Frau, die als Beilage gebratenes Schweinefleich gebracht hatte, oder als wohldurchdachte Vorarbeit für sein Kohlengeschäft, sagte Herr Im, als er Makgoli trank:

„Gnädige Frau. Sagen Sie nur, wenn irgendwo der Beton abgebröckelt ist. Man legt bloß Fliesen, dann ist die Arbeit fertig. Die Sommertage werden länger, ich repariere das."

Nachdem Herr Im weggegangen war, spitzte seine Frau den Mund.

„Er hat wohl ein Gewissen. Aber er hat ein schlechtes, weil er uns um unser Geld bringen will."

„Nein, nicht deswegen. Das bedeutet nur, daß er für meine Zuarbeit dankbar ist. Worauf du immer kommst..."

„Vielleicht wirst du langsam einem Arbeiter mit übler Gesinnung ähnlich, oder?"

Auf jeden Fall hatten sie sich entschlossen, jetzt, wo sie sowieso viel Geld bezahlen mußten, den Dachboden reparieren zu lassen, weil von der darunterliegenden Zimmerdecke das Wasser tropfte, wenn es viel regnete. Es könnte schon reichen, nur die Stelle, von der Wasser tropfte, aufzubrechen und dort abzudichten, aber sie hatten es bis heute verschoben, weil die Tapeten noch nicht durchfeuchtet waren.

Man verlegte die Fliesen und räumte die durcheinanderliegenden Werkzeuge auf. Dann war die Reparatur im Bad fertig. Es war kurz vor sechs, aber der Sommertag war lang und man konnte noch deutlich den blauen Himmel sehen. So bereitete sich Herr 'm in aller Ruhe auf die Abdichtungsarbeiten auf dem Dachboden vor Er versuchte, mit Herrn Im die Stelle zu finden, aus der vermutlich das Wasser tropfte, und begann, mit dem Hammer zu schlagen. Aber er bereute es. Denn nur ein paar Schläge spannten seine Sehnen in den Schultern so an, daß er Schmerzen verspürte.

Aber das war nur der Anfang. Obwohl sie nur ungefähr einen Peong breit aufgeschlagen hatten, war schon zu viel Schutt angefallen, als daß man ihn in drei Gängen hätte wegschaffen können. Und um diese Stelle wieder auszubessern, mußte man mehr als fünfmal fünf Säcke Zement und Sand auf dem Rücken hin- und hertragen. Als er die Treppen mit ihren acht Wendungen hinaufging, zitterte sein Unterkörper. Dennoch konnte er nicht die ganze Arbeit Herrn Im überlassen. Es war eben so, daß Herr Im eine Arbeit verrichtete, die nicht auf dem Kostenvoranschlag stand. So schulterte er durchgeschwitzt immer wieder von neuem die Last.

Wirklich, das war keine Arbeit für jeden. Er erinnerte sich an Herrn Park, Tschan-Sung von der Vertriebsabteilung. Als er in die Informationsabteilung versetzt worden war, hatte er sich beklagt und ein weinerliches Gesicht gemacht: „Was soll das? Mir eine Arbeit anzuvertrauen, von der ich keine Ahnug habe. Hält man mich zum Narren, oder was?"

Da wollte ihn Herr Park trösten: "Meckere nicht und respektiere deine Vorgesetzten. Man sagt zwar, es sei scheußlich, ein Angestellter zu sein, aber wenn wir hier entlassen würden, was würde aus uns werden? Haben wir denn Ersparnisse, reiche Schwiegereltern oder ein Grundstück? Nichts haben wir, oder? Und außerdem: Können wir etwa mit unserem Körper arbeiten und davon leben? Absolut nicht. Unser Körper ist schon verfault. So verfault vom Trinken, von der Anpassung an die Vorgesetzten und von belanglosem Wissen. Mir fällt es sogar schwer, auch nur das Eßbesteck zu heben. So einen schwachen Körper habe ich."

Jedes Wort war richtig. Weil er sich anstrengte für eine Arbeit, die er sein ganzes Leben lang noch nie gemacht hatte, tat ihm der Kopf weh. Bei Herrn Im war noch alles ganz in Ordnung, obwohl der schon vom frühen Morgen an bis zum jetztigen Augenblick seinen Körper angestrengt hatte. Und wenn er auch noch so schwitzte, er sah gar nicht müde aus. Heute war Befreiungstag. Ja, er war so mutig wie ein Soldat der Befreiungsarmee. Er war ein Mann von Riesenkraft, wirklich, ein Kraftprotz war er. Wenn der in der Koryo-Zeit geboren wäre, wäre der bestimmt ein mutiger General gewesen, ein mutiger General von unnachgiebiger Natur.

So murmelte er vor sich hin, als er auf die kräftigen Wadenmuskeln sah. Diese unnütze Grübelei, diese in die Länge gezogenen Gedanken, die nie enden wollten. Eben dies war der Grund für seine Kopfschmerzen, dachte er und schüttelte den Kopf. Aber dennoch schloß sich seinem Gedanken immer wieder ein neuer Gedanke an.

War die Tatsache, daß die Arbeiter schlecht arbeiteten oder ihre Arbeit schlecht machten, ohne daß der Auftraggeber es wußte, nicht eine Art Widerstand gewesen? Vor der Befreiung, in der japanischen Kolonialzeit, hatte man da die Arbeit nicht noch schlechter verrichtet, ohne daß die

Japaner es bemerkt hatten, die uns Chosenjing nannten? Eben wegen dieses stinkenden Gaidaggak. Und hatten nicht nach der Befreiung und bis jetzt die strukturellen Widersprüche der Gesellschaft die Arbeiter in diesem schlechten Tun festgehalten. Bis heute noch genießen die reichen Klassen ohne Scheu, ohne Zweifel ihren Reichtum, und die Arbeiter, die wie Herr Im die grobe Arbeit verrichten, entziehen sich weiterhin schamlos der rechten Arbeit und arbeiten flüchtig, wenn es die Umstände erlauben. Wenn es so ist...

Herr Im, nicht ahnend, welche Gedanken in seinem Kopf herumschwirrten, war ganz damit beschäftigt, den Zementmörtel geschickt auf die aufgeschlagene Stelle zu spachteln. Die Arbeit im Innenraum war kein Problem, aber die Arbeit draußen war problematisch, falls es regnen würde, bevor der Mörtel trocknete. So sah er zum Himmel empor. Wie an jedem Sommerhimmel zogen dort ein paar dunkle Wolken vorüber, und hinter diesen dunklen Wolken schwebten, vom Südwind getragen, kleine wellenartige Wolken. Wie kann man die Launen des Wetters abwenden, dachte er und schüttelte die Erde von seinen Händen ab. Er wollte eine Zigarette rauchen, weil er glaubte, daß Herr Im gleich mit seiner Arbeit fertig sein würde.

„Im Sommer regnet es sehr häufig. Dann haben Sie nichts zu tun, nicht wahr?"

„Wenn es regnet, habe ich trotzdem etwas zu tun."

Herr Im beschleunigte sein Arbeitstempo. Schon begann es in der Umgebung zu dämmern.

„Wenn es regnet, haben Sie dann eine andere Arbeit?"

„Bei Regen muß ich früh nach Karibongdong fahren."

„Nach Karibongdong?"

„Ja, Chef. Das brauchen Sie nicht wissen. Auf jeden Fall, wenn es regnet, fahre ich nach Karibongdong."

Herr Im unterbrach kurz seine Arbeit und machte ein rätselhaftes Gesicht. Jeden Tag so schwer gearbeitet. Dann muß man sich doch wenigstens an dem Tag ausruhen, an dem es regnet. Das wollte er sagen, doch er schwieg. Wer möchte sich nicht gerne erholen? Aber als ein Vater, dessen Familie zweimal täglich nichts als Instantnudeln zu essen bekam, wie könnte er da einen Tag müßig zu Hause herumsitzen? Dieser Gedanke hielt ihn zurück.

Er dachte zunächst, die Arbeit auf dem Dachboden sei ganz einfach. Aber die Arbeit dauerte unerwartet lange. Man mußte die Fläche so schräg machen, daß das Wasser leicht in die Dachrinne fließen kann. Und weiter mußte man den Boden aufschlagen und die Ebene glatt machen, um zu verhindern, daß Wasser aus der Verbindungsstelle sickert. All das verlängerte die Arbeit. Die Nacht war schon angebrochen, die Fenster in den Nachbarhäusern wurden allmählich beleuchtet. Trotzdem wollte Herr Im nicht aufhören zu arbeiten, bevor er mit dem Ergebnis ganz zufrieden war. Hier und da vermessen, dazu noch eine schon verschlossene Stelle wieder aufgeschlagen, so mörtelte er immer weiter. Indem er zusah, schien es ihm, als hätte Herr Im vergessen, wie die Zeit verging.

Seine Frau war schon mehrmals aufs Dach heraufgekommen, hatte die Forschritte bei der Arbeit begutachtet und drängte schließlich, als würde es ihr zuviel:

„Lassen Sie es gut sein. Es ist schon dunkel. Kommen Sie doch schnell runter."

„Es ist gleich fertig. Wenn man schon einmal begonnen hat, muß man auch alles ganz ordentlich machen."

Noch einmal das Dichtungsmittel gespritzt, mit den Fingern mehrmals verschmiert, erst dann erhob sich Herr Im. Während Herr Im in seine Arbeit vertieft war, sah er zu, fast ohne zu atmen. Wenn der Lohn für diese zehn schwieligen Finger nur ein Einzelzimmer im Keller sein sollte, war das nicht zu wenig? So fühlte er, daß sich in seinem Herzen Mitleid regte. Er empfand, daß die Hände dieses Mannes irgendwie außergewöhnlich waren. Seine zehn Finger, die mit dem Arbeitsmaterial verwachsen schienen, bewegten sich schnell und waren mehr als nur Finger. Zuerst glaubte er, es sei vorgetäuschter Eifer, weil es für diesen Kerl doch peinlich sein mußte, was auf dem Kostenvoranschlag stand. Als er einmal während der Arbeit vom Dach in die Wohnung hinuntergestiegen war, hatte seine Frau dieselben Gedanken geäußert.

„Die Arbeit auf dem Dach scheint unerwartet schwierig zu sein, nicht wahr? Jetzt muß doch auch dieser Mann eingesehen haben, daß man sein Geld nicht umsonst verdient."

Aber vorausgesetzt, es wäre nur vorgetäuschter Eifer gewesen, dann hätten sie sich jetzt doch genug abgequält. Denn er hatte bis acht Uhr abends in seiner Rolle als Zuarbeiter schwer geschuftet. Auch seine Frau wurde, obwohl sie diese Arbeit gewünscht hatte, allmählich bedrückt und ungeduldig.

Während seine Frau unten auf die beiden wartete, bereitete sie einen kleinen Umtrunk vor. Herr Im wusch sich die Hände und Füße, ging auf die Treppe hinaus, staubte seine Kleidung ab und sah endlich auf die Uhr. Als ihm bewußt wurde, daß schon acht Uhr um war, entschuldigte er sich bei ihm und seiner Frau.

„Schon so spät? Es tut mir wirklich leid, daß Sie heute bis zu dieser späten Stunde so viel Mühe hatten. Auch Sie, Chef. Sie um so mehr. Es tut mir leid."

Nicht er, sondern seine alte Mutter lobte Herrn Im, während sie im Zimmer seine Kinder versorgte.

„So jung und trotzdem arbeitet man so tüchtig. Wenn es zu spät wird, kann man doch morgen weitermachen. Aber wie ich sehe, scheuen Sie die Arbeit nicht. So werden Sie es künftig gut haben."

Er kniete, die Hände gegen den Boden gedrückt und hörte ihren wohlwollenden Worten zu.

„Ich glaube an Jesus und finde es zwar abscheulich und halte nichts davon, daß Männer trinken, aber ich sehe schon, man kann nicht umhin zu trinken, wenn man so schwer gearbeitet hat. Ich gehe jetzt ins Zimmer. Bitte erholen Sie sich ein bißchen, bevor Sie weggehen."

Nachdem seine alte Mutter ins Zimmer gegangen war und die Tür hinter sich geschlossen hatte, füllte er Herrn Ims Glas. Herr Im nahm es mit beiden Händen, also sehr höflich, entgegen und trank sehr zurückhaltend.

„Ach, was soll das. Machen Sie es sich bequem. Trinken wir ganz gemütlich miteinander. Wir könnten doch fast gleich alt sein."

Er sagte das zwar so, aber der Gedanke, Herr Im könnte womöglich älter sein als er selbst, war ihm peinlich. Wenn der kalte Wind weht, muß dieser Mann wieder Kohle transportieren und sich dabei seinen ganzen Körper schmutzig machen. Und im Sommer muß er von einem Tag auf den anderen leben, angewiesen auf die Arbeit, die ihm seine Kollegen, die ein gutlaufendes Geschäft haben, nur dann geben, wenn sie keine Leute als Aushilfe haben. Ob dieser Kerl darin einen Trost finden würde, daß er vielleicht eine große Zukunft vor sich hätte?

„Wie alt sind Sie, Chef? Ich bin im Jahr des Hasen geboren, ich bin sechsunddreißig."

Wenn Herr Im sechsunddreißig und im Jahr des Hasen geboren war, war er fünfunddreißig und im Jahre des Drachen geboren. Seine Frau, die neben ihm saß und immer wieder ihr Portemonnaie auf- und zumachte, sagte eben „Er ist...“. Aber er schnitt ihr sofort das Wort ab.

„So? Ich bin auch im Jahr des Hasen geboren. Wir sind also gleich alt.“

Seine Frau sah ihn verwundert an. Er achtete nicht darauf und füllte noch ein Glas für Herrn Im, um auf ihr gleiches Alter anzustoßen. Er war froh, daß er zu seinem Alter nur ein Jahr hinzuzuschwindeln brauchte.

„Die Männer, die im Jahr des Hasen geboren sind, haben doch ein schweres Schicksal, nicht wahr? Die Frauen, die im Jahr des Hasen geboren sind, haben es gut, aber wir Männer haben ein mühsames Leben. Dennoch leben Sie glücklich und bequem, d.h. die Glücksgöttin lächelt Ihnen zu.“

Ach was. Es war ihm eigentlich peinlich.

Seine Frau wurde unruhig, vielleicht wegen des Geredes über die im Hasenjahr Geborenen, oder weil sie sah, daß der Alkohol, den sie serviert hatte, fast ausgetrunken war. Sie öffnete entschlossen ihr Portemonnaie.

„Wir müssen bezahlen, aber...“

Sie konnte nicht weiter reden und sah ihm ins Gesicht. Er hob sein Glas und tat so, als sähe er sie nicht. Ach die Frauen, sie sind alle gleich. Seine Frau schien nicht bereit zu sein, Herrn Im das ganze Geld zu geben, obwohl Herr Im noch auf dem Dachboden gearbeitet hatte. Er betete, seine Frau möge ihm das ganze Geld aushändigen, das auf dem Kostenvoranschlag stand; eine Summe, nur zwanzigtausend Won weniger als zweihunderttausend Won. In diesem Augenblick hob Herr Im ablehnend die Hände.

„Bitte zeigen Sie mir den Kostenvoranschlag, den ich Ihnen gegeben hatte. Der Geldbetrag muß geändert werden.“

Seine Frau überreichte ihm den Anschlag, den sie in der Hand hielt. Es war kein gedrucktes Formblatt, sondern ein einfacher Briefbogen, auf dem ein rötliches Grundmuster schimmerte. Herr Im sah es lange an. Er und seine Frau waren sehr gespannt darauf, was nun aus seinem Munde kommen würde.

„Weil ich getrunken habe, kann ich schlecht kopfrechnen.“

Herr Im beugte sich über den rötlichen Briefbogen, addierte die Zahlen, substrahierte sie und zog eine Linie.

Er nahm die leere Flasche, schüttelte sie, füllte ein halbes Glas und entleerte es eilig. Es kam ihm selbst schrecklich vor, daß er wegen der Zahlen, die in Herrn Ims Kopf herumgingen, sehr ungeduldig war.

„Jetzt haben wir es, Chef. Es war nämlich so. Anfangs wußte ich nicht genau, aus welcher Stelle des Rohrs das Wasser sickerte. So hatte ich mir vorgenommen, das Ganze aufzuschlagen. Aber wie ich schon sagte, ging die Arbeit viel einfacher. So wird der Tageslohn vierzigtausend Won weniger als beim Anschlag. Zement haben wir auch nicht soviel verbraucht, beim Sand ist es genauso, ja..., keinen Lastwagen zum Wegtransport des Mülls gebraucht, vom Dichtungsmittel haben wir nicht mal die halbe Menge verbraucht, dann wird das hier auch weniger, und..."

Herr Im erklärte die Einzelheiten und zeigte mit dem Kugelschreiber darauf. Aber ihm wollte diese Erklärung nicht so recht einleuchten. Etwas stimmt doch nicht, es kann doch nicht wahr sein. Dieses Gefühl und die Schmerzen in seinen Schultern bedrückten ihn.

„So, es reichen dann insgesamt siebzigtausend Won."

Kaum gesagt, überreichte Herr Im seiner Frau den rötlichen Briefbogen. Mehr als er selbst war aber seine Frau überrascht. Sie schien das Wort „siebzigtausend Won" nicht recht glauben zu können.

„Siebzigtausend Won? Und auf dem Dachboden..."

„Materialkosten für die Reparatur auf dem Dachboden sind schon darin enthalten. Das kostet ja nicht viel."

„Wir wollen nicht unverschämt sein..."

Seine Frau sah ihn an, diesmal mit Hilfe heischendem Blick. Da konnte er nicht anders als sich einmischen.

„Rechnen Sie bitte nochmal nach. Hatten Sie nicht zuerst einhundertachtzigtausend Won gesagt?"

„Wollen Sie mir mehr Geld geben? Ach, Chef. Habe ich denn ohne Bezahlung gearbeitet? Ich habe schon alle Kosten eingerechnet. Mein Lohn für die Arbeit auf dem Dachboden war gratis."

„Gratis?" erwiderte er erstaunt.

„Jawohl. Ich leiste auch manchmal etwas gratis, wenn ich will."

Er schwieg. Er konnte keine Worte finden.

„Ich frage mich, wie Sie es so gut haben können, obwohl auch Sie im Jahr des Hasen geboren sind. Jetzt weiß ich, warum. In anderen Häusern nörgelt man an allem herum, um nur einen Pfennig weniger zu bezahlen.

Ich bin zwar ein Ungebildeter, also ein kleiner Arbeiter, aber ich möchte Ihnen etwas sagen. Sie dürfen in Zukunft nicht so weichherzig bleiben, wenn Sie sich durchs Leben schlagen wollen. Ich habe schon bekommen, was ich bekommen mußte. Darum kaufen Sie bitte die Kohle von mir, wenn der Winter kommt."

Herr Im steckte siebzigtausend Won in seine Tasche, die ihm seine Frau gegeben hatte und erhob sich.

Er wollte Herrn Im bis zum Erdgeschoß begleiten. Während er und Herr Im die Treppe runtergingen, wobei einmal er und ein andermal Herr Im voranging, stieß Herr Im mehrmals mit seiner Tasche, die voller Werkzeug war, gegen das Geländer. Die kühle Nachtluft kam ihnen entgegen, und er überlegte, mit welchen Worten er sich von Herrn Im verabschieden sollte. Sie haben sich viel Mühe gemacht, ich danke Ihnen; aber solche Worte, sind die nicht zu wenig für das „Gratis" dieses Kerls? In diesem Augenblick ergriff Herr Im plötzlich seinen Arm.

„Chef, ich fühle mich so gut. Ich lade Sie zu einem Glas Bier ein. Gehen wir."

Herr Im zeigte auf die mit einer Glühlampe beleuchtete Bank des Supermarkts Hyongche. Sie stand draußen.

„Ich lade Sie ein."

„Nein, ich lade Sie ein."

„Gut. Ob ich oder Sie. Gehen wir."

Sie bestellten beim Vertreter Kim drei Flaschen Bier.

„Mann, wo haben Sie denn schon die erste Runde gemacht?"

Vertreter Kim aus Buan in Chollado hatte die Gabe, mit seinem reinen Dialekt die Menschen zu bezaubern.

„Bier ist gut, aber bitte zahlen Sie doch zuerst Ihre Schulden zurück."

Herr Im zahlte ihm, ohne ein Wort zu sagen, eintausenddreihundert Won zurück und bat ihn drei Guipo zu braten, denn er war gutgelaunt.

„Chef, bitte bestellen Sie auch andere Beilagen."

Herr Im sah ihn an.

„Ach, was soll das mit diesem blöden Chef, wir sind doch gleich alt. Diese Anrede war mir schon den ganzen Tag peinlich. Duzen wir uns."

Er hob sein überschäumendes Glas und sprach laut. Herr Im warf ihm einen verblüfften Blick zu.

„Gut, Bruder. Trinken wir."

Herr Im stieß brav mit dem Glas an, so daß es klirrte.

„Jawohl, jawohl. Wir sind zwei gleiche Hasenjungen. Was soll das mit diesem blöden Chef!"

Er war nicht weniger nett als Herr Im. So tranken sie zusammen, sich gegenseitig einschenkend.

„Aber die Kinder habe ich mir gut herangezogen."

Herr Im erzählte, er habe vier Kinder. Sein ältester Sohn gehe in die vierte Klasse und lerne gut. Und er prahlte damit, daß seine zweite Tochter der Basketballmannschaft ihrer Schule angehöre und ihr Talent nicht geringer sei als das der Nationalspielerin Park, Tschan-Suk.

„Daß ich meinen Kindern nicht einmal Gomkuk zu Essen gegeben habe, das bedauere ich sehr, Bruder. Wenn ich diesmal nach Garibongdong fahre, werde ich dieses Schwein beim Genick packen."

Herr Im spuckte laut aus. Da kam ein kleines Bastardhündchen angerannt, in der Hoffnung, etwas Leckeres zu finden.

„Wenn du nach Garibongdong fährst, kannst du dort Gomkuk kriegen?"

Als er das Glas nahm, das ihm Herr Im reichte, fühlte er, daß der Alkohol schon seinen ganzen Körper in Beschlag nahm, und schüttelte den Kopf. Ihm fiel ein, was Herr Im vorhin gesagt hatte, nämlich daß er nach Garibongdong fahren werde, wenn es regnet.

„Nicht nur Gomkuk, sondern auch ein Fahrrad für meinen ersten Sohn und ein Paar Sportschuhe für unsere Basketballspielerin. Und noch Geld für die Dauerwellen meiner Frau. Achthunderttausend Won sind es, achthunderttausend, so viel ist das, verdammt nochmal. Ich hatte ein Jahr lang diesem Schweinehund die Presskohle geliefert. Der macht Pullover. Und dieses Schwein hat keinen Pfennig bezahlt und hat sich bei Nacht aus dem Staub gemacht. Er hat so getan, als ob seine Fabrik bankrott gegangen sei. Darum tat er mir auch leid. Aber weißt du was, Bruder? Dieses Schwein hat in Garibongdong eine noch größere Fabrik gegründet. Wir Arbeiter sind aus so verschiedenen Berufen, daß wir eine solche Nachricht sofort erfahren."

„Na klar, natürlich mußt du das Geld bekommen."

Er hatte einen Schluckauf. Seine Hand zitterte unsicher, als er Herrn Im Bier einschenkte. Im Vergleich zu ihm sprach Herr Im noch recht klar.

„Haben wir denn etwa deswegen kein Geld, weil wir keines haben wollen? Man kann nur dann Geld bekommen, wenn es einem jemand gibt. Bruder, alle, die Geld haben, sind Räuber. Wenn ich zu ihm laufe, macht er ein weinerliches Gesicht. Er hätte noch den Lohn für die Arbeiterinnen nicht bezahlt, sein Wechsel sei gesperrt worden, und daher hätte er eine Halskette seiner Frau verkauft, so übertraf er mich noch mit Klagen."

„So ein Arschloch."

Er stellte sich diesen Fabrikanten vor. Bestimmt hat der ein feistes Gesicht und einen fetten Bauch.

„Es geschah also im letzten Jahr. Wie du weißt, regnete es in jenem Sommer sehr oft. Wenn es regnete, fuhr ich nach Garibongdong. Jedesmal bei Regen."

„Ach du meine Güte, bei dreihundertfünfundsechzig Tagen gibt es so viele Tage, an denen es regnet. Warum machen Sie sich Sorgen darüber?"

Der Vertreter brachte wieder Bier und schwatzte.

„Sei still, du Dummkopf. Nur wenn es regnet, kann ich nach Garibongdong fahren, nur wenn es regnet..."

„An den sonnigen Tagen geht es einem gut, weil man Geld verdient. An den regnerischen Tagen geht es einem gut, weil man auch Geld bekommt; gut ist das!"

Der Vertreter Kim schlug mit den Stäbchen im Takt. Da schlug ihm Herr Im kräftig auf den Hintern.

„Bruder, du hast ja ein Haus und brauchst dir keine Sorgen zu machen. Was bedeutet das schon mit der Geburt im Jahr des Hasen, denn du hast ja ein Haus. Der Preis für Häuser wird ja nicht sinken, oder?"

„Kann man denn so ein Haus überhaupt als Haus bezeichnen?"

Man weiß ja nicht, welche Probleme es beim nächsten Mal noch geben wird. Es ist ein schäbiges Haus, das immer wieder Geld verschlingt. Das wollte er erwidern, doch er schwieg, weil ihm Herr Im das Wort abschnitt.

„Ich aber, ein Kerl, geboren im Jahr des Hasen, ich wohne mit meiner sechsköpfigen Familie in einem Einzelzimmer. Die Kaution kostet eine Million fünfhunderttausend Won, die Miete dreißigtausend. Aber dieses Schwein in Garibongdong, der wohnt prahlerisch in einem Mansion-Appartment, in einem Mansion-Appartment!"

Herr Im schwang die Faust und schrie: in einem Mansion-Appartment. Aber in seinen Ohren hörte es sich an wie Manson-Appartment. „Wir haben keine Zeit, dorthin zu fahren, um Geld zu bekommen. Meine Frau geht nun in die Ziegelei, um Geld zu verdienen. Ich meinerseits verdiene mit dieser Arbeit hier mein Geld. Trotzdem können wir nicht einmal ein einfaches gebratenes Ei essen. Was für eine Welt ist das?!"

Herrn Ims Stimme wurde heiser. Vielleicht hatte er zuviel getrunken, deswegen zögerte er, sein Glas auszutrinken und es ihm zu überreichen.

„Liegt denn das Geld auf der Straße? Wann hat man denn das gesehen, he? Unsereiner muß sein ganzes Leben in diesem Dreck sitzenbleiben. Geld? Pfui Teufel! Zum Teufel mit dem, der so was schwatzt!"

Herr Im schlug plötzlich auf den Tisch. Da wackelte die Flasche, fiel hinunter und machte ein lautes Geräusch.

„Wenn man trotzdem geduldig ist, dann später..."

„Nützt alles nichts!"

Weil Herr Im so erregt war, konnte er wieder einmal nichts sagen und schwieg. Später kannst auch du, Herr Im, in einem Mansion-Appartment leben. Vom Gomkuk hast du dann genug, weil man davon nur einen Wasserbauch kriegt, du wirst mit deinem Essen wählerisch sein und nur ausländischen Alkohol trinken. Wenn es regnet... So ein Leben wirst du führen. Aber das konnte er nicht sagen. Wenn man sich auch tausendmal, zehntausendmal geduldet: Diese dicke Mauer würde, wie ein unbezwingbarer Gipfel, nicht einstürzen. Das weiß jeder.

Er konnte Herrn Im nicht direkt in die blutunterlaufenen Augen sehen. Hatte er nicht den ganzen Tag den Verdacht gehegt, daß Herr Im mit einem gefälschten Kostenvoranschlag ihn, den Hausherrn, betrüge? Und hatte er sich nicht in der Sorge verstrickt, möglicherweise Schaden zu erleiden? Ob Herr Im dies bemerkt hatte? Es schien ihm, als ob er jäh aus seiner Trunkenheit erwachte. Offenbar verlor dieser Kerl, obwohl sein Körper trotz der Instantnudeln recht kräftig war, durch die Trinkerei seine Haltung. Als er sah, daß Herr Im sich immer mehr zu einer Seite neigte, tauchte er allmählich aus seinem Rausch auf.

„Irgendein Schwein steckt einige hundert Millionen Won in seine Tasche, ein anderer schuftet den ganzen Monat, aber verdient nur zweihunderttausend Won. Hier ein Schwein, das ausländische Autos fährt, und dort eins, das in einem luxuriösen Lokal einige hunderttausend Won für Trinkgeld verschwendet. Sag mal, woher haben denn diese Schweine so viel Geld? Und wie schaffen sie das? Alles Schweine, die man schlachten sollte. Schlachten! Töten!"

Herr Im schäumte vor Wut.

„Sie haben heute doch so etwas Gutes getrunken und da regen Sie sich auf? Was ist mit Ihnen los? Beherrschen Sie sich, Herr Im. Beherrschen Sie sich ein bißchen."

Der Vertreter Kim beeilte sich, die leeren Flaschen und Gläser wegzuräumen. Herr Im wiederholte, den Kopf auf dem Tisch, immer wieder: „Töten, Töten!" Und er sah nur unentschlossen das bleiche Gesicht des Kerls an. Wie sehr er auch versuchte, den Gedanken aus seinem Kopf zu vertreiben, daß er selbst zu diesen Schweinen gehöre, die man töten solle, hielt dieser Gedanke, dieses Gefühl von Distanz, ihn zurück, Herrn Ims Schulter zu berühren.

„Wenn der Winter kommt, dann werden sowohl meine Frau als auch meine Kinder schwarz und dreckig. Weil ich mehr Kohle liefern möchte, nehme ich sogar meine Kinder mit ins Geschäft. Bruder, ich bin ein Mensch, der das Gesicht seiner Frau und seiner Kinder dreckig macht, so ein Dummkopf bin ich."

Seine Lippen, von denen so starke Worte kamen, schienen vom Trinken naß zu werden. Die Worte wollten nicht so leicht aus seinem Mund gelangen, so zupfte sich Herr Im immer wieder an den Lippen.

„Also ich. Wenn es diesmal regnen wird, werde ich nach Garibongdong fahren, und dann..."

Herr Im sah ihn mit einem geistesabwesenden Blick an. Seine Stimme war niedergeschlagen.

„Wenn dieser Hund mir das Geld gibt, wenn ich das Geld bekomme, dann werde ich mit diesem Geld in meine Heimat, aufs Land fahren."

„In die Heimat?"

„Ja, in die Heimat. In meine Heimat..."

Er raufte sich mit seinen schwieligen Händen die Haare und begann zu schluchzen.

„Ach, Mann. Dieser Herr fängt zum Schluß immer an zu weinen, wenn er trinkt. Das ist seine Gewohnheit, eine Trinkergewohnheit."

Der Vertreter Kim, der aus dem Laden heraussah, neckte Herrn Im. Aber während Herr Im wie ein Kind, das man weggestoßen hatte, nicht aufhörte zu weinen, verließ er den Platz, als ob er pissen müßte, und bezahlte dem Vertreter Kim das Bier. Nachdem er fürs Bier bezahlt hatte, mußte er wirklich pissen. So wankte er langsam zu dem freien Platz, der gegenüber dem Supermarkt Hyongche im Dunkeln lag. In diesem Augenblick kam jemand an ihm vorbei. Eak, Eak. Er klatschte in die Hände und stieß dabei wie auf ein Signal hin eine Art Schrei oder Seufzer aus. Es war der Großvater Schreihals. Der Großvater lungerte um den freien Platz herum und stieß immer wieder dieses leidvolle Stöhnen aus, bis er sein Bedürfnis fertig verrichtet hatte. Eak, eak.

Er machte sich an seiner Kleidung zu schaffen, drehte sich um und sah, daß Herr Im, sich immer noch die Haare raufend, nicht mehr auf den Beinen halten konnte. Einige Dorfbewohner, deren Namen er nicht wußte, die er aber vom Sehen her schon kannte, kamen eilig zum Supermarkt Hyongche gelaufen, sahen flüchtig zu Herrn Im hinüber und gingen in den Laden hinein.

Die Nacht mußte schon weit vorgerückt sein. Der Befreiungstag ging schon zu Ende. Er fühlte sich sehr bedrückt. Es blieb ihm nur noch übrig, nach Hause zu gehen, sich wie ein Sack hinzuwerfen und auf den Schlaf zu warten. Der Himmel war sternhell, morgen würde es wahrscheinlich nicht regnen. Vielleicht hatte der Großvater Schreihals zum Himmel hinaufgesehen, denn er klatschte in die Hände und schrie kurz: “Eak!“

Das glühende Feuerscheit

Als er sich gerade eine Zigarrette in den Mund gesteckt hatte und sie anzünden wollte, da ertönte plötzlich das Signal. Im selben Moment war von dort, wo sonst nur Dunkelheit herrschte, das ratternde Geräusch der Räder zu hören. Gleich wird der Zug kommen. Die Fahrgäste möchten bitte hinter die Sicherheitsline zurücktreten. Verdammt. Er schluckte ärgerlich und warf die Zigarette in den Sand des Aschers.

Vorhin, als er eben die Fahrkarte in den automatischen Fahrkartenschalter steckte, ertönte das Signal, das das Kommen der U-Bahn ankündigte. Während er die Treppe hinuntereilte, verlor er das Gleichgewicht, und die Fahrkarte fiel ihm aus der Hand auf den Boden. Weil die Fahrkarte fast von derselben Farbe war wie die Treppe, mußte er umhersuchen, um die Fahrkarte zu finden, und so verpaßte er den Zug. Das ärgerte ihn. Er fürchtete nämlich, daß es mit der Zeit in der U-Bahn noch enger werden mußte und so nicht einmal mehr für die Füße Platz sein würde. Er sah in den vorbeifahrenden Zug. Da war immerhin noch einigermaßen Platz, so daß man im Stehen die Zeitung lesen konnte.

Aber von jetzt an würde es unmöglich sein. Schon die Menge, die sich da zusammenballte, ließ es aussichtslos erscheinen. Es wurde ihm bewußt, daß er sich in der Rathaus-Station befand und daß um diese Zeit unaufhörlich immer mehr Menschen auf dem Weg nach Hause zusammenströmen würden. Da er nicht genügend zu Mittag gegessen hatte, bekam er Hunger, und die Füße taten ihm auch weh. Die Zigarette hatte er sich nur deswegen angesteckt, um sich auf den dreißig bis vierzig Minuten währenden Verzweiflungskampf vorzubereiten. In diesem Moment kam der Zug.

Schon den ganzen Tag lief das heute so. Er hatte versucht, jemanden zu finden, bei dem er Mut hatte, endlich seinen Mund aufzumachen, und vergaß darüber alles andere. Es war ein Tag, an dem er sich zwischen den Hochhäusern herumgedrückt und eben jenen geeigneten Menschen gesucht hatte. Er schaute überall nach, aber konnte sich keinem einzigen Menschen nähern. Den ganzen Tag irrte er zu Fuß durch die Stadt und landete schließlich in der U-Bahn.

Er stand an einem unsicheren Platz in der Mitte und war durch die Leute, die hinein- und hinausgingen, gereizt. Trotzdem beobachtete er das Gedränge der Menschen voller Staunen. So viele Menschen gibt es also, ihm aber gelang es den ganzen Tag nicht einmal, nur einen einzigen aufzuspüren. Wenn er nur diesen einen gefunden hätte und er es geschafft hätte, diesem Menschen all das, was er auf dem Herzen hatte, aus voller Kehle entgegenzuschreien, dann würde er sich nicht so einsam fühlen, obwohl es in diesem Zug so eng war, daß man nur schwer atmen konnte.

Das Fenster des Wagens, der durch die stockdunkle Nacht fuhr, reflektierte die Menschen mit deutlichen Schattierungen, besser als ein Spiegel. Er konnte nur die Hinterköpfe der Leute sehen, die vor ihm standen, aber das Fenster ließ deren Gesichter deutlich erkennen. Der Mann, der links neben ihm stand, sah wegen seiner frühzeitig ergrauten Haare wie ein Vierzig- oder Fünfzigjähriger aus. Aber das Gesicht, das im Fenster zu sehen war, paßte ganz genau zu einem zwanzigjährigen jungen Mann. Die großen Glotzaugen und der Rand der Lippen, die davon sprachen, daß er nicht im Stande war, seine Gedanken zu verbergen, nahmen unpassend steife Züge an. Wenn das so war, war dieser Mann auch nicht derjeinge, den er suchte. Vor allem paßte sein Alter nicht. So betrachtete er den Hinterkopf des Mannes, der links neben ihm stand, nicht weiter.

Unter den Schatten, die vom schwarzen Fensterrahmen eingefangen waren, konnte er keinen Mann über vierzig finden. Es gab noch eine Frau, die um die Vierzig aussah. Sie schien ein Kaugummi im Mund zu haben. Sie kaute nicht laut, aber ab und zu bewegte sich ihr Mund. Manchmal, wenn sie unvorsichtig war, war das leise schmatzende Geräusch eines Kauens zu hören. Die große Handtasche, die anmutige Bewegung der Augen und die fein gepflegte, kurze Dauerwelle, der graue Mantel und der helle Lippenstift paßten vorzüglich zu ihrer dicklichen Gestalt und unterstrichen ihre Ausstrahlung. Sie machte den Eindruck, als ob viel Geld in ihre Tasche hineinginge, aber niemals wieder herauskäme. So achtete er nicht weiter auf sie.

Von den Leuten, deren Spiegelbilder im Fenster eingefangen waren, gefiel ihm am besten ein schlummernder Mann, der einen gelben Aktenumschlag an seine Brust gedrückt hielt. Wenn sich seine Schulter beim Einnicken abwärts neigte, verformte sich immer wieder sein Spiegelbild, um bald zu der vorherigen Form zurückzukehren. Mit einer Hand hielt der Mann locker den Griff gefaßt, der von der Decke herabhing, seine andere Hand drückte den Umschlag an die Brust. Der beige Mantel bedeckte so gerade seinen schwächlichen Körper, und man sah deutlich das zerknitterte und abgetragene Hemd aus Wolle und die Hose, die schon vor Schmutz glänzte. Der Gürtel war nur locker gebunden, und das Licht, das sich in ihm widerspiegelte, glänzte wie ein Heiligenschein. Es machte ihn neugierig, wie wohl sein Gesicht aussehen mochte. Aber dieser Kerl hatte sich hinter gehobenen Armen versteckt und wollte sein Gesicht kaum zeigen. Nun schien er sich wieder zu neigen, nein, er neigte sich nicht bloß, sondern fiel fast auf seinen Nebenmann. Doch in dem Moment, in dem die Kontur des Bildes beinahe in die Horizontale geriet, richtete er sich wieder auf und begann erneut, müde wie er war, einzuschlummern.

Auch er hatte vor einigen Monaten mit der gleichen, gebückten Körperhaltung in der U-Bahn am Griff gehangen. Der Versuch, seinen Körper aufrecht zu halten, nahm ihn ganz in Anspruch. Aber der neigte sich immer wieder nach vorne und gab ihm das Gefühl, daß etwas schiefging. Dann der Kampf mit der Schlärfrigkeit, die zwischen den Stopps an den Stationen sanft seinen Rücken heraufkletterte. Seitdem er seine Arbeit verloren hatte, passierte es ihm kaum, daß er einschlummerte. Er konnte überhaupt nicht mehr ruhig einschlafen. Dieser Kerl, der da so vor sich hin schlummerte, konnte ebenso eines Tages seinen süßen Schlaf verlieren. Stürzen ist viel einfacher als fliegen. So schadet es nicht, sich glücklich zu fühlen, solange das möglich ist, und, mit einem gelben Umschlag gegen die Brust gepreßt, einzuschlummern.

Aber es gab einen, der nur dann als Schatten im Fenster auftauchte, wenn die Schulter des schlummernden Kerls sich neigte und den Nacken des Nebenmanns berührte. Zuerst erkannte er nicht, wer dieser Mann war. Das Gesicht kam ihm irgendwie vertraut vor. Das kurze Erscheinen des Gesichts, über dem sich eine leicht verzerrte und schmale Stirn erhob, gab ihm zu denken. Denn wenn sein eigenes Gesicht, das jetzt hinter den anderen starren Gesichtern unsichtbar bleiben mußte, in diesem Bild auftauchte, würde jener Kerl aus dem Bild verschwinden. Die Tatsache, daß der Schlummernde und er, der gut wußte, wie jemandem zumute ist, der nicht einmal mehr schlummern kann, nicht gleichzeitig in dieses Bild paßten, sprach doch für sich.

Wie immer war es am Eingang des Dorfes ganz dunkel und leer, obwohl es erst früh am Abend war. In der Winternacht war es schwierig, die Uhrzeit zu erahnen. Die Ladenbesitzer waren zu faul, die Leuchtreklamen anzumachen und schalteten nur ihre Neonbeleuchtung ein, womit sie das vorzeitige Ende des Tages ankündigten. Wenn man den Scheinwerfern der Autos, die die Landstraße entlangfuhren, den Rücken zuwandte, wurde die Nacht in Wonmidong noch düsterer. Er sah das Licht, das hier und da durchschimmerte, und seine Schultern zitterten. Nachdem er die Wärme, die sich im Zug und im Bus ausgebreitet hatte, hinter sich gelassen hatte und allein war, bekam er vor Kälte Schüttelfrost.

Wie immer, stand auch heute am Eingang zum Fabrikgelände der Hoddok-Verkaufswagen mit der roten Dachplane, an dem eine schaukelnde Karbidlaterne hing. Manchmal bewegte sich der Schatten der Frau, die Hoddok gebacken hatte, vor der Karbidlaterne noch bis Mitternacht. Sie ging niemals nach Hause, solange noch Teig vorhanden war. Sie backte die Waffeln und summte ein Kirchenlied.

Es waren fast fünf Jahren vergangen, seit er Bewohner von Wonmidong geworden war. Er kam mit seiner Frau überein, daß sie nach der Heirat in Buchon ihr gemeinsames Leben beginnen wollten. Damals lag die Hauptverwaltung der Lebensmittelkette M. in Yongdungpo. Und ihm schien der Arbeitsweg nicht zu weit. Sie schränkten die Ausgaben für die Hochzeit ein und kauften statt dessen das dreizehn Peong große Sozial-Appartment. Zu Beginn ging alles ganz gut und zwei Jahren später, als die Hauptverwaltung in das neue Gebäude in der Nähe des Seouler Bahnhofs einzog, lebte er in guten Verhältnissen und konnte dabei noch Ersparnisse anlegen.

Falls er sich recht erinnerte, hatte sein Unglück mit diesem neuen Gebäude der Hauptverwaltung begonnen. Seine Frau eröffnete mit dem Ersparten eine Boutique im Untergeschoß der Kaufhalle. Ungefähr ein Jahr lang investierte sie, aber es gelang ihr nicht, ein Lager mit breitem Angebot aufzubauen und Sonderaktionen zu organisieren. Die Boutique verschlang das ganze Geld, welches für das Geschäft zurückgelegt war, mitsamt seinem übrigen Vermögen.

Als nächstes kam seine Versetzung in die Fabrik nach Buchon mit der Begründung, daß er in Buchon wohne. In seiner Versetzung konnte man ein verhängnisvolles Vorzeichen erkennen, aber er dachte an nichts Schlimmes und widmete sich ganz der Arbeit. Nach ein paar Monaten aber wurde er schließlich entlassen. Der Grund war ganz einfach: Entlassung überflüssiger Angestellter wegen Reduzierung des Personals. Das ereignete sich letzten Frühling und war in seinem Leben das schlimmste Unglück. Dieses Unglück verfolgte ihn immer noch, selbst nachdem sich das alte Jahr verabschiedet hatte.

Direkt neben dem Hoddok-Verkaufswagen lag das Tapetengeschäft Wonmi. Herr Eum vom Fotoladen Hengbok nebenan und Herr Chu vom Tapetengeschäft hatten im Sommer jeden Tag Go gespielt, nachdem sie eine Bank draußen auf die Straße gestellt hatten. Auf der Flucht vor der trüben Hitze, auf der Flucht vor den Gedanken an die Zukunft, die ihm den Hals zuschnürte, nahm er auf der Ecke der Bank Platz und sah ihrem Spiel zu. Das Hin- und Her der weißen und schwarzen Steine brachte seinem verworrenen Kopf keine Klarheit, aber er konnte sich damit die Zeit vertreiben.

Ging man am Elektronikladen Sunny, am Maklerbüro Kangnam und an der Metzgerei Uri vorbei und bog in den Weg links ein, kam man zu seinem Haus. Durch die Metalltür, die immer offen stand, hindurch und um die enge Hintergasse herum, dann konnte man die Tür zur Küche sehen. Das Licht der Glühlampe in der Küche erhellte den Hintergarten nebelhaft. Er rief leise den Name seines Kindes: „Chin-Man!" Sofort schnappte der Riegel an der Küchentür, und die Tür wurde geöffnet. Seine Frau hielt die Tür immer verschlossen, weil sie die Dunkelheit im Hintergarten nicht mochte.

Als er am nächsten Morgen sehr zeitig frühstückte, nahm er sein Eßbesteck, ohne auch nur ein Wort zu sagen, und begann zu essen. Jetzt hatte er sich auch an das zeitige Frühstück gewöhnt. Wenn er an die dürftige Mahlzeit während des Herumsuchens auf der Straße dachte, mußte er wenigstens regelmäßig frühstücken. Früher war ihm das unmöglich gewesen. Weil er in der Nacht zuvor meist übermäßig getrunken oder zu wenig geschlafen hatte, hatte er fast immer das Essen unberührt gelassen und war eilig aus dem Haus gelaufen. Es schien, daß auch seine Frau, die sich an sein träges Verhalten und seine verdrießliche Miene genau erinnern konnte, seinen stillen Appetit ungewöhnlich fand. Sie sah ihm mit unruhigem Gesichtsausdruck zu, wobei sie ihre kalten Hände unter die Decke am hinteren Platz des Zimmers geschoben hatte. Obwohl das Essen für ihn eine reine Formsache darstellte, stand ihm der Atem still bei dem Gedanken, daß er wohl nie wieder zu seinen alten Gewohnheiten zurückfinden würde.

Als er sich umgezogen hatte und das Zimmer verließ, war das Kind immer noch am Schlafen, es atmete leise ein und aus. Er betrachtete kurz das Gesicht seines Kindes. Weil eine neue Wunde aufgebrochen war und nur langsam heilte, war es am Körper ständig dreckig. Er lächelte bitter. Es kam ihm jetzt wieder in den Sinn, wie seine Frau ihm die Neuigkeit mitgeteilt hatte, daß das Kind gestern beim Supermanspielen den Topf zerschlagen hatte. Dieses Supermanspiel hatte dem Kind in letzter Zeit sowieso einigen Ärger bereitet. Direkt als er nach Hause gekommen war, hatte sie die Sache mit dem Topf erzählt.

Sie war gerade im Zimmer mit einer Heimarbeit beschäftigt, die sie manchmal zu Hause zu erledigen hatte, als Chin-Mans Geschrei an ihr Ohr drang. Sie lief eilig hinaus, aber da war es schon passiert. Er hatte von der Mauer, die mit dem Nachbarhaus verbunden und nicht sehr hoch war, herabspringen wollen, war aber hinuntergefallen, wobei er mit den Füßen den Topf des Nachbarns zerschlagen hatte. Er hatte versucht, neben den Topf zu landen, aber das war ihm nicht geglückt. Er hatte sich die Knie verletzt und schrie aus vollem Halse. Als So-Ras Mutter, der der Topf gehörte, und auch seine Mutter erschienen, schrie er noch lauter. So-Ras Mutter war keine einfache Person. Im letzten Sommer hatte er bereits eine Plastikwanne kaputtgemacht, weil er hineingesprungen war. Das hätte sie noch hinnehmen können, aber jetzt sei das Maß endgültig voll, sagte sie und schlug dem Kind aus lauter Zorn mit der Faust gegen die Stirn.

Seine Frau fürchtete, daß man sie beschimpfen könnte, sie denke nicht an den Ärger, den ihr Kind verursacht hatte, sondern wolle nur ihr Kind verteidigen. So gab sie schließlich dem weinenden Kind noch eins auf den Hintern und eilte zur Töpferei. Sie erstand einen Topf, von dem sie annahm, daß er die passende Größe hatte. Auf dem Weg nach Hause war sie immer noch ganz aufgewühlt vor Wut, ihr Herz pochte. Daß ihr Kind wegen einer solchen Bagatelle so hart behandelt wurde, erschien ihr als eine Folge ihrer jetzigen elenden Lage, und so wollte sie ihrem Stolz Genüge tun.

Natürlich wollte So-Ras Mutter den Topf nicht annehmen und sie wehrte sich heftig dagegen. Sie hätte ihn zwar auf den Kopf geschlagen, aber nur weil Chin-Man und So-Ra gut befreundet waren, nicht aus böser Absicht. Sie hätte absolut nichts gegen ihn, sagte sie und hob beschwichtigend die Hände. So-Ras Mutter war eine elegante Frau, die hier in

Wonmidong alle kannten. Ihr Mann war Handwerker und machte Hausreparaturen. Die Fingernägel von So-Ras Mutter waren mit violettem Nagelack immer schön gepflegt. Und wie die Mutter des Inhabers des Supermarktes Hyongche leicht spöttisch zu bemerken pflegte, sei sie vermutlich eine Frau, die eigentlich zu schade dafür sei, zurückgezogen in Buchon zu leben. So sagte man jedenfalls. Auch hatte er sie im Sommer ein paarmal mit Sonnenbrille und gelber kurzer Hose gesehen. Sie hatte ihre Gesichtsmassage unterbrochen und war aus dem Haus getreten. Sie fragte Chin-Mans Mutter, ob sie etwa böse auf sie sei und wie sie denn glauben könne, daß sie von ihr verlangen würde, den neuen Topf zu ersetzen. Seiner Frau, überrascht durch solchermaßen überfreundliche Worte, blieb nichts anderes übrig, als sich über ihre eigene Kleinlichkeit zu schämen. Trotzdem hatte sie den Topf unbedingt da lassen wollen und sagte, während sie zurückging, aus reiner Höflichkeit: "Ich fürchte, der Topf ist vielleicht kleiner. Obwohl ich im Geschäft glaubte, er hätte die richtige Größe"

So-Ras Mutter sah sich sofort den Topf von allen Seiten an.

„Er ist schon kleiner, aber es ist in Ordnung. Was soll ich jetzt machen, eigentlich darf man solche Dinge doch nicht annehmen."

So sagt man zwar, aber im Inneren denkt man anders, als man es nach außen zeigt. Tzz, Tzz... Während seine Frau schnalzend So-Ras Mutter schalt, stand Chin-Man, mit einem Tuch um die Schulter, auf dem Tisch. Letztes Mal hatte er sich seinen Arm gebrochen, als er vom Schieferdach des Kohlespeichers gestürzt war. Für das Kind gab es keinen Ort, wo es nicht hinaufkletterte. Egal, ob es die Haustür oder die Mauer war. Das Kind kletterte überall hinauf, wo für seine Füße Platz war, und sprang von dort hinunter. Er wollte Superman werden. Um als Superman mit schwarzem, flatterndem Umhang zwischen den Städten und dem Universum hin- und herfliegen zu können, machte er ununterbrochen Flugübungen. Natürlich waren die Zeichentrickfilme wie ein Lehrbuch für das Kind.

Der Held aller Zeichentrickfilme war Superman. An einem Morgen, nachdem er in der Nacht zuvor im Traum gesehen hatte, daß viele als Superman hin- und herflogen, wurde sein Drang noch heftiger, und er ging den ganzen Tag mit einem Umhang um den Schultern herum. Das Kind glaubte, daß es keinen Grund gäbe, nicht fliegen zu können, wenn man nur fleißig genug dafür üben würde. Einen Arm gebrochen, den Topf zerschlagen, ganz zu schweigen von dem anderen Ärger, trotzdem werde er vielleicht doch allmählich Superman, dachte er. Während er sich mühte, seine Füße, die wie auf der Erde angeklebt waren, freizubekommen, würde sich sein Kind vielleicht doch mit seinen Füßen in die Lüfte erheben und hoch hinaus fliegen können. Das Kind fliegt immer höher, und er selbst sinkt immer tiefer und schließlich ganz hinunter. 'Würde es nicht so werden?', fragte er sich. Wenn er sich in Gedanken vorkam, wie jemand, der unter Wasser an einen großen Stein angekettet war und nicht wieder auftauchen konnte, stockte ihm vor Schreck der Atem.

„Mit dem bißchen Geld, das ich für Notfälle gespart hatte, habe ich den Topf gekauft. Jetzt habe ich wirklich nichts mehr. Heute mußt du Vorschuß nehmen. Auf Pump kaufen, geht nicht mehr."

Seine Frau folgte ihm mit weinerlicher Miene, als er das Haus verließ. Die Leute liefen mit kurzen Schritten durch den schauderhaft bitteren Wind am Wintermorgen. Hier und da krachte es laut; es war das Geräusch vom Hochziehen der Rolläden. Als er beim Metzger ankam und zurückblickte, stand seine Frau immer noch vor der Tür und sah ihm nach. Geh schon rein. Chin-Man ist doch allein. Seine Frau drehte sich nur ungern um, weil er auf ihre Bitte, Vorschuß zu nehmen, nicht geantwortet hatte. Ach, mein Gott, Vorschuß. Noch ein Tag, gleich dem gestrigen, ein sehr verwirrter Tag, breitete sich vor seinen Augen aus, obwohl der Tag noch nicht einmal richtig begonnen hatte.

Nachdem er über ein halbes Jahr arbeitslos gewesen war, hatte er zum ersten Mal wieder eine neue Arbeit bekommen; sie ging ihm aber nicht so recht von der Hand. Es war durchaus nicht so, als ob er vorher nichts gemacht hätte. Dieses Versteckspiel um einen Arbeitsplatz: Mal hatte er etwas in Aussicht, dann aber schien es doch wieder nicht zu klappen. Dieses peinliche Gefühl, das er bei der Suche, immer seinen Lebenslauf in der Hand haltend, empfunden hatte, und dann die Freude, wenn er nur einen Monat lang als Hilfskraft einen Büroplatz bekommen hatte. Wenn er daran dachte, hatte er durchaus nicht das Gefühl, einfach untätig gewesen zu sein. Obwohl ihn Sorgen drückten, die er vor seiner Arbeitslosigkeit nicht gekannt hatte, mochte er die Hoffnung nicht aufgeben. Daß er immer wieder Hoffnung schöpfte, irgendwann eine Arbeit zu finden, die der ähnlich wäre, die er einige Jahre verrichtet hatte und die darin bestand, für das Anlegen einer Akte und die Kontrolle des Wareneinkaufs sowie für die monatliche Abrechnung verantwortlich zu sein, lag an den unverbindlichen Zusagen der Leute.

Lassen Sie uns abwarten, oder, dieses Jahr können wir Sie zwar nicht einplanen, aber im nächsten Jahr wollen wir an Sie denken. Solche Aussagen waren doch eigentlich gar nicht so schlecht. Ja, Sie werden bald eine positive Nachricht bekommen. Wir wollen gut mit Ihnen zusammenarbeiten. Es gab sogar Leute, die einem bereits die Hand schütteln, ganz so, als ob man schon eingestellt wäre. Aber auch wenn er wußte, daß solche Worte reine Höflichkeit waren, änderte das nichts. Bis dahin war er es gewohnt gewesen, mit seinen feinen Händen Schriftstücke aufzusetzen und Stempel aufzudrücken. Aber neuerdings bestand seine Arbeit nun darin, seinen Lebenslauf niederzuschreiben.

Nach den Angaben über sein Geburtsdatum und das Jahr seines Universitätsabschlusses blieb noch eine große Lücke. Aber um die zu füllen, blieb ihm nichts anderes als seine Erfahrungen aus der sechsjährigen Arbeit in der Abteilung für Warenkontrolle bei der Lebensmittelhandelsfirma M. auszubreiten. Jedesmal, wenn er diese noch verbleibende große Lücke vor Augen hatte, fragte er sich voller Sorge, was er wohl später für einen anderen Lebenslauf niederschreiben würde. Es brachte ihn ganz aus der Ruhe, daß er keine Ahnung hatte, wie sein Lebenslauf wohl in ein paar Jahren aussehen würde. Ein Mann, der mit ihm zusammen entlassen worden war, arbeitete zum Beispiel in irgendeiner Firma als Nachtwächter, obwohl er die Universität absolviert hatte. Aber das war ja noch viel unvorstellbarer, daß so eine Arbeitsstelle frei würde, denn das war ein langfristiges Beschäftigungsverhältnis, und dann bestand eine scharfe Konkurrenz. Wenn dem so war, konnte er keineswegs sicher sein, daß er nicht nach seiner Tätigkeit in der Lebensmittelhandelsfirma M. auch so eine niedrige Beschäftigung wie eine Nachtwache in irgendeiner Firma würde angeben müssen. Es war nur eine Frage der Zeit. Wenn es ums Überleben geht, muß man eben auch mit Händen, die keine Schwielen kennen, bereit sein, sogar Traggestelle auf den Rücken zu nehmen. Sechs Monate Arbeitslosigkeit genügten, diese harte Wahrheit zu erkennen.

Es war kein Zufall, daß er auf die Zeitungsannonce jener Gesellschaft mit dem merkwürdigen Namen „Institut für traditionelle Kultur" gestoßen war. Seit er arbeitslos war, pflegte er jeden Tag die Stellenanzeigen fast aller Zeitungen sehr sorgfältig zu lesen. Wenn er auch nur die kleinste Chance witterte, schnitt er die Annonce aus und bewahrte sie sorgfältig in seinem Notizbuch auf. Anfangs hatte er den schillernden Worten der Annoncen wortwörtlich geglaubt und jede Firma aufgesucht, den Bogen mit seinem Lebenslauf immer bei sich. Es spielte sich dann immer dasselbe ab. Sie sagten, sie suchten Führungskräfte, aber in Wirklichkeit suchten sie immer nur Außendienstverkäufer. Egal in welcher Firma, der Anfang war immer derselbe. In der „Orientierungsphase" werden die Bewerber ein oder zwei Tage lang eingeführt. Während dieser Einführung wird immer wieder betont, daß es sich bei der Arbeit bestimmt nicht um eine Verkaufstätigkeit handle. Es gebe auch eine Einführung für Verkäufer, aber das sei eine Ausbildungsstufe ausschließlich für absolute Neulinge. Von dem Moment an, in dem man seinen Lebenslauf vorgelegt hatte, bis ganz zuletzt wird immer wieder betont, daß es nicht um den Verkauf gehe. Er hatte das für bare Münze genommen und ungefähr drei- oder viermal so eine Einführung hinter sich gebracht. Doch mit der Zeit hatte er eine Technik entwickelt, die Stellenanzeigen in der Zeitung richtig zu lesen.

Es war ganz einfach: Angestellte gesucht. Aber dreihunderttausend im Monat garantiert. Persönlicher Besuch erwünscht. Wenn so formuliert wurde, war er sich ganz sicher. Und wenn Formulierungen auftauchten wie „Innendienst, absolut garantiert", dann war das bestimmt ein Stellenangebot für den Außendienst. Schon bald ließ er sich nicht mehr durch solche Zeitungsannoncen täuschen. Er hatte niemals Vertreter werden wollen und war auch ganz hoffnungsvoll gewesen, weil man hier und da seinen Lebenslauf verlangt hatte; und damals war seine Lage auch nicht so aussichtslos, daß er es nicht mehr hätte aushalten können. Daß er nie Vertreter werden wollte, darauf bestand er hartknäckig. Er konnte sich nicht vorstellen, daß er herumging, um außergewöhnliche oder merkwürdige Gesundheitsmittel oder sogar Schuheinlagen, auf die ein Patent erworben war, zu verkaufen. Er dachte, daß es für jeden eine Arbeit gibt, die seiner Veranlagung entsprach. Er hatte sich nie vorstellen können, daß außer der Arbeit, einen nutzbringenden Wareneinkauf zu tätigen, die rechtzeitig fertiggestellte monatliche Abrechnung und die Planung für den nächsten Monat durchzuführen, etwas anderes zu ihm passen würde.

So vergingen einige Monate. Der Grund, warum er sich wieder an die

Zeitungsannoncen hielt, war der Umstand, daß er das Appartment verkauft hatte und gezwungen war, in eine Mietwohnung umzuziehen. Das Geld ging so schnell aus, wie Wasser wegfließt. Das bequeme Leben, das sie in einigen Jahren mühevoll aufgebaut hatten, hatte in nur wenigen Monaten sein Gesicht verändert und wurde zunehmend erbärmlich.

Das „Institut für traditionelle Kultur" hatte in einer regionalen Tageszeitung eine völlig unscheinbare Annonce aufgesetzt, die aufgrund seiner Unterscheidungsmethode keinen Mangel vorzuweisen hatte. Seit 1986 sei die Forderung nach Forschung, die sich um die Ausbreitung traditioneller Kultur und deren Überlieferung bemüht, dringend. Es war mit kleiner Schrift geschrieben und man gab bekannt, entsprechend den Erfordernissen der Zeit einen Vermittler traditioneller Kultur zu suchen. Nach der Überfrüfung der Unterlagen würde jeder, der im 1. Test bestandenen hätte, am 2. Test, d. h. an der mündlichen Prüfung teilnehmen. Diejenigen, die endlich bestanden hätten, würden Museen in Ländern in Europa und Amerika besichtigen. Und deshalb sei jemand, der keine Erlaubnis hat, ins Ausland zu reisen, von der Bewerbung ausgeschlossen.

Er bestand die Überprüfung der Unterlagen und wurde in die Liste der endgültig Bestandenen aufgenommen. Das Büro war in Chongno 2ga. Es befand sich in dritten Stock eines alten Gebäudes, dessen Heizungs- und Wasserleitungsanlagen wegen mehrmaliger Reparatur freigelegt waren. Am ersten Tag waren 15 neue Mitarbeiter, die sie als „Forscher" bezeichneten, zusammengekommen. Alle Männer waren im Alter von Ende dreißig bis vierzig. Als die neuen Mitarbeiter, die alle bestanden hatten, erregt um den Kohleofen herumstanden, nahmen die alten Mitarbeiter unter der Führung des Präsidenten an der Sitzung mit Namen „Monatliche Vereinssitzung" teil. Auf die Tür war ein Schild geklebt, worauf „Bitte Ruhe! Sitzung" geschrieben war.

Der Präsident trug eine goldumrandete Brille, sah aber viel jünger als seine Mitarbeiter aus. Sein Vortrag begann damit, daß er seinen Namen Chung, Bong-Yong auf eine bewegliche Tafel schrieb. Die „Forscher" saßen auf einfachen Stühlen aus Plastik und hörten den Worten des Präsidenten genau zu. Worte wie „das glänzende Kulturerbe", „die Wiedergewinnung des nationalen Stolzes" kamen häufig aus seinem Munde, und er setzte die Phrase „angesichts der Asienspiele und der Olympiade" immer vor und hinter alle Erklärungen. Manchmal erwähnte er Namen großer

Konzerne, die jeder kannte, mit dem Hinweis, daß dieses Institut aus einer Aktion heraus entstanden war, obwohl das wenig glaubwürdig klang.

„Das wär's für heute. Den wichtigsten Punkt der Ausbildung werde ich auf morgen verschieben. Wenn ich am ersten Tag zuviel sage, bringe ich Sie nur in Verwirrung. Alle, die Sie hier sitzen, sind hervorragende Forscher, die eine schwierige Prüfung bestanden haben. Sie sollen keine Geschäfte machen. Ihre Tätigkeit steht im Dienste der Kulturvermittlung. Sie sind zu der großen Aufgabe berufen, kulturelles Erbe zu verbreiten. Ihrer Arbeit sollen Sie sich voller Stolz widmen. Morgen kommen wir dann auf einige konkrete Punkte zu sprechen, die ihnen eine Hilfe sein werden bei der Aufklärung des unwissenden Volkes. Wenn Sie gut zuhören und sich an das halten, was wir Ihnen morgen erklären, werden Sie bestimmt mit großem Erfolg bei uns mitarbeiten."

Wie er so auf der schlichten Bank saß, fragte er sich, ob er aufhören solle oder nicht. Egal, wie sie es ausdrückten, klar war doch, daß es auch bei dieser Arbeit um eine Verkaufstätigkeit ging. Nur sollte man eben ein Kulturerbe verkaufen, ansonsten lief alles im ganzen nicht anders ab als bei früheren Treffen. Er war niedergeschlagen. Es schien ihm, als würde er sich ständig zwischen aufgestellten Fallen bewegen müssen, so sehr er sich auch bemühte, auf sicheres Gelände zu gelangen. War es nicht viel einfacher, den Widerstand aufzugeben und direkt in die Falle zu springen? Schließlich, das war ja das Problem, blieb ihm auch kaum eine andere Wahl.

Obwohl er noch zögerte, nahm er am nächsten Tag an der wichtigen Lehrstunde teil. Übrigens hatten nach dem ersten Tag bereits vier Männer auf die Stelle als „Forscher" verzichtet. Unbeeindruckt von der Tatsache, daß einige Leute zurückgetreten waren, hielt Präsident Chung eine feurige Rede. Er begann damit, daß die überaus einseitige Beliebtheit, derer sich gewisse Keramikerzeugnisse erfreuten, bekämpft werden müsse, und dann leitete er über in eine Lobrede auf die Metallkultur. Die Metallkultur hätte bereits schon in der Zeit der „Drei Reiche" die ganze Welt beeinflußt. Wie auch immer, die Waren, die das „Institut für traditionelle Kultur" herstellte, waren Imitationen der Kultur aus der Bronzezeit. Man fertigte Imitate von Kerzenhaltern, Räuchergefäßen, feinen Flaschen und kleine Pagoden in schlampiger Technik an und verkaufte sie teuer als angebliches Kulturgut.

„Seien Sie stolz. Jetzt müssen wir die Keramikdekoration aus dem Regal entfernen und die Werke unserer Arbeitsgemeinschaft darauf legen. Um bei den Asienspielen 1986 oder bei der Olympiade 1988 unser vielfältiges kulturelles Erbe zur Schau stellen zu können, hat unsere Regierung versprochen, uns tatkräftig zu helfen."

Damit aber war sein Vortrag noch nicht zu Ende. Bis in den Nachmittag hinein stellte Präsident Chung nun ganz ausführlich vielfältige Strategien dar, mit denen man die Kundenberatung erfolgreich gestalten könne. Auch die Rhetorik, die mit gebildeten und eleganten Worten das Vertrauen der Kunden gewinnen könne, erwähnte er. Zu jedem Modell gab es einen entsprechenden Text. Präsident Chung verlangte, diesen Text, der die kurze Erläuterung in der Broschüre ergänzte, auswendigzulernen. Als professioneller Mitarbeiter dürfe man keine kindischen Erklärungen zu den Stücken abgeben, wenn man dem Kunden gegenübersitze. Raffinierte Redekunst sei die magische Waffe, die den Kunden am Herzen packe, betonte Präsident Chung immer wieder.

Die Ausbildung ging zu Ende und nun trat er als „Forscher" auf der Straße auf, obwohl er eigentlich keiner war. So wurde er also schließlich Vertreter. Ein neues Jahr kam, aber woanders wurde er nicht gebraucht. Im nächsten Jahr wollen wir mal sehen, sagten die Leute, aber das nächste Jahr würde nie kommen. Wenn er nur daran dachte, wie seine Frau bis spät in der Nacht im hinteren Teil des Zimmers saß und, sich die trüben Augen reibend, die Fäden von den Hosen entfernte. Für zwanzig Hosen, als ein Paket gezählt, bekam man fünfhundert Won. Wenn man den ganzen Tag daran arbeitete, konnte man nicht mal drei Pakete schaffen. So gesehen war seine neue Arbeit nicht schlecht. Wenn man den Worten des Präsidenten Chung nur zur Hälfte glaubte, konnte man im Monat mit über zweihunderttausend Won rechnen. Das Wichtigste war vorläufig, dem Niedergang zu entkommen.

Ach, was soll's, wenigstens zweihunderttausend. Er ging die schmutzige, enge Treppe hoch und hielt plötzlich inne. Nur jeden Morgen pflichtschuldigst das Büro zu besuchen und den Stempel auf die Anwesenheitsliste zu drücken, gab ihm noch nicht die Sicherheit, daß man ihm dafür tatsächlich zweihunderttausend Won geben wird; einen Vertrag gab es bisher nicht. Aber er kam jeden Morgen fleißig die Treppe herauf, um zu stempeln. Aus Eitelkeit verlangte Chef Chung diese Stempelei, da auch er ohne solche Anwesenheitslisten nicht mehr auskam, denn er hatte sich als Untergeordneter jahrelang so sehr daran gewöhnt.

Auf dem Gästesofa warteten einige Männer mittleren Alters mit ausgezehrten Gesichtern auf den Chef. Wahrscheinlich hatten sie schon am frühen Morgen hoffnungsvoll angeklopft. In einer anderen Ecke blätterten vier oder fünf Mitarbeiter die Bestellscheine durch und kontrollierten die Waren, die heute auszuliefern waren. Der gesamte Vorgang zwischen dem Vertragsabschluß und Auslieferung gehörte zum Aufgabenbereich der „Forscher". Es gab auch Kassierer, die nur die monatlichen Abrechnungen einzuholen hatten. Wenn „Forscher" die Ware bar verkauften, bekamen sie entsprechend mehr Geld. Aber das war schwierig, und man konnte die Ware oft nur gegen Ratenzahlung verkaufen. Ein Mitarbeiter hatte sogar Waren für nur zwanzigtausend Won gegen eine zehnmonatige Ratenzahlung verkauft. Er wollte so etwas nicht. Nicht einmal das war ihm bis jetzt gelungen. Unter den Mitarbeitern, die mit ihm zusammen ausgebildet worden waren, gab es einen, der schon siebzehn Bestellscheine abgeliefert hatte. Nicht sieben Bestellscheine, sondern eben siebzehn. Ihm schien, als ob er einen Superman vor sich hätte. Einen mit lechzender Zunge zwischen den Hochhäusern herumzischenden Superman.

Er nahm einige Hochglanzprospekte mit sich und verließ sogleich das Büro. Sollte er nämlich zufällig dem Präsidenten begegnen, würde der ihn unter dem Vorwand der Weiterbildung ganz bestimmt zwei bis drei Stunden lang in seinem Büro festhalten. Guten Tag. Ich möchte Ihnen die Ziele unseres Instituts für traditionelle Kultur vorstellen. Ich bin Forscher dieses Instituts und möchte auf einige Probleme dieser Zeit hinweisen. Jetzt brauchte er dem Vortrag des Chefs Chung nicht weiter zuzuhören. Das Problem war die Kunst, mit der man die Beratungsgespräche flüssig in Gang bringen konnte. Das war wirklich eine Begabung, die nicht jedem gegeben war. Er bemühte sich, die Worte auszusprechen, aber sie blieben ihm im Halse stecken.

Anfangs bringt man kein Wort heraus, ja so ist es. Wie ernsthaft man sich auch einredet, man arbeite für die Verbreitung der traditionellen Kultur, letztlich handelt man doch wie ein Straßenhändler für Billigwaren. Und der Anfänger findet oft keine Worte. Selbst wenn er nur einen Bekannten besucht, kann es passieren, daß er es nicht einmal fertig bringt, etwas zu erzählen, geschweige denn, die Waren zum Kauf anzubieten. Und so wird er enttäuscht zurückgehen. Solchen Mitarbeitern empfehle ich immer folgende Methode: Wenn man durch einen verstopften Ausguß stößt, fließt das schmutzige Wasser weg. So ist es. Stoßen Sie durch die verstopfte Kehle hindurch. Denken Sie, daß Sie nur üben, und sagen Sie alles frei heraus. Dann löst sich die Verstopfung, und von nun an wird der Mut alles bewegen. Nur einmal. Aber das erste Mal ist eben das Problem. Suchen Sie das Übungsobjekt sorgfältig aus. Lassen Sie den Wunsch, die Ware verkaufen zu wollen, einmal beiseite, und sagen Sie den ganzen Text frei heraus, den ich Ihnen eingeprägt habe. Dann ist der Erfolg nur eine Frage der Zeit. Machen Sie mal...

Wie der Präsident vorausgesagt hatte, verbrachte er fünfzehn Tage lang mit einem Kloß im Hals. Zuerst machte er sich eine Namensliste der Freunde und Bekannten und plante, diese Kontakte zu nutzen. Zur Firma M. würde er nicht gehen, aber unter den jetzigen Umständen könnte er schon alle anderen Bekannten besuchen, tröstete er sich. Sein erster Kunde war ein ehemaliger Mitschüler aus der Oberschulzeit. Die passenden Worte vor sich hin mumelnd ging er zu ihm in der Hoffnung, ihm die Ware zu einem möglichst hohen Preis verkaufen zu können. Er ging davon aus, daß das ein leichter Kunde wäre - es würde ihm also keine Schwierigkeiten machen, von seinen Waren zu sprechen.

„Hey, wie geht es dir? Hast du schon zu Mittag gegessen? So, so, du hast schon. Es tut mir leid, ich habe eine Verabredung und muß gleich gehen. Es scheint, dir geht's ganz gut. Du, du hast es ja viel besser als ich. Aber unser einer steht jetzt nur noch unter Druck. Ach! Was sage ich jetzt, ich habe keine Zeit. Es tut mir wirklich leid. Besuch mich doch ein anderes Mal, mein Freund, besuch mich auf jeden Fall. Wenigstens zum Mittagessen kann ich Dich jederzeit einladen. Ja, sicher."

Sein Freund, der wie ein Schnellfeuergewehr losgelegt hatte, eilte davon, um seine Sachen zu erledigen. Als er ihm nun schon den Rücken zeigte, hatte er ihm nicht einmal die geringste Möglichkeit gelassen, seinen Verkaufstext aufzusagen. Als nächstes besuchte er ein jüngeres Mitglied eines Clubs aus der Studienzeit.

„Vielleicht kennst du den Meister He, Sul-Man. Das ist eben sein Werk, und man urteilt, sein Werk ist besser als das Original."

„So? Zur Zeit gibt es ja recht merkwürdige Imitate. Aber warum ist das so kitschig? Na ja, und du hast keine Arbeit außer dieser, Bruder? Das ist ja ziemlich schlimm."

Es war eindeutig, daß er nicht die Absicht hatte, sein Kunde zu werden.

Nachher besuchte er noch einige Bekannte, aber das Ergebnis war dasselbe. Die Worte wollten nicht so leicht aus seinem Mund kommen, und er erlag immer wieder der Versuchung, auf andere unwichtige Sachen zu sprechen zu kommen. Obwohl er einem Freund gegenübersaß, der aufgrund seines Charakters bestimmt kaufen würde - man müßte es nur aussprechen! - machte er trotzdem seinen Mund nicht auf. Stattdessen wartete er nur auf eine Gelegenheit, wartete noch einmal, schließlich ging er wieder. Sein Freund machte sich Sorgen wegen seiner Arbeitslosigkeit und versprach, er werde sich bemühen, für ihn eine Arbeit zu finden. Doch er tröstete seinen Freund: So schlimm sei er ja noch nicht dran. Freundschaften, die nur aus Worten bestanden, gab es leider zur Genüge. Bei jemandem vorzusprechen, der von seiner Arbeitslosigkeit nichts wußte, war schwieriger. Wenn er so plötzlich auftauchte, obwohl er lange nichts von sich hatte hören lassen, sahen ihn die Leute unentwegt mit forschenden Blicken an.

„Zur Zeit kommen öfters Bekannte zu Besuch. Sie drängen mich so sehr zum Kauf von Sachen, die man gar nicht braucht, daß es mir Kopfschmerzen macht. Mir scheint, daß man zur Zeit nicht gut leben kann, es sei denn, man lebt von solchen dubiosen Tätigkeiten. Aber wir Angestellte haben es ja gut, weil wir doch immerhin wissen, woher wir jeden Monat unser Geld bekommen können, nicht wahr?"

Bei dem Ausdruck „wir Angestellte" war es aus. Er tat so, als sei er nur vorbeigekommen, weil er ihn lange nicht gesehen hatte, und verabschiedete sich mit einem verlegenen Lächeln.

Ganz wie Chef Chung sagte, erkannte auch er schon früh, daß man ein Übungsobjekt brauchte. Nach dem, was die Kollegen erzählten, war es leicht, diese Waren zu verkaufen. Verglichen mit den albernen neuen Erfindungen, mit denen man gar nichts anfangen konnte, seien ihre schon besser zu verkaufen, weil sie den Geschmack der vornehmen Klasse träfen. Mit dieser Ware könnte man schon eine Bestellung in Höhe von einer Million Won bekommen, wenn man diese Weiber in den Hochhausblöcken, die sich nur um die Einrichtung kümmern, zu umgarnen verstehe. Jedesmal, wenn er so etwas hörte, gab er sich einen neuen Schubs. Wenn er nur etwas an der Rhetorik feilte, würde auch er es schaffen, einen Bestellschein zu ergattern. Gelänge es ihm nur, sich diese Kniffe anzueignen, die dem Kunden keine andere Wahl ließen, als zu kaufen. Darum war er noch nicht bereit, seinen Job als Mitglied des „Instituts für traditionelle Kultur“ aufzugeben. Ging er an den Hochhausblöcken vorbei, blieb er oft stehen. Wenn er nur endlich den Mund aufkriegen würde, dann würden alle Frauen dort seine Kunden werden; diese Hoffnung spornte ihn an.

Die Scheu, den Mund aufzumachen, begleitete ihn auch heute. Was anders als gestern war, war nur die Tatsache, daß er nicht mehr auf der Straße umherirrte, auf der Suche nach jemandem. Während er den halben Tag damit verbrachte, an der Kaufhalle Paradice vorbeizugehen und hier und da herumguckte, und den Rest des Tages auf dem Dongdämunmarkt, war er ein Dutzend Mal drauf und dran, mit seiner Arbeit zu beginnen, kam aber jedes Mal wieder davon ab. Einmal legte er in einem Stofflädchen seine Mappe auf den Verkaufstisch und räusperte sich. Wenn die Inhaberin des Ladens nicht gefragt hätte, was er wünschte, wäre er bestimmt bereit gewesen loszulegen. Aber nun war es aus. Sein Mund blieb stumm.

Er war müde und schleppte sich nach Hause. Der Grund, daß er seinen Tag so früh beendete, war der Wunsch, sich nicht der chaotischen U-Bahn auszuliefern, ohne irgendeinen Erfolg gehabt zu haben; wie gestern. Auf der Station Dongdämun ging es ruhig zu. Er hatte Glück und bekam einen Platz, wo warme Luft zu spüren war. Er streckte sich aus. Ein Mann kam, der Scheren aus hochwertigem Stahl und Messer für nur eintausend Won verkaufen wollte. Das war bei der Station Chongro-5-ga. Dieser Kerl stellte einen schwarzen Koffer aus Vinyl auf den Boden und begann mit seinem Handel.

Es tut mir sehr leid, daß ich Sie in diesem überfüllten Abteil störe. Aber ich möchte Ihnen kurz eine Schere aus hundertprozentigem reinen Stahl und ein Messer mit Scheide zum Bergsteigen vorstellen. Diese Produkte sind ganz etwas anderes als all die stumpfen und leicht rostenden Dinger. Besser einmal sehen als hundert Mal hören. Also sehen Sie mal genau hin. Schon beim Berühren schneidet sie. Man darf sie nicht dort aufbewahren, wo Kinder hinreichen können. Schon wenn man es berührt, schneidet es. Wie jederman weiß oder sich vorstellen kann, muß man normalerweise mehr als Tausend Won für eine Schere bezahlen. Aber Sie bekommen dieses Produkt - zusammen mit einem Messer - jetzt während unserer Werbewochen für nur eintausend Won.

Eintausend. Geben Sie acht, daß die Kinder nicht drankommen können. Wenn man dieses Produkt aus reinem Stahl nur anfaßt, hat man sich schon geschnitten. Wenn es Ihnen gefällt, dann kaufen sie es jetzt.

Der Kerl hatte die Ware jedem Passagier auf den Schoß gelegt, während er vorbeiging. Unterdessen zerschnitt er ununterbrochen ein weißes Blatt Papier. Ein paar Leute kauften und gaben ihm eintausend Won. Der Kerl ging zum nächsten Abteil, nachdem er die übrige Ware schnell eingesammelt hatte. Er hatte mit angehaltenem Atem dem gewinnenden Vortrag dieses Kerls gelauscht und seine blitzartigen Bewegungen genau studiert, um nichts zu übersehen.

An diesem Abend hatte er, im hinteren Platz des Zimmers angelehnt, ein paar Zigaretten geraucht. Sein Kind hatte vom Kühlschrank herunterspringen wollen. Es hatte ganz einfach die Schublade als Stütze genommen und war auf den Kühlschrank geklettert. Nun wurde es von seiner Mutter verprügelt

„Papa, ich habe heute bei Eun-He ein Baby gesehen. Ein Baby, das war hübsch."

Sein Kind, noch wegen der Prügel mürrisch, kletterte langsam auf seinen Schoß. Wer ist Eun-He. Er sah seine Frau an.

„Sie ist ungefähr vor einem Monat in das Mehrfamilienhaus hier vor unserem Haus eingezogen. Als sie einzog, war der Bauch ihrer Mutter so groß wie der Berg Namsan. Sie hat noch eine Tochter geboren. Chin-Man spielt doch immer auf der Treppe von diesem Haus. Immer will er fliegen. Weißt du, er springt sogar vom dritten auf den zweiten Stock hinunter."

Sein Kind beeilte sich zu erklären, wie es das geschafft hatte. Es machte eine Fliegerpose, die es sich selbst beigebracht hatte, und sagte, daß man die Arme so hochziehen und, wie Superman es tut, mit einem Schrei den Oberkörper nach hinten ziehen muß, wobei es die Hände und Füße entsprechend bewegte. „Versuch es mal, Papa. Du kannst auch fliegen. Du kannst dich in die Lüfte schwingen. Versuch es mal, Papa."

„Es ist wirklich schlimm. Wenn es sich wie beim letzten Mal wieder ein Arm brechen sollte, dann haben wir kein Geld mehr. Von der Krankenversicherung ist nichts mehr zu erwarten. Ab morgen sollte ich ihn lieber im Zimmer einschließen."

Seine Frau starrte das Kind drohend an. Das Kind verzog sogleich sein Gesicht, verbarg sich hinter ihrem Rücken und schrie: „Ich will nicht.

Superman bleibt doch auch nicht in seinem Zimmer."

„Eun-He ist so weiß und sauber, weil sie immer zu Hause bleibt und sich artig benimmt..., aber sieh dir mal Chin-Man an! Er sieht ja wie ein Bettler aus."

Plötzlich verstummte seine Frau. Da sie auf einmal ins Stocken geraten war, wandte er sich seiner Frau zu und sah, daß sie ihren Mund verzog und schließlich in Tränen ausbrach. „Was hast Du?" fragte er barsch.

„Ja, wie ein Bettler. Im Reisladen, im Supermarkt, überall habe ich auf Pump gekauft. Außerdem habe ich Schulden bei der Frau des Maklers gemacht, über dreißigtausend. Du hast neue Arbeit gefunden, und ich werde es bald zurückgeben, sage ich mir. Aber sie sehen mich schon mißtrauisch an."

So fing sie an und hörte dann fast eine Stunde lang nicht mehr auf zu klagen. „Du hast es ja bequem, weil du immer draußen bist. Was meinst du? Vielleicht sollten wir mit dem Geld unserer Kaution ein Restaurant für Fleischsuppe eröffnen. Man sagt, mit irgendeinem schäbigen Restaurant kann man monatlich über eine Million Won verdienen. Die Firma, bei der Eun-Hes Vater arbeitet, gibt einen Bonus von sechshundert Prozent. Wie sehr ich die Mutter von Eun-He beneide; ich kann kaum glauben, daß ich eine solche Zeit auch mal erlebt habe. Wenigstens ein bißchen mußt du dich doch darum kümmern. Ich muß für Strom und Wasser zahlen, und die Schuhe von Chin-Man sind auch schon durchgelaufen."

Er stand wieder auf der Straße. Es gab nichts Neues. Es war alles wie gestern und wie an anderen vergangenen Tagen. Wie jeder Tag war er auch heute entschlossen, unbedingt seinen Mund aufzumachen. Daran war ebensowenig Neues wie an den Tränen seiner Frau von gestern.

Das Wetter war kalt und die Straße war glatt. Er sah seinen weißen Atem oder stieß mit seinen Füßen gegen die Eisbrocken, die im Schatten herumlagen. Er sah sich um. Dann hielt er an, da er einen sich langweilenden Apotheker im weißen Kittel gesehen hatte. Vielleicht könnte er den bitten, ihm einen Guronsan zu geben, um so besser von der traditionellen Kultur erzählen zu können. Schüchtern berührte er mit der Hand die Glastür der Apotheke. In diesem Moment schob ihn jemand, der ganz eilig hineinging, zur Seite. Hinter der Glastür steckten der Kunde und der Apotheker die Köpfe zusammen und flüsterten miteinander. Da sah er keine Möglichkeit, sich irgendwie einzumischen.

Er war nicht weiter enttäuscht und setzte seinen Marsch fort. Als er am Buchladen, dem Hamburger-Haus und dem Schuhladen vorbei war, fand er wieder einen passend aussehenden Laden. Diesmal war es ein Juwelier, wo Uhren und Schmuck verkauft wurden. Im Schaufenster schwebte ein großer Vogel aus Bronze, an hochgezogenen Flügeln aufgehängt. Jetzt hatte er eine Gelegenheit gefunden. Er atmete tief durch. Es war kein Kunde da, nur ein Ladengehilfe mit weißem Hemd stand allein und sah hinaus. Der Ofen glühte rot, und darauf stand ein Kessel mit kochendem Wasser.

Nachdem er sich noch einmal die blank geputzten Juwelen im Schaufenster, in dem kein einziges Staubkörnchen lag, angesehen hatte, trat er ein.

„Kommen Sie herein."

„Na ja."

„Sie wünschen?"

„Nein. Ich habe Ihnen etwas zu erklären."

„Wie bitte?"

„Sie scheinen, diese Gießereien aus Bronze zu mögen, nicht wahr?"

Er wies auf den Vogel im Schaufenster. Das Gesicht des Ladengehilfen verzog sich. Weil er mit seinem Anfang zufrieden war, trat er noch einen Schritt näher zum Gehilfen. Da klingelte das Telefon. Er wartete schweigend. Der Gehilfe nahm den Hörer ab und sah zu ihm herüber, ohne seinen mißtrauischen Blick zu verbergen. Das Telefongespräch dauerte sehr lange, und unterdessen schien der Gehilfe seinen Beruf schon erraten zu haben und fiel ihm ins Wort, noch bevor er wieder den Mund öffnen konnte.

„Sie kommen wahrscheinlich, um etwas zu verkaufen. Kommen Sie ein andermal vorbei. Momentan brauchen wir nichts."

„Nein, Sie irren sich. Sehen Sie, ich arbeite für Verbreitung unserer traditionellen Kultur. Wie Sie bemerken, ist es..."

Er wollte eine Broschüre aus dem Umschlag herausziehen, aber der Ladengehilfe schnitt ihm derb das Wort ab. „Was wollen Sie denn. Wissen Sie, heute haben wir noch nichts verkauft. Gehen Sie weg. Kommen Sie ein andermal wieder." Ehe der Ladengehilfe ihn an den Schultern packen und ihn wegschieben würde, drehte er sich lieber um und ging.

Ich will nicht mehr auf der Straße bleiben, dachte er. Wider Erwarten war er tief bestürzt. Es war schon so: Bis jetzt hatte er sich immer wieder ermutigt, aber nun war sein Mut im Nu wie weggeblasen. Er ging an einer Bushaltestelle vorbei und stieg ohne zu Überlegen in den Bus ein. Glücklicherweise gab es freie Plätze. Dennoch, das erste Wort war ihm gut gelungen, tröstete er sich und schloß die Augen. Wenn es nur jemanden gäbe, der seinen Worten geduldig zuhörte, wenn jemand nur einige Minuten ruhig bliebe. Der Bus schaukelte, und er biß sich leicht auf seine Lippe. Es schien, als ob die Worte, auf die er sich bis jetzt immerzu vorbereitet hatte, plötzlich aus ihm heraussprudelten.

Töpfe sind jetzt ganz aus der Mode. Wie schön ist die feine Handarbeit, der zarte Glanz und die ehrwürdige Gestalt. Jedes Werk des Herrn He, Sul-Man kostet auf dem Markt über zehn- oder zwanzigtausend Won. Aber er hat uns seine Werke zu einem Sonderpreis überlassen, um die traditionelle Kultur in weiteren Kreisen bekanntzumachen. Sehen Sie mal dieses Räuchergefäß. Das ist ein Werk aus der Zeit des Königs Chungleul aus der Koryoperiode. Diese Silber-Einlegetechnik macht es wirklich zu einem Prachtstück. Es entspricht ganz genau dem Original Nr. 214 des Nationalschatzes. Sehen Sie die Figuren des Drachen und des Phönix? Sind die nicht wunderbar? Wenn man solche Kunstwerke ins Wohnzimmer stellt, gibt das eine ganz andere Atmosphäre. So etwas kann man nicht mit einem Topf vergleichen. Während er im Bus fuhr, murmelte er den Text vor sich hin. Solange er die Worte nicht wirklich aussprach, war sein Text perfekt.

Das ist Nr. 213 des Nationalschatzes, die große Pagode aus Gold und Bronze. Das Original ist 155cm hoch, aber es ist den Proportionen eines Wohnzimmers entsprechend verkleinert worden. Wieder ein Werk von Herrn He. Schon bei dieser einzigartigen Pagode kann man den Stil des zehnten Jahrhunderts auf einen Blick erkennen. Und dann noch diese feine Buddhastatue. Die Treppe und die Tür wirken, als hätte man die echte Pagode vor sich, nicht wahr? Als er sich den Text für die goldene und die bronzene Pagode ins Gedächtnis einprägte, fragte ihn jemand: „Sagen Sie, fährt dieser Bus wirklich zum Kangnam-Terminal?“ Eine junge Frau mit langen Haaren und bleichem Gesicht sah ihn an. „Ja“ ließ sich hinter ihm die Stimme eines alten Mannes vernehmen. Bis dahin hatte er selbst nicht gewußt, wohin dieser Bus fuhr.

Er folgte der jungen Frau mit dem bleichen Gesicht und stieg am Express-Bus-Terminal aus. Die Frau schien einen Augenblick zu zögern und ging dann in den Wartesaal der Linie nach Honam hinein. Er war unentschlossen, wohin er gehen sollte, und folgte ihr, denn er war ja schon ihretwegen hier ausgestiegen. Wie dem auch sei, im Wartesaal muß es viele Leute geben, dachte er.

Im Wartesaal drängten sich unerwartet ganz viele Leute herum. Dröhnende Stimmen aus dem Lautsprecher, das Geschrei des Schaffners und dazu lief noch ein Fernsehgerät in der Mitte des Saals. Die glänzenden, langen Schwerter, das laute Kampfgeschrei und die unbändige, stürmische Geschicklichkeit meisterhafter Fechter ließen die Leute vor Begeisterung aufschreien.

Verglichen damit war es vor dem Kiosk in der Nähe des Eingangs relativ ruhig. Es gab auch einige freie Plätze. Er blickte in Richtung Eingangstür und setzte sich. Der Wind, der durch die offene Tür drang, war kalt, aber nicht so sehr, daß man es nicht mehr hätte aushalten können.

Es beruhigte ihn auch, daß eine Bank zur Verfügung stand. Es müßte sich nur jemand auf diese leere Bank neben ihn setzen, dann würde alles in Ordnung sein. Und wenn dieser Mensch nur zwanzig Minuten Zeit hätte, wäre es noch beruhigender. Wer könnte die geeignete Person sein? Er sah sich die Leute in seiner Umgebung genau an, einen nach dem andern. Sogleich fiel ihm ein junger Mann mit roter Krawatte auf. Einige schallend lachende Schülerinnen hielten sich ebenfalls hier auf, und auch eine alte Großmutter, mit einem Schal aus Hasenfell. Die Schülerinnen verrieten sich gegenseitig ihre Geheimnisse und lachten fröhlich. Die alte Großmutter schien auf jemanden zu warten und sah ungeduldig immer wieder auf die Fahrkarte in ihrer Hand. Es paßt einfach nicht, dachte er und schüttelte den Kopf. Sie alle waren keine geeigneten Personen. Keiner sah aus wie jemand, der bereit ist, seine Ausführungen schweigend anzuhören und sich wie ein Übungsobjekt verhält.

Gerade in diesem Moment, setzte sich - „plumps“ - ein Kerl auf die Bank neben ihn und atmete tief aus. Dieser Kerl in dem dunkelblauen Arbeitskittel hatte sich unpassenderweise eine braune Fellmütze tief ins Gesicht gedrückt und begann zu sprechen, sobald er Platz genommen hatte. Raschelnd suchte er etwas in seiner Tasche und bat ihn um Feuer. Eine weiße, dünne Zigarette zeichnete sich vor seiner rauhen, groben

Hand deutlich ab. Genau besehen schien dieser Kerl als Packer im Terminal zu arbeiten, vielleicht einer, der die Ladung vom Ausladeplatz bis zur Bushaltestelle trug. Auf seinem Rücken war die Marke irgendeiner Firma aufgenäht. Auch wenn dieser Kerl ein Packer war, er war nicht enttäuscht. Genau überlegt, war dieser Kerl für seine Übung sehr geeignet. Er strengte sich an. Der Kerl atmete noch einmal tief aus und rieb sich seine Brust.

„Vielleicht habe ich zu spät und deswegen zu schnell zu Mittag gegessen. Darum fällt es mir so schwer zu atmen. Danke. Sie sollten doch lieber da drinnen Platz nehmen, es ist ja kalt."

Der Kerl dankte fürs Feuer und wies mit dem Finger nach drinnen. Er schien ungefähr fünfzig Jahre alt zu sein, oder vielleicht auch viel jünger. Wegen der Fellmütze, die seinen Kopf bedeckte, war es schwierig, sein Alter genau zu schätzen. Er sah den Kerl prüfend an. Weil ihm das späte Mittagessen schwer im Magen lag, rülpste der Kerl mit Absicht ein paarmal und lächelte verlegen, als sich ihre Blicke begegneten. Vielleicht mit diesem Kerl... Er rückte ihm etwas näher und fragte mit zitternder Stimme, ob er es nicht eilig habe.

„Ich habe es nicht so eilig. Fürs Überleben muß man doch zwischendurch Pause machen."

„Wenn es so ist, können Sie sich für mich ein bißchen Zeit nehmen, mein lieber Herr? Es dauert nicht lange. Sie brauchen mir nur zuzuhören."

Er fürchtete sich vor Ablehnung.

„Was denn für eine Geschichte? Nun, wollen wir doch mal hören."

Der Kerl drängte ihn zu erzählen. Endlich war ein Anfang gemacht. Der Augenblick, als er eine Broschüre aus dem Umschlag herausholte, schien ihm ewig zu dauern. Er befeuchtete seine trockenen Lippen und begann schließlich seinen Text von Beginn an aufzusagen. Die Worte, die ihm bis jetzt immer im Munde steckengeblieben waren, bekamen Klang und brachen nach und nach aus seinem Munde hervor. Der Kerl verhielt sich vielversprechend. Immer wieder mit dem Kopf nickend, hörte er ernsthaft zu. Manchmal stellte er auch eine Frage, die zu beantworten angesichts des Niveaus des Kunden nicht schwerfiel.

Die Worte brachen wie ein Wasserfall aus ihm heraus. Präsident Chung, Bong-Yong hatte recht. War einmal der schwierige Anfang gemacht, gab ein Wort das andere, und schon floß es dahin, alle weiteren Worte mit sich reißend. Schweiß begann aus seinen geballten Fäusten zu tropfen. Er empfand die Kälte nicht mehr. Als er das außergewöhnliche Talent des Herrn He beschrieb, überkam ihn ein erhebendes Gefühl, als flögen seine Worte wie ein Schmetterling, und ihm war, als ob ihm die Brust zerspringen würde.

Die Übung war zu Ende. Es gab keinen Text mehr, den er noch vergessen hätte zu rezitieren. Er packte die Broschüre wieder in den Umschlag und trocknete sich die Stirn. Der Kerl nahm die Fellmütze runter und wollte gerade aufstehen.

„Danke schön, daß Sie meiner langweiligen Geschichte bis zu Ende zugehört haben. Ich danke Ihnen, mein lieber Herr."

Er bot dem Kerl eine Zigarette an. Der Kerl hob beschwichtigend die Hände und sprang auf.

„Mein Gott, was reden Sie. Es tut mir leid, daß ich so ohne weiteres aufstehe, obwohl Sie sich so viel Mühe gegeben haben. Nun, verkaufen Sie viel."

Der Kerl schritt zum Eingang. Jetzt war die Übung zu Ende. Er sah mit zerstreuten Blicken um sich, als wäre er gerade aus einem Traum erwacht. Der Actionfilm mit dem meisterhaften Fechter war noch nicht zu Ende, das Gedränge an der Absperrung war ebenso stark wie zuvor. Ein Gefühl der Unzufriedenheit hielt ihn gefangen, als sich jemand neben ihn auf die Bank setzte. Erschrocken erkannte er den Packer.

„Ich habe beim Zurückgehen nachgedacht: etwas ist nicht in Ordnung. Das Ding da, den Kerzehalter oder Kerzenhalter, oder wie heißt das? Das möchte ich kaufen. Ich glaube, das paßt ganz gut zur Ahnengedenkfeier. Teure Sachen kann ich ja nicht kaufen, aber das war doch das billigste, das belastet mein Portemonnaie nicht so sehr. Obwohl ich so ärmlich lebe, bin ich doch der älteste Sohn im Haus der Familie Kwon und habe fast alle drei Tage eine Feier für die Erinnerung an die Ahnen."

Im Angesicht des Kunden, der den Kerzenhalter, gedacht für die Ahnengedenkfeier, bestellt hatte, verlor er einen Augenblick die Sprache. Sie war zuvor wie ein Fluß aus ihm herausgeströmt, waren aber plötzlich irgendwohin verschwunden; und nun begannen auf einmal dem Packer die Worte nur so herauszusprudeln.

„Obwohl ich vom Gepäcktragen lebe, ehre ich die Ahnen mit Anstand. Die geerbten Reisfelder sind hin. Jedenfalls bin ich nach Seoul gekommen und mühe mich ab, die Kinder groß zu ziehen. Früher war ich ein bedeutender Mann auf dem Lande. In einer Familie geboren, die einen großen Namen hatte und auf großem Fuß lebte. Ich werde bald fünfzig und trotzdem muß ich zu meiner Schande gestehen, daß ich immer noch kein eigenes Haus habe. Es gibt keine Arbeit, die ich nicht getan habe, um nur ein bißchen mehr zu verdienen. Die Kinder sind ja immer größer geworden, Erspartes habe ich nicht. Ach Mann, es gab keinen, der nicht von einem gewissen Herrn Kwon wußte, hier in Seoul gelte ich als der Packer Kwon."

Der Redeschwall des Packers Kwon war recht lang. So wie der Kerl, hörte er auch seinen Worten ernsthaft zu, ab und zu mit dem Kopf nickend. Die Menschen kamen und gingen unaufhörlich. Die Mutter von irgend jemandem möge schnell zum Informationsbüro kommen, näselte die Lautsprecherstimme einer Frau, und der Packer erzählte seine Geschichte weiter.

Das letzte Stück Land

Fast zehn Tage lang tobte der heftige Wind. Wegen des furchtbar kalten Windes in der Zeit der Frühlingsblüte lagen auf den Gassen die Plastiktüten und die Verpackungen von Süßigkeiten verstreut herum. Die Passanten konnten darüber nur den Kopf schütteln. Manchmal sammelten die Leute der Müllabfuhr den Müll auf dem freien Platz ein und verbrannten ihn. Jedesmal stieg dann hier und da schwarzer Rauch, vom Wind getragen, hinauf. Dann schwebte Ruß umher, dünner als das feinste Papier, wie Mottenschwärme.

Wenn die Müllarbeiter, nachdem sie Feuer gemacht hatten, weggingen, dann waren die Kinder an der Reihe. Sang-Su, der älteste Sohn vom Besitzer des Tapetengeschäftes Wonmi, Kyong-Ok, die jüngste Tochter von Herrn Kim von der Müllabfuhr und das schwarze Schaf Chin-Man. Sie liefen auf den Platz und warfen Steine ins Feuer oder steckten einen trockenen Heuhaufen in Brand. Die Kinder in Wonmidong hatten nie gelernt, sich im Haus aufzuhalten. Von früh morgens, wenn sie erwachten, bis zur späten Dämmerung spielten sie auf der Straße. Den ganzen Tag lang herrschte auf der Straße lauter Lärm und das Geschrei der Kinder, und es war einfach unvorstellbar, daß den Kindern bei dem spannenden, lustigen Spiel mit dem Feuer nichts passierte. Die Gesichter der Kinder waren bald mit Ruß bedeckt und manchmal begann ein Kind, das sich die Hand verbrannt hatte, schrecklich zu schreien. Dann eilte fast immer Herr Chu vom Tapetengeschäft Wonmi hinzu. Er lebte früher in Busan als Maurer und war irgendwie nach Wonmidong in die Stadt Buchon gekommen. Sein Tapetengeschäft war das erste Haus in der Nähe des freien Platzes. Wenn das Feuer, getragen von dem Gegenwind, auf seine Ware übergriffe, würde nichts davon übrig bleiben. Daher stürzte er wie ein Wilder aus seinem Laden, um seine Waren zu schützen, und schrie auf die Kinder ein, so daß sie sofort Hals über Kopf Reißaus nahmen. Die dritte Tochter des Besitzers vom Fotoladen Hengbok, sie hieß Mi und war drei Jahre alt, fiel hin, weil sie ihren Schuh verlor, als sie wegrannte. Sie war ganz außer Atem und schrie. Herr Eum vom Fotoladen Hengbok hatte nur drei Töchter und nannte sich einen glücklichen Mann. Daß die erste Tochter nur einfach Eum Chi, die zweite Eum Seun und die dritte Eum Mi hieß, war die aparte Idee dieses Glückpilzes.

Nachdem Herr Chu vom Tapetengeschäft mit seinen Halbstiefeln den Feuerhaufen ausgetreten hatte und in seinen Laden zurückging, kam noch jemand hinzu. Es war der alte Kang Man-Seong. Im Bezirk 23 von Wonmidong gab es niemanden, der den alten Kang nicht kannte. Nein, man kannte ihn nicht als den alten Kang, sondern als den Grundbesitzer Kang. Und jemand, der im Sommer und Winter das Treiben auf dem Acker nicht wirklich miterlebt hatte, konnte sich nicht als Einwohner dieses Ortes bezeichnen. Der alte Kang, von über ein Meter achtzig großer Gestalt, war immer gekleidet wie ein Arbeiter. Seine außergewöhnlich große Nase schien die Hälfte des Gesichtes einzunehmen. Sein dunkles Gesicht und seine Kartoffelnase waren so rot wie Erdbeeren. Wenn man sah, wie fest er ausschritt und wie sich die Sehnen seiner bloßen Arme bewegten, konnte man kaum glauben, daß der Alte bald die Siebzig erreichen würde. Seine Stimme war noch kraftvoll, und wenn er bei der Arbeit auf dem Acker „Yong-Mun!" rief, kam sein jüngster Sohn sofort aus seinem zweistöckigen Haus angerannt, obwohl es über hundert Meter entfernt und dazu noch nach hinten hinaus gelegen war.

Nach den Worten der Frau aus Kohung, Kollegin und zugleich Ehefrau von Herrn Park aus dem Maklerbüro Kangnam, behandelte er seinen Sohn sehr streng, und bis jetzt hatte sie nie gesehen, daß er mit seinem Sohn ein freundliches Wort gewechselt hätte. Wenn die Frau aus Kohung „bis jetzt" sagte, dann bezog sie sich damit auf die gesamte Vergangenheit des Bezirkes von Wonmidong. Denn nur das Maklerbüro Kangnam war schon, wie der alte Kang, von Anfang an da gewesen. Bis zu der Zeit, in der die früher billigen Grundstücke in Wonmidong im Preis gestiegen waren und teuer wie Gold wurden, liefen die Geschäfte des Herrn Park und der Frau aus Kohung glänzend. Nach seinen eigenen Worten, wenn man es denn wörtlich glauben konnte, war Herr Park einmal die große Nummer, der die Grundstücke in Kangnam diesseits von Kepodong nach Belieben verkaufte. Wegen eines Skandals hatte er sein ganzes Vermögen verloren, kam mit leeren Händen in die Stadt Buchon und wurde ein kleiner Makler. Es hieß zwar, er sei ein kleiner Makler, aber es gab niemanden, der bestreiten würde, daß Herr Park in Wonmidong ein großes Vermögen zusammengebracht hatte.

Der freie Platz, auf dem die Müllabfuhr den Müll eingesammelt und verbrannt hatte, war eines der Grundstücke, die vom alten Kang verkauft wurden. Der Kaufvertrag war im Maklerbüro Kangnam aufgesetzt worden. Damals schon waren vier zweistöckige Geschäftsgebäude gebaut worden, aber den freien Platz, der an die Straße grenzte, hatte der neue Besitzer noch unberührt liegen gelassen. Es wurde bereits geplant, darauf ein neues Gebäude zu errichten. Abgesehen davon gab es auch links an der Notzufahrt für die Feuerwehr ein noch nicht verkauftes Grundstück von etwa einhundert Peong, zu je drei Teilen. Eines davon wurde an das Baustoffgeschäft vermietet und diente als Lagerplatz für Zement und Sand, die übrigen Grundstücke bearbeitete der alte Kang mit seinem Sohn jedes Jahr und pflanzte Gemüse. Der Acker brachte nicht viel Geld, aber damit konnte man schon die Ausgaben für den Haushalt decken.

Der alte Kang suchte den Platz, auf dem man den Müll verbrannt hatte und wo nur noch Asche übriggeblieben war, wegen seines Ackers auf. Er packte alles, was ihm als Düngemittel gut zu sein schien, in einen abgenutzten, dreckigen Sack. Keiner seiner zwei verheirateten Söhne konnte ihn unterhalten. Darum mußte er von der Miete für den Lagerplatz des Baustoffgeschäftes und der Miete des Bewohners im zweiten Stock seines Hauses leben. So war er auch nicht in der Lage, sich mit dem Anbau von Paprika durchzubringen, obwohl seine Grundstücke einige hundert Millionen Won wert waren. Aber das Problem lag darin, daß der alte Kang hartnäckig dabei blieb, auf diesem Acker nur Gemüse zu pflanzen. Seit einigen Jahren meldeten sich des öfteren Interessenten, aber der alte Kang wollte nicht verkaufen. Und jetzt pflanzte er noch zu beiden Seiten der Straße, die zum Rathaus führte, Gemüse an. Als dieses Jahr der Frühling kam, erschien der alte Kang wie immer mit abgetragener Kleidung und barfuß in schwarzen Gummischuhen auf seinem Acker.

Die Erde war noch hart vom Winter, und das machte die Arbeit mit der Hacke schwer. Es dauerte sehr lange, bis er eine Ackerfurche gezogen hatte. Denn immer wieder mußte er die in der Erde steckenden Preßkohlenabfälle heraussuchen und wegwerfen. Obwohl Yong-Mun während des letzten Monats die Abfälle entfernt und den Boden freigelegt hatte, war alles sehr unansehnlich. 'Verdammt sind die Leute aus Seoul.' Der alte Kang stöhnte und gebrauchte derbe Schimpfworte. Er zog eine Packung Zigaretten der Marke „Hanla-San“ aus der Jackentasche. Der Wind blies sehr stark und man konnte die Zigarette nur anzünden, wenn man in den Windschatten der Spindelbäume vor den Mehrfamilienhäusern trat. Als der alte Kang die Hacke wegwarf und zum Ende des Ackers hinüberschritt, grüßte ihn Herr Park vom Maklerbüro Kangnam. Der alte Kang hatte gar nicht bemerkt, wann dieser rausgekommen war. Eine kleine Gestalt mit schwarzer Brille, die Haare mit Gel glattgekämmt. Es war dem alten Kang unangenehm, dem Herrn Park ins Gesicht zu sehen. Jedesmal wenn Herr Park ihm begegnete, versuchte dieser ihn zu überreden, die Grundstücke zu verkaufen. Im letzten Winter hatte er ihn zu Hause besucht, um ihm die Erfolgsmeldung zu machen, daß sich ein Interessent gemeldet hätte. Er sagte weiter, daß dieser Interessent die übrigen Grundstücke sogar alle auf einmal kaufen und auf beiden Straßenseiten Zwillings-Gebäude errichten und sie zu einer Berühmtheit machen wollte. Dazu würden noch Luxus-Freizeitzentren entstehen, was dem Ort gleich einen heiteren Ausdruck verleihen würde. Im ersten Stock Geschäftsläden, im zweiten Stock eine Sauna, im dritten Stock ein Sportclub, im vierten und fünften Stock schließlich Büros. Daß für solche Zwecke gebaut werden sollte, gefiel dem alten Kang nicht, und weil die Grundstücke ja sowieso nicht zum Verkauf stünden, brauche er nicht so groß zu tönen. Daß dieser oder anderer den Sekt zu früh entkorkt hätte, war ihm doch gleichgültig.

„Herr Kang, der Firmenchef Yu wollte in Richtung Simkokdong gehen, um die Grundstücke dort zu besichtigen. Nur Ihretwegen und um das Wohl unseres Ortes willen, habe ich mir so viel Mühe gegeben."

Während Herr Park gezwungen und mit ausdrucksloser Miene sprach, half ihm seine Frau aus Kohung, die ihm gefolgt war, und erzählte weiter.

„Wirklich, mein Mann hat sich seit letzten Winter viel Mühe gegeben. Wir können ja ganz gut davon leben, Zimmer zu vermitteln und Provision dafür zu bekommen. Trotzdem haben wir uns so viel Mühe gegeben, nur weil wir uns als Bewohner desselben Ortes verantwortlich für das Land fühlen."

Der alte Kang schwieg. Jetzt ergriff Herr Park wieder das Wort.

„Jetzt ist es noch nicht zu spät. Überlegen Sie es sich noch einmal. Anstatt die Grundstücke in jedem Sommer als Äcker zu benutzen, die nach Mist stinken, wäre es da nicht besser, sie lieber für eine Million pro Peong zu verkaufen? Wirklich, noch teurer zu verkaufen ist ganz ausgeschlossen. Ach, Sie haben wirklich keine Ahnung. Vor der Olympiade 1988 machte man in den Zeitungen und im Fernsehen viel Lärm darum, daß die Leute aus Nordkorea bald angreifen würden. Damals sank sogar das Kaufinteresse für Häuser unter zehn bis zwanzig Millionen Won."

„Herr Kang, Sie sollten vernünftig sein. Verkaufen Sie jetzt schnell, wo sich ein Interessent gemeldet hat. Egal wie lange Sie auch noch warten, der Preis wird nicht mehr steigen. Warum verstehen Sie das nicht? Sogar die Großmutter von Kyong-Kuk will jetzt schnell verkaufen."

Seine Frau aus Kohung wandte sich an die Frau des alten Kangs. Der alte Kang drückte die brennende Zigarette aus, steckte den Stummel sorgfältig in die Tasche und ging an seinen Arbeitsplatz zurück, ohne ein Wort zu erwidern. Als er Herrn Park seinen Rücken zugewandt hatte, sagte dieser noch: "Der Firmenchef Yu scheint immer noch an diesem Grundstück interessiert zu sein. Mit dem Preis könnten wir uns durchaus noch etwas Ihren Vorstellungen annähern. Entscheiden Sie sich doch jetzt!"

Obwohl er so oft deutlich gesagt hatte, daß er, egal wie hoch das Angebot auch sei, das Grunstück nicht verkaufen werde, sprach Herr Park immer wieder davon. 'Verdammt sind die aus Seoul.' Erst nachdem das Ehepaar Park ins Büro gegangen war, ließ er diese Bemerkung fallen. Er wußte wohl, daß Herr Park und seine Frau eigentlich aus Chollado stammten, aber die Bewohner in Wonmidong waren für ihn alle nur Abkömmlinge aus Seoul.

Überhaupt sind die Leute aus Seoul kühl, sie haben keine Wurzeln mehr auf dem Land und heben abwehrend die Hände, wenn sie vom Gestank der Jauche angeekelt davonlaufen. Der alte Kang nahm wieder die Harke, schüttelte die Erde grob ab und begann, den Acker zu pflügen. Er verlor sich in Gedanken über die üble Gewohnheit, auf den im Winter brachliegenden Acker die verdammte Preßkohlenasche zu schütten. Er steigerte sich regelrecht in seiner Wut. Ja, so etwas war typisch für diese verdammten Seouler. Obwohl er genügend Dung, Jauche, die man aufs Paprikafeld gießt und fauligen Menschenkot, den man im Sommer auf den Chinakohl für Kimchang streut, bereitgestellt hatte, hatte er davon kaum etwas gebraucht, dank der Gemeinheiten dieser Seouler. Immerhin hatte er seit einigen Jahren auf diesem unfruchtbaren Boden etwas geerntet.

Zudem verwandelte sich der Acker jeden Winter in einen Müllplatz. Er hatte im letzten Winter seinen Sohn Yong-Mun den Acker bewachen lassen, und manchmal hatte er selbst Wache gehalten, um die Bewohner daran zu hindern, bei Nacht heimlich die Kohlenasche dorthin zu schütten. Aber es war vergebens gewesen. In diesem Frühling hatte er die Asche, die mehr als einen Lastwagen gefüllt hatte, auf eigene Kosten wegschaffen müssen. Im Ort standen zweistöckige Geschäftsgebäude und Mehrfamilienhochhäuser in großer Anzahl, es war normal, daß in einem Haus mindestens vier Familien eng beieinander wohnten. Da aber der Müllwagen, der an einem Tag den Müll und am nächsten Tag die Asche wegschaffte, nicht pünktlich kam, gab es viele, die sie auf andere Weise wegschafften. Das war eine Sache, andererseits aber wußte der alte Kang genau, daß die Bewohner die Asche absichtlich auf den Acker schütteten, weil sie den Acker, der den ganzen Sommer lang nach fauligem Menschenkot stank, eklig fanden.

Der Acker war schon so eklig genug. Aber im Sommer, mit Wind oder ohne, war es eine Quälerei, in der Nähe eines Ackers, der mit Menschenkot bedeckt war, Tag und Nacht den Gestank zu ertragen und da zu leben. Der alte Kang war ganz versessen auf Dung, häufte ihn immer am Rand des Ackers sorgfältig an und ließ ihn gären. Mit ständig geschlossenem Fenster konnte man aber nicht leben. Und man kann den Gestank nach Menschenkot doch schlecht als Duft bezeichnen. Außerdem lockte der Acker viele stechende Insekten an. Die Moskitos, die sich auf dem Acker des alten Kang vermehrt hatten, waren fast mörderisch stark. Hinter dem Acker standen in einer langen Reihe dreistöckige Mehrfamilienhäuser, deren Verandatür auf den Acker blickte, und vor dem Acker führte eine Straße geradewegs zum Rathaus. Daneben waren der Fotoladen, das Elektrogeschäft, der Friseursalon, das Ginseng-Teehaus und das Chicken-Center, so sah der Acker des alten Kang, irgendwie dazwischen in der Mitte eingeschoben, einigermaßen deplaziert aus.

Auch wenn er davon wußte, daß die Bewohner in Wonmidong in jeder Einwohnerversammlung im Sommer immer über den „Gestank von Menschenkot“ diskutierten, oder die Leute, egal, wer sie waren, zum Acker gelaufen kamen und sich heftig beschwerten, arbeitete er unbeirrt weiter, indem er seine große Nase rümpfte, schweigsam das Unkraut ausjähtete, das Gemüse aussonderte und die Zweige beschnitt. Und wenn der Winter kam, rächte man sich am Acker und mißhandelte ihn mit Asche. In diesem Jahr kam der Frühling genau richtig, und so wurde es Zeit, heute den Acker zu pflügen, um ihn morgen ganz mit Mist zu bedecken.

Nach jenem Vorfall des letzen Jahres, als die Bewohner vom Unterbezirk 8 eine Beschwerde eingereicht hatten, hatte der alte Kang noch die Drohungen der Bewohner in Erinnerung, daß man es auf keinen Fall zulassen werde, daß er seinen Acker wieder mit Menschenkot bedecke. Aber er hatte nicht die Absicht, morgen darauf zu verzichten. Auch wenn er in Wirklichkeit nur den Mist aus dem Schweinestall unter die Erde grub oder wenn er den Acker bestellt und den Mist darauf verteilte, die aus Seoul behaupteten beharrlich, es sei „Gestank von Menschenkot.“

Yong-Mun lag immer noch im Bett. Wahrscheinlich war es für ihn zuviel gewesen, die ganze letzte Woche die Asche vom Acker zu schaffen. Er war eigentlich recht zerbrechlich, wie eine Eierschale, und sein Körper war nicht dafür geschaffen, bei der Arbeit richtig anzupacken. Aber er ging auch nicht zur Universität, weil ihm das Lernen keinen Spaß machte. So war es ganz ungewiß, wovon er in Zukunft leben sollte, und das fand sein Vater beklagenswert. Der alte Kang hatte noch eine Tochter und drei andere Söhne, die ihm noch beklagenswerter und nicht weniger elend erschienen als Yong-Mun. Der älteste Sohn Yong-Kui, der nach dem Besuch der Universität ein aussichtsloses Unternehmen gegründet und dazu noch seinen Bruder mit hineingezogen hatte, lebte immer noch in miserablen Verhältnissen. Der alte Kang hatte ihn schon längst vergessen, und für ihn war sein Ältester nicht mehr sein Sohn. Sein dritter, Yong-Chul, war zwar in der Schule hervorragend, und der alte Kang hatte sozusagen auf ihn seine letzte Hoffnung gesetzt. Aber dieser Sohn verschrieb sich einer politischen Bewegung und den Demonstrationen und wurde schließlich aus der Universität entlassen. Im letzten Jahr war er zum Militärdienst gegangen. Obwohl sich Yong-Mun immer noch weigerte zu lernen, war er doch unter den Söhnen der sensibelste und fürchtete seinen Vater, so daß er tat, was sein Vater befahl.

Mit den Söhnen war es ja sowieso aussichtslos, aber wie war es dann mit seiner Tochter, die in Seoul lebte? Einer, von denen, die dem alten Kang ein tiefes Mißtrauen gegenüber den Leuten aus Seoul eingepflanzt hatte, war der Schwiegersohn Choi. Die faule Hee-Cha wollte nach der Oberschule unbedingt in Seoul eine Arbeit finden, aber sie hatte nicht die Absicht, nach der Oberschule zu Hause im Haushalt zu helfen und zu heiraten. Damals hätte er schon wissen müssen, daß es auch mit ihr aussichtslos sein würde. Wenigstens hatte sie eine Arbeit gefunden. Sie war

Buchhalterin in einer Handschuhfabrik geworden. Man sagt zwar, es sei eine Fabrik, aber in Wirklichkeit war es nur ein Haus, in dem einige Nähmaschinen standen und vier oder fünf Arbeiter Handschuhe nähten. Ehe ein Jahr vergangen war, fanden der Chef und Hee-Cha aneinander Gefallen. Als der Vater erfuhr, daß die beiden einfach zusammenlebten, hatte er eilig für sie eine Hochzeitsfeier veranstaltet. Zu spät wurde ihm klar, daß sein Schwiegersohn ein echter Gauner war.

Es war Anfang der Siebziger, als man Äcker für einen anderen Zweck verkaufte, weil Buchon bald den Rang einer Stadt bekommen sollte. Mach dir keine Sorge, beruhigte ihn sein Schwiegersohn Choi und borgte sich immer wieder von ihm Geld, das der alte Kang durch den Verkauf der Äcker bekommen hatte. Aber sein Schwiegersohn bezahlte nie zurück. Die Fabrik seines Schwiegersohns Choi war immer noch gleich groß, denn sein Schwiegersohn, der Gauner, hatte nur gelernt, durch Glücksspiel und den Umgang mit gewissen Damen Geld auszugeben. Seine faule Tochter Hee-Cha, die schon zwei Kinder hatte, weinte Tag für Tag wegen der Launenhaftigkeit ihres Mannes, und es kamen ihm nur Sachen zu Ohren, die ihm fast das Herz brachen. Vor fünf Jahren, als er wieder einmal Grundstücke verkaufen wollte, kam sein Schwiegersohn Choi und flehte ihn auf Knien an, ihm wenigstens dreißig Millionen Won zu geben - aber vergeblich. Danach kam öfters seine Tochter Hee-Cha und bat unter Tränen, ihr nur dreißig Millionen Won zu leihen, damit sie Choi zu einem neuen Menschen machen könne. Er hatte das Geld unter der Auflage gegeben, daß er dafür zwei Prozent Zinsen bekam, und erhielt eine Bestätigung von seinem Schwiegersohn. Nur weil es ihm um seine Tochter Hee-Cha leid tat. Hee-Cha war nicht die Tochter seiner jetzigen Frau, sondern seiner verstorbenen ersten und das einzige eigene Fleisch und Blut von ihr. Er wußte nicht, wozu sie diese dreißig Millionen verwendet hatten, aber seine Frau fuhr jeden Monat nach Seoul und bekam die Zinsen, indem sie sie einforderte. Zur Zeit waren sie in der Lage, die zwei Prozent Zinsen korrekt zurückzuzahlen, aber anfangs hatte seine Frau soviel bekommen, wie gerade da war. Darum schmerzten dem alten Kang an jedem Tag, an dem er die Zinsen bekommen sollte, die Ohren, weil seine Frau ihn ausschimpfte.

Wie geplant ging es also an die Arbeit, jede Ackerfurche mit Dung und Menschenkot zu bedecken. Yong-Mun lag immer noch im Bett, und der alte Kang und seine Frau fingen früh morgens auf dem Acker an. Sie mußten hart arbeiten, waren aber dafür schon vor dem Mittagessen fertig. Seine Frau half ihm, auch wenn sie andauernd meckerte, und als sie nach Haus kamen, waren sie von der Arbeit im steten Wind müde. Als sie sich umgezogen und auf dem noch warmen Fußboden hingelegt hatten - denn dort lagen sie gern -, da klingelte jemand aufdringlich. Damit ging die ganze Geschichte los, die das Düngen des Ackers provoziert hatte. Seine Frau ging unwillig zur Tür und kam zurück. Sie legte sich gleich wieder hin, zog die Decke über den Kopf und sagte mürrisch:

„Geh raus. Eine Frau ist da. Ich will damit nichts zu tun haben. Mach du mal, wie du willst."

Die Frau stand vor der Tür und hielt an einer Hand ein kleines Mädchen im Alter von sechs oder sieben und war sehr aufgeregt. Als der alte Kang geradewegs auf sie zuging, sah das kleine Mädchen mit neugierigen Augen auf. Sie waren noch feucht von Tränen.

„Wie können Sie mitten in der Stadt so etwas wagen?"

Ihre schallende Stimme und ihre blondgefärbten Haare erinnerten ihn entfernt an ein bekanntes Gesicht. Der alte Kang machte ein lautes Geräusch und spuckte mit Absicht in die Ecke des Gartens. Weil sie immer mit der eleganten Mutter von So-Ra zusammensteckte, hatte sich die Mutter von Chung-Mi bei ihr die Methode, sich zu schminken abgeguckt. Chung-Mis Mutter, das war doch diejenige, die im letzen Jahr die Dorfbewohner aufgehetzt hatte. Sie wohnte nämlich im ersten Stock des Mehrfamilienhauses, das hinter eben jenem Acker lag. Sie war mehr als die anderen von dem Ärgernis betroffen, denn sie hatte den Acker genau vor sich liegen. Und sie war es nicht gewohnt, etwas zu tolerieren, was ihr nicht gefiel. Ihr Mann war zwar nur Versicherungsagent, aber sie hatte ihr eigenes Auto, einen violetten Pony, und er hatte sie auch ein paar Mal mit Sonnenbrille am Lenker sitzen sehen. Die Mutter von Chung-Mi war eben „eine Frau aus Seoul", wie sie selbst sagte und man konnte an ihren Augen, unter einer Sonnenbrille versteckt, ablesen, daß es sie anekelte, in einem dreckigen Dorf wie Wonmidong zu leben.

„Sehen Sie sich mal das Kind an. Ich hatte ihm ein neues Kleid angezogen..., und als es zurückkam, war das Kleid ganz mit Kot beschmiert. Wirklich, was für ein schrecklicher Ort ist das hier bloß?"

Erst da wandte der Alte seinen Kopf und sah das Kind an. Ja, es war das

Kind, das nicht mit den anderen Kindern spielte, die auf der Straße herumtobten, sondern mit der Gruppe von Kindern aus den Mehrfamilienhäusern. Unter diesen Kindern hatte er es ab und zu gesehen. Das Kleid mit den Spitzen und den feinen Streifen war niedlich wie ein Schmetterling, aber die weißen Strümpfe und roten Schuhe waren mit Schmutz, sehr wahrscheinlich Kot, bespritzt.

„Warum geht sie auch dahin. Er ist doch nicht umsonst eingezäunt?"

„Was sollten die Kinder denn tun, als der Ball dorthingeflogen war? Was wissen denn schon die Kinder? Wie oft haben wir Ihnen das schon gesagt? Sie sind doch alt genug, sowas kapieren zu können, oder? Warum nehmen Sie denn nicht endlich Vernunft an? Wenn Sie unbedingt den Acker bepflanzen wollen, dann sollten Sie lieber chemischen Dünger benutzen, anstatt noch mit dieser altmodischen Methode zu düngen."

Plötzlich rief der Alte: „Hei, Yong-Mun!", da schloß sie den Mund, ohne ihren Satz zu beenden. Er hatte so kräftig geschrien, daß das Kind sich erschrocken hatte und zitterte. 'Wenn man mit chemischem Dünger die Erde abtöten wollte, warum sollte man dann überhaupt pflügen und säen.' Der alte Kang murmelte so vor sich hin und nahm keine Rücksicht darauf, ob sie es hörte oder nicht. Er wandte sich um, als sei die Sache schon erledigt. Solange die Insekten nicht in Schwärmen kamen, wollte er nicht einmal Insektizide spritzen. Und chemischen Dünger zu benutzen, schien ihm ganz unmöglich.

„Du, wenn du noch einmal auf den Acker gehst, werde ich dich wegjagen. Hast du's kapiert?"

Nachdem Chung-Mis Mutter dem unschuldigen Kind auf den Hinterkopf geschlagen hatte, ging sie weg, immer noch wütend.

„Siehst du. Ich sagte es ja schon: In diesem Jahr wird es viel Ärger geben. Entweder läßt du ihn brachliegen, oder verkauf ihn doch einfach..."

Seine Frau begann zu meckern, nachdem sie sich bis jetzt hinter der Dielentür versteckt und ohne ein Wort zugeguckt hatte.

„Wegen des verdammten Ackers werde ich doch da draußen wie eine Verstoßene behandelt, wie ein Stiefkind. Mein Gott. Wie gierig du auf dieses Stück Erde bist..."

„Hör auf! Du solltest lieber den Tisch decken, statt so viel zu quatschen."

Er schrie laut und ging ins Zimmer hinein, aber seine Frau meckerte hinter dem Rücken ihres Mannes noch lange weiter. ‘Ob es denn schlimm sei, die Grundstücke, die er habe, zu verkaufen und den Kindern zu helfen. Die anderen liebten ihr jüngstes Kind ganz besonders und behüteten es wie ihren Augapfel, ja verhätschelten es wie ihren Liebling. Aber dieser Alte schadete ja doch nur der Zukunft seines Kindes und nahm es überall mit hin und ließ es sogar die Erde pflügen. Das Geld, das er seiner Tochter untergeschoben hatte, war ihm nicht zu schade, aber die Grundstücke, die er seinen Söhnen geben könnte, die waren ihm wohl zu schade. Mann, oh Mann. Ja, war denn so was möglich; mitten in der Stadt einen Acker zu bebauen? Wußte er denn nicht, in was für einer Zeit sie lebten? Wie konnte man denn mit Menschenmist einen Acker düngen? Mann, dümmer als ein Bulle. Warum säte man denn auf einem so wertvollen Grundstück? Mann, wie teuer wäre ein Peong dieses Grundstücks, so etwas wie Paprika und Chinakohl? Mann...

‘Ach, wieviel Geld würden wir für ein Peong dieses Grundstücks bekommen...’, murmelte die Frau des alten Kang vor sich hin. Aber selbst sie hätte sich nicht einmal vorstellen können, daß dieses Grundstück eines Tages so teuer werden würde.

Natürlich hatte der Umstand eine Rolle gespielt, daß der alte Kang ein junger Landbesitzer war, als sie ihn als junge Frau heiratete, obwohl er schon eine Tochter hatte, seine Frau aber verloren hatte. Sie war in Inchon geboren und dort aufgewachsen. Der Schwiegervater des alten Kang hatte sehr lange auf dem Inchon-Markt als Obst- und Gemüseverkäufer gearbeitet und dort auch Kang Man-Seong kennengelernt, der von nichts anderem etwas verstand als vom Ackerbau. Er war jung und hatte viele Grundstücke, hauptsächlich, weil er sehr fleißig war, hatte sich sein Schwiegervater entschieden, ihm seine Tochter zur Frau zu geben. So war die Heirat zustandegekommen.

Der alte Kang hatte kein großes Stück Land geerbt, aber er hatte das Land, das seine Eltern mühsam erworben hatten, mit seiner später verstorbenen Frau, der Mutter von Hee-Cha, nach Kräften vergrößert. Vielleicht weil die Mutter von Hee-Cha sehr schwer gearbeitet hatte und sie von Natur aus schwächlich war, konnte sie sich nicht von der Entbindung erholen. Schließlich starb sie und hinterließ nur eine Tochter: Hee-Cha. Seine jetzige Frau hatte auch schwer dafür gearbeitet, den Landbesitz zu vergrößern, aber mit der Mutter von Hee-Cha war sie doch absolut nicht zu vergleichen. Das war die unumstößliche Meinung des alten Kang.

Da er drei Häuser und einige Grundstücke hatte, munkelte man, er sei wirklich reich. Aber wenn man von der Größe des Grundstücks sprach, war es doch sehr klein, wie ein Stecknadelknopf. In den ersten Jahren war es schwierig, aber nachdem er im Alter von neununddreißig sein zweites Kind Yong-Kui bekommen hatte, konnte man schon sehen, daß der Grundbesitz sich fast von selbst vermehrte. Damals waren die Bodenpreise sehr niedrig, so hatte er aufs Geratewohl seinen Grundbesitz vergrößert. Bald gehörte fast das ganze Land vom Bangchuk-Tal unterm Wonmi-Berg bis zu dem Platz, an dem jetzt das Haus Yong-Kuis stand, dem alten Kang. Da es unter dem Wonmi-Berg lag, wurde es Wonmidong genannt. Aber das war nach der Verleihung der Stadtrechte. Vorher gab es in dieser Gegend nur einige Dörfchen, und man sprach von dem Berg von Cho oder nannte es einfach das Dorf der Cho. Sein Vater hatte als Knecht sein ganzes Leben lang auf dem Berg von Cho, wo ursprünglich das Dorf der Cho lag, gearbeitet. Schließlich hatte er mit den Ersparnissen aus seinem Lohn Reisfelder von einigen Peong kaufen können. Dann war er gestorben. Er war ein Bauer gewesen, der sein ganzes Leben lang nur den Acker gepflügt hatte und versessen auf Land gewesen war. Wenn du groß wirst, mach mal aus diesem Berg Cho einen Berg Kang. So sagte der Vater immer wieder zu seinem kleinen Sohn Kang Man-Seong, wenn er ihn im Reisfeld und auf den Äckern herumführte.

Als die Leute vom Berg Cho nach dem Ende des Bürgerkrieges am 25. 6. 1953 die Reisfelder und Äcker verkauften, um die Kinder fürs Studium nach Seoul schicken zu können, kaufte der alte Kang das zum Verkauf angebotene Land, eines nach dem anderen. Vor langer Zeit hatten die Bewohner mit dem Familiennamen Cho allein oder zu zweit den Ort verlassen. Und als der alte Kang seinen Landbesitz genügend erweitert hatte, gab es dort keinen mehr, dessen Familienname Cho war. Bald tobte der sogenannte Bauboom in der Umgebung Seouls. Da nun begann das Land des alten Kang, das man schließlich Kangberg nannte, darunter zu leiden.

Die erzwungene Enteignung des Landes, die Veränderung der Nutzung, die Ausweisung als Bauland, all das riß sein Land Stück für Stück auseinander. Und all das mitanzusehen, raubte ihm die Geduld. Er hatte sich soweit wie möglich nach allen Kräften bemüht, das Land nicht aus den Händen zu geben, aber als die Preise der Grundstücke mit Gewalt nach oben kletterten, waren seine Bemühungen gegen die Macht des Geldes wirkungslos. Die Bodenpreise stiegen so drastisch, daß seine Frau und seine Kinder ihn plötzlich drängten, das Land zu verkaufen, so als bekämen sie das Geld ohne Gegenleistung.

Seine Frau gehörte zu den Menschen, die die Lage schnell begreifen. Auch wenn sie noch so viele Grundstücke hatten, waren es doch Reisfelder und Ackerland, deren Peongpreis nur einige Tausend Won wert war. Aber jetzt war die Zeit vorbei, wo sie nur eine Bauersfrau war. Wenn sie daran dachte, daß sie jetzt Besitzerin so teuren Grundes geworden war, dessen Wert durch schäbige Landwirtschaft nie zu erarbeiten gewesen wäre, schämte sie sich, früher damit zufrieden gewesen zu sein, eine so große Landwirtschaft zu führen. Das Land war dasselbe. Trotzdem war das damalige Land mit dem heutigen Land nicht zu vergleichen. Wenn es ihrem Mann auch sehr weh tun mochte: Wie hätten sie nur den Kindern so viel Geld leihen und trotzdem in so guten Verhältnissen wie jetzt leben können, wenn sie nur in der Landwirtschaft tätig geblieben wären. Natürlich, wenn die Kinder das Geld nicht so vergeudet und vernünftig gespart hätten, hätte man sich unschwer zum „Geldadel" zählen können. Jedenfalls war es jetzt so gekommen, daß die übrigen Grundstücke einige hundert Millionen Won wert waren. Als sie daran dachte, schöpfte sie wieder Mut. Das Problem lag darin, daß der alte Kang solche Veränderungen nicht akzeptieren wollte. Daß er darauf beharrte, auf diesem Land, das so teuer wie Gold war, immer noch Chinakohl für Kimchang und Paprika zu pflanzen, verschlug ihr den Atem.

Nach diesem Vorfall, als die Mutter von Chung-Mi hereingestürzt gekommen war, vergingen ein paar Tage ohne Probleme. Da der kalte Wind in der Blütezeit sehr stark war, war der Dünger bald trocken, und da der alte Kang mit seiner Kartoffelnase den Gestank nicht wahrnahm, lebte man ohne Sorge, so als sei alles in Ordnung. Nachdem Yong-Mun sich erholt hatte und endlich aufstehen konnte, nahm der alte Kang ihn mit, säte auf dem Mistbeet die Paprika aus und beschäftigte sich damit, einige Furchen mit Vinyl abzudecken und Gemüse zu ziehen. So verging der März ganz schnell. In dieser Jahreszeit konnte man gewöhnlich das Aufkeimen der jungen Knospen im Regen, der in zwei Tagen zu erwarten war, beinahe hören. Aber aus irgendeinem Grund kam in diesem Jahr kein

Regen. Er sah, wie die gepflügte Erde zu trocknen begann, und zum Zeitvertrieb brach er mit der Harke die Erde Stück für Stück auf. Die Sonne rötete sein Gesicht noch stärker.

Es gab zwar keinen Streit mehr wegen des Ackers, aber es war doch nicht so, daß in Wonmidong nichts geschah. Chin-Man, der eine geniale Begabung besaß, seinen Eltern die Erziehung zu verleiden, sprang aus dem Fenster im zweiten Stock des Mehrfamilienhauses und verletzte sich so schwer, daß sich das ganze Dorf entsetzte. Er hatte es gewagt, wie Superman zu fliegen, und beschwor dadurch das Unglück herauf. Aber glücklicherweise fiel er in einen Spindelbaum, so daß dieser Zwischenfall nur mit einem gebrochenen Fußknöchel endete. Er hätte ohne weiteres ums Leben kommen können. Aber es war dennoch ein Unglück ohnegleichen, da der Vater von Chin-Man seit langem arbeitslos war und es um seine wirtschaftlichen Verhältnisse miserabel stand. Die Leute sagten, Herr Eum vom Fotoladen habe einen Teil der Kosten für den Krankenhausaufenthalt übernommen und Chin-Mans Vater habe als Hilfsarbeiter gearbeitet, um die Kosten für die ärztliche Behandlung aufzubringen. Er helfe So-Ras Vater, dem Handwerker, beim Aufstellen von Boilern.

Obwohl diese ganzen Dinge geschahen, sagte niemand dem alten Kang etwas davon. Auch seine Frau wurde gemieden, und so erzählte nur seine erste Schwiegertochter, die Mutter von Kyong-Kuk, ab und zu solche Sachen. Einmal sogar tratschte die Frau des Maklers über den alten Kang, der als schrecklicher Geizhals berüchtigt war. Aber davon wußte er nichts.

„Meint ihr, er würde auch nur eine Miene verziehen, wenn es im Dorf Schwierigkeiten gibt? Wenn man für seinen Acker pro Peong zehn Millionen Won gäbe, würde er doch nicht verkaufen, weil er hofft, mehr zu bekommen. Was er auch tut, er wird für sich nur soviel Erde benutzen können, wieviel er für sein Grab braucht."

Wenn die Sache mit dem Grundstück des alten Kangs klappen würde, dachte die Frau des Maklers, könnte sie mit der Maklergebühr für ihre Tochter, die sonst bald den passenden Zeitpunkt für die Heirat verpassen würde, die Aussteuer besorgen. Deswegen fand sie es sehr schade, daß der alte Kang auf keinen Rat hörte. Es würde vielleicht die letzte Transaktion sein, die das Maklerbüro Kangnam zustande brächte. Aber als sie sah, daß der Alte auch in diesem Frühling mit dem Ackerbau so eifrig beschäftigt war, schien ihr die Sache schon aussichtslos. Da wurde sie noch zorniger.

Wenn es auch alles vergeblich sein sollte, so wollte sie doch nicht aufgeben, und darum besuchte sie so oft seine Frau. Dann könnte sie vielleicht durch Bedrängen seiner Frau eine gewaltig hohe Maklergebühr herausbekommen.

Der Frühling war nun endgültig hereingebrochen, und der Wind der Blütezeit legte sich, aber der Regen blieb bis Mitte April aus. Die Sonne schien so heiß wie im Sommer, so daß man schwitzte, wenn man sich nur ein bißchen bewegte, und die vertrocknete Erde schien schon beim Pusten wegzufliegen. Um Gottes Willen. Der alte Kang richtete sich von der Ackerfurche auf und stöhnte. Als Chin-Mans Vater, der mit seinem Sohn spazierenging, vorbeikam, grüßte er den alten Kang. Chin-Mans Fuß war immer noch in Gips. Als der alte Kang das Gesicht sah, das bleich geworden war, weil Chin-Man immer zu Haus blieb, tat ihm das Kind leid. Er sah dem Vater und seinem Sohn nach und schnalzte leise. Wenn er so elend leben muß, sollte er lieber auf dem Lande einen Acker bebauen, dann hätte er keine Sorge. Auch wenn der alte Kang gewußt hätte, daß der Vater von Chin-Man die Universität besucht und in einer soliden Firma als führender Angestellter gearbeitet hatte, hätte er nicht anders gedacht. Als er von Chin-Mans Verletzung hörte, meinte er, seine Frau solle mit einem Kilo oder zwei Kilo Fleisch die Familie Chin-Mans besuchen. Aber seine Frau hielt nichts davon und schalt ihn: „Die Leute aus dem Ort haben dich so schlecht behandelt, und trotzdem bist du nachsichtig. Zur Zeit versammeln sich die jungen Frauen aus den Mehrfamilienhäusern und unterhalten sich flüsternd über irgendeinen geheimen Plan. Denn wenn ich da vorbeigehe, dann halten sie plötzlich den Mund, weißt du... Wenn es so ist, was kann so ein kleines bißchen Fleisch bewirken?“

Der alte Kang war schon auf eine schlechte Ernte für dieses Jahr gefaßt und war nicht sehr neugierig, um was für einen geheimen Plan es sich handelte. Stattdessen war er umso mehr besorgt um die Pflanzen, die wegen des trockenen Frühlings so verdorrt waren. Er hatte nach der Aussaat Goldregenzweige, so groß wie Stäbchen, gesteckt, um die schwachen Stengel zu stützen. So standen die Paprikablätter jetzt einigermaßen, und aus jedem Goldregenzweig sprossen gelbe Blütenblätter, so klein wie ein Fingernagel. Im Frühling schmeckte ihm die Suppe mit Auk besonders gut. So pflanzte er Auk, nachdem er eine Furche mit Vinyl zugedeckt hatte. Jetzt sprossen trotz dieser Trockenheit grüne Blätter, und er betastete mit der Hand das zarte Grün, während er in das Vinyl Löcher stach. Die waren nicht zum Verkaufen, er könnte sie an seine Söhne verteilen. Nachdem sie geerntet sind, dachte er, könnte er auf dieser Furche Lattich und Sukat säen und nach und nach ernten und essen. Deshalb hatte er hier nur Mist als Dünger untergegraben und keinen Menschenkot darauf gestreut. Denn er wußte, daß seine zweite Schwiegertochter, die immer adrett war, weder die Blätter noch die reifen Früchte von Kürbissen aß, die auf Menschenkot gepflanzt wurden.

Als sie die Wohnung im zweiten Stock bekommen hatte und einen eigenen Haushalt gründete, hatte sie vor Entzücken ihren großen Mund kaum wieder zu bekommen, aber jetzt verachtete sie ihren Mann ziemlich, und wenn sie das Gesicht ihres Schwiegervaters sah, sagte sie nur „Tag" und sah ihn kein zweites Mal an. War es vielleicht deswegen, weil sie ihn so oft, nämlich jeden Morgen und Abend, sah? In dieser Gegend war selten ein so gut gebautes Haus mit Ziegeln und Klinkerstein zu finden. Das Haus, in dem er einige Jahrzente gelebt hatte, war abgerissen worden, und er hatte während des allgemeinen Aufschwungs dieses Haus neu gebaut. Das Geld aus dem Verkauf seiner Grundstücke floß weg wie Wasser, und das machte ihn so traurig, daß er hin- und her überlegt hatte und schließlich zu dem Entschluß kam, das Haus zu vergrößern. Neben dem Haus war ein ähnliches zweistöckiges Haus, das er für seinen ersten Sohn Yong-Kui gebaut hatte. Yong-Kui und seine Frau wohnten mit Kyong-Kuk zusammen im zweiten Stock. Die ganze untere Etage hatte er vermietet. Der Platz neben Yong-Kuis Haus war für ein Geschäftsgebäude geeignet, und unten waren zwei Läden und oben im zweiten Stock noch eine Wohnung eingerichtet; so wurde noch ein Haus gebaut. Sobald das Haus fertig war, hatte sein zweiter arbeitsloser Sohn Yong-Min seine Freundin geheiratet und im zweiten Stock einen eigenen Haushalt gegründet. Das Haus wurde auf seinen Namen eingetragen und der alte Kang sagte, sein Sohn solle von der Miete der zwei Läden unten leben. Aber dieser Sohn Yong-Min änderte, vielleicht weil er gesehen hatte, wie schlecht sich sein Bruder verhalten hatte, die monatliche Miete in eine einmalige hohe Kaution um und eröffnete mit diesem Geld ein Ausbildungsinstitut für die Ausbildung in Buchhaltung. Dann hatte er alles Geld verloren und zur Zeit half er Yong-Kui, nur eben um sein Taschengeld zu bekommen.

Von Anfang an hatte sein ältester Sohn Yong-Kui kein Glück mit seinen geschäftlichen Unternehmungen: Weder mit der Gründung einer Verkaufsfirma für gebrauchte Autos in Changanpeong noch mit seiner Werkstatt für Autozubehör noch mit einem Zulieferbetrieb für die Verkabelung, ja noch nicht einmal mit seiner jetzigen Fabrik für elektronisches Zubehör. Weil er bei jedem Geschäft Geld verlor, konnte ihn der alte Kang nicht so ohne weiteres unterstützen. In seinen letzten Zulieferbetrieb für Kabelbedarf hatte er in die Ausstattung viel Kapital investiert, aber als er einmal eine Lieferung ausgeführt hatte, bezahlte ihm die Firma, die ihn mit dieser Arbeit beauftragt hatte, mehrere Monate lang kein Geld. So geriet er in einen Teufelskreis, und schließlich gab er auf. Es war seine Art, daß er einfach seine Hände in die Hose steckte, wenn die Sache schwierig wurde, anstatt sich unerschütterlich mit ganzer Kraft zu bemühen, wenigstens noch einen Pfennig zu retten. Und unverschämt wie er war, bettelte er seinen Vater mit dem Versprechen, es sei das letzte Mal, wieder um Geld an. Aber der alte Kang tat so, als hörte er nicht. Da sein Vater trotz aller Bitten nicht bereit zu sein schien, ein Grundstück zu verkaufen und ihm Geld zu geben, nahm er einfach eine Hypothek auf seine Wohnung im zweiten Stock auf und lieh sich von der Bank Geld. Kangs Frau drängte überstürzt, dem Sohn zu helfen, und sie wollte immer wieder nach Seoul zu fahren, um von ihrem Schwiegersohn Choi das geliehene Geld zurückzubekommen. Aber Choi war kein Mensch, von dem man so einfach sein Geld zurückbekommt. Seine Großzügigkeit erschöpfte sich darin, daß er für Kangs Sohn die nominelle Stelle eines Direktors neu einrichtete und versprach ganz fest, aus den Zinsen für die dreißig Millionen Won, die er als Unterstützung erhalten hatte, das Direktorengehalt, nämlich monatlich sechshunderttausend Won, zu zahlen. Dieser Vorschlag einer Direktorenstelle ließ Kangs Frau alle Härte in ihrem Herzen vergessen, und sie fuhr nicht mehr nach Seoul.

Wenn auch die Wohnung auf den Namen seines Sohnes eingetragen war, so fand es der alte Kang doch unverschämt, daß sein Sohn nicht mit ihm darüber gesprochen und eigenwillig gehandelt hatte. Zur Zeit vermied er, die Gesichter seines Sohnens und seiner Schwiegertochter zu sehen. Sie schienen nicht einmal die monatlichen Zinsen bezahlen zu können, und die Frau des alten Kangs unterstützte sie wohl jeden Monat mit einem Betrag in der Höhe dieser Zinsen. Aber Kang tat so, als wüßte er nichts davon. Damit verglichen stand es um das Haus Yong-Mins besser, denn dieser hatte noch nicht um Geld gebeten. Trotzdem gab es auch da einige Bedenken. Da Yong-Min nach der Heirat zwei Jahre lang gefaulenzt hatte, hatte vermutlich das Elternhaus seiner Schwiegertochter die Unterhaltskosten bezahlt. Die Eltern seiner Schwiegertochter lebten offenbar in Seoul recht gut, trotzdem konnte er nicht so einfach mit ansehen, wie sie mit erhobenem Kopf daher stolzierte.

'Gemüsezucht macht mir keine Probleme, aber die Kinder! Wie schlecht ich mir meine Kinder herangezogen habe!' Der alte Kang streichelte das gut gezogene Gemüse und seufzte. Er hatte sich bis jetzt eben so viel Mühe mit der Erziehung gegeben wie mit dem Gemüseanbau, aber verglichen mit dem Ackerbau, dessen Ertrag immer der Erwartung entsprach, war die Aufzucht der Kinder so undankbar. Seine Frau drängte ihn ungeduldig, die Grundstücke Stück für Stück zu verkaufen, um die Söhne zu unterstützen. Mein Gott, tz, tz. Der alte Kang schnalzte laut mit der Zunge und sein Blick wanderte über das Dorf hinüber bis über seine Grenzen hinaus. Hier und da planlos hingesetzte billige Mehrfamilienhäuser und Geschäftshäuser standen verstreut auf ehemaligen Reisfeldern und Äckern, und weit entfernt stieg schwarzer Qualm aus Schornsteinen hervor. Es gab viele Veränderungen in den letzten zehn Jahren. Seitdem die Stadtverwaltung in die Nähe gezogen war, wurden die Reisfelder und Äcker schnell als Bauland ausgeschrieben, schwärmten die Makler aus Seoul wie Bienenschwärme heran und bauten in wenigen Monaten Haus um Haus, und so wuchs der Ort.

Jetzt wäre es ja leicht, Menschenkot zu finden, weil es von Menschen nur so wimmelte. Aber als der alte Kang jung war, war es sehr schwierig, und damals behandelte man einen Eimer Kot wie etwas äußerst Wertvolles. Früh morgens nahm man einen Sack und machte sich auf den Weg, um Hundekot zu finden, und suchte überall in den Gassen. So fing der Tag immer an. Wie weit er auch vom Haus entfernt war, wenn er ein Bedürfnis hatte, eilte er nach Hause, und erst da entleerte er sich. Den Kot verteilte man schließlich an den Chinakohl für Kimchang. Wenn er im Sommer trocken wurde, roch er gar nicht schlecht, und man freute sich darüber. Denn damals gab es niemanden, der so maßlos übertrieb, den Kot zu verabscheuen. Obwohl es zur Zeit so viel Kunstdünger und alle möglichen Insektenvertiligungsmittel gab, wollte Kang keine Früchte ernten, die äußerlich sehr sauber und ordentlich waren, aber auf einem Acker wuchsen, der niemals Menschenkot gesehen hatte. Jetzt baute er nur noch aus Langeweile an, ein bißchen Paprika und Chinakohl für Kimchang, eben was er für den eigenen Bedarf benötigte. Trotzdem war seine starke Leidenschaft für Dung kein bißchen gemindert. Daß er so viel Land hatte erwerben können, war auf ein Geheimnis zurückzuführen, das sich ihm tief bis ins Mark eingeprägt hatte: Die Lust auf Dung nämlich hatte die Erde zu fruchtbarem Acker gemacht.

Vielleicht hatte er die Sprößlinge zu früh gesteckt. Der alte Kang untersuchte einzeln die zarten Sprößlinge der Paprika und schüttelte den Kopf. Nach dem Mondkalender im Mai zu säen, war früher die Regel. Wenn man wollte, konnte man versuchen, schon im Winter die Paprika zu säen, die man dann mit Vinyl zudeckte, aber das wollte er nicht unbedingt. Als also die Frühlingsonne einigermaßen warm wurde, hatte er auf dem Mistbeet gesät. Die Sonne schien warm genug, aber der Regen fehlte. Trockenheit. Der alte Kang zog die schlaff herabhängenden Blätter auseinander und stand geistesabwesend da, als ihm die Frau vom Friseur, die sich unter der Wohnung Yong-Mins eingemietet hatte, etwas zurief.

„Großväterchen, heute findet die Sitzung bei uns statt. Ich glaube, Chung-Mis Mutter wird heute Abend die Sache in die Diskussion einbringen. Vor kurzem kamen die Leute aus dem Mehrfamilienhaus Eibischstrauch zusammen und hielten eine Versammlung. Wenigstens Ihre Frau muß anwesend sein, wissen Sie?“

Sie war die Vertreterin des Bezirks 23, Unterbezirk 6. Der Vertreter des 5. Unterbezirks auf der gegenüberliegenden Straße war Herr Kim aus dem Supermarkt Hyongche, aber in der Angelegenheit „Geruch von Menschenkot“ handelte immer Herr Im aus der Metztgerei Uri. Im Unterschied zu Herrn Im war der Vertreter des Unterbezirkes 7 dem alten Kang gegenüber viel freundlicher. Vielleicht deswegen, weil er den Laden in Yong-Mins Haus gemietet hatte. Aber Herr Im hatte von Anfang an etwas gegen den alten Kang gehabt, er verübelte ihm nämlich, daß er, als er anfangs an dem Laden des Friseurs interessiert gewesen war, vom alten Kang eine Absage bekommen hatte. Wie kann ein Metzger so etwas wagen. Zwei Jahre waren es nun schon her, daß man ihn mit diesen Worten abgewiesen hatte. Aber Herr Im konnte die Sache nicht vergessen und vermied jede Begegnung mit dem alten Kang. Zwar waren im 6. Unterbezirk der Geruch des Kots und die Insektenbisse im Vergleich zum 5. Unterbezirk noch schlimmer, dennoch war es der 5. Unterbezirk, der im letzten Jahr beim Rathaus eine Beschwerde eingereicht hatte. Daß das alles eine List Herrn Ims gewesen war, wußte der alte Kang. Das Haus Eibischstrauch lag im 5. Unterbezirk. Und wenn die Leute aus dem Mehrfamilienhaus Eibischstrauch mit der Mutter von Chung-Mi zusammenarbeiteten, hieß das, daß Herr Im auch in diesem Jahr die Besitzer des Hauses aufhetzte. Die Stadtverwaltung aber gab zur Antwort, daß Kang keine Schweine- oder Hühnermast betreibe. Er baue ja nur aus Muße auf dem brachliegenden Stück Land etwas an und das könne man nicht verbieten. Der ganze Ort wußte das, trotzdem prahlte Herr Im, daß er im nächsten Jahr eine Unterschriftensammlung herumgehen lassen werde.

„In diesem Jahr muß man es vor dem Anbau verhindern, sagte man. Die Stadtverwaltung wird es dieses Mal auch nicht zulassen."

Die Friseurin ging wieder in ihren Laden neben der Klavierschule. Der alte Kang schnalzte mit der Zunge, schluckte seinen Ärger hinunter und sah auf den vertrockneten Acker hinab. Genau besehen, lag der Grund, warum Chung-Mis Mutter oder die Anwohner so aufgebracht waren, nicht nur am Geruch des Kots. Wenn man einmal von den Leuten aus dem 5. und 6. Unterbezirk und Herrn Im aus der Metzgerei absah, waren die Besitzer der Nachbarhäuser die eigentlichen Hauptverursacher des Streits gewesen. Der Mieter Chu vom Tapetengeschäft und der Mieter Eum aus dem Fotoladen hatten den Acker genau vor ihrer Nase. Wenn sie allerdings dem alten Kang begegneten, grüßten sie ganz höflich und behandelten ihn als den Älteren entsprechend respektvoll. Auch der Vater von Chin-Man, der in einer billigen Mietwohnung lebte, und Herr Kim von der Müllabfuhr waren immer bereit, ihn höflich zu grüßen, wenn sie ihm begegneten, und zerrissen sich nicht hinter seinem Rücken das Maul über ihn.

Daß die Besitzer der Häuser weit stärker betroffen waren, hatte folgenden Grund: Wenn nämlich die Grundstücke des alten Kangs verkauft und darauf schöne Hochhäuser gebaut würden, erst dann würde die Straße ein perfektes Bild liefern. Außerdem grenzten die Grundstücke direkt an die Straße, und, nein, wenn man jetzt auf diese Grundstücke Menschenkot streute und Gemüse pflanzte, so war das doch für den Ort ein schrecklicher Anblick. Würde das alles hübscher aussehen, dann würde auch der Grundstückspreis steigen. Aber wenn das Grundstück des alten Kangs in einem solchen Zustand sei, würde der Wert vollkommen unterschätzt, beklagten sich die Anwohner.

Egal, ob die Sitzung stattfand oder nicht, der alte Kang ging nach Hause, um zusammen mit Yong-Mun den Acker zu sprengen. Yong-Mun hatte sich nach der letzten Krankheit wegen Überarbeitung auch noch erkältet und war noch schwach, aber jetzt war er irgendwohin verschwunden. Früher war er seinem Vater gehorsam gefolgt und hatte schweigsam die Erde gepflügt. Aber jetzt schien auch er eigenwilliger geworden zu sein. Gegenwärtig wich er unter einem Vorwand der Ackerarbeit aus, ganz wie ein Aal, der dem festen Griff der Hände entschlüpft. Statt Yong-Mun war Yong-Min zu Haus und tuschelte mit seiner Mutter. Als der alte Kang ihn sah, beschloß er, ihn den Wassertrog tragen zu lassen.

„Drei- oder viermal mußt du ihn vollmachen."

„Yong-Min ist gerade auf dem Weg nach Seoul. Ich werde es tragen."

Als er zur Pumpe in den Hintergarten ging und zurücksah, verzog seine Frau ihr Gesicht, indem sie die Unterlippe vorstreckte.

„Nach Seoul? Wozu?"

„Sein älterer Bruder hat ihn dazu veranlaßt. Er soll sich Geld von seinen Schwiegereltern leihen. Schon ein paar Monate lang hat er das Gehalt für die Arbeiter nicht bezahlt. Ach, hilf ihm doch. Er ist doch kein Fremder. Es ist doch schon etwas, was deine zwei Söhne angefangen haben. Wie kannst du einfach zusehen, als ob es die Sache eines Fremden wäre."

Er sah sich nicht noch einmal um, ging zum Hintergarten und pumpte das Wasser hoch. Es war wie ein Faß ohne Boden, und es machte ihm wirklich Sorgen. Diese Kerle. Seine Söhne wußten nämlich nur, wie man Geld ausgibt, aber sie verstanden nicht, Geld zu verdienen. Sie hängten ihre Ziele so hoch und starteten riskante Geschäfte, aber alles weitere überließen sie ihrem Vater. Bis jetzt war es immer alles so gelaufen. Andere sind bereit, Angestellte zu werden, aber seine Söhne wollten sich nicht mit dem Gehalt zufriedengeben und lieber viel Geld auf einmal verdienen, statt dessen verloren sie ständig. Irgendwann würde er für das Geld, das sie in ihrer Unbedarftheit in diese Unternehmungen hineinsteckten, mit seinem Land bezahlen müssen. Das war so klar wie der Tag.

An jenem Abend hatten weder er noch seine Frau an der Sitzung teilgenommen.

„Warum sollte ich die Vorwürfe wegen des Kots über mich ergehen lassen?“ fragte sie ziemlich grob, als er sagte, sie solle doch mal vorbeischauen. Sein Enkel Kyong-Kuk, der ohne Abendessen sofort abgehauen war, teilte ihnen mit, daß seine erste Schwiegertochter, als sie nach Seoul gefahren war, um Geld zu beschaffen, auf dem Weg nach Hause in der Sitzung vorbeigeschaut hatte. Man werde also schon irgendwie etwas hören. Der alte Kang und seine Frau löschten früh das Licht und gingen ins Bett.

Am nächsten Morgen, als der alte Kang in der Frühe zum Acker gegangen war, blieb ihm das Wort im Halse stecken. Um Gottes Willen, so was gibt's doch nicht. Der Acker, auf dem die Sprößlinge des Paprika schon fingergroß gestanden hatten, war mit Kohlenasche bedeckt. Wenn man die im Winter auf den unbebauten Acker verteilte, war das noch zu ertragen. Aber jetzt, wo schon alles in voller Blüte stand, war das einfach bestialisch. Ihm war klar, daß das die Anwohner gewesen waren, die verärgert die Sitzung verlassen hatten. Aber er hätte nie gedacht, daß sie zu so etwas fähig sein würden. In jeder Ackerfurche waren ein Dutzend Haufen Paprikasprößlinge mit Asche beworfen und dadurch zerdrückt worden. So eine Räuberbande! Der alte Kang rümpfte seine Kartoffelnase, rannte auf den Acker und schleuderte die Asche wild auf die Straße. Auf so etwas können nur Leute aus Seoul kommen: einen Acker zu zerstören, der in der Frucht steht. Wenn das Menschen wären, die auch nur das Geringste von der Natur verstünden, wie könnten sie unter Gottes blauem Himmel so etwas wagen. Nicht einmal die jungen Blätter konnte der alte Kang sehen. Überall lag die weiße Asche verstreut. Die Unsicherheit machte ihn hektisch.

Herr Kim von der Müllabfuhr kam, um zu frühstücken, und sah den alten Kang. Der bemerkte gar nicht, daß ihm seine schwarzen Gummischuhe heruntergerutscht waren und er jetzt barfuß ging. Außer sich und in größter Hast sammelte er mit den bloßen Händen die Asche ein. Herr Kim hatte keine Ahnung, was auf dem Acker letzte Nacht passiert war, und auch jetzt sah er nicht weiter hin, umso eigenartiger war seine Begrüßung: “Hallo, Sie haben doch den Acker zum Verkauf angeboten, nicht wahr? Warum bemühen Sie sich noch so sehr um die Pflanzen. Wenn Sie ihn doch bald veräußern wollen.“

„Was, wer sagt so was?“

Mit einem Ruck wandte der alte Kang ihm sein zornrotes Gesicht zu, und wie ein Blitz aus heiterem Himmel fuhr er ihn an, daß er erschrak und zurückwich.

„Ihre Schwiegertochter sagte so etwas in der Sitzung. Gestern. Ich habe es von meiner Frau gehört."

Der alte Kang wollte nichts mehr hören und lief gleich nach Hause, die Schuhe verkehrt herum angezogen. Seine Frau, die gerade dabei war, Chinakohl und Rettich zu putzen, erhob sich, als sie sah, wie aufgeregt der Alte herbeistürzte, und machte große Hasenaugen.

„Das hat sie so nicht gesagt. Sie sagte, sie habe gemeint, unser Vater sei schwach geworden und könne nicht mehr arbeiten. Deswegen würde er vielleicht verkaufen wollen. Kyong-Kuks Mutter hat wahrscheinlich nur auf Drängen der Anwohner so gesprochen."

„Nur so?"

„Wenn du siehst, was sie auf dem Acker veranstaltet haben, kannst du dir auch vorstellen, wie erregt sie waren. Was unsere Schwiegertochter gesagt hat, war ja auch nicht falsch. Wenn wir das Grundstück verkaufen, die Söhne unterstützen, das übrige Geld auf der Bank sparen und davon Zinsen bekommen würden, könnten wir und unsere Familie es gut haben, nicht wahr?"

Obwohl seine Frau schon wußte, in was für einem erbärmlichen Zustand der Acker war, blieb sie doch gelassen. Der alte Kang war verblüfft und hielt seinen Mund. Dieses Mal sagte seine Frau es noch nachdrücklicher, weil sie wahrscheinlich diesen Moment als rechte Gelegenheit erkannte. Seine Frau, die wohl erkannte, daß in diesem Moment eine günstige Gelegenheit gekommen war, fuhr mit Nachdruck fort, wobei sie an dem weisen Rat des Maklers Park dachte, der gestern bei ihr vorbeikam.

„Wegen der Asien-Festspiele 1986 und der Olympiade 1988 wird die Sanierung der Straßen in vollem Gang sein, sagt man, und wird man dann den Ackerbau zulassen? Man sagt, daß sowieso geplant sei, vor 1988 hier eine Bank und ein Krankenhaus zu bauen. Als wir der Stadt Grundstücke verkauft haben, haben sie uns denn dafür einen guten Preis bezahlt? Wir sollten jetzt zu einem guten Preis verkaufen, bevor..."

„Hör auf!"

Der alte Kang fuhr seiner Frau über den Mund und ging zum Acker zurück. Er hatte es eilig, die Paprikasprößlinge zu retten; soweit es ihm möglich war. Doch die Folgen der Sitzung waren damit noch nicht ausgestanden. Sobald sich die Nachricht von der Sitzung verbreitete, kam die Mutter von Eun-He, die in einer eigenen Eigentumswohnung wohnte, und begann sich zu beschweren, man solle ihr doch die fünfhunderttausend Won zurückzahlen, die sich die Mutter von Kyong-Kuk im letzten Monat von ihr geliehen hatte. Wenn man das Grundstück verkauft hätte, hätte man doch wenigstens eine Anzahlung bekommen müssen. Und sie fragte, ob nicht er für seine erste Schwiegertochter das Geld zurückzahlen könne. Da lief die Kartoffelnase des alten Kangs noch röter an. Sie sei im letzten Winter hierher umgezogen, wisse sehr wenig von der Welt und habe in der Klavierschule Evada, die ihre Tochter besuchte, die Mutter von Kyong-Kuk kennengelernt. Sie habe ihr dann das Geld geliehen, das sie von einem „Verein für gegenseitige Finanzierung" in der Reihenfolge als zweite bekommen hatte. Es habe geheißen, Kyong-Kuks Mutter sei die Schwiegertochter eines Großgrundbesitzers und so habe sie, Eun-Hes Mutter, ihr ohne Vorbehalt das Geld geliehen. Aber es habe sich herausgestellt, daß die Mutter von Kyong-Kuk überall im Ort Schulden hatte. So hatte sich Eun-Hes Mutter entschieden, mit ihrem Schwiegervater direkt zu verhandeln.

Wie wichtig ihr doch dieses Geld war. Sie hatte das Leben in der Mietwohnung satt gehabt, hatte sich eine Wohnung in dem Mehrfamilienhaus gekauft, und danach war nur ein halbes Jahr vergangen. Wenn sie das Geld aus dem „Verein für gegenseitige Finanzierung" und dazu im Sommer noch den Bonus bekommen würde, wollte sie die Schulden zurückzahlen, deren Zinszahlung sie belasteten. Um sich von dieser Belastung ein wenig zu befreien, hatte sie sich entschlossen, in ein paar Monaten durch die Zinsen von Kyong-Kuks Mutter ein bißchen Geld zu machen. Aus reiner Geldgier war sie nun in die Lage geraten, auf einen Schlag ihr Geld zu verlieren. So war ihr, als ob ihr das Herz bräche.

Das Gerücht, daß er sein Grundstück verkauft hätte, verbreitete sich, und die Anwohner, die seinem älteren Sohn Yong-Kui Geld geliehen hatten, kamen zu dem alten Kang. Zusammen mit der Mutter von Eun-He waren es insgesamt acht. Unter ihnen gab auch einen gewissen Kim, Young-Chin. Dieser hatte früher in Mokdong gelebt und wegen des Neubaus der Hochhäuser sein Dach verloren und war mit der Entschädigung für die Räumung in diesem Ort gelandet. Er hatte den Worten der Frau des Maklers geglaubt, daß sie jemandem sein Geld zu drei Prozent Zinsen verleihen könnte, und so hatte er ihr die Summe gegeben. Sie alle bestanden darauf, daß der alte Kang dafür die Verantwortung tragen sollte. Denn sie hätten nur auf die Grundstücke des alten Kangs spekuliert, als sie seiner Schwiegertochter Geld geliehen hätten. Darum wollten sie ihm nicht glauben, daß er das Grundstück doch nicht verkauft hatte.

„Dieser Dummkopf soll auch seine Fabrik verpfändet haben. Wenn die da neue mechanische Einrichtungen bereitstellen würden, sagte er, so könnte man mit diesem Unternehmen bestimmt viel Profit machen. Die Frist des Bankdarlehns sei abgelaufen, und er habe bereits Mahnschreiben bekommen."

In die Enge getrieben, schüttete seine Frau ihr ganzes Herz aus. Wenn Yong-Kui so sei, könne er sich gut vorstellen, in welch schlimme Situation Yong-Min geraten sein könne. Er hat doch von dem Elternhaus seiner Frau Geld geliehen, erinnerte sie ihn.

„Mit dem Grundstück, das mache ich nicht. Das verkaufe ich nicht!"

„Sei doch nicht so starrköpfig. Zuerst verkaufen wir das Grundstück, das direkt vor unserem Haus liegt, um dringende Sachen zu erledigen. Das ist doch für das Wohl unserer Kinder. Warum willst du das nicht?"

„Kannst du dir das nicht denken? Wir haben ja schon alle Grundstücke verschleudert, um sie zu unterstützen!"

Seine Frau war müde vom Streit und weinte eine Zeit lang, dann ging sie zu Yong-Muns Zimmer hinüber. Der alte Kang konnte in dieser Nacht keinen Schlaf finden und wälzte sich hin und her. Er hatte schon längst jede Hoffnung bezüglich seiner Kinder aufgegeben, aber auf die Freude des jährlichen Säens und Erntens mochte er nicht so ohne weiteres verzichten. Er klagte darüber, daß hier wegen der Leute aus Seoul, die zu Haufen gekommen waren, ein wüstes Durcheinander entstanden sei und daß in diesem Chaos seine Kinder zu solchen Strohköpfen herangewachsen waren. Wieso sollte er das Grundstück verkaufen, um mit diesem Geld Reis und Gemüse zu kaufen, die er bis jetzt selbst geerntet hatte. Obwohl er aus dem Verkauf des Grundstückes so viel Geld bekommen hatte, wie ein normaler Bauer sein ganzes Leben lang nicht in die Hände bekommen würde, zerrann ihm das Geld eben so schnell in den Händen, wie es in dieselben geraten war. Wenigstens dieses letzte Grundstück habe ich noch in der Hand, tröstete er sich, und das gab ihm neue Kraft. Wenn dieser Ort unter dem Einfluß Seouls nicht zu einer solch verdorbenen Stadt geworden wäre, hätte er bestimmt noch mehr Grundstücke zusammengebracht.

Jedesmal, wenn er daran dachte, wurde er noch wütender, aber es hatte doch keinen Zweck.

Obwohl Yong-Kui und seine Frau davon wußten, daß die Gläubiger sich zusammenfanden, kamen jene nicht einmal vorbei und taten so, als wüßten sie von nichts. Das fand der alte Kang ziemlich dreist, aber es blieb ihm nichts anderes übrig, als die Verantwortung für alles weitere zu übernehmen.

Am nächsten Morgen ging der alte Kang spät aus dem Haus. Er ließ sich seiner Frau gegenüber nichts anmerken. Aber seine Füße zogen ihn immer nur zum Acker. Er rupfte die Unkräuter, die zwischen den Furchen emporgeschossen waren, heraus und drehte sich plötzlich um. Der Gipfel des Berg Wonmi, der Changdai-Gipfel, war inzwischen tiefgrün geworden und ganz herrlich anzusehen. Weil der Berg erst dann schön war, wenn man ihn von weitem sah, nannte man ihn „den weiten Berg". Seit seiner Jugend war er so oft hinaufgestiegen, um das Brennholz zu suchen, daß jeder Bergrücken mit seinen Schweißtropfen benetzt war. Wann ist das bloß gewesen? 'Man ist doch zäh und lebt lange', dachte er. Er beobachtete, wie die von ihm aus der Erde herausgezogenen Unkräuter sogleich schlaff wurden, und sah sich sorglos auf dem Acker um.

Da fiel ihm ein, daß er gestern und heute den Acker nicht gesprengt hatte. Obwohl Auk in großer Menge gewachsen war, zeigte seine Frau daran kein Interesse, und so stand der Auk mit den immer härter werdenden Blättern da. Die gelben Blätter, die aus den Stecklingen des Goldregens herausgesprossen waren, krümmten sich vor Trockenheit und schrumpften wie Dörrobst zusammen. Die Sonne schien ausgiebig, die Kinder waren in der Nähe des Tapetengeschäftes zusammengekommen und spielten das Kinderspiel „Landnahme". Der alte Kang räusperte sich und schritt auf das Maklerbüro Kangnam zu. Aber dann drehte er sich wieder um und eilte mit schnellen Schritten nach Hause. Auf alle Fälle wollte er wenigstens einmal einen Wassereimer holen und erst „diesen Geschöpfen" den Durst stillen.

Der Dichter aus Wonmidong

Andere denken bestimmt, ich sei für meine sieben Jahre ein ganz gewöhnliches Kind, dem nichts fehlt. Aber ich bin kein gewöhnliches Kind. Ich verstehe, wie die Welt funktioniert. Wenn es zu hochnäsig ist, so was zu sagen, kann ich mindestens behaupten, ich bin so scharfsinnig, daß ich die Verhältnisse in unserem Haus gut kenne und den Dorfbewohnern ins Herz sehen kann. Denn ich bin, um die Wahrheit zu sagen, in Wirklichkeit acht oder neun Jahre alt.

Ich war bei der Geburt so schwach, daß man glaubte, ich würde nicht lange leben. Daher zögerte man mit der Anmeldung der Geburt. So kann man es schon als Glück bezeichnen, daß ich wenigstens im Alter von sieben Jahren ins Familienregister eingetragen wurde. Ich verstehe meine Mutter, die sich gewünscht haben soll, daß ich nicht mehr lebe. Mein Vater ist relativ nachsichtig, aber meine Mutter brüllt immer, wenn sie mich sieht. Sie hatte sich kein weiteres Kind gewünscht, aber dann doch eine verzweifelte Hoffnung gehegt, schließlich aber wieder nur eine Tochter geboren, die ihr wie ein Feind erschien. So klagt sie heute noch; es waren immer die gleichen, sich wiederholenden Worte. Daher brauche ich es ihr nicht übel zu nehmen.

Aber nicht darum bin ich früh zu Verstand gekommen, sondern es lag an den Verhältnissen in unserem Haus. In meinem Geburtsjahr waren schon vier Töchter da. Angefangen bei meiner großen Schwester, die über zwanzig und schon eine richtige Frau war, bis zu meiner direkt über mir stehenden Schwester, die vor ihrem Mittelschulabschluß stand. Damals wußte meine Mutter, bereits dreiundvierzig, noch nichts von ihrer Schwangerschaft und ließ ihren Bauch vier oder fünf Monate lang groß werden. Dann suchte sie hier und da Wahrsager auf, von denen man sagte, sie seien ausgezeichnet, und entschloß sich schließlich, das Kind zur Welt zu bringen. Weil alle Wahrsager wie aus einem Mund behauptet hatten, es werde ein Sohn. Vielleicht war es dem Kind peinlich, mit einer Vagina zur Welt zu kommen. Darum wollte es nicht mit einem Mal einfach herausschlüpfen und zögerte, so daß es die Gebärende fast zu Tode brachte. Darum kann ich doch kein Wort sagen, auch wenn ich zehn Münder hätte. Aber meine Mutter, die einmal sagt, ich sei in Wirklichkeit acht Jahre alt, dann wieder: "nein, neun", sie verdient auch kein Lob. Man denkt, ich sei im Subtrahieren und Addieren ungeschickt, aber das bin ich keineswegs. Bis ich drei Jahre alt wurde, muß meine Mutter auf meinen Tod gewartet haben.

Was für ein unleidliches Objekt, was für ein verhaßtes, häßliches Entenjunges ich bin, davon möchte ich nicht groß erzählen. Was ich wirklich erzählen möchte, ist nicht solch unnützes Geschwätz, sondern etwas von einem Dichter aus Wonmidong. Obwohl ich ganz viele Dinge weiß, kann ich, ehrlich gesagt, nicht genau erklären, was überhaupt ein Gedicht ist. Nach meiner groben Vermutung müssen es Worte sein, die man in der Nacht beim Schein des Vollmondes oder am Strand mit geschlossenen Augen aufsagt. Aber nachdem ich sah, wie es der Dichter aus Wonmidong machte, mußte es doch nicht immer so sein. In unserem Dorf gibt es außer dem Dichter aus Wonmidong auch den Sänger aus Wonmidong, die Elegante aus Wonmidong und den klugen Kopf aus Wonmidong u.s.w.. Herr Eum von dem Fotoladen Hengbok ist der Sänger aus Wonmidong, aber er hatte im letzten nationalen Sänger-Wettbewerb in Buchon die Vorausscheidung nicht überstanden, also wird sein Talent zum Sänger wohl nicht so besonders sein. Daß So-Ras Mutter die Elegante aus Wonmidong ist, weiß ich besser als die anderen. Weil nur So-Ras Mutter lila Maniküre und blonde Haare hat. Der kluge Kopf aus Wonmidong ist leider meine Mutter, deswegen schäme ich mich. Warum? Das ist ganz klar. Für einen Menschen, den man nur deswegen als klugen Kopf bezeichnet, weil er sich immer in die Sachen anderer einmischt und oft mit anderen streitet, bedeutet dieses „kluger Kopf“ nichts als ein Schimpfwort. Das wußte ich ganz gut.

Der Dichter aus Wonmidong hat noch einen anderen Spitznamen. Hohle Augen, zerzauste Haare und die gefärbte Soldatenjacke, die er zu jeder Jahreszeit anzieht und die weißlichen, abgetragenen alten Jeans, all dies läßt ihn in der Nacht wie ein Mongdalgespenst, ein verstorbener junger Bursche, der zu einem Gespenst wurde, aussehen. Ihn „Mongdalgespenst“ zu nennen, damit hatte Kyong-Cha vom Friseursalon zuerst angefangen. Nicht nur Kyong-Cha vom Friseursalon, sondern alle Bewohner unseres Dorfes behandeln ihn herablassend, so wie man ein Kind behandelt. Denn er war ein bißchen verrückt. Seit wann und wodurch er ein bißchen verrückt geworden ist, weiß man nicht genau, aber es ist wahr, daß er anders ist als die gewöhnlichen Menschen. „Herr

Mongdalgespenst“ wohnte im dritten Stock des Mehrfamilienhauses Eibischstrauch. Von dem Haus des Gespenstes, auf dessen Veranda viele Blumentöpfe standen und auch drei Vogelkäfige hingen, hörte man, was selten in diesem Dorf ist, im Sommer den ganzen Tag das Geräusch der Klimaanlage. So reich war sein Elternhaus. Ein alter Mann, der in der Innenstadt einen altchinesichen Arzneiladen hatte, hatte im hohen Alter eine junge Frau geheiratet und lebte ganz gemütlich, bis sein jüngster Sohn zu ihm, also zu seinem Vater zog, der dem Genuß des neuen Lebens ergeben war. Daß dieser Sohn nicht bei seinem älteren, verheirateten Bruder blieb, sondern zu seinem Vater kam, sei eine dumme Sache, schimpfte die Frau des Maklers immer. Aber ich konnte nicht verstehen, warum das Zusammenleben eines Sohnes mit seinem Vater so dumm sein soll.

Wenn dieser Herr Mongdal überhaupt einen Freund hatte, dann war ich es. Man sagt, Herr Mongdal sei siebenundzwanzig Jahr alt, d.h. zwanzig Jahre älter als ich, trotzdem sind wir unbestritten Freunde. Man wird mir wohl nicht glauben, aber ich habe noch einen anderen siebenundzwanzigjährigen Freund. Neben unserem Haus gibt es den Supermarkt Hyongche. Der Inhaber Kim, zugleich Vertreter der Bewohner, war mein anderer Freund. Er war Vertreter des Bezirks 23, Unterbezirk 3, sehr brav und lustig. Ich saß jeden Tag vor dem Supermarkt auf dem Stuhl unter dem Sonnenschirm und verbrachte fast den ganzen Tag mit ihm, um zu quatschen und zu lachen. Aber in letzter Zeit wurde er so mürrisch, und obwohl ich auf dem Stuhl saß, brachte er mich kaum noch zum Lachen und gab mir kein Eis mehr wie früher. Ich wußte warum, aber ich tat so, als wüßte ich nichts davon. Der Grund war die dritte Tochter unseres Hauses, meine Schwester Sun-Ok, die im letzten Monat zu unserer Tante nach Seoul gefahren war. Daß Vertreter Kim mit meiner Schwester Sun-Ok gut befreundet ist, weiß das ganze Dorf. Aber meine Schwester Sun-Ok war in letzter Zeit so unruhig und fuhr schließlich nach Seoul, um ihrer Tante, die einen Boutiqueladen hatte, zu helfen. Meine Schwester Sun-Ok hatte ein sehr schönes Gesicht. Andere sagten, es sei zu schade, so eine Schönheit, die eigentlich zu unserem Haus gar nicht paßte, nur in unserem, ziemlich elenden Haus zu sehen. Eben wegen dieser Armut war meine Schwester immer mürrisch gewesen.

Ehrlich gesagt, ich gestehe nicht so gerne ein, daß mein Vater ein

Müllmann ist. Weil er wegen seiner Arbeit von früh morgens bis spät abends einen Mülleimer nach dem anderen durchzuwühlen hat, stinkt sein Körper so widerlich, daß es nicht zu beschreiben ist. Außer meinem Vater gibt es noch eine Sache, von der ich nicht gerne erzählen möchte. Meine älteste Schwester war nach ihrer Heirat nach Yangpeong in Kyonggido umgezogen, sie war Frau eines Bauers geworden, so ist sie nicht der Rede wert. Aber von meiner zweiten Schwester zu erzählen, das beschämt mich, denn meine zweite Schwester war zuerst Aushilfe im Bus und danach Arbeiterin in einer Wurst-Fabrik. Dann arbeitete sie im Café, und jetzt ist sie achtundzwanzig und ledig. Sie hat, wenn es ums Geld geht, einen sehr raffgierigen Charakter und ist daher Inhaberin einer Schenke irgendwo in Kurodong. Als ich sie einmal besuchte, schlief ein Mann so lang wie Bambus mit nacktem Oberkörper im gleichen Zimmer, und daneben lag meine Schwester auf dem Bauch und blätterte in einer billigen Wochenzeitung. Das genügte schon. Ich begriff sofort, wie die Sache lief. Unsere Mutter und unser Vater, der Müllmann, meinten, es genüge, daß man die Töchter nur solange zur Schule schickt, bis man sie verheiraten kann, und sie ließen alle meine Schwestern nur bis zur Mittelschule gehen. Nur Schwester Sun-Ok hatten sie in die Oberschule geschickt. Warum, weiß niemand. Aber das bereitete ihnen auch nur Ärger. 'Mit dem Oberschulabschluß soll ich Arbeiterin in einer Fabrik werden? Nein, das will ich nicht. Ich will lieber Schauspielerin werden.' Hartknäckig blieb sie bei ihrer Forderung. So war es leicht zu verstehen, daß sie mit dem kleinen Laden des Vertreters Kim, so klein wie ein Nasenloch, nicht zufrieden sein konnte.

Warum ich, ein erst siebenjähriges Kind - in Wahrheit noch älter -, nur mit den älteren Burschen verkehre, verwundert einen sicherlich. Aber es war nicht meine Schuld. Zusammen mit meiner engsten Freundin So-Ra, hatten einige Freunde letztes und dieses Jahr angefangen, die Grundschule zu besuchen, und alle kleinen Kinder, die gerade noch alt genug waren, mit ihnen zusammenzuspielen, besuchten den Kindergarten, ohne Ausnahme. Wenn ich nach dem Frühstück aus dem Haus kam, waren auf der Straße nur zwei- oder dreijährige Rotznasen. Am Nachmittag war es nicht anders. Weil die Kinder nur mit ihresgleichen spielten und mich selten mitspielen ließen, fühlte ich mich isoliert und wie ein fremdes Kind behandelt, wie ein außerirdisches Wesen. In unserem Ort gibt es viele billige Kindergärten und zwei Klavierschulen. Trotzdem blieb meine Mutter unerschütterlich. Alle bringen, obwohl sie arm sind und so in Einzelzimmerwohnungen wohnen, ihre Kinder zum Kindergarten und machen jeden Morgen viel Lärm. Aber ich habe bis jetzt nicht einmal eines der Bewegungsspiele gelernt, das die Kinder im Kindergarten lernen. Die Bilderbücher und die beschädigten Spielzeuge, die mein Vater in den Mülleimern anderer Leute gefunden hatte, lagen in großer Menge zu Hause, aber ich hatte für solche Sachen kein Interesse. Denn ich war sozusagen schon erwachsen geworden.

Meine Freundschaft mit Herrn Mongdal hatte in diesem Frühling begonnen, als ich wie ein „außerirdisches Wesen" lebte. Ich lungerte vor dem Supermarkt Hyongche herum und wartete, bis der Vertreter Kim mir Gesellschaft leisten würde. Hinter mir stand jemand, der genau wie ich auf die Gesellschaft des Vertreters Kim wartete: Herr Mongdal. Er zog aus der gefärbten Jackentasche ein zerknittertes Papier heraus, setzte sich zögernd neben mich auf den freien Stuhl und sprach mich ganz richtig mit meinem Namen Kyong-Ok an. Ich fiel beinahe in Ohnmacht, denn ich hatte ihn dafür für zu dumm und einfältig gehalten. Deswegen hatte ich ihn auch einmal in seiner Gegenwart mit „Hey, Mongdal-Gespenst!" geneckt. Mein Mund war weit offen vor Schreck. Seine nächsten Worte aber verblüfften mich noch mehr.

„Du sagst zu mir immer: 'Du Hund, du Hund...'"

Ich machte große Augen. Mongdalgespenst hatte ich ihn genannt, aber niemals, ich schwöre es beim Himmel, hatte ich ihn einen Hund genannt. So schüttelte ich unwillkürlich den Kopf. Ich wußte nicht, ob er mich sah oder nicht, auf jeden Fall sprach er weiter. „Du sagst zu mir immer: Du Hund, du Hund..."

Aber das sollte ein Gedicht gewesen sein, obwohl es mir sogar jetzt noch sehr wunderlich vorkommt. Der Vertreter Kim hätte ihn gebeten, sagte Herr Mongdal, ihm ein Gedicht zu schreiben, da es sich herumgesprochen hatte, daß er dichtete. Um dieser Bitte willen hatte er die ganze Nacht darüber gegrübelt. Aber es war ihm nichts eingefallen, und daher hatte er ein Gedicht von einem berühmten Dichter abgeschrieben. Jene Zeile sollte eben der letzte Teil dieses Gedichts sein.

„Ach, du meine Güte! Wann habe ich zu dir: 'Du Hund, du Hund' gesagt?"

Der Vertreter Kim schlug Herrn Mongdal auf die Schulter und verhöhnte ihn, als ob er schon so was erwartet hätte. Aber ich erholte mich nicht so schnell von meinem Schreck. Vielleicht konnte ich mich bloß nicht daran erinnern. Plötzlich kam es mir so vor, als hätte ich ihn mit: „Du Hund“ beschimpft. Egal, was der Vertreter Kim gesagt hatte, Herr Mongdal pflegte ausschließlich einige Tage lang das „Du Hund“ Gedicht zu rezitieren. Ich entschloß mich, außer dem Vertreter Kim noch Herrn Mongdal zum Freund zu nehmen. Weil es viel schöner war, mit einem Dichter befreundet zu sein als mit dem Besitzer eines kleinen Ladens.

Aber trotzdem hatte ich nicht den Mut, mit diesem etwas verrückten Mann für längere Zeit zusammen zu sein. Während Vertreter Kim, wenn er wollte, mir einen Bonbon oder Eis schenken konnte, war Herr Mongdal in dieser Hinsicht einfach unfähig. Er wußte nur von Gedichten zu sprechen, über Gedichte nachzudenken und von mir zu verlangen, mit ihm zusammen ein Gedicht zu rezitieren. Für ihn waren Gedichte alles. Wenn der Wind wehte, tat ihm sein Herz weh, wegen des „Rauschen des Windes in den Blättern“. Wenn eine Nonne vorbeiging, schrie er plötzlich: „Siebzehn oder einundzwanzig Knöpfe haben sie eingesperrt.“ Er konnte den ganzen Tag Gedichte berühmter Dichter rezitieren. Das war nicht alles. Er sagte, er könne ein paar Stunden lang ein Gespräch führen, indem er nur die Strophen rezitierend benütze. Und er betonte dabei, daß dies ein poetisches Gespräch sei. Um das zu können, lese er jede Nacht Gedichte, sagte er. Herr Mongdal war jemand, der jede Nacht auf dem Bauch lag und Gedichte auswendig lernte und am nächsten Tag in Reimen sprach.

Von den Gedichten abgesehen, war Herr Mongdal ein genauso langweiliger Typ wie ich. Tagsüber mußte er mit seiner jungen Stiefmutter allein im selben Haus wohnen. Deswegen verbrachte er die ganze Zeit damit, im Dorf herumzulungern. Wenn ich dem Vertreter Kim gegenübersaß und mit ihm über Unwichtiges sprach, schlich Herr Mongdal plötzlich zu uns und setzte sich, den Rücken ein bißchen gebeugt, auf den Stuhl. Er schien noch eifriger als ich, den Wunsch zu hegen, Vertreter Kims Freund zu sein. Jeder von uns machte es sich auf seine Weise bequem und vertrieb sich die Zeit damit, entweder die Zeitung zu lesen oder zu dösen. So verbrachten wir einen sehr heißen Tag. Aber sobald ein Makgoli-Kunde kam, machten wir den Platz frei und sahen zu, wie eilig sich der Vertreter Kim bewegte. Wenn Herr Mongdal auf Gedichte zu sprechen kam, schnitt ihm Vertreter Kim gleich das Wort ab. Daher verlor Herr Mongdal vor dem Vertreter Kim kein Wort über Gedichte. Ich war es, die dem poetischen Gespräch des Dichters von Wonmidong unaufhörlich zuhörte.

Damals war es mir noch lieber, mit dem Vertreter Kim zusammenzusein als mit Herrn Mongdal. Wenn der Vertreter Kim mit seiner ziemlich großen Hand auf meinen Hintern schlug und rief: "Hey, Schwägerin Kyong-Ok!" dann fühlte ich mich wohl und mußte einfach lachen. Und manchmal, wenn ich hinter ihm auf seinem Motorrad saß und mit ihm zusammen unterwegs war, um die Waren zuzustellen, beneideten mich alle daumenlutschenden Kinder. Die Frau des Maklers, die sehr genau wußte, daß sich der Vertreter Kim mit jeder geschwätzigen Frau in Wonmidong gut vertrug und durch Gemüse- und Fischverkaufen gut verdiente, sagte einmal spöttisch: "Sun-Ok hat nur ein hübsches Gesicht, aber wenn man an die schlechten Verhältnisse ihres Elternhauses denkt, ist der Vertreter Kim doch ein Glück für sie." Ah, ich kann die Frau des Maklers gut durchschauen. Sie hat eine Tochter, ein Jahr älter als meine Schwester Sun-Ok, leider mit einem häßlichen Gesicht. Das ließ ihr keine Ruhe. Aber als Eun-Hes Großmutter einmal zu ihr gesagt hatte, sie solle doch bald einen Schwiegersohn suchen, einen wie den Vertreter Kim, da hatte sie sehr stolz und sogar höhnisch erwidert: „Was haben die Eltern heutzutage dazu zu sagen? Meine Tochter ist so stolz und läßt sich nicht einmal herab, von einem nur durchschnittlichen Mann zu sprechen. Ein Bankangestellter hatte eine Heiratsvermittlerin geschickt, aber meine Tochter hat sich nicht einmal umgedreht, um sie anzusehen, geschweige denn, Interesse zu zeigen. Obwohl sie nur ein Jahr an der Hochschule war, hat sie etwas gelernt. Deswegen weiß sie eine ganze Menge."

Jedesmal, wenn ich so was hörte, juckte mir immer der Hals, so daß ich es kaum aushalten konnte. Warum? Weil ich wieder ein Geheimnis mehr wußte. Es war und ist wirklich ein großes Geheimnis. Oh je, wenn die Frau des Maklers davon erfahren würde! Nur daran zu denken, macht mir einfach Angst.

Mit wem die Tochter des Maklers, Dong-Ah, in einer engen Freundschaft stand, davon wußte wahrscheinlich nur ich. Im letzten Frühling hatte ich So-Ra besucht und erfuhr es zufällig. So-Ra weiß auch nichts davon. Ich muß deshalb die Sache für mich behalten. Aber seitdem fühlte ich mich immer unwohl, wenn ich jemanden von der Familie des Maklers traf. Weil ich bis jetzt die Sache niemandem erzählt habe, zögere ich immer noch. Aber wo nun einmal die Rede davon ist, kann ich nicht anders als alles erzählen. Dong-Ah hat nämlich ein Liebesverhältnis, und zwar ein sehr leidenschafliches, mit dem jungen Mann, der für So-Ras Vater als Lohnarbeiter arbeitet. Im letzten Frühling, als ich zu So-Ras Haus ging, konnte ich So-Ra nicht finden. Ich ging ohne besonderen Grund um die Ecke und sah durch das Fenster in den Laden. Dort saßen sie und er ganz dicht nebeneinander und taten etwas ganz Merkwürdiges. Der Anblick von Dong-Ah war noch zu ertragen, aber was dieser junge Mann machte, flößte mir irgendwie Angst ein. Er schwitzte sehr und hielt Dong-Ahs Kopf fest.

Ich bin etwas vom Thema abgeschweift. Wie dem auch sei, es war doch schade, daß meine Schwester Sun-Ok einen möglichen Bräutigam wie den Vertreter Kim abgelehnt hatte. Der Vertreter Kim hatte seine Hoffnung noch nicht aufgegeben und fragte immer wieder, ob meine Schwester nach Hause gekommen sei. Aber wenn meine Schwester Sun-Ok gelegentlich nach Hause kam, sah sie nicht einmal in Richtung Supermarkt Hyongche. Genau so wie beim ersten Abschied von zu Hause. Manchmal schimpfte sie heftig: "Du meine Güte, dieser dreckige Hund!" Denn er hatte sie öfters beim Boutiqueladen unserer Tante angerufen, und sie wußte nicht, wie er die Telefonnummer herausgefunden hatte. Wenn man sie genau anschaute, schien sie auch einen neuen Freund zu haben. Sie zog, egal wo, ihre Kleider aus, und da ihre Unterwäsche so merkwürdig aussah, machte ich große Augen. Als ich einmal versuchte, sie anzufassen, schlug mir meine Schwester auf die Hand.

„Schön, nicht wahr? Kyong-Ok, du siehst so was zum ersten Mal, oder? All das habe ich geschenkt bekommen."

Ich fand jemanden lächerlich, der einen Schlüpfer, der nur mit einer Schnur zusammengenäht war, verschenkt hatte. Aber noch lächerlicher und unausstehlicher war meine Schwester, die damit prahlte. Und so tat mir der Vertreter Kim leid, der davon nichts wußte.

Weil Herr Mongdal da war, lobte und pries man den Vertreter Kim noch mehr. Da ich ja schließlich ein Kind war, redete kein Mensch schlecht über mich, wenn ich mich faul unter dem Sonnenschirm des

Supermarkts Hyongche herumtrieb. Aber wenn Herr Mongdal, der genauso alt war wie der Vertreter Kim, ohne Arbeit um den Laden herumstreifte und manchmal mit mir ein Eis lutschte, schnalzte jeder vorbeigehende Erwachsene aus dem Dorf, der uns sah.

„Als Student sei er nicht so gewesen. Genau weiß ich es auch nicht, aber man sagte, er sei von der Universität vertrieben worden. Der Grund war ganz klar. Wenn man bedenkt, was heutige Stundenten anstellen! Danach ging er gleich zum Militärdienst. Nach der Entlassung vom Militärdienst sei er so geworden. Dauernd rezitiere er murmelnd Gedichte. Trotzdem, ganz verrückt sei er auch wieder nicht. Wirklich, ich könnte sterben", klagte einmal Herrn Mongdals Stiefmutter beim Vertreter Kim. Sie war eine Stammkundin des Supermarkts Hyongche und „Ich könnte sterben" war ihr Lieblingsspruch.

„Er soll doch wenigstens mir zuliebe saubere Kleider anziehen. Ich könnte sterben."

Ja, seine Kleidung. Wirklich, seine Kleidung war passend für einen Gehilfen des Supermarkts Hyongche. Da es ganz langweilig war, den ganzen Tag auf dem Stuhl faul sitzenzubleiben, halfen wir oft dem Vertreter Kim bei der Arbeit. Nach langem Nachdenken entschlossen wir uns jedoch nur für Arbeiten wie z.B. mit dem Gummischlauch den Boden vor dem Laden mit Wasser zu besprengen. Vor dem Laden war man noch nicht mit dem Pflastern fertig. Daher paßte das ganz gut, und wir konnten gleich die Straße mit abstauben. So wurde es auch in der Hitze erträglicher. Der Vertreter Kim war mit unserer Arbeit zufrieden und gab jedem ab und zu einen Joghurt nach der Arbeit.

Dann nahmen die Pflichten des Herrn Mongdals allmählich zu; Herr Mongdal räumte vor dem Laden auf, trug die leeren Flaschenkiste in den Keller oder half beim Bedienen der Makgoli-Kunden. Je mehr Herr Mongdal dem Vertreter Kim half, desto imponierender wirkte der Vertreter Kim, aber desto kleiner wirkte Herr Mongdal. Das schien mir sehr merkwürdig. Der Vertreter Kim mußte es gewußt haben. Denn einmal machte der Vertreter Kim ein ernstes Gesicht, umarmte Herrn Mongdals Schulter fest und sagte: „Es tut mir wirklich leid, dir, einem Dichter, nur solche Arbeit anzuvertrauen. Du bist wirklich ein Dichter. Wenn ich nicht so beschäftigt wäre, würde ich deine Gedichte in aller Ruhe lesen. Obwohl ich nicht so aussehe, habe ich doch in der Schulzeit für die anderen

Mitschüler Trostbriefe an die Soldaten geschrieben."

Da gewann Herr Mongdal noch mehr Lust an der Arbeit und säuberte noch das Fischhackbrett und brachte das herumliegende Gemüse in Ordnung usw. Aber der Vertreter Kim hatte immer noch nicht die Gedichte in Herrn Mongdals Notizbuch gelesen. Als Herr Mongdal die zerknitterten Papiere herausnahm und sagte, Herr Kim wolle wahrscheinlich die Gedichte von berühmten Dichtern lesen, weil seine Gedichte doch nicht so gut seien, lief der Vertreter Kim unter allerlei Vorwänden weg und zeigte ihm, ohne daß Herr Mongdal es sah, einen Vogel. Herr Mongdal wußte nichts davon und hatte immer all seine Taschen mit diesen zerknitterten Papieren für den Fall gefüllt, dem Vertreter Kim Gedichte rezitieren zu können. Damals war auch mir dieses poetische Gespräch leid geworden, so entfernte ich mich vom Platz und zeigte ihm, wie der Vertreter Kim, einen Vogel. Aber der nur etwas oder doch sehr verrückte Dichter von Wonmidong verrichtete weiterhin die kleinen Arbeiten recht tüchtig, als sei er ein Laufbursche des Supermarkts Hyongche.

Ehrlich, ich hatte mir heimlich gewünscht, daß Herr Kim mein dritter Schwager werden würde, bis sich vor einem halben Monat etwas ereignete. Mein erster Schwager, ein Bauer, war zu alt, wie ein alter Vater, und deswegen konnte ich mit ihm nichts anfangen. Da meine zweite Schwester ledig war, aber keine großen Heiratschancen hatte, konnte ich einen passenden Schwager nur dann bekommen, wenn meine Schwester Sun-Ok heiraten würde. Es wäre mir lieber gewesen, wenn der Vertreter Kim eben dieser Schwager geworden wäre. Meine vierte Schwester, die jetzt mit einem Arbeiter aus ihrer Fabrik eng befreundet war und so bei ihrer Toilette noch mehr Zeit brauchte als früher, konnte wiederum unmöglich früher als die anderen Schwestern heiraten. Denn vor ihr warteten zwei Partien. Aber wenn meine Schwester Sun-Ok den Vertreter Kim heiraten würde, hätte ich ein verbrieftes Recht darauf gehabt, mich im Supermarkt Hyongche länger herumzutreiben. Dann hätte ich ohne weiteres mal ein Eis essen können, das dreihundert Won kostete. Kekse, Schokolade und Bonbons, all die Süßigkeiten, die dicht nebeneinanderlagen, würden dann mir gehören - schon der Gedanke machte mich glücklich.

Aber seit dieser Geschichte vor genau vierzehn Tagen, verzichtete ich auf den Vertreter Kim und auf alles, was mit seinem Supermarkt Hyongche zusammenhing. Ich bin nicht so ganz sicher, aber ich glaube, das war die richtige Entscheidung. Außer mir, der einzigen Zeugin, gab es niemanden, der alles von Anfang bis Ende beobachtet hatte. Trotzdem erzählte ich niemandem, was ich gesehen hatte. Warum, weiß ich nicht, ich hatte einfach keine Lust, darüber zu sprechen. Aber der Vertreter Kim kam als mein möglicher Schwager für mich nun nicht mehr in Frage. Manchmal kostete mich das großen Mut: Seitdem wich ich dem Vertreter Kim möglichst aus oder lief doch immer davon, wenn er mir mit der Hand auf den Hintern klopfte und sagte: „Hey, meine Schwägerin Kyong-Ok..." Natürlich nahm ich das Eis auch nicht mehr, das er mir anbot.

Jene Geschichte hatte sich an einem späten Abend im Frühsommer ereignet, es war schon nach zehn Uhr. An diesem Tag hatten meine Mutter und mein Vater seit Mittag gestritten. Der Streit wurde am Abend noch viel heftiger. Da meine vierte Schwester unter dem Vorwand, Spätdienst zu haben, immer erst nach Mitternacht nach Hause kam, war ich die einzige, an der meine Mutter ihre Wut auslassen konnte, und bekam einen Haufen Schimpfe ab. Der Streit hatte keinen besonderen Grund. Vater hatte erzählt, er habe im Müll eine achtzehnkarätige Goldkette gefunden und sie gegen vier Flaschen Bier eingetauscht, um sich den Durst ein bißchen zu stillen. Da fing meine Mutter an zu meckern. Damit fing alles an. Alles andere ist ja klar. Meine Mutter ritt darauf herum, daß ihm gar nicht mal eingefallen sei, statt die Kette gegen vier Bier zu tauschen und alles auf einmal zu versaufen, sie seiner Frau um den Hals zu hängen. Mein Vater hatte auch den achtzehnkarätigen Goldring gefunden, den meine Mutter jetzt an ihrem Finger trug und dessen Farbe ein bißchen verblaßt war. Wenn mein Vater ihr auch jene Kette gegeben hätte, wäre diese zusammen mit dem Ring ein schönes Set gewesen. Daß er nicht darauf gekommen war, machte meine Mutter sehr ärgerlich. So angefangen entwickelte sich der Wortstreit bald zu grobem Geschimpfe, bis mein Vater schließlich meine Mutter verprügelte. Da schlich ich mich wie immer aus dem Haus und setzte mich auf den leeren Stuhl vor dem Supermarkt Hyongche. So etwas war bei uns nichts Neues. Mein Vater pflegt meine Mutter dann einfach zu schlagen, bis sie keinen Piep mehr sagt, anschließend schläft er leicht schnarchend ein. Meine Mutter, die reichlich Tränen vergossen und sich die Nase geschnaubt hat, schleppt sich dann aus dem Haus und schreit aus vollem Hals: "Kyong-Ok!" So mache ich mich denn zögernd auf dem Weg nach Hause, so als ginge ich nur ihretwegen. Und ich lege mich hin, bis der neue Tag anbricht

An diesem Abend war es gegen neun, als ich aus dem Haus ging. Der Vertreter Kim hatte nicht gesehen, daß ich gekommen war, weil er sich um diese Zeit die Abendnachrichten anschaute, an seinem alten Schwarzweiß-Fernsehapparat, mit dem er aber vollauf zufrieden war. Er meinte, daß es unsinnig sei, einen Neuen zu kaufen, denn seine zukünftige Frau würde ja bestimmt einen neuen Apparat als Mitgift mitbringen. Ich warf einen flüchtigen Blick auf seinen Rücken, zog die Schuhe aus und setzte mich auf den Stuhl. Wenn ich dann schläfrig würde, dachte ich, würde ich mich auf den Tisch lehnen und ein bißchen schlummern. So rieb ich mir die Augen, die ich kaum noch offen halten konnte, und wälzte mich hin und her. Die Straße war an diesem Abend außergewöhnlich still, und die Leuchtreklamen des Tapetengeschäfts und des Fotoladens waren schon ausgelöscht. Bei der Metzgerei Uri waren die Rollgitter heruntergezogen. Daneben, beim Friseursalon Seoul löschte man immer pünktlich um neun Uhr abends das Licht aus, weil Kyong-Cha nicht in dem Laden übernachtete, sondern jeden Tag nach der Arbeit heimging. Vom Supermarkt Hyongche bis zum Fabrikgelände waren hier und da unbebaute Plätze, und deswegen war es dort immer stockdunkel. Erst einen Block weiter konnte man das Licht aus der Wäscherei sehen. Entlang dem noch nicht gepflasterten, holprigen Weg für die Feurwehr lagen haufenweise Kiesel und Ziegelsteine.

Plötzlich war aus dem dunklen Weg vom Fabrikgelände her ein Geräusch zu vernehmen; ein Schrei oder ein Geräusch von jemandem, der versuchte, ein Erbrechen zu unterdrücken. Nein, ich kann nicht sagen, daß ich es wirklich gehört hätte. Denn ich war ja eingedöst. Wenn ich mich genau besinne, muß ich sagen, war ich damals sogar in Tiefschlaf versunken. Daß es mir trotzdem so vorkam, als hätte ich etwas gehört, lag vielleicht daran, daß mir mein Vater und meine Mutter sogar bis in meine Träume gefolgt waren und weiter gestritten hatten. Wie dem auch sei, ich hatte einen Schrei gehört, der die Luft zu durchdringen schien. Sei es im Traum oder in Wirklichkeit. Als ich erschrocken die Augen öffnete, rannte gerade jemand aus der Dunkelheit verzweifelt auf den Laden zu. Ihm folgten keuchend zwei junge Männer. Es sah so aus, als ob sie einem aus der Falle entkommenen Rehkalb nachjagen wollten.

Sie bemerkten mich nicht, denn ich saß zufällig in einer Ecke, in die kein Licht fiel. Und ein noch größerer Zufall war es, daß niemand am Laden war. Gelegentlich hatten sich dort so viele Menschen gesammelt, daß die Stühle unter dem Sonnenschirm nicht ausreichten; sie tranken Makgoli. Meistens waren es Arbeiter, die nach der Arbeit auf dem Bau nach Hause gingen. Nicht nur Arbeiter kamen, manchmal kamen auch die Anwohner, um sich, auf diesen Stühlen, im Winde sitzend, zu erfrischen. Aber ausgerechnet an diesem Abend war niemand da. Während ich durch den Tumult so erschrocken war und nicht wußte, was ich tun sollte, lief der Flüchtige direkt in den Laden. Einer von den Verfolgern erreichte nun den Laden, und ein anderer war gerade dabei, in den Laden einzudringen. Dort konnte ich sie ziemlich deutlich sehen.

„Hey, du Schwein! Kommst du nicht raus?"

Der Kerl, der schreiend in den Laden einzubrechen versuchte, hatte ein ärmelloses, rotes Turnhemd an. Seine Schultern glänzten im Schweiß und sahen sehr kräftig aus.

„Komm sofort raus! Sonst schlage ich hier alles kaputt!"

Der Kerl, der vor dem Laden stand, schnappte nach Luft und wischte sich den Schweiß von der Stirn. Er hielt zwei Jacken in der Hand. Er hatte auch ein Turnhemd an, aber ein Turnhemd mit Ärmeln und in unauffälligem Weiß. Deswegen sah er viel harmloser aus.

Was war bloß los? Ich konnte meine Neugier nicht unterdrücken und sah durch die Seitentür in den Laden hinein. Schon hatte der Kerl den Flüchtigen mit dem Fuß getreten. Der lag nun auf dem Boden, und der Vertreter Kim schrie irgend etwas, wobei er die Bierkisten, die um den Kerl herumstanden, hastig in sein Zimmer in Sicherheit brachte.

„Bruder Kim, Bruder Kim helfen Sie mir", stöhnte der Mann, der auf dem Boden lag, in diesem Augenblick. Da trat der Kerl mit dem roten Turnhemd dem auf dem Boden Liegenden wieder mit dem Fuß in den Rücken.

„Dieser Hund, Kennst du ihn etwa? Willst du auch etwas abkriegen?"

Der Kerl hob eine Bierflasche verkehrt herum hoch und brüllte so, daß das Gesicht des Vertreter Kims ganz bleich wurde.

„Was? Was reden Sie? Ich kenne ihn nicht! Ich möchte nicht in die Sache verwickelt werden. Gehen Sie bitte raus und machen Sie, was Sie wollen."

In diesem Augenblick erhob sich der Mann, der sich auf dem Boden herumgewälzt hatte, mühsam. Plötzlich erkannte ich das blutverschmierte Gesicht. Um Gottes Willen. Das war ja Herr Mongdal. Die entfärbten Hosen, die gefärbte Soldatenjacke und das dunkle Hemd, das er immer unter der Jacke trug, ja, das war ganz bestimmt Herr Mongdal. Vorhin hatte ich keine Zeit gehabt, sein Gesicht zu sehen, weil er so plötzlich in den Laden gestürzt war.

„Dieses Schwein, wo willst du hin? Einer wie du muß was kriegen."

Der Mann mit dem roten Turnhemd brüllte, wobei er seine weißen Zähne zeigte. Im selben Moment lief Herr Mongdal in Richtung des Zimmers, wo der Fernseher lärmte. Denn dieses Zimmer hatte noch einen anderen Ausgang. Aber jemand, der schneller als Herr Mongdal dorthin gestürmt war, versperrte die Zimmertür; es war der Vertreter Kim.

„Gehen Sie alle raus! Schnell! Egal, ob Sie sich prügeln oder nicht. Hauptsache ist, Sie gehen raus und beschädigen mein Geschäft nicht!"

Mit einem Ruck packte der Mann im roten Turnhemd Herrn Mongdal am Nacken. Der Mann mit dem weißen Hemd stand draußen, sah zu, wie Herr Mongdal wie ein Hund mitgeschleift wurde, und spuckte. Der Anblick der Augen der beiden Männer, der vom Alkohol roten, rollenden Augäpfel, war furchterregend. Ich versteckte mich in einer dunklen Ecke. Ich hatte Angst, ja, Angst hatte ich. Ich wußte nicht, was ich für Herrn Mongdal tun sollte, der so dahingezerrt wurde. Mein Herz pochte und ich konnte kaum atmen. Aber der Vertreter Kim räumte seinen Laden, der so in Unordnung gekommen war, wieder auf und schaute nicht einmal nach draußen.

Wirklich, von den beiden Männern war der mit dem roten Turnhemd noch teuflischer. Dieser Kerl hatte mit seiner Hand fest Herr Mongdals Haar gepackt und sprang mit ihm um wie mit einem Gepäckstück. Herr Mongdal wehrte sich dagegen, abgeschleppt zu werden, aber der Kerl trat ihm schonungslos gegen die Knie und in die Seiten. Einige Passanten sahen zu, mit Gesichtern starr vor Furcht. Der Kerl mit dem roten Turnhemd bemerkte die Zuschauer und schrie laut:

„Du, Schwein, einer wie du sollte sofort der Polizei übergeben werden. Komm schnell!"

Endlich, vor dem Maklerbüro Kangnam, wo es Licht gab, entwich Herr Mongdal den Händen des Kerls in einem letzten, verzweifelten Kampf. Aber sofort packte der ihn mit beiden Händen am Haar und schmetterte seinen Kopf gegen eine Zementsäule. Bumm! Es hörte sich an, als ob Herrn Mongdals Kopf zerbräche, ich mußte die Augen schließen. Ich hielt den Atem an. Ging man am Fotoladen Hengbok und dem Tapetengeschäft Wonmi vorbei, dann kam man wieder an unbebaute Stellen, auf die kein Licht drang. Jetzt oder nie gab es also die Chance, Herrn Mongdal zu retten. Der versuchte verzweifelt, sich immer in die Richtung zu drängen, in der es Läden mit Licht gab. Auf der gegenüberliegenden Straßenseite war kaum ein Mensch zu sehen, und die wenigen, die dort standen, mischten sich nicht ein und gaben, angesichts dessen, was Herrn Mongdal da Schreckliches passierte, nur ein mißbilligendes Zungenschnalzen von sich.

„Komm schon, du Hund! Gehen wir zur Polizei!"

Als der Kerl mit dem roten Turnhemd Herr Mongdals Haar, das er mit seiner Hand festhielt, nun mit einem Ruck nach vorne zog, wurde Herr Mongdal wirklich wie ein Hund mitgezerrt, mit den Händen gegen die Erde abgestützt - er konnte sich auf dem Zementboden nicht auf den Beinen halten.

„Warum tun Sie das, was habe ich...getan."

Unter dem hellen Licht des Fotoladens Hengbok jammerte Herr Mongdal und schüttelte seinen Kopf. Der Kerl hielt ihn mit seinen Händen fest. Da begann er, mit dem Fuß gegen Herrn Mongdals Gesicht zu treten. Endlich rannte ich los. Mit geballten Fäusten lief ich schnell an den Kerlen vorbei und stürzte ins Tapetengeschäft Wonmi. Der Laden war leer und Herr Chu lag ausgestreckt im hinteren Teil des Zimmers und sah fern, ohne jeden Schimmer, was für ein Tumult sich da draußen abspielte.

„Ein Schuft, ein Schuft tötet Herrn Mongdal!"

Herr Chu war von großer Statur und hellhörig. Er sprang hinaus, sah, wie Herr Mongdal gerade an seinem Laden vorbeigezerrt wurde und brüllte los: „Warum schlagt ihr diesen Menschen so brutal? Wenn er schuldig ist, kann man doch die Polizei holen. Hey, du da! Laß ihn gefälligst los!"

Der dicke, grobe Ton seines Kyongsangdo-Dialektes schüchterte den Kerl ein wenig ein.

„Mischen Sie sich nicht ein! Einen wie diesen muß man halt der Polizei übergeben."

„Das sage ich ja. Hey! Ruf sofort die Polizei. Ihr braucht ihn nicht zu schlagen und zur Polizei zu zerren. In einer Minute kommt das Polizeimotorrad."

„Heh, Sie. Kennen Sie etwa dieses Schwein?“

„Ja, sogar ganz gut, warum denn? Warum habt ihr diesen guten Burschen halbtot geschlagen? Was hat er denn Schlimmes getan? Was ist denn los?“

Erst da, ganz unauffällig, ließ der Kerl mit dem roten Turnhemd Herrn Mongdals Haar los. Herr Mongdal floh schwankend zu Herrn Chu.

„Ich habe nichts getan. Ich bin nur vorbeigegangen. Sie haben mich angehalten, abgefangen, mich geschlagen.“

Immer wieder stockend, und dabei Blut speiend, sprach Herr Mongdal. Herr Chu hörte ihm zu. Es war ein Fehler, daß er dabei nur einen Moment mit seiner Aufmerksamkeit auf die beiden nachgelassen hatte. Einer von denen, die von weitem zuschauten, rief laut: „Hey, Sehen Sie mal. Die fliehen!“

Im Nu waren die Kerle auf den Weg zum Fabrikgelände gesprungen und verschwanden schon in der Dunkelheit und man hörte nur noch eilige Schritte.

„Solche Schurken sollte man nicht laufen lassen, man muß sie sofort einfangen!“

Ich hatte nicht bemerkt, wann der Vertreter Kim aufgetaucht war. Er schrie jetzt aufgeregt und stampfte mit dem Fuß. Es war sehr komisch anzusehen, wie er so tat, als wolle er gleich loslaufen, um sie zu fangen.

„Es lohnt sich nicht. Solche Schurken sind nicht leicht zu fangen.“

„Meine Güte! Sie tönten so entschlossen, man sollte ihn der Polizei übergeben, aber jetzt fliehen sie einfach.“

„So, so. Sie haben einfach irgend jemanden gesucht, den sie verprügeln konnten. Wir wußten ja nichts und dachten, er sei ein Dieb oder so etwas.“

„Weil es hier viele Läden gibt und es hell ist, haben sie ihn zu einem dunklen Ort schleppen und ihn dort grün und blau schlagen wollen.“

„Ja, richtig. Vorhin habe ich gesehen, wie dieser junge Mann vorbeiging. Sie hielten ihn an und stritten mit ihm. Ach, schrecklich, wie schlimm sie ihn zugerichtet haben! Ein Glück, daß er noch lebt.“

„Warum haben Sie denn das nicht eher gesagt?“

„Wie konnte ich wissen, daß es so schlimm würde. Ich war auf dem Weg zur Apotheke und sah das Getümmel. Ich hatte Angst und machte einen Umweg. Ich kaufte Arzneimittel und kam zurück. Da sah ich, wie sie ihn schlugen und von ihm verlangten, zur Polizei mitzukommen."

Jeder von den Leuten, die herumstanden, begann laute Kommentare von sich zu geben. Kurz zuvor war die Straße fast leer gewesen, aber jetzt kamen viele Leute aus den Häusern und blickten lamentierend auf den blutbesudelten Herrn Mongdal. Wirklich, mit seinen zerzausten Haaren, der Kleidung, die auf dem Boden schlurfte und dem blutigen Gesicht sah Herr Mongdal aus wie ein echtes Mongdalgespenst.

„Was für eine schreckliche Welt! Kann man so jemanden überhaupt als Menschen bezeichnen?"

Herr Chu war verblüfft, da mischte sich der Stellverteter Kim ein.

„Ja, so ist es. Eigentlich hätten wir sie fangen und der Polizei übergeben sollen. Wie geht's dir? Was zum Teufel ist dir denn passiert? Gehen wir heim. Ich bringe dich nach Hause."

Der Vertreter Kim half Herrn Mongdal auf die Beine. Ach, dieser Dummkopf! Angewiesen auf dessen Hilfe brachte er es nicht fertig, sich aus den Armen des Vertreters Kim zu befreien und allein nach Hause zu gehen.

Genau zehn Tage danach, also vor einigen Tage sah ich Herrn Mongdal wieder. Ich habe keine Lust zu erzählen, wie ich diese zehn Tage verbrachte. Damals, als ich ständig mit Herrn Mongdal zusammen gewesen war, war mir das gar nicht so bewußt gewesen. Aber als ich ohne ihn, also ganz allein war, starb ich beinahe vor Langeweile. Es war, als hätte ein Tag plötzlich vierzig Stunden. Manchmal saß ich auf dem Stuhl des Vertreters Kim, aber ich tat so, als ob er ein Fremder sei und besuchte ihn nicht sehr oft.

Der Vertreter Kim wußte nicht, daß ich in jener Nacht heimlich in seinen Laden hineingeschaut hatte, so behandelte er mich lieb, ganz wie früher.

„Schwägerin Kyong-Ok, warum kommst du in diesen Tagen so selten zu mir? Wenn deine Schwester Sun-Ok von Seoul zurückkommt, vergiß bitte nicht, mir Bescheid zu sagen. Dann gebe ich dir das hier!"

Was der Vertreter Kim mir zeigte, war meistens eine Yokkang. Das war ein Mungobohnenkuchen, kostete zweihundert Won, und auf der Packung stand Kraftriegel geschrieben. Er wußte, daß ich nach dieser Süßigkeit schmachtete. Aber, ach! Das kam nicht in Frage! Ich hatte mir vorgenommen, wenn meine Schwester Sun-Ok kam, ihr ganz genau von seiner Feigheit zu erzählen und das zu vernichten, was in ihrem Herz noch für ihn übrig geblieben sein mochte. Meine Schwester Sun-Ok hatte sich aus irgendeinem Grund seit einem Monat nicht mehr blicken lassen. Meine Mutter war vor kurzem nach Seoul gefahren und sagte, der Boutiqueladen habe zweimal im Monat einen Ruhetag. Aber meine Schwester denke nicht daran, nach Hause zu kommen, und verbringe den ganzen Tag draußen und komme sehr spät zurück. Außerdem habe meine Tante gesagt, daß schon viele Männer, mehr als drei oder vier hatte sie selbst am Telefon gehabt, meine Schwester angerufen hätten. So klingele das Telefon im Boutiqueladen den ganzen Tag fast nur für meine Schwester. Meine Tante, die sich so derb wie meine Mutter ausdrückte, mußte meine Mutter mit einer Flut von Schimpfwörtern für meine Schwester überschüttet haben. So kam meine Mutter zurück, ziemlich geladen deswegen, und ihre letzten Worte paßten genau zu dem klugen Kopf aus Wonmidong.

„Diese alte Schlampe, Sun-Ok, sie lebt so liederlich. Es wäre besser gewesen, sie Schauspielerin werden zu lassen. Ehrlich, sie ist ja schöner als die Schauspielerin Chang Mi-Hee, die jetzt so beliebt ist."

„Du bist verrückt, nicht wahr? Glaubst du denn, man ließe jemanden einfach so Schauspielerin werden? Rede keinen Quatsch!" pflegte mein Vater grob zu erwidern, doch dabei lachte er immer. Sein Lachen zeigte, daß er es gar nicht schlimm fand, in seiner Familie mit so vielen Töchtern eine zu haben, die mit ihrer Schönheit Geld verdiente.

„Die Leute aus Seoul haben ja Kennerblick. Wenn Sun-Ok nach Myongdong geht, sagte sie, folgen ihr Leute und sagen, daß sie Schauspielerin werden solle. Manchmal findet sie es direkt lästig, so schön zu sein."

Ach, meine Mutter. Manchmal flunkerte sie der Frau des Maklers so ohne weiteres etwas vor. Dann prahlte auch die Frau des Maklers über ihre Tochter, in dem festen Glauben, auch sie müsse mit ihren Vorzügen nicht hinter dem Berg halten.

„Unsere Dong-Ah ist jetzt sehr damit beschäftigt, Klavierspielen zu lernen und auch im Blumenstecken Unterrichtsstunden zu nehmen. Heutzutage sind solche Dinge als Vorbereitung für eine zukünftige Braut unentbehrlich, sagt man."

Was meine Mutter sagte, sowieso, aber auch was die Frau des Maklers sagte, war eine Beleidigung für meine Ohren. Warum? Weil, wenn ihre Tochter nämlich den Arbeiter des Handwerkers heiraten würde, sie dann nicht einmal die Möglichkeit hätte, auch nur ein einziges Gänseblümchen zu stecken, geschweige denn, ein Klavier zu besitzen. Manchmal sind die Erwachsenen einfach zu dumm. Genau so dumm war auch das Gerede über den Vertreter Kim nach jener Geschichte.

„Der Vertreter Kim hat wirklich ein gutes Herz. Vorgestern hat er wohl den jungen Mongdal mit einer Dose Pfirsiche besucht. Er war sehr besorgt um ihn. Jedenfalls ist er wirklich ein guter Mensch, seht doch nur, wie sehr er sich um so einen Verrückten kümmert."

Herr Chu vom Tapetengeschäft sagte das zu Herrn Eum vom Fotoladen Hengbok. Herr Eum behandelte Herrn Chu immer höflich, ganz wie einen älteren Bruder, denn er war ja wirklich drei Jahre älter als er, und so stimmte er ihm nickend zu. Das mitanzusehen ließ mir das Herz fast zerspringen. Aber es wunderte mich doch irgendwie, daß ich nicht über alles hätte offen sprechen können, was in jener Nacht passiert war. Und wenn dem so war, war ich vielleicht die einzige von allen, die ein wirklich gutes Herz hatte.

Eigentlich wollte ich erzählen, wie sich Herr Mongdal erholt hat, aber ich bin schon wieder vom Thema abgekommen. Wirklich, Herr Mongdal war ein sehr merkwürdiger Mensch. Es mußte kurz nach Mittag gewesen sein. Denn So-Ra, die nachmittags Unterricht hatte, lief gerade eilig heim, um danach in die Schule zu gehen. Ich war auch auf dem Heimweg, blickte zufällig zum Supermarkt Hyongche hin und sah dort Herrn Mongdal. Er war, in Schweiß gebadet, gerade dabei, die Getränkekisten ordentlich aufzustapeln. Er war grün und blau geschlagen worden und zehn Tage lang im Bett geblieben. Deswegen war sein Gesicht so blaß, daß man es nicht ohne Mitleid ansehen konnte. Aber ich weiß nicht warum, doch er lächelte sogar und war fleißig bei der Arbeit, die Kisten zu tragen. Ausgerechnet im Laden des Vertreter Kims. Ich konnte es einfach nicht glauben, aber das war bestimmt Herr Mongdal. Na, so was! Er konnte kein normaler Mensch sein. Ein bißchen verrückt war er schon, trotzdem kann es doch nicht wahr sein, so dachte ich, daß er so etwas tun konnte. Es sei denn, er hätte vergessen, wie sich der Vertreter Kim in jener Nacht verhalten hatte.

Hatte er wirklich alles vergessen? Konnte es nicht sein, daß er in jener

Nacht irgendwo anders schlimm verletzt worden war und daß dadurch gerade die Erinnerung daran, wie ihn der Vertreter Kim fortgejagt hatte, ganz ausgelöscht wurde? Das wäre nicht unmöglich. Im Fernsehprogramm wurde einmal ein Drama gespielt über jemanden, der sein Gedächtnis verloren hatte und nicht einmal seinen Sohn erkannte. Bei solchen Phantasien gab es kein Kind, das mich darin übertroffen hätte. Mein Kopf war voll wie ein Sandbeutel von allen möglichen wunderlichen Phantasien. Ich bin nicht die Tochter eines Müllmanns, sondern die ausgesetzte Tochter einer reichen Familie - mit solch kindischen Phantastereien gab ich mich schon längst nicht mehr ab, schon seit einem Jahr nicht mehr, wenn nicht länger. Meine jetzigen Phantasien spielten sich ab auf der Ebene der Liebe zwischen einem Vater, der kein Mensch, sondern ein außerirdisches Wesen war, und einer menschlichen Mutter; eine etwas anspruchsvolle Phantasie. Wie dem auch sei, Herr Mongdal wurde aufgrund meiner regen Phantasie zum Patienten bestimmt, der unter Gedächtnisverlust leidet. Es blieb mir nur übrig, das nachzuprüfen. Ich hielt mich nicht lange damit auf. Sogleich ging ich zu Herrn Mongdal. Er saß auf dem Stuhl unter dem Sonnenschirm, nachdem er im Laden des Vertreter Kims geholfen hatte, und las etwas. Bestimmt eines der Papierstücke, die in großer Menge in seiner Tasche steckten. Kein normaler Geist, dazu noch ausgesetzt der Krankheit des Gedächtnisverlustes, trotzdem las er immer noch Gedichte. Das war einfach bemitleidenswert.

„Wieder ein Gedicht?"

„Ja, ein trauriges Gedicht, ein sehr trauriges..."

Herr Mongdal hob sein blaßes Gesicht und lächelte glücklich. Er hatte doch gesagt, es sei ein trauriges Gedicht, aber dann lächeln! Es war kaum zu glauben. Ich runzelte die Stirn und setzte mich neben ihn. Und ich fragte ganz leise.

„Sind Sie wieder gesund?"

„Ja, ich habe im Bett die Gedichte gelesen und wurde gleich gesund."

Gleich? Was zum Teufel sollte dieses gleich. Er waren doch zehn Tage gewesen. Sein schlechter geistiger Zustand enttäuschte mich wieder einmal.

„In dieser Nacht damals habe ich hier gesessen. Ich habe alles gesehen."

„Was?"

„Wie der Vertreter Kim Sie weggejagt hat."

Augenblicklich sah mich Herr Mongdal mit einem ernsten Gesichtsausdruck an. Das war kein zerstreuter Blick wie früher, sondern es waren schwarze, funkelnde Augen. Aber es dauerte nur einen Augenblick. Vielleicht wollte er mir nicht wieder ins Gesicht sehen und tat so, als versuche er, die harten Wundschorfe von seinen Armen zu entfernen. Ich rückte noch näher an ihn heran

„Vertreter Kim ist ein gemeiner Kerl, nicht wahr?"

Herr Mongdal fummelte an seinem Arm herum und erwiderte, „Nein." Aber ich gab nicht auf und fragte hartnäckig weiter.

„Ist doch wahr, oder?"

Aber Herr Mongdal tat so, als hörte er es gar nicht und kratzte sich weiter am Arm. Was für ein Dummkopf. Er litt also gar nicht unter Gedächtnisverlust. Ich wurde immer ärgerlicher. Nicht zum Aushalten! Aber Herr Mongdal verstellte sich immer noch.

„Es gibt ein trauriges Gedicht. Willst du es hören?"

Ach, wer möchte denn ein solch sinnloses Gedicht hören. Ich spitzte den Mund, aber Herr Mongdal stellte sich gleichgültig und rezitierte schließlich sein Gedicht. „Die Silberpappel, die mit dürren Zweigen den Wind in sich und in ihr Herz aufnimmt, gleicht dem verfolgten Märtyrer. Sieht man sie aber noch einmal an, ist die Pappel dem Märtyrer ähnlich, der seine Verfolgung wünscht..."

„Du kannst doch lesen? Hier, nimm das. Ich habe es schon auswendig gelernt."

Herr Mongdal überreichte mir ein zerknittertes Papier. Und er sagte, es sei ein sehr trauriges Gedicht. Das Gedicht wirkte eigentlich gar nicht sehr traurig, aber trotzdem kamen mir fast die Tränen. Was für ein Dummkopf, er wußte also alles. Oh, Sie Dummkopf, Herr Mongdal...

Eine wandernde Ratte

Gewöhnlich begann die Sommernacht in Wonmidong um neun Uhr. Eben um diese Zeit wurde die Bank aus Bambus in die Mitte zwischen das Tapetengeschäft Wonmi und den Fotoladen Hengbok geschoben und das Go-Spiel begann. Die Bank aus Bambus wurde tagsüber immer wieder in den Schatten gestellt und war ein neues Werk Herrn Chus vom Tapetengeschäft. Das war seine Lieblingsbeschäftigung, zuerst etwas auseinanderzunehmen und es dann zu einem feinen Gegenstand wieder zusammenzufügen, wobei er beim Wiederherstellen doppelt so lange brauchte wie beim Auseinandernehmen. Diese Bank aus Bambus war durch drei- oder viermaliges Auseinandernehmen und Wiederzusammenfügen entstanden. Aber sie wackelte immer noch, weil ein Bein ein bißchen zu kurz war. Weder am Tag noch in der Nacht gab es auch nur einen Moment, in dem diese Bank leer war, denn es saßen immer Dorfbewohner darauf und unterhielten sich. Deswegen wartete Herr Chu auf eine günstige Gelegenheit. 'Irgendwann muß ich unbedingt alle vier Beine abnehmen und wieder anbringen', dachte er.

Das Go-Spielbrett brauchte kein anderes Licht als den Schein vom Schaufenster des Fotoladens. In der Mitte des Schaufensters hingen zwei Fotos vom ersten Geburtstag, auf denen je ein kleiner Penis zu sehen war und ein überlebensgroßes Foto vom Oberkörper einer Frau, deren Brüste tief entblößt und unter einer gelben Bluse zu sehen waren. Da waren auch die Porträtsfotos von den berühmten Schauspielern Nam, Kung-Won und Mun, Hee aus der Zeit ihrer höchsten Popularität. Diese Fotos hängen bis heute noch an demselben Ort und haben nicht einmal den Platz gewechselt. Und wenn jemand aus Wonmidong irgendein Gesicht beschreiben wollte, dann wurde es immer mit dem eckigen Kinn und dem schönen Mund von Nam, Kung-Won und mit den großen und schönen Augen und dem scheuen Lächeln von Mun, Hee verglichen.

Das Go-Spiel zwischen Herrn Chu vom Tapetengeschäft und Herrn Eum vom Fotoladen wurde langweilig, weil man die Züge oft zurücknahm, und daher mischte sich selten jemand ein. Manchmal wagten es Herr Park vom Maklerbüro Kangnam oder der Vertreter Kim vom Supermarkt Hyongche als neue Gegner mitzuspielen. Aber wenn sie dort zu viert zusammenkamen, wurde das Spiel gleich zu einem Trinkgelage und zu einer passenden Gelegenheit zum Plaudern. Zuerst brachte der Vertreter Kim einen Plastikcontainer Makgoli mit, den er am nächsten Tag sowieso nicht mehr verkaufen würde, und ließ alle den Geschmack des Alkohols kosten. Dann wurde alles schnell geregelt. Sowohl Herr Chu als auch Herr Eum waren keine Menschen, die mit Geld für Makgoli geizten. Zudem waren alle möglichen alkoholischen Getränke einen Katzensprung entfernt, im Supermarkt Hyongche, zu haben. Gewöhnlich sagte man, man wolle nur ein Glas trinken. Aber dann begann Herr Park seine Geschichte zu erzählen, die von seinen Kriegserlebnissen am 25. 6. 1953 handelte. Er war bei einer Schlacht am Fluß Nakdong eingesetzt worden, und wenn er seine Schußwunde auf dem Oberschenkel zeigte und mit seiner Geschichte anfangen wollte, verschwand bereits ein Dö Makgoli im Nu.

Dann schloß sich die schmerzliche Liebesgeschichte Herrn Eums mit einer Frau aus Saigon an; er hatte am Vietnamkrieg teilgenommen. Dann mußte man bis zur Grenze des Erträglichen anhören, wie oft die ehemalige Sekretärin aus Saigon mit Namen Dduang Ddi oder Dduang Wi wegen seines Liedes „Ich liebe dich" geweint hatte. Während das Lieblingslied Herrn Parks, der über fünfzig war, „Lucky Seoul" war, war das Herrn Eums "Ich liebe dich". Und Herr Chu, der sich als einfacher Arbeiter ausgab, meinte, heutzutage gäbe es nur ein Lied, das man hören könne, nämlich „Ich weine und bereue". Der jüngste der vier Männer, der Vertreter Kim, war unterdessen sehr damit beschäftigt, von der Bank zu seinem Laden hin- und herzulaufen, um festzustellen, wieviel Makgoli gebracht wurde und wem er auf die Rechnung zu setzen sei. Er hatte zwar nur einen ganz kleinen Laden, nannte ihn aber „Supermarkt". Er war siebenundzwanzig und noch ledig, aber weil er der Vertreter vom Bezirk 23, Unterbezirk 3 war, wurde er einfach Vertreter Kim genannt.

Nun, es wurde wieder mal eine von diesen Nächten. Genau diese vier Männer waren auf der Bank zusammengekommen. Kurz zuvor waren die Kinder, die um die Bank herumgestanden und Lärm gemacht hatten, alle nach Hause geschleppt worden. Es war bereits zehn Uhr vorbei, und dann viel später begann das Trinkgelage. Diesmal schien es sich in größerem Stil zu entwickeln, denn Herr Chu vom Tapetengeschäft hatte einen Schnaps von vier Hob mitgebracht. Man wußte nicht, wer zuerst darauf gekommen war, jedenfalls begann man von „diesem Kerl" zu sprechen, als die Schnapsflasche halb leer war.

„Unter dem Gipfel Changdai gibt es eine Höhle und dort lebt er, sagt man."

Herr Park tat so, als ob es sicher sei. Der Gipfel Changdai war der höchste Gipfel des Berges Wonmi.

„Was die immer sagen, Bruder. Wie kann man es denn in der Höhle auch nur einzigen Tag aushalten?"

Herr Chu vom Tapetengeschäft schien die Worte Herrn Parks, den er wie seinen älteren Bruder behandelte, unsinnig zu finden, und hob beschwichtigend die Hände. Er behauptete, daß der Kerl schon längst auf der Reise gestorben und in einem Gemeindefriedhof begraben sei. Aber Herr Eum wiederum war anderer Meinung.

„Man kann doch überall leben. Letztes Mal sagte ein Kunde zu mir, es gäbe jemanden, der diesen Kerl in einer verlassenen Strohhütte auf dem Weg nach Yukkok gesehen hätte. Wir kennen dieses Dorf nicht genau, vielleicht lebt er dort versteckt."

Jetzt schüttelte der Vertreter Kim den Kopf. In Bezug auf Gerüchte war er ein Kenner.

„Wir haben um diese Zeit, genau vor einem Jahr, im Berg Wonmi überall gesucht. Es war niemand da. Leute, die dort ihre Zelte aufgeschlagen hatten, sagten auch, sie hätten so einen Kerl nicht gesehen. Ich glaube, er ist schon fort."

Jeder der vier Männer wollte beweisen, daß er recht hatte, und kippte sich ein Glas Schnaps herunter, wobei jeder die Stirn kräuselte.

„Bruder, wissen Sie, warum dieser Kerl auf den Berg ging? Man sagte, er habe in einigermaßen guten Verhältnissen gelebt und habe sogar zwei Kinder."

Es schien, als verstehe Herr Chu das Ganze nicht. Es gab niemanden, der besser davon informiert war, was im Dorf geschah als Herr Park.

„Dieser Kerl war eigentlich ein Angestellter bei einer Firma in Seoul und hat sogar die Universität besucht. Man sagt, daß er ein gutaussehender Mann war. Vermutlich ist er aber nicht mit Nam, Kung-Won zu vergleichen."

Nur das war es, was Herr Park mit Überzeugung sagen konnte. Natürlich gab es so viele Dinge, die man noch hinzufügen konnte. Um das alles aufzählen zu können, würde man mehr als einen Tag brauchen. Aber etwas Sicheres gab es nicht. Man vermutete,daß er aufgrund seiner

Entlassung so geworden sei oder die Beziehung zu seiner Frau schlecht lief, und deswegen sei es dazu gekommen, daß man glaubte, seine Frau habe ihn dazu getrieben. Und ein anderer vermutete, daß er über seine Verhältnisse gelebt habe und wegen seiner Schulden in diese Situation geraten sei. Wieder ein anderer behauptete, er hätte sich irgendeines schweren Verbrechens schuldig gemacht und sei daher auf der Flucht.

„Im Berg Wonmi leben die Geister der gefallenen Soldaten des Krieges Imchin, sagt man. Diese Geister töten jährlich einen Menschen und essen ihn. Auch in diesem Jahr starb eine alte Frau auf dem Weg herunter von der Quelle. Es ist wahr. Es müssen die Geister sein."

Die Ideen Herrn Eums waren immer so exzentrisch.

„Mann, du bist aber einer, man weiß ja nie, wann alten Menschen etwas Schlimmes passieren wird. Ach so, mir fällt gerade ein, man sagt, daß er zuerst zum...mmh...was war das? Ja, richtig, er war zum Laufen auf den Berg Wonmi gegangen. Und er wollte auch noch nebenbei Trinkwasser von der Quelle holen."

Die vier Männer blickten gleichzeitig, wie abgesprochen, den Berg hinauf. Die Kontur des schwarzen Bergrückens kam unter dem Himmel zum Vorschein, und die Gestalt des üppigen Waldes war irgendwie so schauderhaft, daß die Leute aus Wonmidong eine Gänsehaut bekamen.

Morgens duftete der Berg. Es dauerte genau einen Monat, bis er sich an diesen Duft gewöhnt hatte. Als er zum ersten Mal auf den Berg gestiegen war, wurde ihm übel von dem Fischgeruch. Solange er den Pfad entlang ging, war der Geruch des Waldes noch einigermaßen auszuhalten gewesen. Aber als er einen Gipfel bestiegen und in einen üppigen Wald stieß, verwandelte sich der Geruch in einen schrecklichen Gestank. Im Wald war es kalt und so feucht, daß einem das Wasser vom Gesicht tropfte. Es war, als könnte man sehen, wie jeder Baum atmete.

Es war merkwürdig. Eines Abends war er auf diesen Berg gestiegen, weil der Duft der Akazien, der durch das Fenster zog, ganz herrlich war. In der Nacht, wenn er das Licht auslöschte und sich hinlegte, empfand er es so, als ob die Akazienblumen haufenweise in der Luft schwebten. Und dieses Gefühl ließ ihn nicht mehr los. „Ich werde mal auf den Berg steigen." Es war nur ein Katzensprung bis zum Berg, aber bis jetzt war er nicht ein einziges Mal auf den Berg gestiegen. Nachdem er sich einmal entschieden hatte, auf den Berg zu steigen, war ihm so, als hätte er etwas Wichtiges wiedergefunden, was er lange Zeit vergessen hatte.

Der Geruch, den der Berg ausströmte, war am Tag anders als am Abend. Das war ihm aufgefallen. Nicht nur der Geruch, sondern auch die Farbe veränderte sich ständig. Das klare Rauschen der Blätter, die in dem aufsteigenden morgendlichen Nebel leicht erzitterten, wurde am Tag in ein sanftes Brausen verwandelt. Jedesmal nahmen ihn die hundert und tausend Gesichter des Berges gefangen.

Seit letzter Woche war er fast zweimal täglich auf den Berg gestiegen. Es genügte ihm nicht, nur frühmorgens von der Quelle Wasser mit einem Eimer zu holen. Früh nach Hause zu kommen und im Abendsonnenschein auf den Berg zu steigen, machte ihm ebenfalls Freude. Das Abenddunkel legte sich zuerst auf die östliche Seite des Berges. Der Gipfel Changdai, auf dem eine Fahne mit der Aufschrift „Vorsicht, Waldbrand!" wehte, wurde zuletzt in Dunkelheit getaucht. Er hatte einmal mit dem Gedanken gespielt, im dunklen Wald zu Fuß dorthin zu gehen, wo eigentlich kein Weg mehr war, und dann von dort wieder den Berg hinabzusteigen. Wenn man von dieser Seite des Gipfels Changdai aus den Weg einschlägt, kommt man immer nach Wonmidong. Wonmidong war ein breiter Gürtel, der den Berg Wonmi umgab.

Der Berg stand schon lange, aber erst jetzt begegnete er ihm. Die Tage waren vorbei, an denen er jeden Morgen, weil er auf seinen süßen Schlaf verzichten mußte, für ein paar Minuten die Stirn runzelte. Der Wecker war auf fünf Uhr gestellt, aber er wachte noch früher auf. In zehn Minuten schaffte er es, die im Schlaf liegende Straße zu überqueren und den Pfad vor dem Wald zu erreichen. Viele Menschen gingen vorbei, jeder mit einem Wassereimer und einem Handtuch mit eingestickten Lettern um den Hals. Wenn auch selten, gab es ab und zu doch den einen oder anderen, der schon vom Berge herabstieg, mit seinem Wassereimer, über dem weißer Wasserdampf zu sehen war.

Es gab dort nicht nur eine Quelle. Wenn man auf den Berggrat stieg und die Mitte erreichte, war dort eine Quelle, der man aus zwei Röhren Wasser entnehmen und in den Eimer einlassen konnte und an der die Leute aus Wonmidong zusammenkamen. Aber er kannte noch eine andere Quelle. Wenn man auf den Grat stieg und den Gipfel erreichte, kam man zum hinteren Berghang. Von da aus begann auf der linken Seite ein Bergpfad hinauf zum Gipfel Changdai, und auf der rechten Seite gab es einen weiteren Pfad, den meistens die Leute aus der Innenstadt benutzten. An dem Hang breitete sich ein ausgedehnter Wald aus. Man brauchte bei schnellem Schritt, nur um durch den Wald zu stoßen, mindestens fünfzehn Minuten. Hatte man den Wald durchquert, tauchte eine andere Quelle auf. Ungefähr zehn alte Männer hatten eine „Gemeinschaft für Bergwasser" gebildet und beaufsichtigten diese Quelle. Daher war die Wasserader kräftig, und die Umgebung war ganz sauber.

Er hatte nur deswegen das Wasser von dieser Gruppe geholt, um den Spaß, den Wald zu durchqueren, zu genießen. Wenn er durch den Wald stieß, nachdem er den Eimer mit Wasser gefüllt hatte, flog manchmal eine Elster hinter ihm auf. Manchmal hörte er den Kuckuck rufen. Wieder auf dem Bergrücken stehend, die Hosen feucht vom Tau, sah er auf die Welt hinunter; wie konnte man einen solchen Anblick beschreiben. Obwohl die Sonne wieder aufgestiegen war und auf die Stadt herabschien, roch die Stadt, mit schmutzigen Dreckflecken und ohne Ordnung zusammengefügt, nach klebrigem Schweiß. Es war, als rieche man den durchdringenden Gestank eines Zwingers. Es war ganz anders als in dem Wald, den er eben durchquert hatte. Er fühlte sich wie ein Tier, das in diesen Zwinger zurückkriechen mußte. Am liebsten würde er sich umdrehen und wieder in den Wald zurückgehen. Das wäre ja möglich. Wenn er seine Arbeit aufgäbe oder wenn er später am Arbeitsplatz erscheinen würde, könnte er schon eine Zeitlang im Wald umherstreifen.

Er war nicht so dumm, eine Verspätung in Kauf zu nehmen und so einen Unsinn zu wagen. Er hatte immerhin drei Familienmitglieder. Seine fünfjährige, älteste Tochter bettelte ihn um ein Klavier an. Seine Frau war auf ihrer Seite und meinte, daß ihre Tochter schon wegen ihrer langen Finger genügend Talent dafür hatte. Daher war sie dafür, dem Kind ein Klavier zu beschaffen. Für ein zukünftiges, eigenes Haus zahlte seine Frau sogar dreimal im Monat Geld bei drei verschiedenen Vereinen für gegenseitige Finanzierung ein. Bei dem „Verein für gegenseitige Finanzierung" mußte sie noch ein Jahr lang einzahlen. Wenn er die Zahlungen bis zum Ende gewährleisten und seine Tochter mit den langen Fingern recht gut erziehen wollte, durfte er sich keine Dummheiten leisten.

„Hey, Vertreter Kim, bring noch einen Kleinen mit."

Die Hitze des Tages, die einem das Gefühl gab, wie Bohnen in der Sonne gebraten zu werden, ließ allmählich nach, so daß man erst jetzt den Alkohol so richtig genießen konnte. Als der Vertreter Kim die leere Flasche schüttelte und sich erhob, sagte Herr Eum: "Von nun an setz es mir auf die Rechnung. Ich lade alle ein, denn ich habe gewonnen."

„Laß das. Ich habe schon gesagt, daß ich mit meinem Geschäft sowieso nichts verdient habe. Ich habe schon bezahlt und werde das auch noch bezahlen."

Herr Chu schrie laut und rieb sich seine haarige Wade. Herr Park, der kurz vorher weggegangen war, um so etwas wie gebratene Sardinen zu besorgen, kam mit einem Tablett zurück, auf dem ein paar Gurken und eine Schale mit Paprikapaste waren.

„Haben Sie das gehört? Als dieser Kerl unermüdlich den Berg bestieg, sah man in der Nacht, daß der ganze Berg Wonmi in milchigem Licht strahlte. Die Anwohner unter dem Berge sagten, das geschah nicht nur ein- oder zweimal."

„Ja, richtig, Herr Eum. So dunkel auch der Berg ist, er beginnt tatsächlich milchweiß zu erleuchten. In einer solchen Nacht, sagt man, verbringt bestimmt dieser Kerl die Nacht auf dem Berg."

„Red doch keinen Unsinn. Das soll man glauben? Da war Vollmond, und man hat einfach übertrieben. Meint ihr nicht auch?"

Herr Chu war überzeugt, daß jenes Licht vom Vollmond komme. Aber der Vertreter Kim wandte ein, das Licht sei unabhängig vom Mond, auch bei Neumond sei es so gewesen - ganz so als hätte er es selbst gesehen.

Nach den Worten des Anwohners, der behauptet hatte, er habe das Licht auf dem Berge zuerst gesehen, hatte der Berg von dem Augenblick an begonnen, feines Licht auszustrahlen, in dem jener Kerl auf den Berg gegangen war. Seine Frau blickte auf den in Licht gehüllten Berg und wartete, bis ihr Mann vom Berge herunterstieg. Es wurde auch gesagt, daß er seinen Mund nicht aufmachen wollte, seit er die Nacht auf dem Berg zu verbringen pflegte. Als er eines frühen Morgens vom Berge wieder herunterstieg, war sein Mund verschlossen und blieb es. Und aus seinen eingefallenen Augen, die ständig um sich zu blicken schienen, funkelte es wie Feuer, sagte man.

„Obwohl er nicht stumm war, blieb sein Mund verschlossen, so daß seine Familie verrückt wurde. Schon damals muß er mit seiner Arbeit Schluß gemacht haben, vermute ich. Man sagte, wenn er morgens auf den Berg stieg, kam er in der Nacht nach Hause, und wenn er in der Nacht auf den Berg stieg, kam er am nächsten Morgen zurück. Wie eindringlich man ihn auch fragte, was mit ihm los sei, er wollte den Mund nicht aufmachen. Wenn dem so war, kann man sich doch leicht vorstellen, daß seine Familie davon fast verrückt wurde."

Herr Park schüttelte den Kopf.

„Er muß ein Verrückter sein! Er muß einfach verrückt gewesen sein."

Der Vertreter Kim tat so, als hätte er etwas Wichtiges herausgefunden, und machte viel Aufhebens. Da schnitt Herr Eum ihm freundlich das Wort ab.

„Nein, er war nicht verrückt. Du kannst es nicht wissen, weil du noch zu jung bist. Aber es gibt manchmal solche Menschen. Seit dreißig Jahren bin ich Fotograf. So bin ich in der Lage, die Menschen ein bißchen kennenzulernen, wenn ich den Kopf unter das Tuch stecke und durch die Linse die Gesichter der Kunden beobachte. Aber, weißt du was? Es gibt in dieser Welt eben verschiedene Typen."

„Jawohl. Das geht mir auch so. Wenn ich jemanden sehe, dann weiß ich gleich, ob er bezahlen kann."

„Bruder, bei Ihnen ist es auch so, nicht wahr? Es gibt doch Menschen, die äußerlich wie Verrückte aussehen, aber in Wirklichkeit völlig normal sind. Aber es gibt eben auch solche, die einen feinen Anzug tragen, aber genau besehen, nicht normalen Geistes sind."

„Was hat das mit dem Kerl zu tun, der sich auf dem Berg versteckt hat?"

„Ach, du meine Güte. Kannst du es dir nicht denken? Hat Herr Eum denn etwas so Unmögliches gesagt? Er meint nur, daß man es in dieser harten Welt leichter hat, wenn man sich verrückt stellt."

Weil Herr Park direkt widersprochen hatte, geriet Herr Chu plötzlich in Wut. Er war schon durchs Trinken angeheitert, und auch aus seiner Ausdrucksweise war der Einfluß des Alkohols herauszuhören.

„Bruder Park, reden Sie nicht so. Wer würde einem dann zu essen geben, wenn man sich verrückt stellt? So etwas kann nur jemand machen, der genug zu essen hat und wie ein Gott lebt. Kann man denn in einer Welt, wo man anderen das Brot wegschnappt, so was Verrücktes wagen?"

„Na ja, du hast recht. Wie sehr man sich auch verrückt stellt, man sollte es doch nicht soweit treiben, daß man dadurch Schaden nimmt."

Das entsprach ganz Herrn Parks Art. Wenn etwas passierte, was ihm schaden könnte, würde er sogar jäh aus dem Schlaf erwachen und schnell hinlaufen, um die Sache zu klären. Er wollte keinen Schaden erleiden. Also war es seine Maxime, selbst auch niemandem zu schaden.

„Wie hätte sie auch ihren Mann ertragen können? Wenn er Tag und Nacht auf den Berg hetzt? Meine Frau hätte an ihrer Stelle bestimmt etwas Schlimmeres gemacht."

Eum Chi, Eum Sun, und Eum Mi, keine Söhne, nur drei Töchter hatte seine Frau hintereinander zur Welt gebracht. Aber Herr Eum war seiner Frau treu und half ihr aufopferungsvoll beim Kochen und Putzen.

„Na, was blieb ihr übrig? Zuerst wird sie auch geweint und ihn angefleht haben. Man sagt, daß sie sich viel Mühe gegeben habe, um ihren Mann wieder zur Vernunft zu bringen. Sie habe ihn in den Urlaub geschickt und ein andermal seine Freunde zu Rat gezogen. Aber trotzdem sei er weiter auf den Berg gelaufen."

„Hehe, Bruder Park. Ist er denn ein Mensch? Es genügt eben nicht, ihn einmal kräftig zu schlagen. Man sollte einen solchen Typen, der sowieso nichts taugt, nicht anflehen."

Weil Herr Chu wütend wurde und auf die Bank schlug, rollte eine leere Flasche herunter. Herr Eum sagte, man sollte sich nicht aufregen und füllte Herrn Chus Glas so voll, daß es überlief. Und der Vertreter Kim füllte höflich mit beiden Händen Herrn Parks Glas. „Mach es doch ganz voll. Mach doch die Flasche richtig leer." Sie sahen auf die leere Flasche, und alle redeten dummes Zeug. Der Vertreter Kim tat so, als hätte er schon damit gerechnet, und hob die neue Flasche empor, die er neben ein Bein der Bank gestellt hatte, und lachte fröhlich.

Wenn man den ordentlich gepflegten Pfad bestieg, konnte man es nicht sehen. Aber wenn man am Weingarten im unteren Teil des Ortes vorbei und durch die Reisfelder auf den Berg ging, sah man einige Gräber an dem sonnigen Platz. Sie waren gut gepflegt, und dort kamen sogar im Winter die älteren Leute zusammen, die bei der Quelle waren, um sich unter der Sonne zu wärmen. Das Dorf war von dort aus mit einigen Schritten zu erreichen. So hatte er sich oft beim zögernden Abstieg auf die

Wiese neben die Gräber gesetzt und dort die Zeit verbracht. Seit er nicht mehr zur Quelle ging, um Wasser zu holen, kam er noch öfter hierher, um seine Zeit zu verbringen.

Die Leute, die zur Quelle gingen, benutzten alle den Pfad. Als die Stadt im Sommer begann, die Wasserversorgung einzuschränken, wimmelte es auf dem Quellwasserplatz von Menschen wie auf dem Marktplatz. Man mußte länger als zwei Stunden lang in der Schlange stehen, um einen Eimer voll Wasser zu bekommen. Er wußte nicht, woher all diese Menschen kamen, von früh morgens in der Dämmerung bis abends, wenn die Dunkelheit begann, allmählich bedeckten sie alles, und sie hörten mit dieser Parade nicht auf. Natürlich gab er das mit dem Quellwasser auf. Er hatte schon längst das Gefühl, daß ihm dieser Eimer Quellwasser lästig war. Einmal hatte er das Wasser, das er am Morgen abgefüllt hatte, seiner Frau ausgehändigt, die gerade das Abendessen vom Tisch räumte, und sie war nur ärgerlich gewesen. Wenn es nur wegen dieses kümmerlichen Quellwassers wäre, hätte der Weg nicht gelohnt. Wie seine Frau schon sagte, war er aber gar nicht wegen des Quellwassers auf den Berg gestiegen.

Er fühlte sich wie ein Herumtreiber. Das Problem war, daß er sich nicht entscheiden konnte, den richtigen Weg einzuschlagen. Üppiger Wald, über die kurzen Gräser wehender Wind, die friedlich flatternden Vögel. Wenn das alles nicht passiert wäre, hätte ihn möglicherweise noch Schlimmeres erwartet. Was es sein könnte, konnte er nicht genau sagen. Wenn er unter den sich drängenden Menschen war, kam es ihm vor, als ersticke er am Tiergeruch. Im Gedränge der Betriebskantine und auf der Straße, wo es von Menschen wimmelte, wurde ihm oft übel. Saß er im Büro und rief ihn jemand laut, so ärgerte ihn das auch. Manchmal gab es sogar Momente, in denen nur eine Kleinigkeit in ihm plötzlich starke feindselige Gefühle weckte und er nicht wußte, wie er damit umgehen sollte.

Es war auch kein Zufall, was er vor kurzem beim Heimweg in der U-Bahn erlebt hatte. In der U-Bahn war es zu eng, kein Platz für die Füße, sie sah wie eine sichere Kiste aus Stahl aus, in der man Tiere gefangen hält. Die dort verborgene Tiernatur war ihm wohlbekannt.

An diesem Tag war ihm, als raubte es ihm den Atem, schon ab der Station Namyoung, wo die Bahn oberirdisch wurde. Es war sehr schwül und windstill. In der von den vielen Menschen überfüllten U-Bahn war es wie in der Sauna. Bei jeder Station drängten sich Menschen herein, und in der Station Yongdungpo schien die Bahn sprichwörtlich zu platzen. So wurde eine harmlose Papierrolle, eine Zeitung, zur Waffe und schlug ihm gegen die Stirn. Auch er trat mit seinem Fuß jemand anderem auf den Fuß. Eine kleine Bewegung reichte aus, um mit der klebrigen Haut eines neben ihm stehenden Menschen oder mit dessen schweißverklebten Haaren in Berührung zu kommen. Der Ventilator, der nur die warme Luft umwälzte, war nutzlos und verstärkte nur die Hitze. In solchen Augenblicken mußte man schon bei irgendeiner Station aussteigen und kurz im Freien Luft holen. Das tat er oft.

Aber er stand zu weit vom Ausgang weg, als daß er durchkommen konnte, und verpaßte jedesmal die Chance, auszusteigen. Wie tief er auch einatmete, es kam nichts in seine Lunge. Es gab keinen Platz, wo er seine Arme hochheben konnte, um sich den Schweiß von der Stirn abzuwischen. Er versuchte mit stampfenden Füßen zum Ausgang hindurchzugehen, um eine Handvoll frische Luft zu bekommen, aber es war vergeblich. Jedesmal, wenn er sich wie ein Regenwurm wand, stachen ihm die feindseligen Blicke wie Pfeile ins Auge. Wenn er sich noch mehr bewegen würde, würde er wohl von den Leuten gepackt und erwürgt werden. Angst ergriff ihn. Aber gleichzeitig erwachten in ihm heftige Aggressionen, am liebsten hätte er die ihn zerdrückende Menschenmasse hinwegfegen mögen. Der Zug fuhr bereits durch die Station Oryudong. Und eben in demselben Augenblick geschah es.

„Sprengen werde ich ihn! Ich werde diesen Zug sprengen!“

Zuerst war auch er erschrocken. Als ihm bewußt wurde, daß dieser Schrei aus seinem Munde herausgeplatzt war, schloß er ihn sofort. Die Fahrgäste, die sich wie eine Fessel gegenseitig zusammengeschnürt hatten, begannen murmelnd und mit rollenden Augen den Täter zu suchen, der da geschrien hatte. Die Menschenfesseln, die um ihn gelegt waren, lösten sich leicht. Wenn er gewollt hätte, hätte er die Hand heben und die klebrigen Haare aus dem Gesicht streichen können. Aber er tat es nicht.

Er hatte nichts gesprengt. Aber er fühlte irgendwie, daß in die Lungen, die fast erstickt wären, so etwas wie eine handvoll Linderung hineingeflossen war. Endlich kam der Zug in Buchon an. Wie eine Sturzwelle, wie mächtige Flutwellen strömten die Menschen zum Ausgang. Er wurde von diesen Wellen mitgerissen. Er blieb anonym. Niemand beobachtete ihn, und er gelangte hinaus.

Seit er auf das Quellwasser verzichtete, gehörte ihm der Berg Wonmi ganz. Er fand auch einen Weg an den Gräbern, an dem sonnigen Platz vorbei, von dem man auf einem von niemandem benutzten Waldpfad den Gipfel Changdai erreichen konnte. Mit vom Gebüsch aufgekratzten Armen, manchmal erschrocken von dem dumpfen Geräusch, wenn eine Tannenlaus unter seinen Füßen zerdrückt wurde, genoß er die Lust, auf dem Berg herumzuirren, und er war seit ein paar Tagen nicht mehr zur Arbeit gegangen. Auf seinem Rücken trug er, seit wann wußte er nicht, einen kleinen Rucksack. In diesem Rucksack waren ein Handtuch, warme Kleidung, und ein Taschenmesser. Manchmal steckte er auch Brot oder Zigaretten oder Kekse für die Vögel im Wald ein.

Die Erde im Wald, noch von keinem Menschen berührt, war voll und weich. Wenn er sah, wie die Blätter, die schon seit ein paar hundert Jahren herabgefallen und aufgeschichtet waren, zur Nahrung für den Wald wurden und sich darauf wieder neue Blätter legten, wurden ihm sogar die Insekten vertraut, die auf der Erde krochen. Wenn er eine Raupe sah, die sich an einem dünnen Faden herunterhängen ließ und in der Luft hing, schnitt er mit dem Finger nur den Faden ab. Aber er paßte auf, daß er die hinabgefallene Raupe nicht zerdrückte.

Wenn er Hunger hatte, kaute er Brot, und wenn er Durst hatte, brauchte er nur zum Quellwasser zu gehen und ein Glas Wasser zu trinken. Wenn der Tag auch noch so heiß war, so kam er doch nie ins Schwitzen, wenn er auf dem Berg war. Wenn er schläfrig wurde, suchte er den Schatten unter den Bäumen auf, schob den Rucksack unter den Kopf und schlief ein.

Aber am Samstagnachmittag oder am Sonntag veränderte sich die Lage. Menschen, die gewürztes Fleisch zum Braten und ein Kochgerät bei sich hatten, kamen und zerstreuten sich in alle Richtungen, um für sich einen abgeschiedenen Ort zu suchen. Wenn es ein Liebespaar war, scheute es sich nicht, tief in den Wald zu dringen. Diese Menschenströme, summend wie ein Insektenschwarm, waren für ihn unerträglich. Um solche Tage zu vermeiden, bestieg er manchmal abends den Berg. Jede freie Bank war sein Bett. Wenn er nachts die Augen öffnete, sahen die freundlichen Sterne auf ihn herab. Und zwischen den Zweigen war die schwebende Mondsichel zu sehen. Wie dunkel es auch war, der Berg Wonmi nahm ihn immer sanft auf.

In jenen Tagen stand plötzlich ein Zelt auf einem freien Platz des Waldes, ein wenig abseits vom Quellwasserplatz. Zwei junge Männer waren die Besitzer des Zeltes. Sie hatten dort eine Wäscheleine aufgespannt, und um das Zelt herum lagen mehrere Haushaltsgeräte. Ein Feldtisch, Stühle und ein Eimer, dazu noch eine Waschschüssel; wenn sie diese ganzen Sachen mitgebracht hatten, so mußten sie wohl aus der näheren Umgebung aufgestiegen sein. Tagsüber ließen sie das Zelt leer stehen. Abends dann kamen sie zurück, wie nach Hause, und kochten Abendessen. Wenn er in der Nacht an dem Zelt vorbeiging, pflegten sie unter dem orangefarbenen Licht einer Laterne Gitarre zu spielen.

Sie waren ihm nicht unangenehm, aber er ging nicht näher ans Zelt heran. Das Gitarrenspiel, das er in tiefer Nacht auf der Bank liegend hörte, war ganz schön. Wie lange sie noch hier bleiben würden, ob sie bald diesen Ort verlassen würden, fragte er sich und machte sich Sorgen; vielleicht wegen des Gitarrenspiels? Es war eine Art Trost, daß es nicht nur ihn, sondern auch andere gab, die über den Berg wachten. Um sich ihr lebendiges Lachen und das Klimpern der Geschirre nicht entgehen zu lassen, strich er um das Zelt herum und vergoß sogar manchmal Tränen. Wenn er einen Lichtpunkt im dunklen Wald erblickte, weinte er oft ohne Grund.

Neben dem Zelt der jungen Männer wurde ab und zu für nur eine Nacht ein anderes Zelt aufgeschlagen. Meistens verbrachten dort ein junger Mann und eine junge Frau eine Nacht und gingen bald fort. Er fand eine lange Holzbank, die die beiden jungen Männer neulich mitgebracht hatten, und freute sich. Vorläufig würde das Zelt also nicht abgebaut werden. Wenn sie ihm in der U-Bahn oder an einer Ecke im Straßengedränge gegen den Arm stoßen oder auf den Fuß treten würden, würde er es ihnen nicht übel nehmen, solange sie, nur sie, in der tiefen Nacht bei ihm bleiben würden.

Wie brutal in Gruppen zusammengepferchte Menschen werden konnten, nur weil sie in einer Gruppe waren, wußte er nur zu genau.

Es war schon fast fünf Jahre her. Damals war er wegen einer einmonatigen Dienstreise in der Stadt Kwangchu, wo 1980 bei einem Massaker durch Regierungstruppen an Demonstranten und Unbeteiligten ca. 700 Menschen umkamen, gewesen. Im Mai jenes Jahres trug auch er eine Verletzung davon, keine geringere als die Bewohner jener Stadt. Es war keine äußerliche, sondern eine innere Wunde, die von außen nicht leicht zu erkennen war. Es war nicht nötig zu sagen, daß er sein Geschäft nicht ordentlich verrichten konnte. Er sah nur die erhobenen, scharfen Klauen vieler Tiere, die in Gruppen zusammen waren und Menschengesichter hatten. Die Tatsache, daß jeder von ihnen für sich allein ein normaler Mitmensch war, der sogar von einer schlichten Erzählung aus alter Zeit zu Tränen gerührt wurde, konnte er einfach nicht akzeptieren.

Es hatte vermutlich zu diesem Zeitpunkt begonnen. Wenn er sich unter vielen Menschen befand, klopfte sein Herz schneller. Er fürchtete, daß er das Schreien der Tiere, versteckt unter dem Lachen weißer Zähne, hören würde. Sogar wenn ein Passant ihm in die Seite stoßen und nach dem Weg fragen würde, dann würde er sich in einen Wolf verwandeln und den Passanten angreifen; solche Bilder suchten immer wieder seinen Kopf heim.

Im letzten Frühling wurden am Fuß des Berges Bienenstöcke aufgestellt. Zufällig sah er hinein, erschrak vor den dicht nebeneinandergedrängten, schwarzen, vielen hunderten, ja tausenden von Bienen und trat hastig zurück. In jedem von den mehr als zwanzig viereckigen Bienestöcken waren alle Insekten eng zusammengedrängt. Wenn er die Ameisen sah, die sich auf einem Bonbon, das ein Kind fallen ließ, zu einem schwarzen Knäuel ballten, oder wenn er vielen Eintagsfliegen begegnete, die alle in die Richtung einer Laterne flogen, bekam er eine Gänsehaut. Allein die Masse genügte, um bedrohlich zu wirken.

Während unaufhörlich von jenem Kerl gesprochen wurde, kam die Frau von Herrn Park, um ihren Mann zu holen, kehrte aber ohne ihn zurück. Die Frau von Herrn Eum kam auch und meckerte, sie tränken zu viel, und ging wieder nach Haus. Daß die Frauen sich damit zufrieden gaben, war dem Fernsehen zu verdanken. Sie sahen gerade am Fernsehgerät einen koreanischen Film, der sie mit seinem traditionellen Thema zu Tränen rührte. Wie soll man sich zwischen der Liebe der leiblichen Mutter und der der Pflegemutter entscheiden. Und dabei machten sie dauernd ihre Taschentücher mit Tränen naß.

„Sie hat wohl nichts anderes im Kopf als diese Filme. Sie hat schon ganz rote Augen vom Weinen - und wenn ich nach Hause komme, störe ich nur, oh, Mann."

Herr Chu lächelte gütig. Er war vorhin nach Hause gegangen, um festzustellen, ob sein jüngster Sohn, der ihm recht spät geschenkt worden war, schon eingeschlafen war. Da brachte der Vertreter Kim aus irgendeinem Grund eine kindskopfgroße Wassermelone mit.

„Willst du etwa dein Geschäft aufgeben? Riskierst du nicht dein Kapital? Ach, ich weiß nicht."

„Ja, ja, bring doch her. Wir haben sowieso angefangen zu trinken, nun wollen wir mit Lust und Liebe essen."

„Was ist heute los mit dir? Hast du denn für die Hochzeit schon genug Geld gespart?"

Jeder sagte etwas. Herr Chu hatte das Turnhemd hochgezogen und zog es wieder hinunter. Vielleicht war ihm der Wind ein bißchen kalt. Als sich der Duft der Wassermelone verbreitete, kam das Mischlingshündchen des Supermarktes Hyongche angelaufen. Es schlief und aß auf der Straße, aber weil es nichts wert war, wurde es nicht von Hundedieben mitgenommen. So lief dieses Hündchen vergnügt überall im Ort herum. Wenn es sich vor dem Vertreter Kim, seinem Herrchen, herumwälzte und von ihm einen Fußtritt bekam, kläffte es und tat so, als ob es gleich sterben würde.

„Wenn man ihn gleich nach seinem Verschwinden gesucht hätte, hätte man ihn finden können. Wenn man eine Woche lang nichts unternimmt, dann ist es doch ganz natürlich, daß man ihn nicht findet."

Und wieder hörte man etwas über diesen Kerl aus dem Mund von Herrn Eum.

„Ja, eben. Er verbrachte so oft die Nacht im Berg, daher konnte seine Frau nicht gleich darauf kommen. Aber nach drei Tagen, immer noch keine Nachricht von ihm, da erst bekam sie Angst, sagte man."

„Wenn der Mann so etwas Verrücktes veranstaltet, wie konnte seine Frau das ertragen, nicht wahr, Bruder? Sie wird ihn nur um ihrer Kinder willen gesucht haben, sonst hätte sie sich keine Mühe gegeben."

„Nein, man erzählte es sich anders. Man habe es kaum mitansehen können, wie eifrig sie ihn suchte. Sie habe länger als zehn Tage auf dem Berg verbracht. Obwohl sie so gründlich gesucht habe, habe sie nichts finden können. Wenn er tot gewesen wäre, wäre wenigstens seine Leiche dagewesen. Und wenn er in irgendeinem Kampf verwickelt gewesen wäre, hätte es doch ein zerrissenes Kleidungsstück gegeben. So habe sie überall gesucht, aber keine Spur gefunden."

Jetzt mischte sich der Vertreter Kim ein.

„Das Messer, sein Taschenmesser habe sie gefunden, wußten Sie das nicht? Das Messer habe unter einem Baum gelegen. Sie habe es aufgehoben und sei zum Kompanieführer der Reserve gegangen. Zufällig war der Tag danach eine Wehrübung, und Dutzende von Reservisten hätten den Berg Wonmi durchgekämmt."

„Was? Dann warst du wohl auch dabei?"

Herr Park machte große Augen.

„Nein, Ich habe es nur gehört."

„Mann, du bist einer! Trotzdem tust du so, als hättest du auch zu dieser Aufkärungsabteilung gehört?"

Herr Eum schlug dem Vertreter Kim kräftig auf den Rücken.

„Was war dann mit dem Messer? Wurde wirklich so etwas gefunden?"

„Das ist wahr. Es soll das rote Messer gewesen sein, das er immer im Rucksack hatte. Da kein Mensch, sondern nur sein Messer gefunden wurde, wurde die Aufklärungsabteilung geschickt."

„Und?"

„Und? Was ist denn mit 'und'? Seit er verschwunden war, waren mehr als zehn Tage vergangen, sagte man. Wenn es so war, wie konnte man da etwas finden?"

Na, so was, es ist kaum zu glauben. Herr Eum sprach leise vor sich hin und kippte sich noch ein Glas in den Mund. Herr Chu, wie beim Go-Spiel so auch beim Trinken Herr Eums Gegner, kippte sich auch ein Glas in den Mund und machte dabei ein lautes Geräusch.

„Ach, einen Augenblick, die Giftmotten. Habt ihr denn von den Giftmotten gehört?"

Plötzlich schrillte die hohe Stimme von Herrn Park in aller Ohren.

„Giftmotten? Was ist das?"

Herr Eum und Herr Chu rückten gleichzeitig näher heran und der Vertreter Kim schien etwas zu ahnen und begann, die hier und da herumliegenden Schalen der Wassermelone zusammenzusammeln.

„Sogar jetzt noch, wenn ich davon spreche, schaudert es mich. Anfangs war es noch so schlimm, daß ich meinen Fuß nicht in Richtung des Berges Wonmi setzen wollte. Auch wenn ich etwas dafür bekommen hätte, hätte es mich doch nicht gereizt."

„Hey, Bruder. Reden Sie doch endlich."

Herr Chu drängelte ungeduldig.

„Ach so. Ich vermute, es ist eine Geschichte, die ich schon kenne. Aber Genaueres weiß ich nicht, nun hören wir mal zu."

Endlich erinnerte sich Herr Eum dunkel und wirkte etwas ruhiger.

„An dem Tag, als die Aufklärungsabteilung der Reservearmee den Berg durchsuchte, hatte auch der Sohn vom Maklerbüro Chungang daran teilgenommen. Es müssen ungefähr fünfzig Mannschaften gewesen sein. Wie dem auch sei, sie waren um zwei Uhr nachmittags auf den Berg gestiegen. Und man weiß ja, um diese Zeit ist es ziemlich heiß und schwül. Sie waren bei der Suche aufgeregt wie bei einem Ausflug und machten viel Lärm. Wie ihr wißt, gibt es doch auf dem Wege zum Quellwasserplatz, ungefähr in der Mitte, einen Müllplatz, oder so etwas wie eine Müllgrube. Von daher hatte plötzlich ein sehr kalter Wind zu wehen begonnen."

„Es muß sehr erfrischend gewesen sein."

„Red nicht so. Es war kein normaler Wind. Er war sehr feucht und machte einen irgendwie frösteln, so daß die Mannschaften, die wie eine Schlange sich windend aufgestiegen waren, ruckartig im Schritt innehielten. Es war so merkwürdig, der Berg war totenstill, nicht einmal Geräusche von Insekten waren zu hören, da plötzlich blies ihnen der kalte Wind entgegen und ließ sie erschaudern."

„Und?"

Herr Eum schluckte laut seinen Speichel herunter. Obwohl es eine wohl bekannte Geschichte war, hing auch der Vertreter Kim mit angehaltenem Atem an Herrn Parks Lippen.

„So schauderhaft es auch war, es war doch am hellen Tag, und da waren fünfzig kräftige Männer. So gingen sie weiter, noch tiefer in den Berg hinein, aber der Wind wurde noch stärker, als stoße er sie weg, damit sie nicht weiter in den Berg eindringen könnten. Was noch seltsamer war: Trotz des so kräftigen Windes rührte sich kein einziges Blatt und kein einziger Grashalm. In der Mannschaft, die die Vorhut bildeten, entstand eine allgemeine Erregung. Aber was soll's. Sie mußten halt weiter."

„Einige davon, die in der Vorhut gingen, zitterten wegen des Windes und liefen weg."

Plötzlich mischte sich der Vertreter Kim ungeduldig ein und wurde von Herrn Chu in die Seite geboxt.

„Hey, mach doch die regionale Sendung aus!"

„So hatten sie mühsam den Bergrücken zum Gipfel Changdai erreicht.

Da, in dem Augenblick schrien die Mannschaften in der Vorhut erschrocken auf und drehten sich um."

„Warum?"

Herr Eum schluckte noch einmal den Speichel runter.

„Da tauchten die Giftmotten auf. Nicht ein paar, sondern Tausende davon flogen herum und füllten den Wald, so daß er schwarz wurde. Und sie waren so groß, daß man glaubte, es sei ein Schwarm von Fledermäusen. Man hätte keinen Schritt mehr wagen können. Die Giftmotten spritzten wie verrückt mit Gift um sich. So schlimme Giftmotten hätten sie vorher weder gesehen noch hätten sie je davon gehört. Stellt euch vor, ein Schwarm von Giftmotten dränge vor, ganz schwarz. Das war nicht zum Wundern, sondern zum Fürchten."

Herr Eum, Herr Chu und der Vertreter Kim, auch Herr Park, der soeben seine Erzählung beendet hatte, alle stellten sich einen Schwarm von Giftmotten im Wald vor. Im üppig wachsenden Wald drängte sich der widerliche, feuchte Wind heran. Durch den Wind gingen Dutzende von Mannschaften in den Wald hinein. Die den Wald füllenden dunkelbraunen Giftmotten, das bei jedem leichten Flügelschlag heruntertropfende Gift. Der totenstille Berg, wo alle Insekten sich versteckten, und dann ein wie verrückt durch die Luft schwirrender Schwarm von Giftmotten.

„Wenn man vom Weg abwich und nur ein bißchen tiefer eindrang, wimmelte es nur so von Giftmotten. Trotzdem wagten es einige mutige Männer einzudringen, aber sie wurden vertrieben, weil die Giftmotten überall an den Augen und am Mund angriffen."

Vertreter Kim ahmte nach, wie sie an den Augen und dem Mund rupften.

„So was weiß man nicht genau. Aber es muß stimmen, daß sie wegen der Giftmotten die Suchaktion nicht so recht durchführen konnten. Seitdem wagte man einige Tage lang nicht, in die Nähe des Berges zu gehen. Man sagte, das Quellwasser sei auch vergiftet, und niemand ging hin, um Wasser zu holen. Wie dem auch sei, einige Zeit lang war es auf dem Berg Wonmi ganz ruhig. Es konnte auch nicht anders sein, weil der unangenehme, kalte Wind jeden zurückdrängte, sobald man auf den Berg ging."

In diesem Augenblick wehte ein frischer Wind durch die leere Straße. Kaum streifte der Wind ihre Haut, rissen die vier Männer ihre Münder auf.

Als er sich von der Bank erhob, die ihm als Bett für die Nacht gedient hatte, drang der Morgensonnenschein in seine Augen. An jedem Tautropfen, der an den Blättern hing, glänzte ein Regenbogen. Die Blätter, die sich nachts gesenkt hatten, erhoben sich wieder und streckten sich mit kleinen, niedlichen Bewegungen. Wenn man genau hinhörte, waren hier und da die Spuren des neuen Morgens zu hören. Er schien verstehen zu können, was ein unbekanntes Insekt, auf dessen Rücken schwarze Punkte zu sehen waren und das unter seinen Füßen vorbeikroch, murmelte. Die Ameisen, die sich nun nicht mehr scheuten, auf seine Nase hochzukriechen, beeilten sich, wobei sie stolz ihre schlanken Körper zur Schau trugen.

Alle schienen es eilig zu haben. Wenn der Morgen kam, waren nicht nur die Menschen mit der Vorbereitung für einen neuen Tag beschäftigt. Es schien, daß alle Wesen im Wald, vom Schlafen erwacht, ihn drängten. So fühlte er, daß er dort nicht mehr verweilen konnte. Ja, richtig. Er spürte schon, daß von weitem die Menschen kamen. Vielleicht hatten schon einige Leute seinen armseligen Morgenschlaf beobachtet und waren vorbeigegangen. Noch hörte man nicht den Ruf „Jaho" vom Gipfel Changdai. Aber es war nur eine Frage der Zeit. Obwohl er ein paarmal zwischendurch erwacht war, dachte er, er habe ganz gut geschlafen. Aber jetzt wurde ihm der Kopf schwer wie ein Stein, so konnte er die Morgenfrische nicht spüren. Vielleicht sollte er sich irgendwo anders, an einem noch gemütlicheren Ort, ausruhen.

Als er sich von seiner Bettstelle aus noch fünfhundert Meter weiter durch das Dickicht geschlagen hatte, kam er an einen kleinen, freien Platz, den man draußen, vom engen Pfad aus, nicht erkennen konnte. Wegen der dichten Schlingkräuter auf den Zweigen hatte man hier nach allen Seiten keinen freien Blick, aber der Boden war unerwartet angenehm trocken, und es gab kaum beißende Insekten. Von solchen heimlichen Ruheplätzen kannte er noch ein paar. Jeden Ruheplatz pflasterte er ordentlich mit den flachen Steinen, die er von unten vom Ort mühsam heraufgetragen hatte. Denn beim Sitzen auf dem Boden hatte er sich auf dem feuchten Lehm oft seine Kleidung schmutzig gemacht. Er hatte noch einen solchen Ruheplatz, am östlichen Fuß jenseits des Gipfels Changdai. Dort war es viel gemütlicher als hier. Aber jetzt konnte er sich nicht dorthin wagen, ohne gleich von Menschen bemerkt zu werden. Vielleicht könnte seine Frau selbst auf der Suche nach ihm hierher gekommen sein.

Schon seit drei Tagen war er nicht nach Hause gekommen. Ein oder zwei Tage würde sie sich keine großen Sorgen gemacht haben, aber heute morgen mußte sie ihre Meinung geändert haben. Doch er konnte sich zu nichts entschließen. Er wollte nicht sehen, wie sie herumirrte, um ihn zu finden. Aber wiederum schien es ihm, daß er sich in einem abgelegenen Winkel seines Herzen unklar wie der Nebel wünschte, gerade das zu sehen. Was es auch sei, je mehr er nachdachte, desto tiefer schien er mit seinen Gedanken in eine Sackgasse zu geraten. Vielleicht, weil ihn der Kopf so schwer drückte. Den Kopf auf einen kalten Stein zu legen, würde vielleicht helfen. Er schob den Rucksack unter seine Füße, legte den Kopf auf den Stein und streckte sich hin. Der Himmel war blau, und jetzt schrie jemand, der endlich den Gipfel Changdai erobert hatte, laut:

„Jaho“.

Wie lange hatte er da gelegen? Die stechenden Sonnenstrahlen brannten schonungslos auf sein Gesicht. ‘Bin ich eingeschlafen?’, fragte er sich und erhob sich erschrocken. Während er geschlafen hatte, mußte er viel geschwitzt haben, denn sein Körper war ganz naß. Die Sonne brannte, sein Körper war mit Schweiß bedeckt, trotzdem hatte er nicht das Gefühl, daß es sehr heiß sei. Es schien ihm, daß seine ganze Energie in die Erde gesickert und sein Körper noch leichter sei als ein dünnes Blatt Papier. Er hatte großen Hunger und keine Zigarette mehr, so entschloß er sich, einen Laden zu suchen. Wenn er den Bergrücken entlang nach Yeokkok ginge, könnte er leicht einen Laden finden, wo ihm keiner besondere Aufmerksamkeit schenken würde. Was ihn aber störte, war sein zerzauster Bart. Einerseits wünschte er sich irgendeinen Rasierer herbei, aber andererseits wollte er sich um den Bart nicht mehr kümmern. In solcher Unentschlossenheit verließ er den Ruheplatz.

Am Nachmittag saß er auf dem östlichen Ruheplatz jenseits des Gipfels Changdai. Kaum war er hier angekommen, da traf er eine Ratte. Die Ratte war schon vor ihm dagewesen. Er trat auf die Ratte zu. Aber die Ratte schien ihm nicht auszuweichen, blickte nur ganz gelassen auf und verschwand dann doch mit hängendem, langem Schwanz, als bliebe ihr nichts anderes übrig. Er setzte sich auf seinen gewohnten Platz, nachdem er die Ratte vertrieben hatte, und nahm den Rucksack vom Rücken. Das Wasser, das er von der Quelle geholt und in eine Flasche gefüllt hatte, als er auf den Berg gestiegen war, fiel ihm jetzt zur Last. Er stieß unwillkürlich einen müden Seufzer aus. Am Quellwasserplatz waren nur wenige Menschen, auf dem Berg war es heute den ganzen Tag sehr ruhig. Kurz zuvor, nicht weit entfernt von hier, hatten einige Kinder gespielt, waren lärmend hin und her gerannt, aber jetzt waren sie weg. Die Sonne stand schon an der westlichen Seite des Gipfels Changdai, so war es im Wald still wie in einem Zimmer voller Geheimnisse.

Von dem Ort aus, an dem er saß, nur einige Schritte weiter, gab es einen Wald, den dichtesten auf dem ganzen Berg Wonmi. Das war ein Wald, wo bestimmt mehr als zehnjährige Bäume standen. Seit einiger Zeit schon drang aus diesem Wald das Schreien eines unbekannten Vogels, das kurz und hoch klang wie die Hupe eines Autos. Zwischen dem Vogelschrei war ein Dröhnen zu hören, so als ob der Himmel von einem Flugzeug brummte, das auf den Wolken dahinflog.

Als die Sonne unterging, schritt er vorsichtig zum Kiefernwald. Von der orangegelben Farbe der Abendsonne waren die Nadelblätter der Kiefern dunkelbraun geworden. Nicht nur die Blätter. Sondern der ganze Wald hatte, wie mit einer braunen Tapete beklebt, eine sanfte Farbe. Bald würde ihn die Dunkelheit heimsuchen. Wenn die braune Tapete verschwinden und stattdessen ein schwarzer Vorhang den Wald einhüllen würde, würden alle Lebewesen des Waldes in ihre Behausung zurückkehren. Die faulenden Blätter gaben seufzend unter seinen Füßen nach. Er lehnte sich an einen Baumstamm und sah in den weiten Himmel, der zwischendurch zum Vorschein kam. Ohne Grund lief ein kalter Schauer über seinen ganzen Körper. Kein Vogelschrei war zu hören und die Umgebung war zu still; diese Stille schien ihn zu quälen. Und er schlug gegen einen Baumstamm. Er konnte es nicht mehr aushalten und wollte wenigstens seine eigenen Schritte hören. Es schien ihm, als sei sein Herz ein Brunnen, der ganz voll stünde und schon durch eine leichte Brise zum Überlaufen gebracht würde. Er versuchte behutsam, das Wasser am Überlaufen zu hindern und irrte im Wald herum. Er ging und ging, aber es schien ein unendlicher Wald zu sein, ein Wald, so tief gegraben wie ein Tunnel.

Aber in Wirklichkeit war der Blick bald frei, man sah über den Hügel hin, auf dem kleine Gebüsche aufs Geratewohl wuchsen. Um den Wald nicht zu verlassen, mußte er sich immer im Kreis bewegen. So im Kreise gehend begegnete er wieder der Ratte. Es war dieselbe Ratte, die vorhin seinen Ruheplatz in Besitz genommen hatte. Die Ratte blickte, zehn Schritte von ihm entfernt, mit zerstreutem Blick zu ihm auf. Er beobachtete die schwarzen Augen der Ratte. Auf den krummen Rücken der Ratte, die allein im Wald herumgeirrt war, begann sich die blaue Dunkelheit zu senken.

So etwas Merkwürdiges. Er wandte sich um. Er trat einige Schritte vor, drehte sich um und sah, daß die Ratte immer noch da war. Auch auf seinen krummen Rücken sank eine Schicht der blauen Dunkelheit. Er lehnte sich wieder an den Baumstamm und schloß die Augen, um nicht sehen zu müssen. Aber nun war es noch finsterer, und das machte ihn unruhig.

In der letzten Nacht entdeckte er, daß die beiden jungen Männer das Zelt abgebrochen und vom Berg hinabgestiegen waren. Wann sie wohl gegangen waren? Er bedauerte, nicht gesehen zu haben, wie sie den Berg verließen. Nun war das Zelt, aus dem das orangegelbe Licht und das ungeschickte, aber freundliche Gitarrenspiel drang, verschwunden. Er blickte auf den in Dunkelheit getauchten, leeren Platz und verharrte dort eine ganze Zeit. Wenn es mit dem Gitarrenspiel nun nichts mehr war, reichte auch ein schmaler Streifen Licht, und wenn es damit auch nichts war, dann wünschte er für sich wenigstens einen gesunden Atemzug.

Bevor es noch dunkler wurde, mußte er den Wald verlassen, um einen Platz zum Schlafen zu finden. Aber er rührte sich nicht. Er schien am Baumstamm festgeklebt zu sein. Seine Tochter mit den langen Fingern und das Klavier, das sie haben sollte, fielen ihm ein. Auch seine Armbanduhr, die er auf der Kommode liegen gelassen hatte, fiel ihm ein. Wie spät mußte es sein? Er versuchte, die Zeit zu erraten. Er dachte nach, um zu schätzen, wieviel Uhr seine Uhr jetzt zeigen könnte. Auf ihrem Zeigerblatt war eine lange Blessur zu sehen. Da er seinen Körper, der am Baumstamm festgeklebt schien, nicht frei bekommen konnte, da er nicht wissen konnte, wieviel Uhr seine Armbanduhr anzeigte, da er nicht glauben konnte, daß die Nacht ihn schon aufgesucht hatte, blieb er schließlich im Wald ganz allein und schluchzte.

„Schließlich war dieser Kerl verschwunden."

Herr Eum sprach nüchtern und ein bißchen traurig.

„Es ist doch egal, ob dieser Kerl verschwunden oder tot ist. Aber was ist denn mit seiner Frau und seinen Kindern geschehen?"

Herr Chu schien, so wie es seiner Art entsprach, an der Familie des Kerls interessiert zu sein. Herr Eum vom Fotoladen Hengbok war auch ein treuer und hingebungsvoller Ehemann, den alle Dorfbewohner respektierten. Aber er war nicht mit Herrn Chu zu vergleichen, der, wenn auch ein bißchen grob, so doch sehr liebevoll mit seiner Familie umging.

„Eine Zeit lang wartete seine Frau, ob Nachricht von ihm käme, und suchte ihn unentwegt, aber schließlich zog sie irgendwohin. Als seine Familie weg war, suchte ihn niemand mehr, und so wurde die Sache vergessen. Ob er noch auf dem Berg ist oder ob sie sich wieder getroffen haben und zusammenleben oder ob er schon tot ist, das weiß man nicht."

„Ob er wohl noch auf dem Berg ist", sagte Herr Park und sah sofort auf den Berg Wonmi hinüber.

„Herr Park, haben Sie ihn mal gesehen?" fragte Vertreter Kim.

„Nein, ich habe ihn nicht gesehen. Ich habe nur von ihm gehört."

„Und seine Familie?"

„Aber, nein. Hast du sie denn mal gesehen?"

Auf die Rückfrage Herrn Parks schüttelte der Vertreter Kim den Kopf.

„Chu, hast du vielleicht wenigstens sein Gesicht gesehen?"

Auch Herr Chu hob abwehrend die Hände.

„Und du, Eum?"

„Ich auch nicht. Nur die Geschichte habe ich öfters gehört. Es gab doch keinen, der ihn gesehen hätte."

„Ach, Mensch. Wenn dem so ist, was haben wir denn dann bis jetzt erzählt? Wir müssen ja schon dumm rumgequatscht haben! Es ist schon spät. Laßt uns nach Hause gehen und schlafen. Schlafen ist doch Gold wert."

Als Herr Chu das sagte, stimmte ihm der Vertreter Kim bei: "Jawohl", und lachte herzlich.

„Ja, ja, ich gehe nach Hause und möchte ein bißchen schlafen."

„Ach, diese Moskitos", sagte Herr Park und schlug sich kräftig auf den Arm.

„In der Stadt sieht man kaum Moskitos, aber hier sind sie wegen dieses scheußlichen Gemüsegartens so wild."

„Ach, Bruder, reden Sie nicht so. Die Moskitos wollen ja auch nur leben. Jeden, der sich Mühe gibt, zu leben, muß man am Leben lassen."

„Wirklich, wenn es so weiter geht, sieht es ganz schlecht aus, eine Braut zu finden, denn die wäre dann zum Verhungern bestimmt. Das Geschäft bringt immer weniger Gewinn, nur der Aufwand wird größer", fügte der Vertreter Kim hinzu.

„Ach, es gibt doch kein Geschäft, mit dem es schlechter geht als mit meinem Fotoladen. Gemeinhin sagt man, es sei besser, viel besser geworden. Aber man kann doch nur dann im Leben Spaß haben, wenn da etwas Gewinn herauskommt."

„Wirklich, jetzt ist mir fast zum Sterben zumute. Wenn ich nur darauf bauen sollte, einige Mietwohnungen zu vermitteln, wäre ich im Alter dazu bestimmt, wie ein Bettler zu leben."

Um Herrn Parks Maklerbüro Kangnam stand es in letzter Zeit sehr schlecht. Das Trinkgelage ging allmählich zu Ende, und obwohl sie betrunken waren, machten sich die vier Männer Sorgen um das morgendliche Geschäft, und der Kummer zehrte an ihnen.

„Und, habe ich es nicht gesagt? Nur der Schlaf bringt Gewinn."

Herr Chu stand zuerst auf. So wackelte die Bank, und Vertreter Kim konnte gerade noch den aus dem Gleichgewicht gekommenen mächtigen Körper von Herrn Chu stützen.

„Ach, dieses Bein von der Bank macht immer Ärger. Ja, ich werde morgen früh auf jeden Fall dieses dumme Bein in Ordnung bringen."

Als Herr Chu gegen die unschuldige Bank trat, rüttelte plötzlich die Alarmsirene eines Ambulanzwagens das im Schlaf versunkene Dorf Wonmidong wach. Wer stirbt noch in dieser Nacht. Alle vier Männer sahen mit wachen Augen dem schnell dahinfahrenden Krankenwagen nach.

Der Goldfink

Vor dem Eingang des Parks befand sich der Aufenthaltsraum für Kinder, die sich verlaufen hatten. Sein Dach war grün gestrichen, und weil es von großen Fenstern eingefaßt war, sah es wie eine Glaskuppel aus. Sie war zufällig stehengeblieben und sah mit ihrer Tochter Kyong-Chu durch das Fenster hinein. Yun-Hee und ihr Sohn Sung-Ku waren ihnen gefolgt und blieben auch stehen. Sie machten neugierige Gesichter. Drinnen befanden sich fünf oder sechs Kinder. Einige lutschten an einem Eis, und andere Gesichter, die mit Tränen und Rotz beschmutzt waren, weinten ein wenig. So sahen die Kinder nach draußen auf die Leute. Obwohl es noch früh war, hatten sich einige im Gedränge verlaufen und waren von ihren Eltern getrennt worden. So quengelten sie jetzt der Welt da draußen entgegen, wobei sie ihre Nasen gegen das Fenster drückten.

Die Leute sahen den verirrten Kindern zu, lachten und gingen vorbei. Einige zeigten mit dem Finger auf sie und fanden das lustig. Einige Kinder, die noch die Hände ihrer Eltern hatten festhalten können, stellten sich auf die Zehenspitzen und sahen durch das Fenster hinein, als gäbe es etwas Wunderbares zu sehen. Da jene Kinder nicht bei ihren Eltern, sondern unter einem grünen Dach eingeschlossen waren, sahen sie sehr elend aus. Ein schönes Kleid mit Spitzen, die recht hübsche Baskenmütze eines kleinen Herrn, all das schien schlampig und schäbig, nur weil das Kind von seiner Familie getrennt war. Es wurde ein Schauobjekt für die Menschen, die auf der anderen Seite der Glasmauer standen.

Vom Aufenthaltsraum war der Zoo sehr weit entfernt, sagte man.

Vielleicht dachte Kyong-Chu, daß der fünfjährige Sung-Ku, wenn er weiter herumliefe, bald in jenem Aufenthaltsraum landen könnte. Sie nahm sich vor, sein Handgelenk nicht loszulassen. Kyong-Chu war, obwohl im selben Alter, sehr vorsichtig und verhielt sich meist schüchtern, wenn sie wie jetzt unter vielen Menschen war. Um sich von ihrer Mutter nicht zu weit zu entfernen, drehte sie sich immer wieder um und überzeugte sich, daß ihre Mutter noch da war. Lieber eine Tochter, dachte sie. Sie bedauerte es fast, wenn sie Yun-Hee und ihren Sohn sah. Für eine geschiedene Frau sei es doch leichter, eine Tochter großzuziehen als einen Sohn, sagte sie einmal. Yun-Hee erwiderte lachend, man könne ja nicht eine Tochter zur Welt bringen, nur um sich scheiden lassen zu können.

Sie hatten seit langem geplant, den Grandpark zu besuchen, und jetzt waren sie auf dem Weg dorthin. Beide kamen aus Inchon und hatten die gleiche Mittel- und Oberschule besucht. Und jetzt waren sie beide Bewohner Buchons. Yun-Hee war Inhaberin eines Restaurants und konnte es sich schon erlauben, es einmal im Monat zu schließen. Sie hatte schon längst vor, einen Tag für ihren Sohn Sung-Ku freizunehmen. In Fragen der Erziehung war Yun-Hee genau wie alle anderen verantwortungsvollen Mütter. Bei einer geschiedenen Mutter, noch dazu in einem lauten Restaurant groß zu werden, machte Sung-Ku schon zu einem problematischen Kind, dachte Yun-Hee. Für sie selbst war es ja nicht so wichtig, ob man den Grandpark besuchte oder nicht. Aber Yun-Hee drängte sie sehr, weil sie und ihre Tochter sonst immer in ihrem alten Häuschen isoliert herumsaßen. Darum hatte sie keinen besonderen Grund, Yun-Hees Vorschlag abzulehnen.

Beide lebten gleich: ohne Ehemann. Sie dachte an ihren Mann, der nicht bei ihr sein konnte. Aber es war nicht nur deswegen, weil sich zwei Frauen ohne Ehemann an dem Gruppenbild für Familien am Sonntag beteiligten. Wollte man unbedingt einen Grund nennen, so war es wegen der allmählich fallenden Blätter in den fernen Bergen oder wegen des frühherbstlichen Sonnenscheins, der auf den Asphalt fiel. Ein solch deutlicher Kontrast der Farben ließ sie an ihren Mann denken. Er mußte von nun an eine unbestimmte Zeit in einer geschlossenen Welt verbringen. Junge Familienväter, die ihre Familien mitgenommen hatten, hatten Mittagessen und so etwas wie eine Matte bei sich. Sie gingen gut gelaunt vor oder hinter den anderen Familienmitgliedern her. So gingen sie an ihnen vorbei. Die meisten Ehemänner waren also bei ihren Frauen und Kindern.

Als sie zu dem fernen Berg hinsah, der im Schatten dalag, bemerkte sie plötzlich, daß ihr rechtes Lid zitterte. Dieses Zittern wiederholte sich alle paar Sekunden, so daß der Berg, die Bäume und bunte Kioske in ihrem rechten Blickfeld genauso augenblicklich zu zittern schienen. Sie hob die Hand und drückte auf ihr Lid. Das Zittern des Lids war für sie ein gewohntes Symptom, das sich schon seit langem bei ihr gezeigt hatte. Darum konnte sie auch in dieser Körperhaltung, während sie nämlich mit der Hand auf das Lid drückte, weitergehen.

Da war es ein Gefühl, als ob man auf einem langen Korridor endlos dahinginge. Auch damals zitterten zu beiden Seiten die weißen Wände und die dumpfe Decke alle paar Sekunden; und ihre Hand zerdrückte fast das Lid. Aber auf dem Weg zum Besuchszimmer gab es keinen Korridor. Nur durch einige eiserne Türen, verfolgt von unnachgiebigen starren Blicken, war sie durchgegangen. Das Gesicht ihres Mannes war bleich, von dem halbärmeligen Hemd für Häftlinge hoben sich seine sehr weißen Arme ab. In einem quadratischen Raum konnten sie sich sehen, waren aber getrennt, er dort, sie hier. Ihre Hände waren gefaltet und wie im Schlaf versunken. Warum riß sie nicht einfach diesen eisernen Maschendraht zwischen ihnen herunter? Sie sah mutlos auf die graue Wand hinter dem Rücken ihres Mannes, einige Flecke und Fingerabdrücke waren zu sehen. Ohne besonderen Grund blies er ausatmend auf den Boden und wischte den beschlagenen Boden mit seinen Füßen.

Eine schmucklose Wanduhr mit großem Ziffernblatt erklang hart und erschütterte das ganze Besuchszimmer. Da hörte sie auf, die Flecke auf der Wand anzusehen, und blickte ihren Mann an. Auch er sah sie an, mit dem Blick eines Tieres, das im Käfig gefangen war, dessen Augen aber nicht mehr blitzten. Wenn er herüberfragte: „Hat sich Kyong-Chu von der alten Erkältung erholt?“, dann antwortete sie nach einer Weile: „Der Sommer ist schon vorbei.“ Wenn die Worte „Mach dir keine Sorgen und verbringe die Tage ruhig“ über das eiserne Netz herüberkamen, kam die Antwort „Knoblauch habe ich von deinem älteren Vetter, der auf dem Lande wohnt, geschickt bekommen“ wieder über das eiserne Netz zurück. Beim Anblick des glatten, abgenutzten Stuhls und der wiederholten ausdruckslosen Handbewegungen empfand sie ein bitteres Gefühl. Da sagte ihr Mann noch einmal: „Verbringe die Tage ruhig“ und machte ein lachendes Gesicht. Es war aber kein herzliches Lachen, sondern nur ein ganz winziges Lächeln. Sein Gesichtsausdruck deutete an, daß seine wiederholten, ausdruckslosen Handbewegungen nun zu Ende seien, und ging wieder durch dieselbe Tür hinaus, durch die er hereingekommen war. Auch sie drehte sich um und ging in diese Welt hinaus.

Als ihr Mann von seiner Familie getrennt und jenseits der Mauer eingeliefert wurde, ganz allein, wußte sie nicht, was sie tun sollte. Erst später erfuhr sie, daß in diesem Fall nichts zu tun blieb. Aber anfangs war sie angesichts ihrer eigenen Ohnmacht tief verzweifelt. Schon von Anfang an war er kein Mensch, der in einem Haus, alt, mit Ziegeldach, das mehrere Zimmer zu vermieten hatte, leben konnte. Allein von dieser Miete konnte man schon leben. Er war jemand, der die Idee vertrat, daß alle Menschen auf dieser Welt soweit möglich in Gleichberechtigung und Freundschaft miteinander leben sollten.

Aus dieser Meinung hatte sich - seit wann, wußte sie nicht mehr - eine Behauptung entwickelt, und wie es so schien, bekannte er sich nur zu dieser Behauptung. Daher wollte sie lernen, so zu leben, als ob sie auf den leeren Platz ihres Mannes nicht achten würde. Mit einem Wort, sie hatte also schon von sich aus seinen Platz freigehalten.

Sie kamen zuerst an ein großes Affenhaus. Der künstliche, steile Abhang und die frei hängende Strickleiter waren für die Affen nur eine Bühne; und sie spielten freudig und trieben Akrobatik, wobei sie sonderbare Schreie ausstießen. Man wurde nie müde vom Anblick der Affen. Die Gattung Affe war ein Spiegelbild des Menschen, solange die schlichte Erwartung bestand, daß sie irgendwann zum roten Peter, Held eines Märchens von J.M. Barrie, also zum Menschen werden könnten.

Die Kinder wollten das Affenhaus nur ungern verlassen. Nein, das Wort Haus paßte nicht, das sah eher wie ein Niemandsland aus. Einige Dutzend turnende Affen nahmen eine Insel in Besitz, saßen da, und neckten die herumstehenden Zuschauer, wobei sie ihnen ihre roten Hintern zeigten. Als die Menschen sahen, daß sich die Affen auf der Strickleiter stritten oder daß sie schnell auf den Felsen hinaufliefen, pflegten sie zu sagen: „Auch die Affen können einmal von einem Baum stürzen." Aber sie stürzten nie. Sie taten so, als stürzten sie, nur um die Menschen zu beruhigen, die an diesen alten Spruch glaubten. Man erschrickt und schreit, doch gleich darauf hockte jener Affe ganz sicher auf dem künstlichen Felsen und warf Apfelschalen hinaus.

Nachdem sie die Affeninsel verlassen hatten, gingen sie weiter, wobei Sung-Ku unaufhörlich die Affen nachahmte und herumhüpfte. Die Affen ahmen die Menschen nach, und die Menschen ahmen wieder die Affen nach. Obwohl Sung-Ku vorhin hingefallen war und es an seinen Knien ein wenig blutete, schien er kaum müde zu werden. Diese nie versiegenden, unbändigen Kräfte ließen Kyong-Chu kleiner erscheinen. Wie alle kleinen Mädchen, klammerte sich Kyong-Chu an sie und murmelte mit zusammengezogenen Lippen vor sich hin. „Ich hab Angst vor ihm, er macht mir Angst. Er macht mir Angst, wie ein Insekt."

Es waren Insekten, vor denen Kyong-Chu am meisten Angst hatte. Die Gottesanbeterin, die unter dem Schrank hervorkroch, die Kellerassel, die Küchenschabe und der Bandfüßler, alle machten ihr Angst. Sie glaubte fest, daß es nichts gab, was ihr noch größere Angst machen könnte als Insekten. Als sie im Sommer in einem gruseligen Fernsehfilm einen Vampir sah, schrie sie nach ihrer Mutter. Mama, ich habe Angst! Sieh doch das Insekt dort. Als die Mutter dann angelaufen kam, sah sie auf dem Fernsehbild, wie ein Insekt, ein sogenannter Vampir, auf einen Menschen losstürzte. Ihr Kind war noch zu klein, um begreifen zu können, daß es nichts gab, was einem noch größere Angst machen könnte als eben Menschen, die auf zwei Füßen aufrecht stehen und zu Fuß gehen können. Außerdem mußte ihre Tochter noch lange warten, bis sie begreifen würde, daß man gerade in der Gesellschaft von Menschen öfters Gefahren ausgeliefert ist und angegriffen wird und daß man sich nur dann von der Angst befreien kann, wenn man von sich aus wie ein Insekt wird. Daß die Insekten, aus Angst, entdeckt zu werden, sich an einem dunklen Ort unter dem Schrank oder in einem Loch auf der Diele verkrochen hatten, in einem Augenblick, wo sie sich nicht mehr wehren konnten, doch zertreten wurden, war nicht mehr Zufall. Und das um so mehr, wenn sie an ihren Mann dachte, der, von ihr weit entfernt, dort saß. Wie sehr man sich auch vor der Trennung von allem, was man liebt, fürchtet, man muß trotzdem mutig auf beiden Füßen stehen. Dann fällt die Einsamkeit, die allein übrigbleibt, den Verlassenen zu; das wußte sie schon.

Sie ging hinter den Kindern her, die hin- und herliefen, um hier und da etwas anzusehen, und wurde schnell müde. Es gab nichts Besonderes zu sehen. Wenn man eine Weile zu Fuß ging, waren da Giraffen, und wenn man noch weiter ging, wobei ihr die Beine wehtaten, sah man Wölfe. Die Leute verhielten sich so wie Schiffbrüchige, die, von den Wellen weggerissen, ziellos umherirrten. Und dann erhoben sie plötzlich ein lautes Geschrei und strömten, alls hätten sie eine Holzplanke im Wasser entdeckt, zu den Elefanten zusammen. Zwischen diesen Menschenwellen lief Sung-Ku weg, so schnell wie ein Eichhörnchen, daß Yun-Hee vor Angst schwitzte. Hatte diese ihn eben gerade wieder gefangen, drängte und schüttelte er seine Mutter, Eis oder Coca-Cola zu kaufen. Jedesmal, wenn sie jedoch sein Verhalten beobachtete, konnte sie nicht anders, als an seinen Vater, also den früheren Mann Yun-Hees zu denken.

Sie hatte Yun-Hees Mann nur zweimal oder dreimal gesehen. Das war vor der Heirat und auf der Hochzeit selbst, aber danach nicht mehr. Vielleicht, weil ihr Zusammenleben von zu kurzer Dauer war. Außerdem hatte ihr eigenes Leben, das voller Komplikationen war, es überhaupt nicht zugelassen, etwas anderes zu erleben. Nach der Heirat hatte sie kaum einen gemütlichen Augenblick verbracht. Wenn es nichts Dringendes gab, besuchte sie nicht einmal ihre Eltern in Inchon. In Buchon war ihr Mann geboren und aufgewachsen. Auch sie dachte nicht daran, Buchon zu verlassen. Er hatte Buchon geliebt und sein altes koreanisches Haus für einen Traum gehalten. Bei ihr war es genauso gewesen. Ohne sich für die Veränderungen im Ort zu interessieren, hatte sie bis jetzt kaum das Haus verlassen und hatte mit einem unbestimmten Traum, einer vergeblichen Hoffnung gelebt.

Wie dem auch sei, sie war wirklich überrascht, als sie hörte, daß Yun-Hee mit ihrem kleinen Sohn, der gerade erst laufen lernte, ganz allein ein Restaurant eröffnet hatte. Denn sie hatte nie daran gedacht, daß auch Yun-Hee sich auf dem schwierigen Weg des Lebens verirren könnte. Auch schien es ihr kein Zufall zu sein, daß Yun-Hee Inchon verlassen und ausgerechnet in Buchon ein neues Leben begonnen hatte. Was auch der Grund sei, Yun-Hee brauchte ein neues Leben. Seoul wäre besser gewesen, aber Yun-Hee sagte, soviel Geld habe sie nicht. Es heiße, man folge immer seinen Freunden, und so sei sie nach Buchon gekommen, weil sie nun einmal auch hier sei. Während sie das sagte, wirkte Yun-Hee die ganze Zeit sehr ruhig und gelassen. Abgesehen davon, daß sie von einem Heiratsvermittler kräftig betrogen worden sei, gebe es noch andere Gründe, z.B. daß er ständig log, seine Verschwendungslust und schließlich sein Hang zum Glücksspiel. Das alles hatte Yun-Hee schließlich zur Verzweifelung getrieben. Sie konnte das als Grund für die Scheidung vollständig akzeptieren. Denn sie kannte Yun-Hees Charakter sehr gut; Yun-Hee war sehr realistisch und wog alles sorgfältig nach jeder Richtung hin ab. Und genauso war es; Yun-Hee hatte nicht den Mut verloren, vielmehr kleidete sie sich sogar noch eleganter und widmete sich eifrig dem Geldverdienen. So schien die Scheidung ihr im Grunde gut zu tun.

„Wirklich, man muß schon zugeben, daß es wirklich der größte Zoo ist. Um alle Tiere zu sehen, braucht man schon einen ganzen Tag."

Yun-Hee hob die Hand, hielt sie schützend gegen die Strahlen der

Herbstsonne und blickte in der weiten Anlage herum. Ein Fotoapparat hing um ihre Schulter und reflektierte in Höhe der Taille das Sonnenlicht. Auch die runden Ohrringe, die Halskette und das Armband, die Yun-Hee trug und auf die Sonnenstrahlen fielen, spiegelten unglaublich feine Lichtstrahlen wieder. Es war noch nicht eine Stunde vergangen, seit sie sich in der Anlage aufhielten, aber trotzdem suchte sie ständig einen Sitzplatz und ließ sich nieder. Als Yun-Hee sah, daß sie müde war, diagnostizierte sie das als „Mangel an Energie“. Sie war übrigens fest davon überzeugt, daß man nicht irgendein Menü anbieten soll, sondern eines, das für Männer bestimmt ist, die sich vor Verlust an Manneskraft fürchten; das sei der sicherste Weg, Geld zu verdienen. So konnte Yun-Hee mit ihrem jetzigen Restaurant, dessen Spezialität nur Ginseng-Hühnersuppe war, nicht zufrieden sein. Yun-Hees Restaurant befand sich am großen Platz links vor dem Bahnhof, und ihr Geschäft ging ganz gut.

„Ob Schlangen, oder Regenwürmer ist völlig egal. Hauptsache, man schöpft beim Essen so viel Kraft, daß man nicht mehr weiß, wohin damit - das tut dem Gast gut, und auch mir, indem ich davon verdiene“, sagte sie mit gesenkter Stimme und fügte hinzu: „Du weißt, wie die Männer sind. Sie werden sofort bleich, wenn sie die Diagnose bekommen, daß sie unter Mangel an Energie leiden.“

Die Männer schienen in dem schicksalshaften Gedanken befangen zu sein, daß sie kein Mann mehr waren, sobald sie keine Frau mehr begehren konnten. Darum eroberten sie hemmungslos Frauen, und versuchten, von oben herab, Witze über die Frauen zu reißen. Aber die Frauen waren auch nicht besser. Bei ihnen sah es weniger aggressiv aus, aber es war ansonsten die gleiche Geschichte wie bei den Männern, denn Frauen treiben es auch mit jedem, abgesehen von den Lesben.

Seitdem sie allein lebte, machte man ihr gegenüber zahllose sexuelle Anspielungen. Und das geschah auf der Straße, auf dem Markt und sogar seitens wohl bekannter Nachbarn so öffentlich, daß sie einigermaßen verblüfft war, wie offenkundig die Abwesenheit ihres Mannes schien. Yun-Hee reagierte in so einem Fall mit einer erfahrenen Geste. In Yun-Hees Fall geschah so ein pötzlicher Überfall aber auf einer eher gleichberechtigten Ebene, denn ihre Freiheit war gesichert und sie war finanziell unabhängig. Und mit der Zeit bekam ihr Verhalten sogar den Anschein des Verführerischen. Besonders in Seoul war das so, wurde ihr plötzlich klar;

sollte die Stadt auch daran zugrunde gehen und sollte es die Einwohner auch ins Verderben stürzen, Seoul barst vor Gier nach Geld, Sex und Macht. So empfand sie es jedenfalls. Während diejenigen, die etwas weniger hatten, sich anstrengten, um wenigstens etwas mehr zu erreichen, suchten andere, obwohl sie schon fast alles besaßen, mit gierig aufgerissenen Augen ständig nach etwas Neuem. Es gab nicht viele, die glaubten, daß ihnen nichts mehr fehlte. Diesem Glauben anzuhängen, bedeutete praktisch nichts anderes als - die Losungen von Freiheit und Gleichheit im Munde - in völliger Unterwerfung ein ganzes Menschenleben lang voranzuhetzen, wie ein Getriebener und schneller keuchend als ein hustender Asthmatiker.

Wenn sie morgens gelegentlich ganz früh aufstand und die graue Dunstglocke sah, die die ganze Stadt zugedeckt hatte, dachte sie, daß dieser Dunst eben der Überrest aller Begierden war, die gestern nacht keuchend ausgehaucht worden waren. Um so mehr, wenn sie beobachtete, wie sich der Atem der Intrige, den man in viele verschlossene Zimmer in dieser Stadt oder auf die mit Dunkelheit bedeckten Straße geblasen hatte, morgens vor der Sonne zurückwich.

Manchmal, wenn sie sah, wie sich die Dunstwolken zusammenballten, kam es ihr vor, als löste sie sich selber irgendwie auf, und sie würde in das Knäuel der Nebelschwaden hineingesaugt. Es gab auch Perioden, in denen sie das morgendliche Aufwachen nach dem Schlaf ganz einfach als ersten Atemzug des normalen, sich immer wiederholenden Rhythmus der vorbeigehenden Tage empfand. Im Unterschied zu jenen Tagen, an denen sie jeden Morgen das vage Gefühl befiel, immer tiefer in einen unergründlichen Brunnen zu sinken, war das eine weitaus angenehmere Zeit gewesen. Damals glaubte sie ihre Zukunft einigermaßen vor sich liegen zu sehen. Sie hatte das Gefühl, ihr eigenes Leben gehöre ihr selbst und sie könne es eigenständig gestalten. Auch ihre Heirat war das Ergebnis dieses Optimismus. Als sie ihn zum ersten Mal sah, konnte sie nicht anders als ihn mögen; er war einfach unwiderstehlich.

Soweit sie wußte, konnte es doch nicht falsch sein, jemanden zu heiraten, den man mochte. Als sie nicht genau wußte, wie sie mit dieser immer stärker werdenden Neigung zu ihm umgehen sollte, machte er ihr einen Heiratsantrag. Insofern war ihr Leben bis dahin ganz nach Plan verlaufen. Aber seitdem war sie alles andere als Herrin ihrer eigenen Zukunft. Weil er oft zwangsweise isoliert wurde, war auch seine Zukunft nicht seine eigene. Daß sein Vergehen kein landläufiges Delikt war, war kein ausreichender Trost. So ging das Leben drunter und drüber. Das Einzige, was er tun konnte, war schwankend vorwärts in jene unsichere Zukunft hineinzuschreiten, die durch die zitternden Augenlider hindurch zu sehen war. Vielleicht sollte sie ihm für den kommenden Winter eine gefütterte Hose ins Gefängnis schicken. Keine Ahnung, ob sie mit dem kommenden Frühling neue Hoffnung hegen durfte!

Tiere waren auch in einen solchen Käfig gesperrt, obwohl man nicht den Eindruck bekam, sie seien isoliert. Man brauchte nur breit und tief genug einen Graben auszuheben, damit die Tiere nicht hinüberspringen konnten. So sah man Hirsche und Böcke, und man konnte denken, sie liefen und spielten neben den Menschen. Ein Papagei saß auf einer hohen Stange im Gras, sah auf die Menschen hinunter, und grüßte: „Wie geht es Ihnen?" Ein Elefant riß sein großes Maul so weit auf, daß man in die Kehle, so tief wie eine Höhle, blicken konnte, und wartete geduldig, bis die Kekse seinen Mund genau trafen. Weit weg schwebten Luftballons, die das Delphin-Schauspiel ankündigten. Pfauen näherten sich mit kleinen Schritten den Zuschauern und schlugen die Flügel zu einem Rad, so daß die sehr feinen Muster zu sehen waren. Sie alle taten sehr vertraut, als seien sie Nachbarn der Menschen. Sie schienen so gelassen, als wollten sie mit den Menschen zusammen spielen. Und man könnte fast ein Fest mit ihnen veranstalten, gäbe es nicht die Hindernisse, die sie hier und dort trennten.

Elefanten, sogar Giraffen und Krokodile wollten nicht von den Menschen weg, in der Hoffnung, man würde ihnen etwas zum Knabbern zuwerfen. Sie schienen bereit zu sein, sogar Steine zu fressen. Nach dem Bericht im Fernsehen sollte das Futter für die Tiere erstklassig sein, von Rindfleisch bis Bananen und Joghurt, auch ausreichend. Aber diese Geschöpfe bettelten unaufhörlich mit hungrigen Blicken nach Futter. Dieser Hunger, ein Hunger ohne Ende und ihr unbändiger Appetit waren wahrscheinlich auf ihre Gefangenschaft zurückzuführen. Es gab kein Gitter und keine Mauer, doch eine heimliche Trennung war schon da, die vom bloßen Betrachten her sehr freizügig wirkte. Allerdings konnte man nicht behaupten, man hätte ihnen eine Freiheit zum Weiden gegeben.

Kinderschreie, der laute Ruf einer Frau nach jemandem und laute Rock 'n' Roll Musik kam von irgendwoher. Es herrschte rundherum ein Durcheinander. Es war kurz nach Mittag, und die Sonne stach erbarmungslos. Wenn man Frauen sah, die endlich einmal nach langer Zeit einen Ausflug machten, waren immer ihre Männer dabei, die gelangweilt und totmüde Kinderwagen vor sich herschoben oder knipsten. Dahinter folgten langsam einsame, ältere Leute in weißer Kleidung und blickten erschöpft im Park um sich her, in einem der größten Parks im Osten, der aber die Menschen zwang, endlos zu Fuß zu gehen. Aufgeregtes Plappern und begeisterte Ausrufe waren zu hören, aber dahinter standen die Männer und die älteren Leute und langweilten sich meistens. Aber unabhängig von den Erwachsenen freuten sich die Kinder und waren ausgelassen. Die Frauen, ihre Männer, die Alten und die Kinder. Ihr jeweiliger Gesichtsausdruck, die zerhackten und so dahingeworfenen Gesprächsbrocken. Antworten, die Desinteresse verrieten und seufzendes Atmen. Als sie an all dem vorbeiging, fühlte sie sich einsam. Sie mußte an die Langeweile denken, die sich, egal wo, fortwährend an das Leben heftete. Auch eine Betrachtung aus reiner Langeweile und Müdigkeit. Aber mit dem Effekt, daß man sich noch mehr langweilte und noch müder wurde. Die Menschen, die dazu neigten, sich überwiegend zu langweilen, wirkten mit ihren trägen Schritten irgendwie einsam, auch sie fühlte sich einsam, und ihr Augenlid begann wieder zu zittern.

Ihr Mittagessen packten sie auf einer Matte aus Vinyl, an einem flachen Hang eines niedrigen Hügels aus. Sie verteilten Gimbab, trockenes, gebratenes Bulgogi und gebratene Wurst, alles, was der Koch in Yun-Hees Restaurant geschickt vorbereitet hatte, und sie waren eine Zeitlang sehr damit beschäftigt, die Kinder zum Essen zu bewegen. Diese konnten keine Sekunde lang ruhig auf ihrem Platz sitzenbleiben. Sung-Ku lief taumelnd den Hang hinunter, man holte ihn zurück, steckte ihm einen Bissen in den Mund, dann lief er wieder weg, man holte ihn noch einmal zurück und steckte ihm einen Bissen in den Mund. Schließlich warf Yun-Hee die Stäbchen weg und stöhnte: „Ich glaube, ich bin geboren, nur um dieses Kind zu füttern. Wenn ich alle meine Kräfte brauche, um ihn zum Essen zu bringen, kommt mir das alles so sinnlos vor. Was zum Teufel soll das? Jetzt kann ich ja schon zufrieden sein, wenn ich ihm bloß eine Schale voll Reis gegeben habe, aber ob ich das, was noch alles kommt, bewerkstelligen kann, weiß ich nicht. Ich glaube, ich kann das nicht."

„Wenn Sung-Ku groß wird und er eigenhändig sein Essen besorgen kann, dann hast du nichts mehr zu tun. Und das wird nicht so leicht für dich sein, oder?“ Darum heirate lieber schnell, hätte sie gern noch gesagt, aber sie schwieg. Sowieso schien sich Yun-Hee einerseits davor zu fürchten, aber andererseits gerade darauf zu warten, daß sie Sung-Ku nicht mehr füttern mußte. Wenn diese moralische Pflicht auch verschwinden würde, an der sie mühsam hing, würde es für sie keinen Grund geben, allein, einsam zu leben. Es wäre vielleicht auch nicht richtig, daß sie ohne irgendeine Rechtfertigung und trotz aller Verlockungen, die von allen Seiten wie Pfeile abgeschossen werden, hartnäckig allein lebte.

„Einmal wurde ich schon betrogen, so möchte ich nicht noch einmal betrogen werden. Und wer könnte diesen Teufel wie Sung-Ku so gut erziehen wie sein eigenes Kind? Nein. Alle Männer sind solche Typen: sie sterben, ohne ein einziges Mal im ganzen Leben ihr Herz ausgeschüttet zu haben.“

Männer sind sowieso so, und sie sind eben so. Das war also Yun-Hees Prinzip. Demnach war das Leben der Männer sehr widerspruchsvoll, und fast zum Verzweifeln bedauerlich.

„Ich hab keine Lust, noch einmal zu heiraten. Vielleicht sollte ich lieber langsam anfangen zu lieben. Erst genießen und sich dann nicht wieder umdrehen. Wie ist es bei dir? Sehnst du dich nicht nach Männern?“

Sie grinste nur. Als ihr Mann, nicht getrennt von ihr wie jetzt, bei ihr zu Hause war, fragte Yun-Hee: „Wie geht's? Hast du viel Spaß mit deinem Mann?“ Wenn sie düster dreinblickte, sagte Yun-Hee: „Was hast du? Geht die Nachtarbeit nicht gut?“ Für Yun-Hee, die mit ihrem Restaurant gut allein zurechtkam und einigermaßen Erfahrung mit dem Geldverdienen hatte, bedeutete ein Ehemann wahrscheinlich ein Wesen, das am Tage zu nichts taugte. Und jetzt fragt diese Frau: „Sehnst du dich nicht nach Männern?“

Ihr Mann. Eine Zeitlang hatte sie mit ihm zusammengelebt, aber eine viel längere Zeit war er doch von ihr getrennt gewesen. Wenn sie sich nach Männern sehnte, so glaubte sie, müßte es nicht unbedingt ihr Mann sein. Sie fragte sich, warum es unbedingt Männer sein sollten, wenn man sich nach etwas sehnte. Und nicht nach dem Stein, den man als Kind im Garten vergraben hatte. Oder nach einem alten Turnschuh, den man am Strand eines Bächleins hatte schwimmen lassen; nach dem Parfüm von

Mädchen, an denen man vorbeiging, den von diesem Parfüm getragenen kleinen Fliederblüten, und den Tagebüchern, die im Dachzimmer gelb verblichen waren. Das, wonach man sich sehnte, stand immer am Ende von Erinnerungen, und wenn man viel später an die frühere Zeit zurückdachte, lag die Welt immer vor einem wie eine unsaubere Kritzelei. Sie sah die grauen Bilder vor sich, die sich aus den Schatten der Erinnerungen entfalteten und streichelte den kleinen Körper Kyong-Chus, der in ihren Armen lag. Ob es auch in diesem kleinen Kopf diese grauen Bilder der Erinnerungen gibt? Wenn ja, dann müssen all diese Erinnerungen mit ihrem fragwürdigen Vater zusammenhängen. Was in ihren Fragen am häufigstens auftauchte, war : „Mama, was macht Vater?" Um als ein festes Bild in den Erinnerungen seines kleinen Kindes bleiben zu können, war seine Anwesenheit zu gering. Da er immer sehr beschäftigt war, blieb er kaum lange bei seinem Kind. Nicht sein Vater, sondern Herr Eum vom Fotoladen oder Herr Chu vom Tapetengeschäft waren dem Kind vertraut. Denn sie waren die Bekanntesten, die es jeden Tag sehen konnte.

Wenn es auch nicht alles betrifft, trotzdem; wieviele Dinge wir vergessen haben und wie wir doch so ohne weiteres leben! Man glaubte, die Erinnerungen schwebten ganz deutlich vor einem, aber schon am nächsten Tag wurde ein Teil davon ausgewischt und einige Tage später ein anderer Teil, und nach ein paar Monaten blieb nur ein winziger Teil übrig. Sie kannte das genau. Wenn man von dem wenigen Vergangenen absieht, das in einer Ecke des Herzens wie ein Dolch steckte, wieviel konnte man noch tief im Herzen aufbewahren? Der Versuch war vergeblich, Träume festzuhalten, die in der Nacht lang und recht schockierend waren, aber gleich beim Aufwachen in der Schattenwelt verschwanden.

Traum? In ihrem ganzen Leben gab es einen einzigen Traum, der tief in ihrem Herzen steckte. Sie war einmal um Mitternacht von einem Traum aufgewacht und hatte sich hingehockt. Ihr Mann schlief daneben, müde und mit zusammengezogenen Gliedern. Am Morgen, dachte sie, werde ich es ihm erzählen, aber die Zunge wurde ihr schwer. Sie zögerte noch und überlegte, ob sie es ihm am nächsten Tag erzählen sollte. Aber bevor der nächste Tag kam, ging er weg. So gehörte dieser Traum nur ihr allein. Deswegen war er nirgends beschädigt und ganz erhalten, so daß sie sich jederzeit genau daran erinnern konnte:

Es war ein recht großes und ganz helles Zimmer. Es gab östlich ein großes Fenster, aber es hatte keine Gardine und sah sehr verlassen aus. In der Ecke im Süden stand eine Tür offen, durch die ein Dachzimmer zu sehen war. Ja, ein Dachzimmer, so mußte man es bezeichnen. Denn es sah aus wie tiefe, sehr tiefe Schamteile. Das Zimmer war leer. Es waren keine Haushaltsgeräte oder anderes Alltagszeug darin, trotzdem stand sie mit einem Besen in der Hand. Das war alles, was in diesem Traum den Rahmen bildete. Als sie endlich begriff, daß dieses Zimmer in Wirklichkeit doch von vielen Tausenden, Zehntausenden und Tausend Millionen Maden wimmelte, verlief im Traum alles ganz schnell. Aus dem Dachzimmer, das wie tiefe, sehr tiefe Schamteile aussah, krochen Schwärme von Maden hinunter und bedeckten einige Holztreppen, außerdem den Boden und schließlich alle vier Wände. Sie krümmten sich fortwährend, drehten die weißen Körper herum und drängten, wie in einer besonderen Welle, fließend zur Tür. Wie sie da hinunterströmten und sich wanden und hinkrochen, wuchs ihre Anzahl ins Unendliche. Ihr ganzer Körper zitterte in einer schrecklichen Vorahnung; daß sie sich bald zur Tür hinauswälzen und das ganze Haus, ja sogar die ganze Welt bedecken würden.

Schließlich wird sie fast wahnsinnig vor Wut und schwingt den Besen in alle Richtungen. Sie tritt die Maden zu Tode und schiebt sie nach allen Kräften weg. Sie will zum Dachzimmer hin, aus dem es unaufhörlich strömt, und erschreckt vor dem ekelhaften Gefühl, als sie unter ihren Füßen zertreten werden. Sie dreht sich um und sieht einen großen Fluß. Einen Fluß voller Maden. Eine unter dem Sonnenschein glänzende, weiße Welle. Weiße Rücken der Maden, die sich krümmend immer weiter vorwärts bewegen. Sie vergißt Ekel und Angst, schwingt weiter den Besen, wie wahnsinnig. Und die Wellen von Maden fließen mächtig aus diesen tiefen Schamteilen herunter, füllen das ganze Zimmer und fließen weiter hinaus. Es scheint, als ob niemand diesen Strom aufhalten könnte. Das, worauf sie sich verlassen kann, ist nur dieser Besen, so kämpft sie mit ihm gegen die Maden. Sie selbst sieht wie eine etwas großere Made aus, die in den Fluß von Maden gestürzt ist.

Endlich, aus dem Gewühl der Madenwellen, kommt das saubere Zimmer wieder zum Vorschein. Sie steht da, noch den Besen in der Hand, und überzeugt sich von ihrem Sieg. Das Fenster im Osten ist verlassen, entblößt wie am Anfang, die Treppen zum Dachzimmer und alle vier

Wände sind sauber. Sie scheint erschöpft, so erschöpft, daß sie sich gerne sofort mit einem Plumps niedersetzen würde. Sie wirft den Besen weg, der einen harten Kampf hinter sich hat, und bewegt sich ein bißchen. Mühsam glättet sie ihren Rock und klopft ihn ab. In diesem Augenblick fallen Maden auf den Boden hinunter, zitternd, sich krümmend. Sie schreit vor Schreck, zieht den Rock hoch und klopft ihn weiter ab, sie ist außer sich. Von den Rockfalten, ihrem Nacken, aus der Unterwäsche, von ihren Schenkeln fallen Maden endlos hinunter, vermehren sich sofort und beginnen wieder das ganze Zimmer zu bedecken. Immer wieder versucht sie, die vielen Maden aus den Haaren herauszuziehen, aber am Ende stürzt sie in einen unendlichen Abgrund.

„Essen macht schläfrig. Wenn ich hier ein bißchen schlafen könnte, dann könnte ich aufbrechen."

Yun-Hee lag schon auf der Matte, nachdem sie alles leere Geschirr schön sauber in die Tasche gepackt hatte. Da kam eine Frau in mittleren Jahren zu ihnen mit einer kleinen Tasche in ihrem Arm, sie öffnete die Tasche und sagte: „Ganz kalt." In ihrer Tasche waren einige Dosen Bier, die Oberflächen waren feucht. Vermutlich waren auch in den Taschen einiger anderer Frauen, die sich ebenfalls den Leuten näherten, die zu Mittag aßen, einige Dosen Bier. Sie waren von den Wachen nicht bemerkt worden.

„Geben Sie zwei Dosen."

Die beiden Frauen gossen sich das kalte Bier schlückchenweise in den Mund. Yun-Hee hatte als erste die Dose geleert.

„In solchen Situationen wie jetzt ist Bier das Beste. Es löscht den Durst ganz und gar. Ach die Männer. Das sind eben Kreaturen, die ohne Frauen und Alkohol keinen Spaß haben... Vorgestern habe ich bei einer Freundin ein geselliges Treffen gehabt und in ihrem Schlafzimmer diesen Pornofilm gesehen, weißt du? Sie haben von Anfang bis Ende das Glas nicht vom Mund genommen und haben so komische Sachen gemacht."

Solche Art Pornofilme, sagte Yun-Hee, seien ihr jetzt einfach zu langweilig. Daß es solche Filme gab, wußte sie auch. Wie heimlich diese und jene Filme gedreht wurden, wußte fast jede durchschnittliche Frau, wenn auch nicht alle. Natürlich waren die Frauen in Wonmidong keine Ausnahme. Denn Wonmidong, ja Wonmidong war nicht mehr das Wonmidong von früher. Diese Frauen waren schon darin geübt, ganz geschickt

Informationen auszutauschen, so wie man ein Geheimdokument behandelt. Danach taten sie so, als hätten sie nicht geahnt, daß es überhaupt solche Filme gab, und machten eine Miene, als ob sie unschuldig seien. In versteckter Neugier schreitet heimlich die unendliche Lust des Menschentriebes fort, und die Stadt haucht wieder den dicken Nebel aus. Überall im Zentrum hängt der dichte Nebel wie eine Rauchbombe. Die Menschen haben es eilig, in dem Nebel zu verschwinden. Bis der Tag anbricht, das wußte sie genau, wird dieser Nebel sich nicht auflösen.

„Mama, Mama, gehen wir doch zur Delphin-Vorführung, schnell!"

Keuchend kam Sung-Ku angelaufen. Er hatte bis jetzt in der Nähe gespielt und schrie: „Delphin, Delphin." Auch Kyong-Chu plapperte es nach. Das Kind hatte schon vorher aus Angst, das Delphinschauspiel zu verpassen, gedrängelt, und wahrscheinlich hatte es jetzt jemand daran erinnert.

Vor dem Vorführplatz wimmelte es von Leuten. Die beiden Schlangen von Menschen, die nach Eintrittskarten anstanden, und von denen, die auf Einlaß warteten, gingen wirr durcheinander. Und aus dem Lautsprecher drangen die Geräusche der Vorführung direkt heraus, so daß man kaum zu sich kommen konnte. Sie ließ Yun-Hee und die Kinder in einer Ecke stehen, ging zur Kasse und erkundigte sich nach der Lage. Sie hatten gerade Mittag gegessen, und sie hoffte, daß sie wenigstens Karten für die letzte Vorstellung kaufen könnte.

„Es gibt keine Vorführung mehr, die jeder, der Geld hat, sehen kann. Sobald ich hier ankam, habe ich mich gleich in diese Schlange gestellt und endlich die Karten für meine Familie bekommen. Ich habe noch nicht zu Mittag gegessen. Ich bin nirgends gewesen, ich meine, ich habe den ganzen Tag hier verbracht", sagte ein alter Mann, dessen Haare zur Hälfte weiß waren, wobei er ihr die Karten für zwei Uhr nachmittags zeigte. Alle Karten waren schon ausverkauft, und was man noch verkaufte, waren nur Karten für die letzte Aufführung um fünf Uhr. Aber auch die reichten nicht. Es waren nämlich nur noch ein paar Karten übrig. Darum lohnte es nicht, sich in die Schlange zu stellen.

Jedenfalls war Sung-Kus Enttäuschung sehr groß. Yun-Hee und ihr Sohn klammerten sich noch an die Möglichkeit, daß sie vielleicht Schwarzkarten kaufen könnten, aber sie überredete die beiden, den Platz zu verlassen, zog die kleine Schulter Kyong-Chus fest an sich und sah zurück. Dort standen immer noch unzählige Menschen dicht zusammengedrängt.

Nachdem sie auf die Delphinvorführung verzichtet hatten, war es so, als seien sie wieder auf eine große Wiese hinausgeschleudert worden. Es war Mittagszeit. Die Familien wurden des größten Parks im ganzen Osten und des Zuschauens müde. Und die Arme und Beine der Familienväter schienen immer schwächer zu werden. Der Sonnenschein über den Köpfen war noch kräftig genug, so daß man sich vor ihm hüten mußte. Die Kinder quengelten, weil sie ihr Interesse schon halb verloren hatten, und verlangten nur immer wieder etwas Kaltes. Yun-Hee beklagte sich heftig, daß der Herbstsonnenschein das Altern beschleunigte. Sie setzten sich in den Schatten und aßen Eis. Nur um etwas zu sehen, wollten sie nicht mehr unter der brennenden Sonne gehen. Man sagte, wenn man den Ort hier verließe und etwa dreißig Minuten zu Fuß ginge, komme man zu einem Spielplatz, auf dem es Geräte wie Achterbahnen, Flugzeuge oder Holzpferde gab. Aber die Müdigkeit lähmte sie so sehr, daß sie sich nicht aufraffen konnten.

Aber nach Hause gehen konnten sie jetzt auch nicht, das wäre zu schade. Wo man schon Essen mitgebracht habe, sagte Yun-Hee, sei es einfach zu dumm, jetzt zu gehen. Man habe bis jetzt nur ein paar Tiere von weitem angesehen, und das auch nur über die Schultern anderer Menschen hinweg. Dabei wagte Yun-Hee kaum, aus dem Schatten herauszutreten. Sie hatte aber schon recht. Sie hatten nicht einmal Tiger oder Löwen gesehen. Man müsse schon alles tun, meinte Yun-Hee, was die anderen tun. Und wenn es auch nur Kleinigkeiten seien - man könne sich ja auch am Anblick unbedeutender Dinge erfreuen - man müsse wenigstens soviel sehen, wie die anderen auch gesehen haben.

Aber selbst wenn sie schon jetzt zurückginge, wäre heute kein schlechter Tag gewesen. Für sie, die immer an das Haus gefesselt war, war es schon genug, überhaupt einmal aus dem Haus gegangen zu sein. So schlimm würde es wohl nicht sein, wenn man die Tiger nicht gesehen hätte. Auch Kyong-Chu müßte schon genug gesehen haben, um den Kindern in Wonmidong einige Tage lang stolz etwas erzählen zu können. Aber gegenüber Yun-Hee schwieg sie. Yun-Hee war traurig und glaubte, dieser Tag sei für Sung-Ku kein besonders schöner Tag gewesen. Das konnte sie ohne weiteres verstehen. Denn man konnte seine Kinder nie zufriedenstellen.

Wegen der Hitze am Boden war es auch im Schatten unter den Bäumen nicht sehr kühl. Zudem fingen die Kinder vor Langweile an, sich herumzuwälzen. Es war nicht so, daß es gar nichts gab. Endlich standen sie auf und verließen den Platz. Denn sie sahen weiter hinten den Eingang zu einem Vogelhaus, dessen Anblick verriet, daß es dort wohl kühl sein müßte. Um von der Tierwelt in die Welt der fliegenden Geschöpfe zu gehen, begaben sie sich müde dahin. Sie strich über ihren Nacken und ihre Arme und sah zum Himmel hinauf. Obwohl der Sonnenschein brennend heiß war, sah der Himmel herbstlich aus. Sie nachahmend sah auch Kyong-Chu zum Himmel hinauf. Dann blickte auch Sung-Ku zum Himmel hinauf, schließlich warf Yun-Hee ihren Kopf nach hinten und sah ebenfalls zum Himmel hinauf. Yun-Hee wandte den Blick vom blauen Himmel ab, an dem ja nichts war, und schlug ihr in die Hand.

„Was ist? Plötzlich erinnerst du dich an deinen Mann?"

Dort standen Glaskästen an der Wand entlang, jeder einen Meter lang und breit, der Geruch war ekelhaft. Wahrscheinlich vom Tiermist oder der Innenluft. Schon dieser Geruch trennte deutlich diese Welt von der Außenwelt. Plötzlich dachte sie an ihren Mann. Gerüche, besonders solch ein ekelhafter Gestank war immer etwas, was ihr Mann unbedingt beseitigen mußte. Solange es stinke, sagte er, könne er nicht anders. Er mußte einfach den verfaulenden Müll wegschaffen und die verstopfte Gosse sauber kriegen.

Jetzt, in diesem Vogelhaus, konnte sie nichts mehr riechen. Der Geruchssinn war schon betäubt. Man vergaß, daß es stank, und die Nase hörte auf, Gerüche wahrzunehmen. Für die Menschen, die daran gewöhnt sind, jemandem ausgeliefert zu sein und gezähmt zu werden, gibt es nichts, was man nicht ertragen kann. So ist es eben.

So viele Vögel, aber nirgends war Vogelgeschrei zu hören. Mit wie ausgestopften Pupillen und unbeweglich wirkenden Krallenspitzen saßen sie in einer Reihe. Auf einem toten Ast sitzend fixierten Spatzen, Bohnenvögel und Lerchen genau die Menschen, die jenseits der Glaswand standen. Sie schienen gar nicht den Vögeln der Außenwelt ähnlich zu sein, die auf einem Zaun und manchmal in den Furchen eines Gerstenfeldes bei einer Windbrise so schön sangen. Das lag vielleicht an ihrem dumpfen Schweigen. Man hatte alte Baumstümpfe abgeschlagen und sie mit Zement befestigt, aber an keinem Ast hing auch nur ein einziges Blatt. Die

Vögel saßen regungslos am Ende des dicken Astes, flogen plötzlich auf und setzten sich auf einen anderen Ast. Dann verharrten sie sofort in Regungslosigkeit. Die Kinder hingen an der Glaswand und streckten die Hand vor, um die Vögel zu locken, oder ahmten einen Vogelschrei nach.

Ungefähr in der Mitte des Vogelhauses traf sie auf den Goldfink, auf koreanisch heißt er Schellenvogel. Natürlich hatte sie ihn nicht an der Farbe des Schnabels oder der Federn erkannt. Durch das Hinweisschild war sie auf ihn aufmerksam geworden. Seine Federn waren grau und seine Augen düster. Sie war recht enttäuscht. Goldfink, Goldfink, trilili, Goldfink. Jedesmal, wenn sie dieses Lied sang, empfand sie ein reines Gefühl, wie ein Tautropfen. Aber hier verspürte sie nichts. Sie sah den Vogel vor sich, nicht verdeckt oder irgendwie metaphorisch, sondern in Wirklichkeit und war augenblicklich enttäuscht. Sie begriff sogleich, daß der Gesang fehlte. Nur wenn er mit schellenartiger Stimme schön laut singt, nur dann verdient er es, daß man ihn Schellenvogel nennt. Ein Schellenvogel, der nicht singt, ist nichts als etwas Fliegendes mit grauen Federn.

„Das ist der Schellenvogel."

Trotzdem mußte sie es ihr Tochter beibringen. Wie sie ihr jenes Lied beigebracht hatte, wobei sie sie jede Strophe nachsingen ließ: „Wo hast du gestern diese Schelle gepflückt? Gruuu, diese Schelle, wo hast du sie gepflückt." Na ja, wo müsse er sie wohl gepflückt haben? Wo sei diese Schelle gewesen, fragte einmal Kyong-Chu, und sie grübelte nach, wo sie hätte sein können. Wo könnte sie sein? Und warum sollte er sie jetzt nicht pflücken können? Solange er hinter der dicken Glaswand und unter der Decke aus Zement gefangen war, anstatt unter blauem Himmel zu fliegen, und solange er auf einem toten Ast saß, konnte er die Schelle bestimmt nicht pflücken.

Kyong-Chu wurde lustig und begann zu singen. So wie für sie, war es auch für Kyong-Chu das erste Mal, einen Schellenvogel zu sehen. Das Kind sah jetzt den Vogel vor sich, der vorher nur im Lied existiert hatte, und sang das Lied mit heller Stimme. Hier im Vogelhaus, wie in einer tiefen Höhle, wurde für das Kind das Lied Wirklichkeit.

„Ah, der Schellenvogel lebt ja in der Höhle."

Kyong-Chu nickte mit dem Kopf. Ruckartig fuhr sie zusammen und sah das Kind an. Denn die Worte ihres Kindes hatten für sie so geklungen: „Vater lebt ja in der Höhle." Sie dachte, das Kind hätte geschrien:

„Ah, Vater - der einst mit dem Kind zusammen gelebt hatte, aber jetzt nicht mehr da war - lebt ja in der Höhle."

Von nun an würde das Kind, jedesmal wenn es das Lied vom Schellenvogel singt, immer an diesen Vogel denken, der dort in der Ferne lebt. Das Kind würde sich an den Schellenvogel erinnern, wobei es statt seiner singt und so das Schweigen des Vogels wettmachte. Sie sah wieder den Schellenvogel an. Das kleine Lebewesen, das seinen Schnabel nur so leicht bewegte, daß man seinen Schrei nicht hören konnte, schlug mit den kleinen Flügeln, um sich zu einem anderen Ast zu bewegen.

Yun-Hee war es, die entschied, man müsse sich nun beeilen, bevor bei der Rückfahrt der Verkehr zu dicht würde. Vom Grandpark in Kwachon bis nach Buchon fuhr zum Glück ein Linienbus, aber darin herrschte ein furchtbares Gedränge, so daß auch sie sich gerne beeilen wollte. Sie verließen das Vogelhaus. Yun-Hee war eine Zeitlang damit beschäftigt, die wenigen verbliebenen Bilder zu verknipsen, und sagte, sie werde nächsten Monat wiederkommen und den Rest ansehen.

Nächsten Monat! Dieses Wort Yun-Hees kam ihr so fremd vor wie etwas, was sie zum ersten Mal hörte. Für sie war nicht einmal der kommende Morgen sicher, so konnte sie schlecht für die Frist eines Monats vorausschauen. Das war nichts Neues. Morgens und abends würde man sich nach dem warmen Fußboden sehnen, und die Straßenkehrer würden sich krumm machen, um hier und da die gefallenen Blätter aufzufegen. Sie würde Kyong-Chu langärmlige Kleidung anziehen müssen und ungefähr hundert Preßkohlen bestellen, dann aus dem neu geernteten Reis Kuchen backen und Seetangsuppe kochen müssen, um Kyong-Chus vierten Geburtstag zu feiern.

Vor vier Jahren, an einem recht schönen Herbsttag, wurde dieses Kind in einer Frauenklinik in der Nähe geboren, nach vierundzwanzigstündigen Geburtswehen. Obwohl schon vier Jahre vergangenen waren, konnte sie es sich recht gut ins Gedächtnis zurückrufen. In dieser Nacht kam ihr Mann, als er von der Geburt seiner Tochter erfuhr, angelaufen und hatte als Geschenk einen kleinen Beutel Milch mitgebracht. Während sie tranken, sagten weder er noch sie etwas. Das junge Ehepaar blieb schweigsam, denn sie hatten nichts Frohes zu sagen, was für den Neugeborenen, der neben ihnen lag, schön zu hören gewesen wäre.

Auf dem Rückweg sahen sie wieder Giraffen. Eine Stelle, die sie am

Vormittag nicht bemerkt hatten, hatte eine große eiserne Tür, die in den Zwinger führte, und war von einer hohen Mauer umgeben. Dort standen einige Menschen zusammen und kicherten. Eine Giraffe streckte ihren langen Hals über die Mauer, und fraß, was ihr die Menschen zu fressen gaben. Wenn sie ihren langen Hals über die Mauer hinweg zu den Menschen vorstreckte, legten sie der Giraffe so etwas wie einen Keks in das geöffnete Maul.

Als sie alle zusammen zu den Giraffen gelangten, streckte gerade eine andere den Hals über die Mauer hinaus, weil sie etwas gemerkt hatte. Yun-Hee streckte der neuen einen Keks hin. Da wurde die rote Zunge sichtbar, und Yun-Hee legte einen Keks darauf. Sung-Ku hüpfte erfreut, auch Yun-Hee drehte sich um und sah vor Stolz leicht errötend ihr Kind an. In diesem Augenblick tauchte wieder eine andere auf. Auch Menschen kamen hinzu. Als sie über die Mauer hinweg etwas zu fressen erbettelten, gaben ihnen die Menschen alles mögliche. Ganz junge Äpfel, Bonbons und auch Eis. Sogar Chipo, ein getrockneter Fisch, oder Kaugummi gab man ihnen und manche steckten ihnen die leeren Packungen ins Maul.

Yun-Hee schien so lange dableiben zu wollen, bis die Süßigkeiten leer waren. Irgendwie sah das ganz lustig aus. Die Hälse dieser Geschöpfe, dieser Giraffen, hingen so tief über die Mauer herunter, so tief, daß man schon die Köpfe streicheln konnte, wenn man sich auf die Zehen stellte. Wirklich, das lohnte sich zu sehen. Die rote Zunge im geöffneten Maul zu sehen, in die Kehle zu schauen und gleichzeitig füttern zu können, versetzte die Menschen in so große Aufregung, daß sie nicht ohne weiteres den Platz verlassen wollten. Schon fünf Giraffen waren zusammengekommen. Sie machten lange Hälse, nur um mehr zu fressen zu bekommen. Und sie bildete sich ein, an den schwarzen Augen, groß wie Tannenzapfen, hätte sie Tränen gesehen. Da trat ein Mann in Lederstiefeln durch die eiserne Tür herein, er hatte eine lange Peitsche. Die Peitsche pfiff, stieß gegen die eiserne Tür und knallte laut. Trotzdem wichen diese Geschöpfe nicht gleich zurück, und schließlich schien die Peitsche genau eine von ihnen getroffen zu haben. Im Nu verschwanden die lange Hälse, die über die Mauer hinausgestreckt waren, und man hörte sie schnell fortlaufen. Nachdem die Giraffen mit einem Hunger, der nie gestillt werden konnte, zur anderen Seite der Mauer vertrieben worden waren, staubten die Menschen ihre Hände ab und drehten sich um.

Sie gingen zu Fuß weiter. Die Kinder waren vom Anblick der Giraffen erfreut und hüpften immer abwechselnd an die Spitze. Kyong-Chu sang seit kurzem das Lied vom Schellenvogel: „Schellenvogel, Schellenvogel, trilili, Schellenvogel. Wo hast du gestern diese Schelle gepflückt? Trilili, Schellenvogel, wo hast du sie gepflückt?“ Das Lied ging weiter, und von diesem Lied angespornt, gingen Yun-Hee und sie müden Schrittes weiter.

Diese leichte und einfache Melodie und ihre angespornten schweren Schritte. Trilili, Schellenvogel. Wenn das Kind trilili sang, dann wurde sein Mund spitz wie ein Schnabel, und ihre Schritte gerieten augenblicklich aus dem Rhythmus. Trilili, Schellenvogel. Als sie ihren Schritt wieder in den Rhythmus brachte, merkte sie, daß gleich das Lid zu zittern beginnen würde. Das leichte Zittern des Lides. Trilili, Schellenvogel. Stolpernde Schritte. Alles, was sie sehen konnte, zitterte, und das Kind flatterte beim Laufen.

Sie drückte ihr Lid leicht und entschloß sich, übermorgen ihren Mann zu besuchen. Diesmal würde sie endlich nicht mehr nur auf die leeren Handbewegungen und die beschmierte Wand starren. Es wäre auch nicht schlecht, wenn sie ihm erzählen würde, daß dort ein Schellenvogel lebt. Auch von dem Maul der Tiere, die immer Hunger haben, möchte sie ihm erzählen. Sie wird ihn auch fragen, ob er nicht gerne zuhören möchte, wie Kyong-Chu das Lied vom Schellenvogel singt.

Wenn das Gespräch glatt verliefe, nein, wenn danach noch Zeit übrigbliebe, dann würde sie ihm ausführlich von dem Fluß der Maden erzählen. Vielleicht würde sie auch ausführlich und genau erzählen können, was sie jetzt noch empfindet, daß Dutzende, hunderte Maden tief in ihren Haaren kauerten und in den Haardrüsen festsäßen. Sie würde ihm auch erzählen: Bis jetzt habe ich, ich war sehr ängstlich, diesen Traum für mich allein behalten, ohne ihn jemandem zu erzählen. Die Worte werden sich, wenn man einmal gewagt hat zu sprechen, unendlich verlängern lassen, so lang und zäh, wie man einen Seidenfaden von einer Garnrolle entrollen kann. Nur einmal den Mund aufzumachen und einen Vokal und einen Konsonaten auszusprechen, nur einmal den Schnabel aufzumachen und das Schellengeräusch zu machen, das würde schon genügen, um alles weitere ertragen zu können.

Endlich gingen sie an dem Sammelraum für verirrte Kinder vorbei. Vormittags waren dort nur ein paar Kinder, aber jetzt, im Abendsonnenschein, war es voll von Kindern, so daß der Platz eng war. Jenseits der Glaswand sah man die angsterfüllten Augen der Kinder, die Lärm machten und wie Hündchen quengelten. Sie zeigten ihre recht schmutzigen Gesichter und Hände, und sie sahen so zerknittert aus wie Papierabfall. Diesseits der Glaswand bemühten sich die Menschen nicht, ihre Gefühle erkennbarer Schadenfreude zu verbergen und sahen den Kindern zu. Die Kinder weinten, und die Leute, die ihnen draußen zusahen, fanden das lustig und kicherten. Als sie zum Bus ging, drehte sie sich immer wieder um. Vielleicht war es deswegen: Ihr Selbstvertrauen, daß sie beim nächsten Besuch bei ihrem Mann endlich den Mund aufmachen und sprechen könnte, schwand allmählich wieder. Das einzige, was sie jetzt wirklich tun konnte, so kam es ihr vor, war, ihre Tochter an die Hand zu nehmen und mit ihr in den Bus einzusteigen.

„Sung-Ku, das nächste Mal kommen wir wieder. Dann kannst du bestimmt die Delphinvorführung sehen und mit der Achterbahn fahren. Mama verspricht es dir."

Yun-Hee tröstete ihr Kind, es quengelte, ihm täten die Beine weh, und auch sie sah sich um. Für Yun-Hee blieb nur, in das verlassene Zimmer zurückzukehren. Sie wird wahrscheinlich all das, Sonnenschein, Bäume und Tiere im Käfig, vergessen und in Schlaf versinken, wobei sie sich Sorgen um das Geschäft von morgen machen und grübeln wird, wie sic das Geld, das manche Kunden ihr noch schuldig geblieben waren, zurückbekommen könnte.

Sung-Ku quengelte immer weiter. Schließlich nahm Yun-Hee ihn auf den Rücken. Unter dem untergehenden Sonnenschein sah Yun-Hee ein bißchen älter aus. Mit dem fünfjährigen, schweren Kind auf dem vor Müdigkeit gebeugten Rücken, schritt Yun-Hee voran.

Sie hob die Hand und drückte kräftig auf ihr Lid. Obwohl das Lid gar nicht angefangen hatte zu zittern, drückte sie unaufhörlich darauf. Dann begriff sie, daß es bloß eine Routinebewegung ihrer Hand war, und nahm sie sogleich herunter.

Die Frau vom Teehaus

Das Taxi ließ sie in der Mitte des Platzes aussteigen. Wie immer war der Platz vor dem Bahnhof gerade zum Jahresende wegen der Menschenmassen sehr eng, und man wußte nicht, wohin mit den Füßen. Autos fuhren nach Belieben auf den Platz, und die Menschen mußten sich knapp an den Autos vorbeizwängen. Seit der Eröffnung des Kaufhauses auf der linken Seite des Platzes war das Gedränge noch schlimmer geworden. Im Bahnhof hielten immer wieder die Züge der Kyongin Linie und fuhren wieder ab, so daß der Platz schon von den aus dem Zug herausströmenden Fahrgästen und den Menschen, die mit dem Zug fahren wollten, überfüllt war. „Es quillt schon beinahe über", murmelte Herr Eum vor sich hin und schritt ohne Zögern zum Wartesaal, so, als stände sein Ziel schon fest. Die Frau folgte ihm, ungefähr einen Schritt dahinter. Im Wartesaal herrschte dasselbe Gedränge. Die Menschen, die erst jetzt Buchon verließen und in einer Schlange standen, bildeten vor dem Fahrkartenschalter drei oder vier Reihen. Wohin man auch sah, überall waren die Menschen heiter erregt und lachten hemmungslos. Jeder, egal wer er war, wurde von der Atmosphäre, die am Jahresende herrschte, angesteckt, ging sehr schnell und tat so, als ob er es sehr eilig habe. Aber in Wirklichkeit blickte man umher, um festzustellen, ob und wo es etwas Lustiges zu sehen gäbe.

Na, wohin eigentlich? Während er flüchtig die Aufschriften Jemulpo, Songne, Kuro, Chongkak usw. las, fragte er sich, ob es außer diesen Namen nicht auch andere Orte geben könnte. Der ganze Wartesaal erbebte jedesmal unter dem Donnern der Züge, sobald sie anfuhren, und die Menschen beeilten sich, kaum daß sie die Fahrkartenkontrolle passiert hatten. Sie waren recht warm angezogen - was für Leute typisch ist, die einen langen Weg vor sich hatten -, so daß sie sogar keine Kälte empfinden würden, wenn sie sich im Schnee wälzen würden. Er sah auf sie zurück, als sie neben ihm stand. Die Hände tief in die Taschen eines alten Mantels gesteckt, stieß sie mit den Spitzen ihrer schäbigen Schuhe, die sie auch schon längst gegen neue hätte tauschen sollen, gegen den Boden und sagte: „Zu weit sollten wir doch nicht fahren." Denn, wenn man sowieso zurückmüsse, sollte man doch mit dem Zug nicht so weit fahren. Er hörte das Klimpern der Groschen aus dem Fahrkartenschalter und sah dabei wieder auf den Linienplan. Wenn man nach links fährt, dann wird das Meer auftauchen, und fährt man nach rechts, dann die glänzende Stadt. In diesem Monat schrie der Bahnbeamte, der gerade die Karten kontrollierte, laut los: „Hey, du Hund, komm sofort zurück!" Da er vor einem kleinen Heizofen saß und dieser zwischen seinen Beinen stand, konnte er sich nicht so flink bewegen und holte nur mit seiner Hand aus. Ein Junge mit einer Jacke aus Vinyl wich zurück und lief Hals über Kopf aus dem Wartesaal hinaus. Der Beamte schien das genau erwartet zu haben und gab gleich auf. Das paßte eigentlich nicht zu seinem lauten, kräftigen Schrei von vorher. Es schien so, als ob er nur seine Stimme ausprobiert hätte. Früher, als er so alt gewesen war wie dieser Junge, hatte er sich immer an seinen abgelaufenen Turnschuhen und an seiner Kleidung zu schaffen gemacht, wenn er den Zug hatte pfeifen hören. Damals hatte er den ganzen Tag an dem Eisenzaun verbracht, um den Zug zu sehen, der durch das Dorf zum Gebirge fuhr. Als es um den Fahrkartenschalter herum ruhiger wurde, entwickelte sich an der Fahrkartenausgabe ein kleiner Streit. Nachdem er zugesehen hatte, wie ein Kerl, der behauptete, zuwenig bekommen zu haben, mit dem Beamten stritt, der jedoch darauf beharrte, richtig rausgegeben zu haben, drehte er sich zu ihr um.

„Es wäre auch schön, nach Inchon zu fahren und rohen Fisch zu essen."

Obwohl er das sagte, hatte er im Grunde keine Lust, sie ans Meer mitzunehmen. Wenn sie doch fahren würden, dann würde etwas Schlimmes geschehen. Um sie zu trösten, war er in die Innenstadt gekommen, aber ohne irgendeinen konkreten Plan. In eine Situation mit noch mehr Verwicklungen wollte er nicht geraten.

„Essen wir zu Abend, dann gehen wir schnell zurück", sagte sie, aber ihr Gesichtsausdruck ließ vermuten, daß sie keinen Appetit hatte.

„Gut. Dann wollen wir uns umschauen, ob es einigermaßen gutes Essen gibt."

Er versuchte zu lächeln. Sie sah ihn an und er merkte, daß ihr Blick viel milder geworden war. Die beiden wurden wieder von den Menschenmassen verschlungen. Zur linken Seite des Platzes stand das Kaufhaus, und rechts lag ein Parkplatz für Taxen. Auf jeder Seite standen Verkaufsstände, von Glühlampen beleuchtet, die man an einem tief hängenden Leitungsdraht angebracht hatte. An einem Verkaufsstand, wo es Tonbänder zu Dumpingpreisen gab, ertönte irgendein Lied aus einem echten Markenlautsprecher. Daneben standen die Imbißstände in einer langen Reihe nebeneinander. „Am Bahnhof in der Heimat werden mich die schöne Ibbuni und die schicke Kobuni mit Freude empfangen, mit blühenden Schmuckkörbchen..." Während aus dem Lautsprecher das Lied schön und heiter ertönte, schlugen die Gäste am Imbißstand den Takt mit den Stäbchen. Um ein eingermaßen gutes Essen zu finden, mußte man schon nach drüben gehen, jenseits des Kreisverkehrs. Während er an der Ampel wartete, sah er auf die Schriften, die dort, ein bißchen weiter von hier, rot aufleuchteten.

„Sieh mal da hin."

Bei Herrn Eums Worten sah sie auf die Reklame. „Heiratssaal Buchon". Fünf Silben waren von einem viereckigen Rahmen umgeben, und das Neonlicht leuchtete bald auf und erlosch wieder. Die Reihenfolge war festgelegt: Zuerst schimmerten die Silben einzeln nacheinander, dann folgten die zwei Silben Buchon zusammen und anschließend die drei Silben Heiratssaal, schließlich erloschen diese, und alle leuchteten noch einmal zusammen. Dann leuchtete noch der viereckige Rahmen auf, und schließlich erlosch jede Silbe eine nach der anderen. Die beiden sahen lange zu. Erst nachdem die Reklame siebenmal aufgeleuchtet und erloschen war, waren alle von dem viereckigen Rahmen umgebenen fünf Silben am Nachthimmel zu sehen. „Mir gefällt das nicht." Nachdem sie siebenmal gewartet und siebenmal alle Leuchtschriftzüge gesehen hatten, sagte sie mürrisch vor sich hin: „Es ist schon lustig." Er lächelte, als er den verschwundenen Rahmen wieder hatte aufleben sehen. „Schon von Anfang an, als ich nach Buchon kam, gefiel mir dieses freche Neonlicht nicht." Sie ging voran und überquerte den Zebrastreifen. Gute Laune hat sie wohl nicht. Er bekam sogleich Mitleid, als er sie von hinten sah, sie, die so beharrlich wirkte. Als sie an der zweiten Ampel warteten, erklärte sie, warum ihr das nicht gefallen hatte.

„Wollen die einen ärgerlich machen, oder was? Allen, die es sich nicht leisten können, einen Schleier zu tragen und ihre Hochzeit zu feiern, müßte wohl unwohl werden, wenn sie das sähen. Auch wenn man einen in Ruhe läßt, kann es einem schon das Herz brechen. Aber hier, ich verstehe gar nicht, warum es hier immer wieder so funkelt."

Er fand keine Worte. Auch wenn man einen in Ruhe läßt, kann es einem schon das Herz brechen. Das waren genau dieselben Worte, mit denen Herr Eum gestern die ganze Nacht seine Frau getröstet hatte. Auch wenn man sie in Ruhe läßt, bricht es ihr schon das Herz. Warum eigentlich, warum willst du ausgerechnet eine solche Person belästigen? Denk mal nach! Ich werde sie ja weder heiraten noch mich mit ihr eines Nachts aus dem Staube machen. Warum willst du dann unbedingt zu ihr gehen? Und was hättest du davon? Ich habe ihr nur ein bißchen geholfen, weil sie in diesem fremden Ort keinen Freund hat. Das war alles. Du weiß doch, wie sehr ich dich liebe. So tröstete er sie die ganze Nacht hindurch und bat sie um Verzeihung. Aber trotzdem war sie zum Teehaus gelaufen und hatte sich ziemlich gemein verhalten. Das was also heute nachmittag passiert. Seine Frau legte sich ins Bett und sagte, es sei eine Schande und sie wage es nicht, auf die Ortsbewohner zu treffen. Da ging er aus dem Haus und strich in der Innenstadt umher, ohne etwas zu unternehmen. Denn er hatte sie erst vorhin in ihrem Teehaus besucht. Ob sie jetzt im Bett liegt oder noch unter der roten Beleuchtung Gäste empfängt? Er konnte es nicht mehr aushalten, als es zu dämmern begann.

Im Teehaus Han war kein Licht zu sehen. Es war noch früh, denn Kyong-Cha vom Friseursalon Seoul arbeitete noch fleißig. Gewöhnlich schloß sie immer um acht Uhr abends den Laden und ging nach Hause. Er sah auf die Uhr, es war erst kurz nach sieben. Trotzdem war es schon sehr dunkel. Im Vergleich zum Friseursalon, wo es ganz hell war, wirkte das Teehaus daneben finster, wie verlassen. Die blaue Farbe der Sonnenblende war auch im Dunkeln düster wie die Farbe des Todes. Sie mußte wohl ausgegangen sein, da sie am Tage etwas so Schreckliches erlebt hatte. Er fürchtete, jemanden aus dem Ort zu treffen und ging gleich zum Supermarkt Hyongche. Die Frauen aus dem Ort, die gewöhnlich um diese Zeit im Laden des Vertreters Kim ein- und ausgingen, um für das Abendessen einzukaufen, blieben jetzt wohl wegen der Kälte zu Hause im warmen Zimmer. So war die Straße in Wonmidong sehr ruhig. Nur ein fremder Hund streifte vor der Metzgerei herum. Dort war die Erde etwas gefroren. Wieder näherte er sich dem dunklen Teehaus. Weil die Temperatur plötzlich gesunken war, waren am Fenster Eisblumen zu sehen. Kyong-Cha würde ihn nicht bemerken, es sei denn, daß sie absichtlich hinausschaute. Herr Eum zögerte noch einen Moment und versuchte, die Tür zum Teehaus aufzuschieben. Sie würde bestimmt schon verschlossen sein, und so schob er unbewußt etwas kräftiger. Entgegen seiner Erwartung öffnete sie sich mit einem Mal so weit, daß er es erst für eine Täuschung hielt. Hoppla! Er nahm sogleich die Hand von der Tür. Aber die offene Tür wollte nicht in ihre ursprüngliche Lage zurückschwingen. Die totale Dunkelheit in dem Laden machte ihm Angst. Er streckte seine Hand aus, um die Tür wieder zu schließen. In diesem Augenblick drang durch die Dunkelheit hindurch eine Menschenstimme. „Heute ist geschlossen. Kommen Sie morgen wieder." Es war bestimmt ihre Stimme.

Sie saß im Dunkeln auf einer Bank, und ehe er sie bemerkt hatte, erkannte sie ihn.

„Geh zum Spielplatz. Ich schließe hier und komme nach."

Weinen tut sie wohl nicht, tröstete er sich und war beruhigt, weil ihre Stimme genauso klang wie früher. Er gehorchte ihr. Als er in Richtung Spielplatz ging, sah er, daß das Schaufenster seines Fotoladens beleuchtet war. Mun, Hee und Nam, Kung-Won, beide in ihrer jugendlichen Blüte, blickten zur Straße hinaus und lächelten fröhlich. Im Fotoladen Hengbok, dachte er, sind nur diese beiden glücklich, und er betrachtete seinen Laden, als sei es nicht sein eigener.

Als sie am Heiratssaal Buchon vorbei waren, gingen die beiden ein Stück weiter. Obwohl unterwegs einige Restaurants zu sehen waren, taten sie, als ob sie sie nicht sehen würden. Er wollte nicht in irgendein beliebiges Restaurant einkehren, wo sie jetzt doch zum letzten Mal zusammen zu Abend essen würden. Sie aber schien kein Interesse für so etwas Unwichtiges wie das Essen zu haben. Sie schritt nur weiter, hinter den anderen her, die weißen Dunst ausatmeten. Als sie am Schuhgeschäft vorbeigingen, wandte Herr Eum seinen Blick von ihren alten Schuhen ab. Neben dem Schuhgeschäft stand ein Kerl in der Kleidung eines englischen Reiters und beugte sich immer wieder zur Begrüßung, genau dort, wo der Eingang zur Bar im Untergeschoß sich zu einem großen Maul öffnete. Er wandte sich ab. Wenn sie keinen Appetit hat, könnten sie auch in eine billige Kneipe gehen und sich in einer dunklen Ecke verstecken. Aber er konnte sie nicht in eine Kneipe führen. Von dem Augenblick an, wo sie eine Kneipe beträten, könnte er sie nicht mehr direkt ansehen. Sie hatte ganze acht Jahre in so etwas gelebt wie einer Nebeneinrichtung einer Kneipe. Einmal, so sagte sie, hätte sie in diesen acht Jahren soviel Alkohol getrunken, soviel, wie sogar ein Mann sein ganzes Leben lang nicht hätte trinken können. Wenn sie von früher erzählte, wurde sie immer munter.

Sie müsse unbedingt ihre Haltung bewahren, weil sonst irgendwelche überheblichen Besserwisser immer gleich zurückfragten, warum sie nicht sofort ein neues Leben begonnen habe? Solche Menschen dachten wohl, es sei ganz einfach, sich von diesem Dreck zu befreien, wenn man nur wollte. Um eben solchen Leuten keine Angriffsfläche zu bieten, sagte sie, sei es am besten, mutig von ihrer Vergangenheit zu erzählen.

Ihre Namen waren so vielfältig wie ihr Lebenslauf; Ok-Sun, Kyong-Ah, Sung-Mi, Yeun-Chu usw. An diesen Namen heftete sich ihre Lebensgeschichte. Im Lokal Ilsimseung in Meungyundong, wo sie Ok-Sun genannt wurde, mußte sie von einem Zimmer in das andere rennen, so schnell, fast flog sie, daß sie an einem Abend sogar dreimal ihre koreanischen Socken wechseln mußte. Wenn sie von ihrer Zeit im Ilsimseung erzählte, waren diese Momente für sie die glücklichsten. Selbst wenn man zehn Millionen geboten bekäme, durfte man sich doch nicht für Geld verkaufen. Das war die Vorschrift für die Damen im lsimseung. Obwohl Männer aus einflußreichen Familien immer wieder Schecks ausgeschrieben hatten, um eine Frau im Ilsimseung zu bekommen, hatte man bei Ilsimseung keine Frau nach draußen zu diesen Männern geschickt. Sie hätte schon während dieser Zeit im Ilsimseung diesem Leben ein Ende setzen und ein neues Leben beginnen können. Darum bedauerte sie es, das nicht getan zu haben. Es war in der Kneipe Kutsche in Tögero, wo sie als eine perfekte Hostess ihre Karriere gemacht hatte. Einmal hatte sie in der Bar Planet in Myongdong einen eigenen Verkaufsstand Sung-Mi, um sich selbstständig zu machen. Damals, als sie Sung-Mi genannt wurde, begann ihre leidenschaftliche Liebe zu einem Mann, der die Fäuste zu schwingen wußte, und schließlich lebte sie mit ihm eine Zeitlang zusammen. Danach kamen mehrere Roomsalons in der Vorstadt. Und als sie älter wurde, geriet sie ins Abseits und arbeitete schließlich als Bedienung in einem billigen Lokal in Chunglyangli. Wie dem auch sei, sie hatte schon eine Karriere hinter sich, so daß sie keine Sorgen kannte, außer der, in der Kneipe irgendwann nicht einmal mehr ihr Lachen verkaufen zu können. Diese Tätigkeit als Bedienung war für sie nicht sehr anstrengend, weil sie davor schon ein paar Jahre lang Erfahrungen gemacht hatte. Aber als sie von den Jüngeren verdrängt wurde, stieß es ihr übel auf, schon wie eine pensionierte Frau behandelt zu werden, und sie entschloß sich, Seoul zu verlassen. Obwohl sie sich bis zum Alter von dreißig - was dort wie sonst sechzig oder siebzig galt -, recht gut gehalten hatte, blieb ihr keine andere Wahl. Denn wer könnte sie ernähren, wenn sie nicht einmal mehr einen Pfennig verdiente, aber solange ihr das Schminken half, konnte sie sich noch über Wasser halten. Jedesmal, wenn sie ihren Namen änderte, wurde ihre Schminke noch dicker. Und seitdem sie siebenundzwanzig Jahre alt geworden war, behauptete sie, sie sei nicht mehr älter geworden. Auch jetzt noch pflegte sie anzugeben, sie sei siebenundzwanzig.

Es gab nichts Dümmeres als die Frage, wie sie wirklich heißen würde. Anfangs, als er sie fragte, „Sagtest du Madam Hong? Und der Vorname?" da fragte sie zurück, „Welcher könnte passen?"

„Wechselt man nur den Vornamen? Den Familienamen wechselt man auch, so aufs Geratewohl; Chang, Kim, Yun usw. Ich habe den Namen Hong noch nicht gehabt. Ich möchte, daß Sie mich Chu-Hee nennen. Ist es Ihnen recht, Hong, Chu-Hee?"

Nachdem sie am Kino vorbeigegangen waren, sahen sie eine Kinderarztpraxis, ein Möbelgeschäft, ein Fahrradgeschäft... Schon waren die Lichter seltener zu sehen, und die Straße wurde ruhig. Ob man schon so weit abseits geraten war? Sie wollten wieder zurückgehen. Es schien kein passendes Restaurant aufzutauchen. In Buchon ist es überall so, wohin man auch geht. Die belebten Straßen wurden kürzer, und die verlassenen Straßen wurden länger. Die Menschen, die auf den kurzen Straßen, die vom Bahnhof aus in alle Richtungen verliefen, zusammengekommen waren, wollten nicht dorthin gehen, wo die herrlichen Lichter endeten, sondern nur unter den Lichtern bleiben. Die beiden wurden noch einmal von dem Kerl in der englischen Bekleidung eines Reiters begrüßt und gingen dann an dem Schuhgeschäft vorbei, vor dem ein weicher Teppich aus Wolle lag. Gleich neben dem Schuhgeschäft war ein Restaurant, dessen Spezialität Chunchu Bibimbab war. Wenn wir schon etwas essen müssen, sagte sie, und plötzlich wurde ihre Stimme höher, dann wollen wir Bibimbab essen, weil ich schlecht gelaunt bin. Wenn sie so begründete, warum sie Bibimbab essen sollten, hieß das keineswegs, daß ihre Laune davon schon wieder besser würde. War man so viel herumgeirrt, nur um Bibimbab zu essen? Suchen wir doch lieber etwas Besseres, hätte er gerne gesagt. Aber er sagte es nicht, weil der Gedanke, daß sie das letzte gemeinsame Abendessen teilen würden, vielleicht nur ihm gekommen war. Er konnte nicht erkennen, was sie wirklich dachte, da sie mit ihren Worten sparsam war. Das Schild „Saal Chunchu“ sah beim zweiten Mal doch recht gut aus. Das kann kein billiges Restaurant sein. Er öffnete die Tür zum Restaurant und ließ sie vorangehen. Sie schritt mit gerader Körperhaltung hinein. Das Licht war ziemlich hell, was ihre zersausten Haare noch schäbiger wirken ließ. Sie hatte ihre Haare aufs Geratewohl hochgezogen. Das war nicht schlimm, aber die herausstehenden Haare sahen unordentlich aus. Er stellte sich vor, wie seine Frau ihr die Haare ausraufte. Um Gottes Willen, nicht doch! Nachdem sie Platz genommen hatten, betrachtete er ihr Gesicht sorgfältig. Seine Frau hatte kühl berichtet, sie habe einfach darauflosgeschlagen und es ihr kräftig verbeult. Ob sie tatsächlich diese Frau geschlagen hatte?

„Was guckst du denn so?“ fragte sie mürrisch, während sie heißes Wasser trank. „Ach, nur so...“ Er konnte sie nicht direkt danach fragen und zögerte.

„Weil du denkst, ich sei gekratzt worden?“

Bei diesem Wort näherte sie ihr Gesicht dem seinen. In ihrem Gesicht war keine Wunde zu sehen. „Meine Fingernägel sind ja doch länger“, murmelte sie und machte plötzlich eine ernste Miene.

„Ich streite nicht einfach so. Aber ich habe nie eine Niederlage in einem Streit mit solchen Frauen erlitten, die prahlen, sie hätten nur einem Ehemann gedient. Ihre Frau kam mir so schwach vor, daß ich es zugelassen habe.“

Daß ich es zugelassen habe, sagte sie mit der stolzen Miene eines Spitzbuben, der seinem Freund ein Spielzeug gegeben hat. Nein, sie stellte sich nur so. Andererseits machte es Herrn Eum vergnügt, daß sie sich mit der Sache vom Nachmittag, die man wohl als recht hart betrachten konnte, einfach so abfand, und er war ihr sehr dankbar. „Sollen wir gebratenes Filet essen?“ Er beeilte sich, so, als sei ihre schwache Erscheinung eine Folge von Fleischmangel. Aber sie schüttelte den Kopf, und Herr Eum sprach nicht mehr von Filet. Auch wenn er sie zum Fleischessen einladen würde, würde er damit doch nicht vergelten können, was ihr am Nachmittag von seiner Frau angetan worden war. Er fürchtete sogar, daß sie das als einen Versuch einer Wiedergutmachung auffassen würde. In diesem Augenblick kam plötzlich von einer Gruppe von Männern, die im Zimmer am Essen waren, das Gerede auf Wonmidong. Die beiden waren aus Wonmidong, und ihre Schultern zitterten gleichzeitig, und sie senkten den Blick.

Das war im letzten Herbst, als sie eine Bewohnerin von Wonmidong wurde. Wenn man die Gestalt des Bezirkes 23 von Wonmidong richtig beschreiben will, entspricht sie einer Schöpfkelle aus einer Gastwirtschaft. Wo sich die Stelle des Henkels der Schöpfkelle befindet, standen in einer Reihe dicht nebeneinaner das Tapetengeschäft Wonmi, sein eigener Fotoladen Hengbok, das Elektrogeschäft Sunny, das Maklerbüro Kangnam, die Metzgerei Uri, der Friseursalon Seoul... Gegenüber befanden sich das Ackerfeld des alten Kang, wo er Gemüse pflanzte, das Mehrfamilienhaus Eibischstrauch und der Supermarkt Hyongche. Dort, wo der Henkel endete und der dem kleinen Schöpflöffel ähnliche Teil des Rumpfs begann, wurden verschiedene Läden eröffnet, die aber bald wieder verschwanden. Dann eröffnete dort wieder jemand einen Laden, aber nach kurzer Zeit schloß auch er ihn wieder. So war diese Stelle sozusagen ein toter Winkel im Bezirk 23 von Wonmidong. Das ließ sich leicht erklären, weil in diesem Dorf mehr Läden als Wohnhäuser waren und dazu noch gerade diese Stelle vor dem leeren Platz lag. Darum konnte diese Stelle schwer Gäste anlocken. Aber gerade an dieser Stelle, am Friseursalon Seoul vorbei und gleich um die Ecke, in einem dreieckigen Laden, wurde das Teehaus Han eröffnet. Und damit begannen die Probleme. Wie die Frauen in Wonmidong zu sagen pflegten, sei nämlich ein wie eine Füchsin listiges Weib aufgetaucht. Sie locke die Männer an, die müßig in ihren Läden saßen, und würde sage und schreibe schon eintausend Won für nichts als eine Tasse Ginsengtee verlangen. Keine der Frauen aus Wonmidong mochte diese Neue, als ob sie sich untereinander verschworen hätten.

Nachdem sie das Teehaus Han eröffnet hatte, tauchte sie oft auf der Straße in Wonmidong auf. Wenn man ihre langen Haare, die ihre Schultern bedeckten, aus einer Entfernung von hundert Metern sah, war man überzeugt, sie sei ein Mädchen. Und wenn man sie dann näher betrachtete, wie sie schüchtern oder jedenfalls mit einem sicher nicht unverschämten Blick lächelte, glaubte man, sie sei eine recht junge Frau. Daß sie aber doch über das Alter schon weit hinaus war, in dem man sie als ein Mädchen oder eine junge Frau betrachten kann, wurde ihm erst deutlich, als er sie durch sein Fotoobjektiv sorgfältig betrachtete. Als sie zum ersten Mal die Tür zum Fotoladen leicht aufschob und mit einer kaum vernehmbaren Stimme 'Hallo' sagte, betrachtete es Herr Eum merkwürdigerweise als ein Glück, daß seine Frau gerade nicht da war. Warum, wußte er auch nicht. Damals war er noch nicht in dem Teehaus gewesen. Aber er hatte die Frau schon mehrere Mal gesehen, die seit einiger Zeit in Wonmidong aufgetaucht war. Und ihre langen Haare hatten bei ihm einen sehr tiefen Eindruck gemacht, deswegen konnte er ihren Besuch in seinem Fotoladen nicht als eine gewöhnliche Begebenheit betrachten. Natürlich war sie nicht zu ihm gekommen, um etwas Persönliches zwischen ihnen zu erledigen. Sie war nur wegen ihres Ausweisfotos gekommen. Er vermutete, sie würde mit jedem sehr liebenswürdig umgehen und ihm kokette Blicke zuwerfen. Aber sie war recht schweigsam. Sie hätte schon ruhig sagen dürfen, daß sie die Besitzerin des Teehauses sei und er bitte einmal ihren Laden besuchen möchte. Aber sie hatte es nicht getan. Auch das hatte Herrn Eum gefallen. Sie gehörte zwar zu den Frauen, die sich die Haare in Locken legten und blond färbten, den Nagellack dick auftrugen und sich wie auf einem Karneval mit allen möglichen Farben bemalten und die Männer verführten, trotzdem benahm sie sich recht gut. Auf jeden Fall empfand er es so. Während er sich auf das Fotografieren vorbereitete, kämmte sie sich wie die anderen Kunden ordentlich ihre Haare und machte sich an dem Kragen ihrer Bluse zu schaffen. Zwischendurch sah sie flüchtig auf den Fotoapparat, der wie ein schwarzes Ungeheuer fest dastand.

Er ließ sie auf der Bank sitzen und betrachtete sorgfältig und sehr lange, länger als nötig, ihr Gesicht durch das Fotoobjektiv. Weil sie ihre Haare hinten zusammengebunden hatte, erschien nur ihr Gesicht in seiner Linse vergrößert, was es ihm möglich machte, alles, ihre Augen, ihre Nase und ihren Mund usw., genau anzusehen. Ihr Gesicht sah viel älter aus, als man im Vorbeigehen wahrnehmen konnte. So kam es ihm sinnlos vor, festzustellen, ob sie eine Schönheit sei oder nicht. Im Vergleich zu den Frauen im selben Alter sah ihr Gesicht viel reiner, sogar schärfer aus. Wenn man es genau betrachtete, konnte man erkennen, daß ihre vorstehenden Backenknochen und die ungewöhnlichen Spuren ihrer Lebensjahre, die im Schatten unter den Augen zu sehen waren, viel milder wirkten, da ihre Augen, die keine Angst zu kennen schienen, rund waren. Nachdem er alle Lampen für die Fotografie angemacht und sich den schwarzen Hängestoff des Fotoapparates übergestülpt hatte, stellte er das Objektiv auf ihre gutaussehende Nase ein. Vermutlich mußte er unter diesem Hängestoff einmal schlucken. Er war ohne Grund angespannt. Als er ihren vorgebeugten Kopf leicht berührte, um ihn ein bißchen hochzuziehen, und als er ihre Schulter faßte und die ungerade Körperhaltung korrigierte, empfand er, daß er jetzt mit ihr, wo sie allen seinen Anweisung fleißig folgte, beim Fotografieren ein richtiges Werk vollbrachte. Wirklich, es war ein Gefühl, das er seit langem zum ersten Mal empfand. Was auch die anderen sagten, Herr Eum hatte einst die Hoffnung gehabt, ein Künstler zu werden, obwohl er jetzt im Dorf einen schäbigen Fotoladen betrieb. Es gab für ihn auch eine Zeit in seiner Jugend, wo er Tag für Tag in fremden Orten umherirrte, um so etwas zu finden wie grüne Moose, die Dachziegel bedeckt hatten, runde Baumstümpfe und wilde Blumen, die sich im Wind auf den Feldern auf- und niederbogen, usw... Dieser Junge, der in der Nähe vom Bahnhof lebte und immer gegrübelt hatte, irgendwohin fortzugehen, verschwand später wirklich. Wegen seiner schwierigen finanziellen Verhältnisse konnte er keine Universität besuchen und hatte deswegen keine systematische Ausbildung genießen können. Für etwas Oberflächliches wie ein schönes weibliches Modell mit glänzenden schwarzen Haaren und schönem Gesicht oder nette Landschaften hatte er kein Interesse gehabt. Darauf war er schon stolz gewesen. Aber jetzt war er nur ein drittklassiger Fotograf, der jedes Gesicht fotografierte, aber in seinem Kopf lebte immer noch ein künstlerischer Geist.

„Das Fotografieren ist auch nicht so leicht."

Sie hatte vermutlich bis jetzt, wenn sie sich fotografieren ließ, nie so lange Zeit gebraucht, und als sie ihn ansah, als sei sie erstaunt über diese schwierigen Feinheiten beim Fotografieren, entdeckte er bei ihr ein Talent, das nicht alle hatten. Denn sie sagte es so, als hätte sie die ganze Last eines Fotografen durchschaut. Ab und zu warfen ihm auch die anderen eine solche Bemerkung zu, was aber nichts mehr als eine höfliche Bemerkung war. Aber sie sagte, was sie wirklich empfunden hatte, und sie sagte es sehr offen. Daß sie, die jede Nacht im Teehaus bei roter Beleuchtung Whisky ausschenken und mit ihrem freizügigen Lachen Geld verdienen mußte, ein so offenes Herz haben konnte, erstaunte ihn. Vielleicht war es das, dachte er, dieses Auge des Herzens, das nur solche Menschen haben konnten, die lange Zeit gelitten hatten. Manchmal, wenn er am Rathaus vorbeiging, sah er Menschen in schwarzen Autos sitzen. Sie gingen nie zu Fuß ins Rathaus. Direkt vor das Gebäude fuhren sie, und nachdem der Fahrer die Tür geöffnet hatte, streckten sie die blitzblanken Schuhe zur Tür hinaus und stiegen aus. Die Gesichter solcher Menschen waren hinter einer dicken Maske versteckt, die es unmöglich machte, etwas herauszulesen. Ein lachendes Gesicht, das aber irgendwie verdrießlich aussah, ein Gesicht, das eigentlich sehr verärgert wirkte, aber lächelte. Solche Gesichter waren ihm einfach rätselhaft. Wenn man solche Gesichter durch das Objektiv betrachten würde, dann wäre es auch nicht möglich, mehr zu erkennen als nur die Beschaffenheit der Haut.

Bis jetzt, seit fast vierzig Jahren, existierten für ihn zwei Welten: eine durch die Pupille und eine durch das Objektiv wahrgenommene. Diese beiden hatten in seinem Herzen je für sich eine eigene Stimme. Wie dem auch sei, es war wahr, daß er, seit wann, wußte er nicht, diese Welt des Objektivs schon aufgegeben hatte. Er hatte also eine Stimme in sich unterdrückt. Als seine dritte Tochter geboren wurde, da wurde ihm mit seinem Alter klar, daß ihm nur das Leben für seine Kinder übrigbliebe. Die guten Zeiten waren vorbei. Als er zum ersten Mal nach Buchon kam, wurde in jedem zweiten Laden ein Maklerbüro eröffnet, und bald darauf ein Friseursalon. Und jetzt war jeder zweite oder dritte Laden ein Fotoladen. Daß er begonnen hatte, Videofilme zu verleihen, war sein letzter Versuch zu überleben. Und daß er bei jedem Entwickeln einer Filmrolle ein vergrößertes Bild dazuschenkte, war nur deswegen, weil die anderen Läden in der Nachbarschaft es ebenso taten. Die Kunden für das Foto zur Erinnerung des hundertsten Lebenstages oder des ersten Geburtstages kamen auch seltener. Vermutlich lag es nicht an den anderen Berufskollegen. Wie Herr Park vom Maklerbüro Kangnam sagte, brachte man zur Zeit nicht wie früher vier oder fünf Kinder zur Welt, sondern nur ein oder zwei. Und so betrachtet war es ganz natürlich, daß der Bedarf gesunken war. Die Tatsache, daß sich der Fotoladen Hengbok überhaupt noch hielt, war dem Kindergarten Stern, der in Richtung zur Hauptsraße lag, zu verdanken. Seit Frühling, als seine Schwägerin, also die Schwester seiner Frau, in diesem Kindergarten als Hilfserzieherin eingestellt wurde, wurde er dort als Fotograf fest engagiert. Wenn dort eine besondere Veranstaltung stattfand, lief er hin, knipste, machte immer wieder Fotos von den Kindern. Die Kosten für die Fotos, dreihundert Won pro Stück, die Kosten für den Film und seine Dienstreise eingeschlossen, wurden rechtzeitig bezahlt, ohne Verzug. Daß seine Frau bei jeder Gelegenheit von sich aus für diesen Kindergarten warb, geschah nur, weil seine Einkünfte dort nicht gering waren. Wenn er den Kindern nachlief und sie immer wieder knipste, wenn er mit den Kindern zusammen in einem Bongobus zur Besichtigung oder zum Ausflug fuhr und wenn er ein weinendes Kind auf den Rücken nahm und es tröstete, hörte er, wie seine künstlerische Inspiration zerdrückt und rostig wurde, ja er hörte sie knacken. Obwohl seine Frau, die doch das Leben mit ihm zusammen verbrachte, das nicht für wichtig hielt, wollte er seine Hoffnung nicht aufgeben, daß in ihm ein künstlerischer Geist wohnte.

Seine Frau schien, anders als früher, sich nach und nach gegen ihn zu stellen. Ob sie schon die Zeit der ersten Liebe, wo er ihre langen Haare gestreichelt hatte, vergessen hatte? Obwohl er so darauf gedrängt hatte, sie solle ihre Haare lang wachsen lassen, hatte sie sie kurz schneiden und in Locken legen lassen, was ihm gar nicht gefiel. Wenn er ihre Schminke sah, die sie ohne Rücksicht auf Schönheit so aufs Geratewohl dick aufs Gesicht aufgetragen hatte, konnte er kaum verstehen, was für eine Frau sie war. Und was sie als Vierunddreißigjährige für Träume hatte, sie, die weder jung noch alt war. Sie war nicht mehr diejenige, die er von früher kannte.

Endlich, nachdem sie sehr lange gewartet hatten, brachte man ihnen Bibimbab. Weil man Gäste bediente, die in einem separaten Zimmer Fleisch brieten und tranken, schien das Personal sehr beschäftigt zu sein. Die Schüssel aus Stein war zu heiß, als daß man sie mit der Hand anfassen konnte, und man hörte, wie der Reis unten in der Schüssel anbrannte. Die auf den Reis im Kreis garnierten verschiedenen Zutaten hoben sich gegen das rustrikale Geschirr hervor. Es war eine schlichte Tafel, die man aber nicht als schäbig bezeichnen konnte. Die beiden mischten ohne Wort die Zutaten des Bibimbab. Bevor er überhaupt angefangen hatte zu essen, da dachte er schon an später, an das, was nach dem Essen kommen würde. Wahrscheinlich ging es ihr genau so. Sie hofften darauf, daß irgendetwas passieren würde, was die Zeit des Zusammenseins doch verlängere, wenigstens für ein oder zwei Stunden. Es tat ihm leid, daß sie seinetwegen heute nichts hatte verdienen können, obwohl das Nachtgeschäft zum Jahresende viel Geld brachte. In das Teehaus Han kamen sehr wenige Gäste, so daß sie kaum die Miete bezahlen konnte. Die Lage war ungünstig, es war zu ruhig, und die Passanten waren fast alle Anwohner, selten kam ein Fremder vorbei. Sie hätte diesen Laden gemietet, hatte sie einmal gesagt, weil das anzulegende Geld genau ihren ganzen Ersparnissen entsprach. Aber sie war viel gelassener als Herr Eum. Sie sei daran gewöhnt, immer von irgendwem ausgenutzt zu werden, doch jetzt gebe es keinen, der sie ausnütze, so daß sie sich ganz frei fühle. Sie meinte, sie könne sich schon ohne weiteres ernähren, so daß es sie nicht einmal beunruhigte, wenn die Gäste nur spärlich kämen. Die große Angst, hatte sie gesagt, sei verschwunden, die sie bei der Ankunft in Seoul und danach befallen hatte. Dann aber hatte ihre Verzweiflung darüber, sich geirrt zu haben, an ihrem Herzen genagt. Sie erkannte nun, daß man durchaus auch ganz ruhig sein könne, wenn man sich nicht weiter um solche erhabenen Dinge wie Menschenwürde und Wahrhaftigkeit kümmere. Aber bevor sie das erkennen konnte, sei sie doch in tiefer, stockdunkler Verzweiflung versunken gewesen. Je älter sie wurde, hatte sie gesagt, desto überdrüssiger wurde sie des hektischen Lebens.

„Du bist noch sehr weit davon enfernt, mit dem Getränkeverkauf Geld verdienen zu können. Wenn jemand hereinkommt, muß man gleich zu ihm gehen, ihn empfangen, ihm einen Platz anbieten, ihn streicheln und umarmen. Selbst das allein würde nicht genügen, jemanden zu überreden, eine Tasse Ginsengtee zu trinken. Aber wenn du so langsam bist, hast du gar keine Chance."

Herr Chu, der sich ihr Bruder nannte, wurde jedesmal vorlauter, wenn er in ihr Teehaus kam. Herr Chu vom Tapetengeschäft war einer, der jedem ohne Hemmung solche Worte an den Kopf warf. Auch dem Jungen Sun-Ku, seinem Gehilfen, der in Chus einzigem, gemieteten Zimmer mit Chus Familie eng zusammenschlief, teilte er täglich stundenlang seine Geschäftsphilosophie mit. Im Herbst war es klar, da viel Arbeit bei den Umzügen zu erledigen war, aber jetzt im Winter, warum Herr Chu jetzt immer noch diesen Jungen bei sich hatte, das war einfach unverständlich. Vielleicht aus Spaß, diesen Jungen zu unterweisen? Obwohl er diese Neigung Herrn Chus gut kannte und es andererseits als Glück empfand, daß Herr Chu von dem Verhältnis zwischen den beiden nichts ahnte, war es ihm sehr unangenehm und ärgerlich, von Herrn Chu so etwas zu hören.

„Du solltest lieber so ein Geschäft eröffnen, wie dieses..."

Das hieß: anstatt eines Geschäfts, das zwar Teehaus hieß, aber wo man abends offen alkoholische Getränke verkaufte, lieber ein Geschäft, wo man Essen verkaufte. „Warum sagst du so etwas? Das hat dich doch früher auch nicht gestört! Warum? Wenn ich so ein Geschäft eröffnen würde, würdest du mich dann heiraten, oder was?“ fragte sie mürrisch zurück, wobei sie sich mit einem Taschentuch den Mund abwischte. „Aber du sagst jetzt etwas, was dich früher nicht gestört hat, bist du sauer? Siehst du? Du kannst nicht antworten. Eine Krähe ist immer eine Krähe, egal wo sie ist.“ Das war einer der Sprüche, die sie immer wieder von sich gab. Und sie fragte auch oft aggressiv: „Habe ich vielleicht als eine Krähe geboren werden wollen?“

Da kamen viele junge Männer und Frauen, wahrscheinlich alles Angestellte, in kleinen Gruppen in das Restaurant, um wohl das Jahresende zu feiern, so daß es im Restaurant laut wurde. Nachdem diese Leute im Zimmer Platz genommen hatten, drang ab und zu Gelächter in die Halle hinaus, so daß die ganze Halle erbebte. „Egal wohin man geht, es gibt immer in der Gruppe ein paar Leute, die gute Witze machen. So ein Talent habe ich leider nicht“, klagte er. Er bedauerte, daß er nicht so unterhaltsam zu reden verstand. Wenn ich sie nur trösten könnte, wenn ich sie nur eine Weile mit Witzen unterhalten könnte... Sie machte sich an ihren Haaren zu schaffen und stand auf. Sie sah viel ordentlicher aus als vorher.

Als sie draußen waren, überfiel sie plötzlich die Kälte. Da die Nacht schon vorgerückt war, schien das Quecksilber des Thermometers tief gesunken zu sein. Es war eine Kälte, vor der man sich mit einem leichten Herbstmantel nicht schützen könnte. Wohin jetzt? Er sah sich um. Wenn ich jetzt so einfach zurückgehen würde, würde ich bestimmt ein schlechtes Gewissen haben, weil ich sie nicht so recht getröstet habe. Wenn das ganze Dorf darüber sprechen sollte, könnten sie sich ab morgen nicht mehr ungehindert treffen. Wenn diese Beziehung auch wohl keine war, die lange dauern würde, hatte er doch nicht daran gedacht, daß sie so schnell eine schlimme Wendung nehmen würde. Warum war das passiert? Er drehte sich um und sah sie sich noch einmal an. Ihr Gesicht war nun der Kälte ausgesetzt und verriet vollständig ihr Alter. Sagtest du einunddreißig oder zweiunddreißig? Die schöne Zeit ist schon vorbei, hatte sie einmal geantwortet. Daraufhin sagte Herr Chu sofort, daß sie nun keine Chance mehr hätte. Seitdem hatte er nie ihr Alter erwähnt. Beide standen unentschloßen da und behinderten die anderen Passanten. „Geh du voran“, sagte sie, aber sie sagte nicht, wohin er gehen solle. So zögerte er immer noch. Von seinen drei Töchtern müßten schon eine oder zwei eingeschlafen sein, weil sie alle normalerweise früh ins Bett gehen. Aber seine Frau würde wohl noch nicht schlafen. Wahrscheinlich ist sie immer noch erregt und wütend und wird keine Ruhe finden können. Sie sagte wieder: „Gehen wir." Wohin? Er fragte nicht mit Worten, sondern mit einem Blick. Sie wies zur Taxihaltestelle in Richtung zum Platz vor dem Bahnhof. 'Wenn man die Straße überquerte, würde man schon genügend Busse finden, die nach Wonmidong fahren, aber es wimmelte dort von zu vielen Menschen, die heimfuhren. Zu viele Menschen', dachte er. Es störte ihn, daß es immer von vielen Menschen wimmelte, egal wohin man ging. Da es Jahresende und eine goldene Zeit zum Geldverdienen war, nahmen die Taxen umstandslos alle Fahrgäste auf, die in dieselbe Richtung fahren wollten. Und die Straßenhändler, die auf dem Bürgersteig dicht nebeneinander standen, riefen unermüdlich die Kunden herbei. Diese Händler schienen unter dem Gewicht der Kleidung, die sie anhatten, beinahe in der Erde zu versinken. Sie schritt zur Taxihaltestelle auf dem Platz vor dem Bahnhof. Ihm blieb so keine andere Wahl, als ihr zu folgen. Wäre es nicht jetzt an der Zeit, nach Hause zu gehen und seine Frau zu trösten? Daß sie immer wieder drängte zurückzugehen, war vielleicht auch deswegen, weil sie an seine Frau dachte. Wenn seine Frau erfahren würde, daß sie beide ausgerechnet heute ungezwungen zusammen in der Stadt bummelten, würde sie ihm mit Scheidung drohen. Wenn er auch schließlich zu seiner Frau und seinen drei Töchtern zurückgehen und für diese Frau nichts übrigbleiben würde, so war es doch wahr, daß er sich vor seiner Frau fürchtete.

Sie hätte doch ihre Haare lieber offen tragen sollen, ihm tat ihr entblößter, weißer Nacken leid. Ihm tat es leid, daß sie so hilflos war und nicht einmal einen richtigen Wintermantel hatte. Er empfand einen Groll auf ihre Familie, die er noch nie gesehen hatte. In ihrer Heimat gab es niemanden mehr, aber in Seoul wohnten ihr älterer und ihr jüngerer Bruder. Und ihre Tante, die sich statt ihrer früh verstorbenen Eltern um sie gekümmert hatte, wohnte irgendwo in Sungnam. Bevor sie nach Wonmidong kam, kam abwechselnd immer einer von diesen wenigen Verwandten und nahm sie aus. Während sie von einem Lokal zum andern umherwanderte, hatte es ihre Familie natürlich besser. Wenn sie einigermaßen Geld gespart hatte, dann tauchte immer einer auf, der unbedingt ihre Ersparnisse brauchte. Wenn einer sowieso dazu bestimmt sei, für andere zu leben, dann habe er eben ein anderes Schicksal, sagte sie. Sie hatte ihre Jugend geopfert und ihnen geholfen, aber keiner von ihnen lebte zufrieden. Das war eben die drückende Armut, die allein mit der Jugend einer Frau nicht zu vertreiben war. Als sie über dreißig war, hatte ihre Familie auf sie verzichtet. Denn ihre Familie hatte erkannt, daß sie eine versiegte Quelle und eine alte Maschine war, die ihren Lebenshöhepunkt schon überschritten hatte. Obwohl er schon wußte, daß sie beim Eröffnen des Teehauses Han ihr ganzes Geld angelegt hatte, war er ziemlich überrascht, als er zum erstenmal ihr Zimmer betrat. Er konnte sich jetzt noch sehr gut daran erinnern. Daß sie sich beide gegenseitig mochten, hatten sie schon bemerkt. Aber er wohnte ja ganz in der Nähe, so konnte er damals kaum daran denken, ihr Zimmer zu betreten. Wenn er ihr damals, als sie sagte, sie wolle ihren Laden früh schließen, weil keine weiteren Gäste zu erwarten seien, nicht gefolgt wäre und ihr Zimmer betreten hätte, wenn er dieses einsame und kalte Zimmer nicht gesehen hätte, dann wäre nichts dergleichen passiert wie heute. Er stand neben ihr, während sie vor der roten Ampel wartete, und empfand eine unbestimmte Reue.

Der Friseursalon Seoul und der Laden des Teehauses hatten ursprünglich keine Zimmer. So mußte Kyong-Cha vom Friseursalon extra ein Zimmer anmieten und von dort zur Arbeit gehen. Sie stand mit seiner Frau in sehr engem Kontakt, hängte sich an sie, wie an ihre ältere Schwester und sagte ihr häufig, daß es sehr umständlich sei, daß im Laden kein Zimmer war. Daß im Geschäft des Teehauses ein Zimmer eingebaut wurde, geschah erst, als ein junges Paar in eben diesem Laden ein Mehlspeisen-Restaurant eröffnete. Dieses junge Paar hatte mühevoll ein Zimmer eingebaut, aber nach ein paar Monaten das Geschäft aufgegeben. Man sagte, daß sie jetzt irgendwo in der Nähe der Station Nambu einen Imbiß auf der Straße betreiben. Wie dem auch sei, es gab eine enge Küche, wo ein Gasherd und eine Spüle standen, und dieser Küche gegenüber war das Zimmer. Es war sehr eng und sah so einsam aus, daß er sich einfach wundern mußte, und die Decke war so niedrig, daß er sich nicht einmal aufrichten konnte. Man konnte es eine Hundehütte nennen. Als sie flüchtig bemerkte, daß er, verblüfft von dem Anblick ihres einsamen Zimmers, nicht Platz nehmen mochte und unschlüssig herumstand, steckte sie den

Stecker der elektrischen Liegematte in die Steckdose. Der Zimmerboden war eiskalt. Wahrscheinlich hatte man keine Kohlenheizung eingebaut. Das einzige Möbelstück in diesem Zimmer war ein großer Schminkkoffer. Selbst dieser beige Schminkkoffer erschien für dieses kleine Zimmer zu luxuriös. Er saß da und bedauerte, daß beide, wenn sie wieder von draußen aus der Halle ins Zimmer zurückkommen würden, nur so sitzen können, daß sich ihre Knie gegenseitig berühren mußten. Es gab eine Toilettenpapierrolle, einen Papierkorb ohne Deckel und ein beflecktes, rötliches Kopfkissen. Darauf lag ein langes Haar und eine Tablette, die in Silberpapier verpackt war. Später, als sie diese Tablette mit Bier schluckte, sagte sie nur, es sei ein Medikament gegen Leberkrankheit. Sie hatte auch nicht viel Kleider, so daß sie nicht einmal eine Wandseite voll damit füllen konnte. Selbst unter diesen aufgehängten Kleidern konnte man keine teuren Sachen finden. Sie waren höchstens farbenfroh.

An diesem Abend hatte sie ihm drei Flaschen Bier serviert. Sie sagte zwar, sie habe sich vorwiegend nur darum gekümmert, die Halle zu schmücken, und daher sei das Zimmer in so einem schäbigen Zustand, aber zum Wohnen sei es doch nicht übel. Jedoch schienen ihr diese Worte peinlich zu sein. Sie ging hinaus in die Halle, brachte den großen Kassettenrecorder mit und suchte einen Schlager. Dann brachte sie ihn wieder hinaus, weil sie meinte, daß er das enge Zimmer noch enger machen würde. Daß sie von ihm Chu-Hee genannt werden möchte, das sagte sie ihm an diesem Abend. Er konnte sie in diesem einsamen Zimmer nicht allein lassen und wollte nur ein bißchen länger da bleiben, und dann noch ein bißchen... So kam es, daß sie zusammen Schnaps tranken. Sie trank so viel Schnaps, daß sich ihre Schultern immer wieder zu ihm neigten. Vielleicht war das wegen der Enge des Zimmers. Als er ihre hängenden Schultern in seine Arme nahm, tat ihm ihr magerer Rücken leid. Ihre Schulter, die mager und rund wie ein Spielzeug war, berührte einen Moment lang seine Brust und zog sich wieder zurück. Ihre Schultern, die über dreißig Jahre lang diese beschwerlichen und dornigen Zeiten getragen hatten, nahm er in seine Arme. „Ja, gut so. Du bist eben für mich nur Hong, Chu-Hee." Und er streichelte dabei immer wieder ihre langen Haare.

Wenn sie nur ihre Haare offen tragen würde, würde es ihr nicht so kalt sein. Er blickte wieder auf ihren entblößten Nacken. 'Wann nur könnte sie sich einen Wintermantel beschaffen, wenn sie hier in einer Ecke in Wonmidong ein Teehaus hatte?' fragte er sich, und es kam ihm aussichtslos vor.

„Ich gehe zur Apotheke und komme gleich wieder."

Als sie zu den Menschen gingen, die in einer Schlange standen und auf die Taxen warteten, wies sie auf die gegenüberliegende Apotheke hin.

„Ist dir nicht gut?"

„Doch, es geht. Meine Medikamente sind alle."

Er dachte an die Tablette zurück, die in einem silbernen Stück Papier eingepackt war, aber fragte nicht weiter. Außer diesen Tabletten gab es noch andere Medikamente, die sie einnahm, aber sie sagte jedesmal, es seien nur Medikamente gegen Leberkrankheit. Vor kurzem, als er seine ehemaligen Mitschüler aus der Oberschulzeit traf, fragte er nebenbei einen Freund, der eine Apotheke hatte, über ihre Medikamente aus.

„Sag mal, die Hostessen, werden die denn nicht krank vom Trinken, wenn sie älter werden?"

„Natürlich, warum nicht? Selbst Männer können nicht soviel Alkohol ertragen, und wie könnte es dann eine Frau, wenn sie jeden Abend trinkt? Sie braucht gar nicht darauf zu warten, bis sie älter wird. Wenn sie ein paar Jahre so weiter macht, wird ihr Gesicht gelb aussehen. Ihr Äußeres wirkt noch normal, aber im Inneren ist alles verfault, schlimmer als bei einer Oma von siebzig Jahren. So ist das eben bei solchen Frauen. Sie versuchen es zu ertragen, indem sie dieses oder jenes Medikament einnehmen, aber leiden das ganze Leben darunter und sterben schließlich."

Er sah ihr nach, wie sie in das Licht der Apotheke trat und rief sich ins Gedächtnis zurück, was sein ehemaliger Mitschüler gesagt hatte. Dort konnte er sie mit dem Apotheker sprechen sehen. Seine Hände in die Tasche seines weißen Kittels gesteckt, stand der Apotheker da und runzelte die Stirn. Wieder sagte sie etwas, wobei sie ihre Hand hob. Da erst bewegte sich der Apotheker langsam und nahm eine kleine Schachtel vom Regal. Sie bezahlte und drehte sich um. Der Apotheker steckte seine Hände wieder in die Tasche seines weißen Kittels und sah mit einem ausdruckslosen Gesicht zur Straße hin. Es war so, als wollte er sagen, wie man nur alles auf dieser Welt verstehen könnte und wenn man es auch verstehen wollte, es sei doch unmöglich, alles zu verstehen.

Auch er wollte ihr mit einer ausdruckslosen Miene begegnen, während sie sich näherte. Aber sie fand ihn nicht sofort. Sie wollte einfach zur Taxihaltestelle gehen, blieb aber stehen. Sie steckte die Tüte mit Medikamenten, die sie in der Hand hielt, in die Tasche und sah sich um. Dutzende von Verkaufskarren mit Obstsorten standen auf beide Seiten dicht nebeneinander und die Menschen versuchten anscheinend, durch sie hindurchzukommen, denn dort herrschte ein ziemliches Durcheinander. Sie schien ihn nicht so einfach finden zu können. Nachdem er sie kurz beobachtet hatte, während sie nur in die Ferne blickte, näherte er sich ihr langsam. Als sie ihn erkannte, strahlten ihre Augen vor Freude und Erleichterung einen Augenblick lang. Aber das Strahlen verschwand schnell wieder. In diesem Augenblick tauchte ein Kerl mit einem Hut wie ein Schatten auf. Er hatte einen schmutzigen Schal um den Hals gehängt, sein Mantel war so lang, daß er fast die Füße bedeckte, und hatte einen so altmodischen Kragen, so daß man ihn schon vor zehn Jahren hätte wegschmeißen sollen. „Gib mir meine Chung-Cha! Wo ist Chung-Cha?" Sie schob die geballte Faust des Kerls zurück.

„Ein verrückter Alter. Gehen wir schnell."

Er folgte ihr und drehte sich immer wieder um. Der Kerl mit dem Hut erschreckte ein paar Mädchen und Frauen, er schrie und machte Lärm. Er lief auf dem Platz hin und her. Jeder von den Menschen, die auf ein Taxi warteten, schnalzte. Das Leben ist eben nur gut zum Sterben. Weit vorne beklagte sich einer mit mißmutiger Stimme. Taxen trugen unaufhörlich die Menschen weg, und genauso viele Menschen stellten sich wieder in die Schlange. Während sie einen Schritt weiter gingen, überfiel sie der kalte Wind und kratzte heftig ihren entblößten Nacken. Die Schlange hinter ihnen war sehr lang, aber da sie vor ihnen auch nicht sehr kurz war, bereute er es, sich entschieden zu haben, mit dem Taxi zu fahren. Lieber hätte er mit ihr in einen Bus einsteigen sollen, dann hätte sie sich wärmen können. Dazu war ihre Hand noch ganz der Kälte ausgesetzt, weil in einer Tasche die Tüte mit den Medikamenten steckte und deswegen kein Platz für ihre Hand war. Er nahm unauffällig ihre Hand in seine Hand. Ihre eiskalten Finger bewegten sich leicht in seiner Hand. Im Bahnhof fuhren die elektrischen Züge ab, wobei sie die Erde erbeben ließen. Die Straßenhändler, die Obstsorten verkauften, packten Orangen in Tüten ein, die man für eintausend Won zu dreißig Stück bekam, und riefen die Kunden herbei. An anderen Tagen wäre auch er dahin gegangen, hätte von ihnen

Orangen oder Äpfel gekauft und wäre heimgegangen. Jedesmal wenn er am Platz vor dem Bahnhof vorbeiging, konnte er nicht anders, als der Versuchung der dicht nebeneinander stehenden Verkaufskarren mit Obstsorten nachzugeben. Wenn er nach langer Zeit wieder einmal nach Seoul gefahren war und wieder nach Hause kam, ohne etwas zu essen mitzubringen, dann verzogen seine drei Töchter den Mund. Herr Chu, der nur zwei Söhne hatte, und er, der nur drei Töchter hatte, tauschten stolz ihre Freude an der Erziehung ihrer Kinder aus. Wenn die Müllabfuhr für die Preßkohlen kam, dann schaffte er immer alleine die Asche der Presskohlen weg, und er band sogar die Haare seiner Töchter zusammen, wenn seine Frau beschäftigt war. Seine Töchter ließen sich noch ihre Haare waschen, so half er gerne. Sogar gestern noch, bevor seine Frau von der Sache mit der Frau vom Teehaus erfahren hatte, war er für seine Frau zum Markt gelaufen und hatte ein paar Makrelen geholt. Auch wenn er die Frau vom Teehaus traf und für sie eine Neigung empfand, so war er doch überzeugt, daß er seine drei Töchter und seine Frau allen anderen vorziehen würde.

Fast sicher war es Kyong-Cha gewesen, die seine Frau von der Sache mit ihr informiert hatte. Kyong-Cha mußte von ihrem Friseursalon Seoul durchs Fenster aus beobacht haben, daß er in dem Teehaus ein- und ausging. Wem hatte es Kyong-Cha wohl noch erzählt, bevor sie seiner Frau davon berichtete? Die Schlange vor ihnen wurde immer kürzer und er dachte an seine verzweifelte Lage. Vielleicht kann es sein, daß die Frauen im Dorf, die im Friseursalon Seoul ein- und ausgingen, schon längst davon sprachen. Er hatte sich in acht genommen und war nur einmal hingegangen, obwohl er schon dreimal hätte gehen wollen, aber all das war umsonst und dumm gewesen. Wenn das Gerede anfing, gab es genügende Anhaltspunkte, so daß man nichts machen könnte, sogar wenn das Gerücht sich wie ein Luftballon aufblähen würde. Kaum war das Teehaus Han eröffnet, da fingen die Frauen an, ihre Männer offen oder versteckt zu beaufsichtigen. Als sie sahen, daß dort kein Mädchen aushalf und nur eine Madam war, die man schlecht als junge Frau bezeichnen konnte, schnalzten sie. Sie hatten also eher als die anderen erkannt, daß das in einer Ecke liegende Teehaus kein gutes Schicksal erwartete. Man sagte, der Besitzer dieses Ladens leide unter den mißfälligen Blicken der Anwohner, die bemerkt hatten, daß sich dieses Teehaus abends in eine Kneipe verwandelte, wo es zwischen den Tischen eine Trennwand gab. Kneipen gäbe es genug in der Nähe des Rathauses, und warum sollte eine unbedingt in den Wohnbezirk kommen, meinte der Vertreter Kim und tat so, als wäre er sehr wütend. Sobald ein Laden angeboten wurde, eilte er unaufhörlich zum Maklerbüro Kangnam und erkundigte sich, ob da kein Lebensmittelgeschäft eröffnet würde. Er versorgte das Teehaus mit Getränken und Bier, war aber schon recht enttäuscht, weil die Menge unerwartet gering war.

Die Frage, wie er sich diesen Leute gegenüber verhalten sollte, brachte ihn in Verlegenheit, so daß er mutlos wurde. Er hätte schon gerne gewußt, was sie jetzt dachte, während sie auf ein Taxi warteten und kein Wort sprachen. Woran würde sie jetzt wohl denken? Über ihren geraden Rücken herüber drang plötzlich ein Pfiff. Die Menschen sahen gleichzeitig dorthin, woher der Pfiff drang. Ein Junge, dessen Fellmütze die Stirn bedeckte, steckte schnell eine Pfeife, die er im Mund gehabt hatte, hinter seinen Rücken. Die Leute sahen mit unruhigen Blicken die dunkelgrünen Polizeiwagen, die auf dem Platz vor dem Bahnhof standen und mit Drahtnetzen versehen waren. Vor dem Eingang zur U-Bahn war er auch einmal verhört worden. Die jungen Menschen, die wie Studenten aussahen, mußten es damals sogar zulassen, daß man ihre Taschen durchsuchte. Plötzlich fiel ihm das Ausweisfoto ein, das sie von ihm hatte machen lassen.

„Wozu brauchen Sie das Ausweisfoto?“ fragte er sie, als sie kam, um das Foto abzuholen. Er war stolz darauf, daß ihr Foto gut geworden war, denn er hatte sich so viel Mühe gegeben. Aber sie schien kein Interesse daran zu haben, ob das Foto gut oder schlecht war.

„Ich möchte mir gerne einen neuen Ausweis ausstellen lassen.“

„Ah, Sie haben Ihren Ausweis verloren. Das ist aber sehr umständlich, wenn man ihn verliert, denn man muß ein paar Mal zum Amt hingehen.“

Darauf lächelte sie undurchsichtig.

„Verloren habe ich ihn nicht. Ich hätte nur gerne einen neuen.“

Und sie bezahlte das Geld und ging gleich fort. Da hörte er vom Zimmer her seine Frau, die sie wahrscheinlich von dort her beobachtet hatte, spöttisch bemerken.

„Sie hat wohl nichts zu tun. Was ist denn schon dabei, ob der Ausweis neu oder alt ist.“

Er wollte fragen, ob ihr der neue Ausweis schon ausgestellt worden sei, unterließ es aber. Es war irgendwie schon verständlich, warum sie einen neuen Ausweis haben wollte. Sie hatte wahrscheinlich keine Lust, die lange Adressenliste auf der hinteren Seite zu sehen. Er vermutete, daß sie die Adressen, die sich wie Fesseln um sie legten, als sie sich so umhertrieb, einfach löschen wollte. Einmal sagte sie, sie wünsche, daß die jetzige Adresse, also Wonmidong Bezirk 23, ihre letzte Adresse sein würde. Irgendwoanders hinzugehen, dafür habe sie keine Kraft mehr, sagte sie und lächelte müde. In seiner Kindheit wünschte er sich jedesmal, in den Zug einzusteigen, wenn er ihn sah. Und seitdem er sich fürs Fotografieren begeistert hatte, dachte er an nichts anderes, als irgendwohin zu fahren, um ein Objekt zu finden. Jetzt träumt er davon, irgendwann woandershin zu ziehen, wo sein Fotoladen Hengbok noch besser gehen würde; wenn es geht, dann möglichst nach Seoul. Wahrscheinlich ging es ihr genau so. Jeden Tag woandershin zu gehen und enttäuscht zu werden, dann wieder woandershin zu gehen und nochmal enttäuscht zu werden... Und schließlich war sie in Wonmidong gelandet. Ein Ort, der für den einen wie eine Fessel ist, kann für den anderen jedoch ein neuer Anfang sein. Er konnte sie nicht fragen, was aus diesem neuen Ausweis geworden war. Als er das Gefühl hatte, daß seine Füße beinahe erfroren waren, hielt endlich vor ihnen ein Taxi.

Im Taxi war es warm. Als der Taxifahrer den Zähler einschaltete, sagte er ihm, er möchte nach Wonmidong fahren. Sie berührte mit ihren Händen ihre kalte Wangen und sagte dann, als wäre erst jetzt ihr fast gefrorener Mund warm geworden.

„Vorhin, weißt du, ich habe da vor dem Eingang zur U-Bahn einen Bettler gesehen."

Wie kam sie jetzt bloß darauf? „Was für einen Bettler? Hast du etwa die ganze Zeit nur an den Bettler gedacht." Da fragte sie zurück: „Hast du ihn nicht gesehen?" „Ich weiß nicht.." „Er trug auf seinem Rücken ein Papierschild, ich habe es gelesen. Ich las, er war eben ein Bettler." Er fragte sie, was sie gelesen hatte.

„Es stand da: Ich bin ein armseliger Mensch. Bitte helfen Sie mir."

Da grinste er verblüfft. Sie sagte es noch einmal mit Nachdruck. „Ich bin ein armseliger Mensch. Bitte helfen Sie mir."

„Nur so, ohne weitere Erklärung, warum er so armselig sei?"

Da mischte sich der Fahrer ein.

„Er ist ein Dummkopf. Man sagt, er sei schwachsinnig. Was er auf seinem Rücken trägt, hätte ein anderer geschrieben."

„Wer könnte so etwas selbst schreiben? Selbst wenn er ein Bettler wäre."

Sie sagte nichts mehr und sah durchs Fenster hinaus. Der Fahrer schaltete den rechten Blinker ein und bog nach Wonmidong ein. Als der Wagen am Rathaus vorbeifuhr, ließ sie den Wagen anhalten. Obwohl seine Wohnung noch ein Stück weiter entfernt war, bezahlte er den Taxifahrer und stieg aus. Sie bog in den dunklen Weg hinter dem Rathaus ein. Wahrscheinlich wollte sie die hintere Gasse benutzen.

„Wir wollen uns hier verabschieden", sagte sie und tat so, als lächele sie. Er blickte durch die Dunkelheit in die Ferne. Sie waren in der Kälte des Abends umhergeirrt, aber über ihre Sache hatten sie nicht miteinander gesprochen. Er konnte keine Worte finden, weil ihm auf einmal so viele Gedanken kamen.

„Du gehst auf die große Straße, ich gehe hier lang."

Sie drehte ihn herum.

Und morgen? wollte er unbewußt sagen, schwieg aber. Er wollte sich nicht davon überzeugen lassen, daß sie miteinander kein Morgen hatten. Nein, vielleicht wünschte er, es von ihr bestätigt zu bekommen. Er konnte nicht frei sprechen, weil ihre Gelassenheit ihn beunruhigte. Nicht sie, sondern er war derjenige, der es nach diesem Zwischenfall schwer haben würde. Solange sie da bliebe, würde er keine Ruhe mehr vor dem Gerede der Anwohner haben. Einerseits fand er es unrecht, daß sie nicht berücksichtigte, mit was für Fesseln er gefangen war. Als er außerhalb von Wonmidong gewesen war, hatte ihm ihre Situation leid getan, und daß ihr durch seine Frau etwas Gräßliches widerfahren sein mußte. Aber jetzt, wo er in Wonmidong war, wünschte er, von ihr, von dieser Frau, die hart wie ein Fels war, getröstet zu werden.

„Ich möchte nicht, daß mir deine Frau noch einmal so etwas antut. Darum tun wir von nun an, als kennen wir uns nicht", sagte sie und lief schnell los. Er stand kurz da, hörte ihre hektischen Schritte und folgte ihr. Er sah von weitem, daß sie rannte. Das Licht an dem Leuchtschild des Friseursalons Seoul war schon aus. Sie war auf das schwache Licht des gegenüberliegenden Supermarkts Hyongche angewiesen und steckte den Schlüssel ins Schloß ein. Er blieb in der Dunkelheit verborgen, überzeugte sich, daß niemand in der Nähe war, und ging in den Laden. „Mach bitte nicht das Licht an", sagte sie leise neben ihm, als ob sie schon gewußt hätte, daß er ihr folgen würde. Er stellte die Sachen weg, die ihm im Wege standen und schob den Vorhang der Küche zur Seite. Hinter ihm schloß sie die Tür zu.

An das Dunkel war sie jedoch besser gewöhnt als er. Sie öffnete sofort die Zimmertür, ohne lange zu tasten, und machte das Licht an. Ohne Zögern ging er ins Zimmer. Wenn man die Zimmertür zumachte, war das Licht von draußen her nicht zu sehen. Ohne Fenster, ein Zimmer wie eine Kiste. Wegen der niedrigen Zimmerdecke standen sie gekrümmt und sahen sich an. Obwohl sie von draußen ins Zimmer gekommen waren, zitterten sie trotzdem vor Kälte. Sie steckte, ohne etwas zu sagen, den Stecker der elektrischen Liegematte in die Steckdose. Ihre Hand zitterte. Es war kalt. Noch kälter als draußen. Wegen der Kälte, die aus den vier Wänden strömte und seine Ohren beinahe erfrieren ließen, zitterten seine Schultern. Sie hockte auf der Decke und hatte ihre Hände in ihre Kniekehlen gesteckt. 'Schließlich habe ich dieses Zimmer doch wieder betreten.' Er zog die Decke hoch und bedeckte damit ihren Rücken. Dann umarmte er sie samt der Decke.

„Gleich wird es wärmer."

Er zog sie noch näher zu sich. Ihr Kopf lag an seiner Schulter und sie murmelte etwas vor sich hin; wahrscheinlich, daß er jetzt nach Hause gehen solle. Er umarmte sie noch einmal kräftig.

„Komm doch hier mit drunter. Hier ist es viel besser." Sie öffnete die Decke. Er saß mit ihr zusammen, die Decke um die Schultern gehängt. Allmählich wurde es auf der elektrischen Liegematte wärmer. Er spürte den Hauch ihres Atems in seinem Nacken. Er legte seinen Arm um ihre Schultern. Da rutschte die Decke herunter. Kurze Zeit später zog sie ihren Mantel aus, ohne sich zu erheben, und warf ihn in den oberen Teil des Zimmers. Sie hatte einen violetten Pullover an. Sie rückte näher an seine warme Brust heran. Er betastete ihre kalten Lippen und dachte, es wäre besser, wenn man das Licht ausmachen würde. Das Zimmer, die schäbigen Wände, die nach vier Richtungen standen und die niedrige Zimmerdecke, all das wünschte er nicht zu sehen. Ihre Stirn berührte seine Wange. Sie hatte ihre Augen geschlossen. Dabei sah sie sehr friedlich aus, wie ein Säugling. Beide lagen Seite an Seite und hörten von weitem Hunde bellen. Sie öffnete ihren Mund. „Es muß sehr spät sein. Geh doch schnell nach Hause." Sein Gesicht, das aus der Decke herausguckte, schmerzte von dem kalten Wind, als ob es brannte. Sie drehte sich zu ihm um und stöhnte leise.

„Weißt du, was deine Frau zu mir gesagt hat?"
Er wußte nichts zu antworten.

„Ich solle hier weggehen. Seoul sei groß und weit weg, da wäre es ihr völlig egal, ob ich Wasser oder Alkohol verkaufe. Bloß von hier müsse ich weggehen."

Seine Frau hätte das bestimmt so sagen können. Die Frau solle gleich ihre Sachen packen und verschwinden. Träfe sie noch einmal ihren Mann, dann würde sie um Leben und Tod kämpfen und dieser Sache ein Ende machen, so konnte seine Frau vermutlich gedroht haben. Ob sie, so wie seine Frau es forderte, von hier weggehen würde? Erst jetzt merkte er, daß es wirklich galt, eine echte Lösung zu finden. Wenn einer von beiden weggehen sollte, dann sie, nicht er; daran zweifelte er nicht. In diesem Augenblick sagte sie:

„Warum ich? Ich gehe nicht weg. Eine Frau wie ich hat keine Angst, selbst wenn sie mit einem Mann etwas hatte. Für dieses Geschäft habe ich all meine Kräfte geopfert. Deshalb kann ich es nicht einfach aufgeben. Im Ernst. Ich kann nicht von hier weggehen."

„Aber..." Sie wollte weiter sprechen, blieb jedoch stumm und war für einige Zeit in Gedanken versunken. Er hielt den Atem an und wartete, bis sie weiter sprach. Das Gerede der Ortsbewohner, die ständige Kontrolle seiner Frau und das nie enden wollende Geschwätz über jene Frau, all das ging ihm im Kopf herum. Hatte er etwa nicht gedacht, ja sogar erwartet, daß sie von hier fortginge? Doch nicht, um von ihr deutlich zu hören, daß sie von hier weggehen würde, hatte er sich in der Abendkälte herumgetrieben und war ihr bis hierher gefolgt. So versuchte er, sich zu rechtfertigen und wartete auf ihre nächsten Worte.

„Ich sage nicht, ich könne nirgendswohin, wenn ich von hier vertrieben werden würde. Ich könnte schon überall leben. Aber auf eine noch niedrigere Stufe als jetzt möchte ich nicht fallen. Wie dankbar ich war, wenigstens so leben zu können, nie wieder, du läßt dich hier nie wieder blicken."

Sie meinte also, daß sie ihr jetziges Leben niemals aufgeben würde. Sie hatte recht, dachte er und versuchte, ihre Entscheidung zu akzeptieren. Niemand würde sie brauchen. Sogar diejenigen, die einst mit allen Mitteln versucht hatten, sie festzuhalten, würden jetzt bestimmt so tun, als würden sie sie nicht kennen. Für sie, die sich nur mit allen möglichen

Tabletten über Wasser hielt und für die alles davon hing, wie sie ihr Lachen verkaufte und die Kunden mit Alkohol versorgte, läge das Ergebnis klar auf der Hand, wenn man von ihr verlangte, das Teehaus aufzugeben. Dann würde sie wohl wie eine häßliche Krähe auf der Straße leben müssen, nachdem sie auch noch ihr geringes Kapital verloren hätte. Oder sie würde in irgendeinem Hinterzimmer eines Hauses an ihrem sich verschlimmerndem Leiden sterben. Entschlossen erhob er sich und zog sich an. Als er aus der Decke kroch, bekam er sofort eine Gänsehaut. Nachdem er ihren Mantel, den sie vorhin ausgezogen hatte, über die Decke gelegt und den Temperaturregler der elektrischen Liegematte hochgestellt hatte, brachte er es nicht über sich, einfach die Tür zu öffnen und hinauszugehen. Das wäre, als ob er sie auf einem öden Feld allein zurückließe.

Wie und womit könnte er das Zimmer wärmer machen? Da fiel ihm der Petroleumofen ein, der in der Halle stand. Er wartete, bis sich seine Augen an die Dunkelheit gewöhnt hatten und tastete sich durch die Halle. Sie maß ungefähr drei Peong, war also nicht sehr groß. Man hatte die dreieckige Grundfläche ausgenutzt und vier Tische eng aneinander und je eine Trennwand dazwischen gestellt. Aber er sah undeutlich, daß diese Trennwände auf dem Boden lagen und auch die Tische und Stühle willkürlich durcheinander geschoben worden waren. Das war bestimmt seine Frau gewesen. Deswegen also hatte sie ihn vorhin immer wieder ermahnt, das Licht nicht anzumachen. Bis Herr Eum den Petroleumofen fand, wußte er nicht, wie er sein klopfendes Herz beruhigen sollte. Schließlich brachte er ihn ins Zimmer und drehte zuerst den Docht des Ofens hoch. Sie lag, ohne sich zu rühren und sah zu, was er da machte. Erst nachdem der alte Petroleumofen mit seinem stechenden Qualm das Zimmer gefüllt hatte, schien er richtig zu arbeiten. Hier bei ihr gab es nichts, was glänzte oder gar nagelneu gewesen wäre. Er wartete, bis die Flamme aufloderte und drehte sie hoch. Der alte, schwer zu drehende Griff machte jedesmal ein metallisch klirrendes Geräusch. Sie drehte sich zur Wand und sagte: „Geh schnell weg."

Nachdem Herr Eum und seine Frau die Nacht verbracht hatten, jeder dem anderen den Rücken kehrend, fingen sogar seine drei Töchter an, sich ihm gegenüber kalt zu verhalten. Sie hörten nur auf ihre Mutter, aber ihn ignorierten sie einfach. Das machte ihn traurig. Aber er konnte nichts dagegen tun. Mechanisch stopfte er das Früchstück in sich hinein und ging sofort in seinen Laden. Seine Frau brachte die Kinder grundlos zum Weinen und zog eine eisige Miene, so daß er das Gefühl hatte, es wehte ein frostiger Wind. Obwohl er seinen Laden nur einen Tag vernachlässigt hatte, wirkte er öde und leer. Trotzdem lagen schon brennende Kohlen im Ofen. Er saß vor dem Ofen, wärmte sich und sah durch das Fenster nach draußen. Es war genau so kalt wie gestern. Wenige Passanten, die Sonne kam zum Vorschein, verschwand aber wieder, es wirkte heute irgendwie düster. Normalerweise hätte er die Tür weit geöffnet und gelüftet, aber heute wagte er nicht, nach draußen zu gehen. Drinnen starrten ihn seine drei Töchter und seine Frau mit kalten Blicken an, und draußen würden ihm die Leute höhnische Blicke zuwerfen. Er war so verzweifelt, daß er am liebsten weinen wollte. Da wurde die Tür ruckartig geöffnet, und Herr Chu vom Tapetengeschäft kam herein. Um seinen Mund spielte ein häßliches Lächeln, und er war so ungeduldig, daß man sofort vermuten konnte, daß er schon eher, frühmorgens, hätte kommen wollen, sich aber beherrscht hatte und erst jetzt gekommen war. Wie vermutet schoß er los:

„Du, ist das wahr? Daß du mit der Madame Hong ein besonderes Verhältnis hast?"

Die Stimme war eigentlich leise, aber weil er fürchtete, daß seine Frau es hören könnte, kam sie ihm sehr laut vor, wie Donnergetöse. „Warum tun Sie das bloß? Bruder..."

„Hey, du. Tu bloß nicht so, als sei weiter nichts passiert, du kannst es abstreiten, soviel du willst! Die Frauen schwatzen schon darüber, daß deine Frau gestern dies und das getan habe." Herr Eum machte schließlich den Mund zu.

„Seit wann denn? Deine Frau liegt jetzt im Bett, oder? Mann. Da ist unser berühmter Pantoffelheld ja in eine hübsche Situation geraten." Herr Park vom Maklerbüro Kangnam kam in den Fotoladen.

„Mein Gott. Du hast aber Talent. Wann hast du denn mit ihr die enge Beziehung angefangen? Das nenn' ich Talent!"

„Warum machen Sie denn auch sowas?"

„Talent hast du schon. Aber etwas fehlt dir doch. Warum hast du dich von deiner Frau erwischen lassen?"

Herr Chu gab ihm einen Wink. Die Stimme von Herrn Park wurde vertraulicher.

„Wie dem auch sei, gemein bist du trotzdem. Wenn du so etwas Süßes hast, warum hast du uns dann nicht auch ein bißchen naschen lassen und alles ganz allein genossen?“

„Ach, Onkelchen, es war doch nicht so...“

„Wenn es nicht so war, wie war es denn? Jetzt sag bloß, es stimmt auch nicht, was du uns selbst mal erzählt hast, daß du früher als Junggeselle eine Liebesaffäre hattest. Also, wohin sollte deine Neigung verschwunden sein? Aber trotzdem, das ist wirklich eine schmutzige Geschichte. Finden Sie nicht auch, Bruder? Im Cafe Grüne Wiese gibt es doch zur Genüge junge, frische Mädchen. Warum hast du dir denn ausgerechnet diese Madame Hong ausgesucht? Sie ist doch nichts als Abschaum aus einer Kneipe, oder?“

Herrn Chus Worte waren zu hart. Herr Eum hätte darüber schimpfen müssen, um sie zu verteidigen, aber konnte nichts gegen die Sticheleien der beiden machen.

„Na ja, übermorgen ist Silvester, dann laß uns doch im Teehaus Han feiern. Sie wird uns sicher gute Preise machen, wenn ihr Liebhaber dabei ist, nicht wahr? Hey, Eum, du lädst uns dann ein, einverstanden?“

„Übertreiben Sie nicht so.“

Als er ein ernstes Gesicht machte, gab sich Herr Chu endlich zufrieden und ging weg.

Tzz, schnalzte Herr Park und zog sich auch zurück.

Am Nachmittag sah der Himmel unruhig aus. Die Sonne, die ab und zu zum Vorschein kam, verschwand wieder hinter den Wolken, und der Nordwind wehte heftig. Während Herr Eum hörte, wie der Wind an der gläsernen Tür rüttelte, sah er immer wieder nach draußen. Was würde sie jetzt wohl tun? Ob schon Gäste für den Tag dagewesen waren? Nur, wenn Gäste dawaren, konnte sie es sich leisten, den Docht des Ofens hoch zu drehen und sich so richtig zu wärmen. Er machte sich Sorgen um sie, die so einsam, ganz für sich allein leben mußte. Seine Frau war mit den drei Töchtern ausgegangen, wahrscheinlich um ihm zu zeigen, wie ärgerlich sie war. Vermutlich war sie zu seiner Schwägerin gegangen, die allein in Seoul lebte. Oder sie saß im Friseursalon Seoul und betrachtete die Leute, die hin- und hergingen. Herr Chu ließ sich nicht mehr blicken nach dem Besuch am Vormittag. Wenn er doch vorbeikäme, würde er ihn bestimmt necken, aber dann würde die Zeit, die für ihn wie eine Strafe war, nicht so langsam vorbeigehen. Ob er lieber zum Tapetengeschäft gehen solle, überlegte er, verwarf den Gedanken aber sofort. Wie könnte er die schadenfrohen Blicke von Herrn Chus Frau ertragen? Wenn diese Frau hier weggehen würde, dann würden die Dorfbewohner die Sache bald vergessen können. Aber solange sie weiter hier bliebe, würden für ihn schlimme Zeiten anbrechen, hart wie Peitschenhiebe. Einerseits konnte er sie schon verstehen, aber andererseits war er über sie verbittert. Und er fand es schrecklich, daß er selbst so weich war. Wenn er sie gemocht hätte, hätte er sich dann nicht aufrichtiger benehmen müssen? Er hätte doch etwas gegen die frechen Worte von Herrn Chu einwenden sollen. Ausgerechnet Kneipenabschaum, warum hast du dir Kneipenabschaum ausgesucht? Auch die Worte seiner Frau fielen ihm wieder ein. So eine Schande, was war denn so schön an diesem dreckigen Weib, das immer Böses getan und sich aufs Geratewohl jedem hingegeben hat. Wie kann man so ein Weib auch nur berühren...

Nicht Herr Chu vom Tapetengeschäft, den er erwartet hatte, sondern Herr Park ließ sich noch einmal blicken.

„Das Wetter ist schrecklich." Herr Park kam sehr nah an den Ofen, als wollte er ihn umarmen, und schüttelte den Kopf.

„Einfach unmöglich, wirklich, eine unmögliche Frau ist das."

Bestimmt meinte er sie, vermutete Herr Eum und wußte nichts darauf zu erwidern.

„Ein Interessent hat sich gemeldet. Er will dort, wo jetzt das Teehaus steht, eine Parfümerie eröffnen. Ich finde das auch ganz gut. Eine Parfümerie paßt da ganz gut hin."

„Wer ist es?"

„Kyong-Chas Freundin, heißt es. Nach meiner Vermutung will auch Kyong-Cha Geld investieren. Aber Madame Hong will ja nicht", sagte Herr Park und schnalzte wieder, tzz, tzz. 'Ich kann nicht von hier weggehen.' Diese Worte von ihr fielen ihm wieder ein.

„Also mir scheint, du solltest dich mal darum kümmern. Ich habe schon mit ihr gesprochen. Ich war gerade im Teehaus. Ich sagte ihr, für Herrn Eum würde die Situation auch peinlich, wenn sie noch weiter hier im Ort bliebe. Daher sei es besser, daß sie die Kaution zurückbekomme und woanders hingehe. Weißt du, was sie daraufhin gesagt hat? Willst du es mal hören?"

Herr Eum konnte nicht anders, als seinen Kopf zu senken.

„Sie sagte, was sie denn mit Herrn Eum zu tun hätte. Der sei ihr nachgelaufen, weil er sie lieb gehabt habe. Aber bei ihr selbst sei weiter nie etwas gewesen. Warum also sollte sie denn dann von hier weggehen, hat sie geschimpft. Mit erhobenem Kopf und mit stechendblauen Augen hat sie widersprochen. Mann, oh Mann. Die ist schon was Besonderes."

„Wahrscheinlich, weil man von ihr verlangt, den Laden zu räumen, obwohl die Mietfrist noch nicht abgelaufen ist."

„Was ist denn so wichtig an der Frist? Wenn man im Dorf über sie schlecht redet, dann kann sie nichts machen. Der Ladenbesitzer wünscht auch, daß das Teehaus geräumt und dort eine Parfümerie eröffnet wird. So betrachtet ist es nur eine Frage der Zeit, wann sie vertrieben wird. Da wäre es doch für alle besser, wenn sie jetzt gleich den Laden räumen würde, solange man es ihr noch höflich sagt. Aber wie es scheint, bleibt sie sehr stur und macht weiter Schwierigkeiten."

„Ein wenig Maklergebühren zu bekommen, sei schon schwer", sagte Herr Park und runzelte die Stirn. Es gab also bereits einen Interessenten, und dann noch Herr Park, der sich da eingemischt hatte. Dann war es wirklich nur eine Frage der Zeit, wann man sie vertreiben würde. Warum ich? Eine Frau wie ich hat keine Angst, selbst wenn ich etwas mit einem Mann hatte. Ihm fiel ihr entschlossenes Gesicht ein. Wenn Herr Park schon angefangen hat, sich einzumischen, um die Maklergebühr zu bekommen, lag es auf der Hand, wer dabei siegen würde. Nur, was wird aus ihr werden? 'Aber auf eine noch niedrigere Stufe als jetzt möchte ich nicht fallen', hatte sie gesagt. Und es waren nicht die Hände von Herrn Park, die sie bis zum Rand des Abgrunds schoben. Ängstlich stellte sich Herr Eum seine Hände vor, wie sie ihren Rücken von sich wegdrückten.

„Red doch einmal mit ihr. Ah, ehrlich gesagt, ich habe mich nur deinetwegen eingemischt. Einer Frau wie ihr muß man sowieso schnell kündigen, je schneller, desto besser. Hast du's kapiert? Nun, dann gehe ich jetzt."

Herr Park war gerade dabei, die Tür zu öffnen und hinauszugehen, drehte sich aber mit einem „ach!" noch einmal um.

„Wie ich vorhin sah, ist irgend etwas von deinem Acrylschild runtergefallen. Steh nicht so deprimiert herum, geh lieber hinaus und repariere das Schild."

Als Herr Park die Tür öffnete, zog der Wind herein. Obwohl noch viel

Zeit war, bis die Dunkelheit anbrechen würde, war es im Fotoladen sehr dunkel. Was ist denn jetzt los? Er öffnete vorsichtig die Tür. Der Müll wurde hier und da zusammengekippt, und die nackten Bäume rieben sich knarrend aneinander. Er sah zum Schild hinauf. Fotoladen Hengbo. Von dem Hengbok fehlte das 'k'. Wahrscheinlich war es vom Wind weggeweht worden. Wenn er es nicht schnell finden und auf die ursprüngliche Stelle kleben würde, fürchtete er, würde das Hengbok, also das Glück, Glück heißt auf koreanisch Hengbok, für immer verschwinden. Und er bekam Angst.

Fotoladen Hengbo. An der Stelle, wo ursprünglich das 'k' gewesen war, waren nur die Flecken des Leims zu sehen. Er suchte das herabgefallene Stück des Acrylschildes und blickte umher. Auch den Müll, der hier und da herumwirbelte, durchwühlte er. Staubflocken schwebten in der Luft wie Schmetterlinge.

Wegen des heftigen Windes mußte dieses kleine Stück 'k' irgendwohin geflogen sein. Er gab das Suchen auf und sah noch einmal zum Schild hinauf. Fotoladen Hengbo. Zwischen den Buchstaben kam ihm ihr Gesicht näher. Egal, ob sie von hier weggeht oder nicht, er würde es nicht wiederfinden können, es war schon weggeflogen. Er ließ seine Schultern hängen und ging in den Fotoladen. Der Wind blies unerbittlich.

Tägliches Brot

Die Leute von Wonmidong, nein, noch genauer, die Leute aus Wonmidong Bezirk 23 Unterbezirk 5, hatten in diesem Winter ein Problem, das sie in Verlegenheit brachte. Je nachdem, wie man es betrachtet, konnte man es für eine Kleinigkeit halten, die man eigentlich geschickt erledigen könnte. Aber trotz allem; eine erbärmliche Sache war es schon.

Es hatte Ende letzten Jahres angefangen. Im Sommer wimmelte es auf der Straße in Wonmidong bis Mitternacht von den vielen Ortsbewohnern, die in Läden mit nur einem Zimmer wohnten und darum ausgingen, um sich im Wind zu erfrischen. Aber im Winter war es anders. Jeder suchte den warmen Boden des Zimmers, war damit zufrieden fernzusehen und hatte kein Interesse daran, was draußen auf der Straße an einem kalten Abend passierte. Selbst wenn die Temperatur tagsüber einigermaßen angestiegen war, weil die Sonne ihr rotes Licht ausgestrahlt hatte, änderte sich daran nicht viel. In letzter Zeit verbreitete sich das sogenannte Kabelfernsehen wie eine Mode in nahezu allen Häusern, sendete fast ununterbrochen Filme, so daß man sogar mit der Zeit geizte, wenn man auf die Toilette gehen mußte. So schickte man die Kinder, die Lärm machten, aus dem Haus und hing am Bildschirm. Vielleicht wegen der Antennen, die auf jedem Dach dicht nebeneinander standen, gab es einige Leute, die sagten, daß sie auch ohne weiteren Kabelanschluß Kabelfernsehen sehen könnten. Das Wetter war kalt, der Zimmerboden warm, und die sehenswerten Filme besorgte schon das Fernsehen. So rückte der Winter weiter vor, die Dorfbewohner redeten fast immer, wenn sie sich trafen, über die Liebesaffäre Herrn Eums vom Fotoladen Hengbok. Aber seitdem das Teehaus aufgegeben worden war, wurden auch diese Gespräche, die sich um das Verhältnis zwischen Herrn Eum und der Frau vom Teehaus drehten, uninteressant.

Als ob es geplant gewesen war, geschah eben zu diesem Zeitpunkt jener Zwischenfall. Am Anfang sah es wie bei allen anderen Sachen nicht so schlimm aus. Der Geschäftsname Reisladen Kimpo wurde geändert in Supermarkt Kimpo. Kyong-Hos Vater, Inhaber des Reisladens Kimpo, hatte ursprünglich nur Reis und Kohlen verkauft und den Handel in der Gegend des Bezirkes 23 fast ganz an sich gerissen. Darum hatte er vermutlich einigermaßen Geld angesammelt. Nun ließ er den Laden nebenan, der leer stand, niederreißen und vergrößerte dadurch seinen eigenen Laden. Wenn der Reisladen Kimpo zum Supermarkt Kimpo aufgestiegen war, war es doch ganz natürlich, daß nun alle möglichen Lebensmittel die Verkaufsregale füllten. In einer Ecke die Reisabteilung, in einer anderen Ecke der Minisupermarkt und auf dem freien Platz vor dem Laden die Kohlen, so betrachtet sah der Laden sogar großartig aus. Und dieser bemerkenswerte Erfolg des Reisladens Kimpo verwunderte die Ortsbewohner. Der Ladeninhaber und seine Frau kamen mit großen Erwartungen aus einem Bergdorf der Provinz Chungchungdo nach Seoul. Vor vier Jahren hatten sie den Reisladen Kimpo eröffnet, nachdem sie aus Hilfsarbeiten Geld gespart hatten. Anfangs verkauften sie nur Reis aus seiner Heimat, aber ein Jahr später auch noch Kohlen. So gesehen war dieses Ehepaar sehr fleißig und tüchtig. Ihr Benehmen war nicht rüde, sehr höflich gegenüber den Alten und ständig lächelten sie, so daß sie von den Ortsbewohnern in Wonmidong geschätzt wurden. Deswegen kamen viele Leute eigens an dem Eröffnungstag in den Laden, um ihnen zu gratulieren und ihnen für ihre erfolgreiche Zukunft Mut zu machen. Sie kauften extra eine Packung Süßigkeiten oder Tofu. Man sagte, daß die Ladeninhaber zur Eröffnungsfeier des Supermarkts Kimpo Kuchen mit Hirse und Mungbohnen in großer Menge an die Ortsbewohner verteilt hatten. Wie zum Beweis zierten an diesem Tag Reste von Mungbohnenpulver die Münder aller Kinder. Es sei kein großer Supermarkt in der Hauptstraße, erzählte die Frau von der Wäscherei nebenan, aber der Laden des Ehepaars sei doch gar nicht übel. Es sei sehr glücklich damit und lächele unaufhörlich, und man wäre zufrieden, wenn man dieses Ehepaar so lächeln sähe.

Nun würden sie einen großen Laden betreiben und noch mehr Geld machen, sagte auch die Frau des Maklers und beneidete Kyong-Hos Familie um den Erfolg. Es war also seit langer Zeit das erste Mal, daß man in Wonmidong ein Geschäft sich vergrößern sah. Wenn auch die Winterkälte biß, kämen doch viele Kunden - wer würde schon noch an einem alten chinesischen Film im Kabelfernsehen kleben. Das Tapetengeschäft Wonmi, in der man nur im Frühling und Herbst kurzzeitig viel zu tun hatte, der Fotoladen Hengbok, wo nichts als ein paar Filme zu entwickeln waren, und das Elektrogeschäft Sunny, das dann und wann ein paar Trockenbatterien und Neonlampen verkaufte... Daß sich die Inhaber all dieser Läden um ihre leeren Geschäfte nicht viel kümmerten und nur im Zimmer fernsahen, war klar. Bei der Metzgerei Uri klagte man auch, trotzdem hatte man gegen Sonnenuntergang immerhin einige Kunden, die nur ein halbes Pfund Schweinefleisch kauften, so daß man wenigstens keine großen Geldsorgen hatte. Selbst im Friseursalon Seoul ging das Geschäft nicht gut, weil sich kaum ein Kunde Dauerwellen legen ließ. Denn man glaubte, man habe im Winter mit Dauerwellen kein Glück. So kamen nur die Kunden zum Trockenlegen, was für den Laden nur den Verlust der Kohlen im Ofen bedeutete. In dieser Zeit war es in Wonmidong überall so, aber das Maklerbüro Kangnam hatte es besonders schwer. Schon seit ein paar Jahren ging es mit dem Geschäft so schlecht, daß man sich kaum noch mehr daran erinnern konnte, einst goldene Zeiten erlebt zu haben. Außerdem wußte man nicht, ob und wann es besser werden würde.

„Wenn man gewußt hätte, daß das Geschäft mit dem Maklerbüro zu wenig bringt, um die Miete bezahlen zu können, hätte man es nicht gewagt, so ein Geschäft zu eröffnen. Bald müssen die Kinder verheiratet werden, und man wird viele Ausgaben haben. Aber ausgerechnet jetzt ist die Quelle versiegt, aus der man Geld schöpfen könnte. Es ist einfach zum Verrücktwerden. Doch gerade in dieser Zeit ist es bei der Familie Kyong-Hos ganz eigenartig. Ich glaube, bei ihr fängt jetzt die Geldquelle an zu sprudeln. Glück haben die schon. Sonst wäre es unmöglich, selbst wenn sie immens fleißig wären und ihre Energie ganz darauf verwendeten."

Ganz wie die Frau aus Kohung sagte, schien die Zukunft der Familie Kyong-Hos vom Supermarkt Kimpo aussichtsreich zu sein. Kyong-Hos Mutter war sehr freundlich und gab jedem kleinen Kind, auch wenn es noch so wenig kaufte, für die Ware von hundert Won ein Stück Platenkuchen als Geschenk. An ihrem Mund hingen Worte wie 'Guten Tag', 'Auf Wiedersehn', 'Danke schön', sogar gegenüber den sehr wählerischen Kunden lächelte sie immer, behandelte sie ganz höflich und redete ihnen nach dem Mund. Kyong-Hos Vater hatte im Winter immer viel Lieferaufträge für Kohlen. Dann hatte er von frühmorgens bis zum Sonnenuntergang keine Zeit. Zwischendurch mußte er auch schnell Reis liefern, sich auf sein Fahrrad schwingen und zum Markt fahren, um Gemüse zu holen. Wenn man ihn so fleißig arbeiten sah, konnte einem das Herz lachen. Außer Gebrauchsartikeln verkaufte der Laden auch Gemüse und Obstwaren, und es schien einigermaßen gut zu laufen. Die Frauen in

Wonmidong pflegten die Zutaten meistens im Laden zu kaufen, weil der große Markt sehr weit entfernt war. Und unter ihnen verbreitete sich das Gerücht, daß die Preise für die Zutaten beim Supermarkt Kimpo viel niedriger seien als beim Händler auf dem Markt und daß das Gemüse und die Obstwaren bei jenem ganz frisch seien und gute Qualität hätten. Das war also ein paar Tage nach dem Eröffnungstag.

Eben um diese Zeit sah man, daß der Vertreter Kim vom Supermarkt Hyongche auf dem freien Platz vor seinem Laden ein paar hundert Kohlen auslud. Auf dem Platz unter der Plane neben dem Supermarkt Hyongche, der ursprünglich als dessen Lager benutzt worden war, lagen jetzt viele Säcke mit Reis und Getreide. Daneben stand sogar eine Aussonderungsmaschine für Steine, und man sah auch, daß sie mit viel Getöse in Betrieb war. Natürlich war der Supermarkt Hyongche kein Laden gewesen, wo man Reis und Kohlen verkaufte. Er verkaufte Gemüse, Obstwaren und Gebrauchsmittel und war sehr klein, aber trug doch den Geschäftsnamen Supermarkt. Daß der Supermarkt Hyongche unerwartet Reis und Kohlen verkaufte und ein Standschild aufstellte, auf dem mit roter Farbe „Reis, Kohlen“ geschrieben waren, war offensichtlich zeitlich exakt auf die Eröffnung des Supermarktes Kimpo abgestimmt.

„Wir liefern auch Kohlen. Außerdem werden wir wie eine Agentur verfahren, so verkaufen wir pro Stück zwei Won billiger. Der Reis: Sie kennen ja den Reis aus meiner Heimat, Reis aus Kewha. Wir handeln nur mit Reis von erster Güte, aus der Ebene Honam. Nun, wenn Sie ihn einmal probieren, dann wissen Sie, daß es wahr ist.“

Das also waren die Worte des Vertreters Kim, die er jedem Ortsbewohner sagte, den er gerade traf. Nein, er stand vor seinem Laden, versuchte seine Stammkunden zu überzeugen und sprach so, als sei er sehr munter und selbst davon überzeugt. Erst da merkte man, daß die Entfernung zwischen dem Supermarkt Hyongche und dem Supermarkt Kimpo knapp hundert Meter war. Und man erinnerte sich auch, daß man alle anderen Waren beim Supermarkt Hyongche des Vertreter Kims gekauft hatte, solange bei dem Reisladen Kimpo nur Reis und Kohlen zu haben waren. Alle waren von dem glänzenden Erfolg der Familie Kyong-Hos geblendet und hatten einen Augenblick den Vertreter Kim vergessen.

Der Vertreter Kim war achtundzwanzig, auch sehr freundich, hatte das Amt des Vertreters, was ihm möglich machte, alles im Bezirk 23 Unterbezirk 5 zu durchschauen. Daher gab es keine Angelegenheit im Dorf, in die er sich nicht einmischte. Und die hohe Dialektstimme aus Chollado, die man in Wonmidong sehr oft hörte, war meistens seine Stimme. Er war auch der Sprecher des Ortes. Von seinem Supermarkt Hyongche waren seine vier jüngeren Brüder abhängig, sein Vater, der wegen eines Beinbruches arbeitslos geworden war, und seine immer meckernde Mutter, dazu noch seine achtzigjährige Großmutter. Wie seine Familie, so hatte auch sein Laden alle möglichen Sachen, so daß man sagte, es sei ein Laden für alle Waren, mit Ausnahme derer, die gerade nicht da waren. Aber sein Laden war wie üblich ein bißchen unordentlich, die Zutaten waren nicht sehr frisch. Daher ging man bewußt oder unbewußt in den Supermarkt Kimpo, wo alles sauber und ordentlich war. Alles Neue, egal was, war immer das Beste, solange es nur neu war. Wie dem auch sei, man hatte nicht damit gerechnet, daß sich der Vertreter Kim so schnell bereit finden würde, auch Reis und Kohlen zu verkaufen. Wie schon jeder wußte, hatte der Vertreter Kim im letzten Herbst einen kleinen Lastwagen gekauft. Aber knapp ein Monat danach hatte er einen Unfall verursacht und war deswegen jetzt in großer Geldknappheit. Um die Waren zu transportieren und Gemüse und Obstwaren sofort abzuholen, hatte er mit dem für seine Heirat Ersparten diesen Lastwagen gekauft, dann aber damit einen Menschen verletzt. Da mußte er für einen Vergleich, für die Entschädigung usw. viel Geld auf den Tisch legen, so daß er seinen Lastwagen verlor und sogar Schulden machte. Das wußten alle Ortsbewohner. In dieser Situation machte er nun weitere Schulden, weil er Reis und Kohlen verkaufen wollte. So hatte er es doch verdient, daß er von den Leuten beschimpft wurde, etwa so wie von Herrn Chu, der einmal sagte, er habe eine Dummheit gemacht und sich selbst sein Grab geschaufelt, obwohl er wußte, daß Kyong-Hos Vater den Handel mit Reis und Kohlen fast ganz an sich gerissen hatte.

„Supermarkt Kimpo? Ah, ist mir doch egal! Wir liefern auch Reis und Kohlen. Nicht einfach so. Ich habe vom Amt vorher die Genehmigung dafür bekommen und das Geschäft angefangen. Und ausgerechnet ich, ich darf das nicht? Warum denn?"

Obwohl der Vertreter Kim weiter nichts sagte, war es trotzdem leicht zu erraten, wie sehr er in letzter Zeit gegrübelt hatte. Er hatte Angst gehabt, daß in einem leerstehenden Laden ein kleines Lebensmittelgeschäft eröffnet werden könnte, und war jedesmal zum Maklerbüro Kangnam gegangen, wenn es eine Gelegenheit gab, einen Vertrag für den Laden abzuschließen. Daß der Reisladen Kimpo einen Sprung nach vorne machen würde und sich in den Supermarkt Kimpo verwandeln könnte, habe er sich nicht vorstellen können. Überall, in jenem Ort sei es, wenn man ein kleines Lebensmittelgeschäft eröffnen wollte, doch eine Regel der Höflichkeit, daß man beim Eröffnen eines Konkurrenzgeschäfts immer eine bestimmte Distanz berüchsichtigte. Denn jedes kleine Lebensmittelgeschäft habe sein abgestecktes Revier, das man unausgesprochen anerkennt. Das war das Argument des Vertreters Kim, und er hatte recht damit. „Wenn in einem so kleinen Gebiet wie hier nicht einmal ein Laden überleben kann und dann noch ein zweiter Laden mit denselben Waren eröffnet, bedeutet das, daß beide eingehen werden. Aber ich will nicht untergehen. Bitte denken Sie an unser altes, gutes Verhältnis und kaufen Sie doch auch von unserem Laden Kohlen und Reis. Sie sind billig und auch von viel besserer Qualität."

Der Vertreter stand auf der Straße und wiederholte das immer wieder, so daß man fast fürchtete, sein Mund könnte dabei abgenutzt werden. Seine Mutter, seine Großmutter, die vom Alter tief gebeugt war, drängten die Frauen in Wonmidong. „Nehmen Sie auch unsere Kohlen. Nehmen Sie doch diesmal auch unsere, bitte!"

Die Großmutter des Vertreter Kims war über achtzig, aber sie scheute sich nicht, den Frauen, die wegen der Kälte schnell vorbeigingen, zu folgen und zu wiederholen: „Bitte kaufen Sie auch von uns!" Jetzt gerieten die Frauen in Wonmidong wirklich in Verlegenheit. Sie konnten nicht auf einmal der Familie Kyong-Hos den Rücken kehren, von der sie bis jetzt Reis und Kohlen gekauft hatten, und zum Vertreter Kim gehen. Denn sie hatten noch in Erinnerung, was sie sich an dem Eröffnungstag des Supermarkts Kimpo unbewußt gesagt hatten.

„Bitte vergessen Sie uns nicht und kommen Sie zu uns. Wir werden Sie treu bedienen", sagten Kyong-Hos Eltern, wobei sie sich tief verbeugten und jedem einen Einmal-Teller mit Mungbohnenkuchen gab. So waren alle geneigt, ihnen Gutes zu wünschen und erwiderten fast ausnahmslos:

„Bei anderen Dingen weiß man ja nicht so recht. Aber man kann nicht leben, ohne Reis zu essen und Kohlen zu benutzen. Darum ist es einfach unmöglich, Kyong-Hos Familie zu vergessen."

Wenn das alles wäre, wäre es halb so schlimm. Die Welt war ja nun mal nicht so, daß man nur von gutgemeinten Worten leben konnte. So betrachtet könnten solche Worte als eine Art bloße Höflichkeit verstanden werden. Aber die Dreingabe, die man beim Supermarkt Kimpo bekam, wenn man da etwas kaufte, und das Stück Waschseife, das man als Dankeschön erhielt, eben das hatte fast jeder bekommen. Das konnte man doch nicht so einfach vergessen und woandershin gehen.

So wie es um die Angelegenheit stand, meinten einige, daß der Vertreter Kim selbst Schuld hätte, weil er unbedingt Reis und Kohlen verkaufen wollte. Andere wiederum waren der Ansicht, Schuld daran sei doch die Familie Kyong-Hos, die ihren Laden zum Supermarkt Kimpo vergrößert hatte. Trotzdem war keiner von beiden so schuldig, daß man ihn dafür untergehen lassen mochte. Nur um zu leben, um überhaupt leben zu können, hatten sie es so gemacht. Das aber machte es für die unschuldigen Dorfbewohnern schwierig, überhaupt in den Laden zu gehen.

„Der Vertreter Kim hatte auch recht. Was soll ich machen? Vielleicht sollte ich hundert Stücke Kohlen diesmal vom Supermarkt Hyongche nehmen."

Die Frau von der Metzgerei Uri kaufte als erste Kohlen vom Vertreter Kim. Gegenüber dem Supermarkt Hyongche lag die Metzgerei Uri. Sie sagte einmal, daß sie seine Situation sehr erbärmlich fände und ihn gut verstehe, weil sie beide einen Laden hatten.

„Man kann doch nicht anders. Ohne daß es die Leute vom Kimpo wissen, habe ich dort zwanzig Kilo Reis gekauft. Nun habe ich gegenüber dem Vater Kyong-Hos ein schlechtes Gewissen. Was zum Teufel ist das denn? Obwohl man mit seinem Geld Reis kauft, hat man dabei ein schlechtes Gewissen, als täte man etwas Böses", sagte die Mutter Si-Nes vom Elektrogeschäft Sunny und runzelte die Stirn.

„Diesmal bei Kimpo, beim nächsten Mal aber bei Hyongche, so wäre das Problem doch gelöst."

Damit schien die jungverheiratete Frau vom Haus Nummer 64 eine unparteiische Entscheidung getroffen zu haben. Aber die Frau des Maklers wandte dagegen ein: „Und soll man dann Eier, Tofu und auch Instantnudeln immer getrennt einkaufen? Um Gottes Willen! Ich kann das nicht. Ich bin jetzt alt, mein Gedächtnis läßt nach. Darum kann ich das nicht." Und sie schüttelte den Kopf. Sie hatte wohl recht. Wenn man Reis und

Kohlen, die man bis jetzt bei Kimpo gekauft hatte, ab und zu bei Hyongche kaufen wollte, dann müßte man die Zutaten und die kleinen Gebrauchsmittel auch abwechselnd hier und da kaufen. Bei welchem Laden man auch kaufte, man müßte immer von einer Seite mit neidischen Blicken rechnen. Aber wenn man unvorsichtig handelte, wäre es unvermeidlich, daß die Atmosphäre des Ortes in Mitleidenschaft gezogen würde.

Aber das war nicht alles. Im Supermarkt Kimpo wollte das Ehepaar nicht einfach abwarten, und so grübelte man, bis man sich entschied, alle Waren zehn oder zwanzig Won billiger zu verkaufen. Die Süßigkeiten, die beim Supermarkt Hyongche hundertachzig Won kosteten, waren bei ihnen für hundertziebzig Won zu haben und die, die dort dreihundert Won kosteten, hier für zweihundertachtzig Won. Dazu verkauften sie noch das Gemüse, das man sonst genau auswog, recht großzügig. Und das war nicht alles. Wenn man zwei Dutzend Eier kaufte, gaben sie ein Ei dazu. Wenn man bei dem Supermarkt Hyongche für tausend Won zwanzig Orangen gab, gab man im Kimpo dreiundzwanzig. Jemand, der bei Hyongche für drei Stück Waschseife fünfhundert Won bezahlt hatte, gab seine Ware zurück, weil man ihm zugeflüstert hatte, man verkaufe sie bei Kimpo für vierhundertfünfzig Won. Die neidischen Blicke konnte man noch ignorieren, aber wenn es ums Kleingeld ging, das einem ins Portemonnaie fiel, da zögerte man nicht, zum Supermarkt Kimpo zu laufen.

Nun wollte der Vertreter Kim auch nicht die Hände in den Schoß legen. Er verkaufte bald alle Waren zehn Won billiger und ging mit dem Gemüsewiegen noch großzügiger um. Und er gab für tausend Won fünfundzwanzig Orangen, wo er eigentlich nur zwanzig geben müßte. So hatte ein Wettkampf begonnen, bei dem man es sogar als Glück bezeichnen konnte, wenn man eine Kiste ohne Verlust verkauft hatte. Als das neue Jahr begann und die Angriffs- und Verteidigungsschlacht zwischen Kimpo und Hyongche an diesen Punkt gelangte, waren es die Frauen von Wonmidong, die daraus Nutzen zogen. Früher pflegten sie zum Markt zu fahren, drei Busstationen weiter, wenn sie mehere Sachen einzukaufen hatten. Aber jetzt brauchten sie nicht mehr dahin zu gehen. Denn die meisten Sachen waren bei Hyongche oder Kimpo vorhanden, sogar unvorstellbar billig.

„Oh, kosten die denn zweihundert Won, diese Sojabohnensprossen? Wahnsinn, ich dachte, bei Kimpo wären sie billiger. Aber wie ich jetzt sehe, sind sie bei Hyongche noch preiswerter."

Eines Tages riß die Frau des Maklers den Mund vor Staunen auf, als sie sah, daß So-Ras Mutter eine riesige Tüte Sojabohnensprossen in der Hand hielt. Selbst auf dem Markt würde diese Menge fünfhundert Won kosten.

„Nein, Kohlen sind bei Kimpo noch billiger. Gestern habe ich hundert Stück geliefert bekommen und fünfhundert Won Rabatt und dazu noch einen Plastikkorb gekriegt."

Nachdem So-Ras Mutter ihr flüsternd diesen Hinweis gegeben hatte und weiterging, kam jetzt die Frau vom Tapetengeschäft Wonmi mit ihren Kindern, die Münder voller Schokolade, auf sie zu und flüsterte:

„Was wollen sie denn? Der Vertreter Kim hat uns Schokolade für hundertfünfzig Won gegeben, die eigentlich zweihundert kostet. Er sagte, er verkaufe alles billiger. Für ihn sei es völlig egal, ob er daran zugrundegehe."

Nun war die Frau des Maklers einfach verwirrt. Vorhin war sie überzeugt gewesen, bei Kimpo für wenigstens dreißig Won billiger eingekauft zu haben. Und kurz danach sagte man, bei Hyongche sei es fünfzig billiger. Wohin nur? Wo ist es noch günstiger? Es war wirklich schwer, sich zu entscheiden. Sie war sowieso zum Gesprächsstoff der Frauen in Wonmidong geworden, weil sie beim letztenmal bei Hyongche ein Stück Waschseife gekauft, es aber dann gleich zurückgebracht und sofort eins bei Kimpo gekauft hatte, natürlich ein bißchen billiger. Mit einem Wort, sie sei zu direkt, tuschelte man. Und wie man einen Kauf einfach so rückgängig machen könne, nur wegen dieses bißchen Geldes. Selbst wenn sie mal hier und da einkaufte, hätte sie es nicht so offen, sondern ein bißchen versteckter tun sollen. Sie wußte, was die anderen sagten. Sie durfte schon dahin gehen, wo es noch billiger war, aber erst, nachdem sie sich genau erkundigt hatte, wo es nun billiger war. Doch obwohl sie verstanden hatte, was die anderen meinten, war sie immer einen Schritt zu spät. Eben das machte sie ärgerlich. Vorhin war es genauso mit den Sojabohnensprossen gewesen. Sie hatte schon am Vormittag erfahren, daß Sojabohnensprossen bei Kimpo sehr billig seien, ging also zur Familie Kyong-Hos und kaufte sie für zweihundert Won ein. Da es genug waren, war sie damit zufrieden. Aber kurz danach kam So-Ras Mutter, die bei Hyongche noch mehr Sojabohnensprossen bekommen hatte. So beklagte sie sich bei der Frau vom Tapetengeschäft darüber, man habe sie übervorteilt, wurde aber sogleich von ihr gescholten: „Ah, Tante. Worin übervorteilt? Was Sie bei Kimpo bekommen haben, soll doch doppelt soviel gewesen sein, nicht wahr?"

Na ja, sie hatte schon recht. Wenn sie es richtig eingeschätzt und bei Hyongche eingekauft hätte, hätte sie zwar einen Nutzen ziehen können, aber indem sie das nicht getan, sondern bei Kimpo eingekauft hatte, hatte sie doch auch keine eigentliche Benachteiligung erlitten.

„Wie dem auch sei, der alte Spruch stimmt doch gar nicht: Beim Kampf der Walfische zerspringt dem Hummer der Panzer. Wir als die Hummer haben es dort viel besser, wo sich die Walfische bekämpfen."

Aber auch in dieser geänderten Form traf der Spruch nicht so recht die Situation, wie sich schon gegen Ende Januar zeigen sollte. Das Wetter war in diesem Januar nicht sehr kalt, ja, es war sogar außergewöhnlich mild. Neben dem Friseursalon Seoul standen schon drei oder vier Läden leer. Von Anfang an hatten sich in diesem Ort sehr viele Ladengeschäfte dicht nebeneinander befunden. Es gab auch Leute, die die Läden leer stehen ließen und nur das Zimmer mieteten. Wenn nämlich ein Haus gebaut wurde, richtete man es immer so ein, daß im Erdgeschoß Raum für zwei Läden und im zweiten Stock für die Wohnungen bestand. Das war nicht alles. Man baute sogar die bereits fertigen Häuser, auch Mehrfamilienhäuser um und richtete die untere Etage als Laden her. In letzter Zeit stellten immer mehr Leute fest, daß ein Ladenraum als Wohnung benutzt im Preis noch niedriger als ein Einzelzimmer war. Wie dem auch sei, die Ladenhäuser waren in den letzten vier oder fünf Jahren einfach Mode geworden. Die Erwartung, die Lage werde sich in ein paar Jahren für Läden als Wohnung sehr günstig erweisen, weil das Rathaus in der Nähe war, hatte sich nicht bewahrheitet. Es hätte vielleicht anders ausgesehen, wenn die Gegend direkt am Haupteingang des Rathauses gelegen hätte. Aber so wie die Dinge lagen, war die Entfernung doch zu groß, so daß es zweifelhaft war, wann hier vielleicht endlich mal ein Geschäftsviertel entstehen würde.

An anderen Stellen wurden immerhin einige Läden betrieben, selbst wenn sie sehr klein waren, aber daß dort neben dem Friseursalon Seoul die Ladenhäuser leer standen, das hatte seinen Grund. Denn davor und daneben lag unbebautes Gebiet. Den Friseursalon Seoul, der an einer Ecke stand, wo die Notzufahrt für die Feuerwehr einbog, konnte man schon von der Hauptstraße her sehen, aber in den anderen Läden konnte man schlecht ein Geschäft betreiben. Und wenn man es doch wagte, dort etwas anzufangen, dann endete dieser Versuch meistens mit dem Verlust des hineingesteckten Geldes. So kamen und gingen viele Leute wie Zugvögel, eröffneten alle möglichen Läden und gaben sie wieder auf. Aber schließlich wurde dort ein Laden eröffnet, auf dessen Schild „Singsing" stand.

Nun, die Lage des Obstgeschäftes Singsing war so: Gegenüber dem Supermarkt Hyongche lag der Friseursalon Seoul, und wenn man die Notzufahrt für die Feuerwehr entlangging und um die Ecke bog, kam man zum Kosmetikladen.

Diesen Laden hatte zu Anfang des neuen Jahres Kyong-Cha vom Friseursalon Seoul zusammen mit ihrer Freundin eröffnet, ihre Kunden waren die Frauen in Wonmidong, denen sie Kosmetika mit Rabatt verkauften. Dieser Laden war genau in dem Raum, in dem sich ursprünglich das Teehaus befunden hatte. Man wußte nicht, was aus der Besitzerin geworden war. Aber wie dem auch sei, sobald man diesen Kosmetikladen betrat, erwähnte man immer die Liebesaffäre des Herrn Eum vom Fotoladen. Neben dem Kosmetikladen war ein leeres Ladengeschäft, das Myung-Ok als Zimmerwohnung diente. Und der Laden direkt daneben wurde eine Zeitlang von Chin-Mans Vater als Lager für Stapel von billigem Toilettenpapier benutzt, von dessen Verkauf auf der Straße er zuletzt gelebt hatte. Aber Ende letzten Jahres war er aufs Land gegangen. In dem Laden, in dem Chin-Mans Familie gewohnt hatte, wurde eine Art Heimwerkstatt eröffnet, die Hosen herstellte. Wahrscheinlich betrieb sie der Hausbesitzer selbst mit drei oder vier Arbeitern. Durch das Milchglasfenster waren die Köpfe der jungen Männer undeutlich zu sehen, und im Zimmer lagen haufenweise Stoffe.

Neben der Hosenfirma lag das Obstgeschäft Singsing. Daneben gab es noch zwei leerstehenden Ladenhäuser, daran schlossen sich drei oder vier unbebaute Grundstück an, gegenüber lag der Supermarkt Kimpo. Das Obstgeschäft Singsing war ursprünglich ein als Wohnung genutzter Ladenraum gewesen. Aber niemand wußte, wann jener Bewohner ausgezogen und der neue gekommen war. So war die Eröffnung dieses Ladens für alle eine Überraschung gewesen. Offenbar war die Vermietung dieses Ladens nicht durch das Maklerbüro Kangnam, sondern durch eine andere Firma im oberen Teil des Ortes vermittelt worden. Sonst nämlich hätte der Vertreter Kim bestimmt davon erfahren.

Der Kerl, der Inhaber des Obstgeschäfts Singsing war, schien von den Verhältnissen im Ort keine Ahnung zu haben, er war ja auch eben erst da eingezogen. Wenn er vielleicht nur Obstwaren hätte verkaufen wollen, wäre es nicht so schlimm gewesen. Aber er heftete einen Zettel an die Tür, auf dem stand: „Zutaten alle". Er hatte also „alle Zutaten" schreiben wollen, aber aus Versehen oder Unwissen hatte er die Buchstaben vertauscht, und er begann Poree, Sojabohnensprossen, Kopfsalat und Zwiebeln zu verkaufen. Es war wirklich bedauernswert. Da er mitten zwischen den Supermärkten Kimpo und Hyongche, also zwischen zwei Läden, deren Inhaber im Kampf auf Leben und Tod um ihre Kunden schon blanke Nerven bekommen hatten, diesen Zettel anzuschlagen gewagt hatte, war es schon vorauszusehen, daß das für ihn nicht gut ausgehen konnte. Zu der Zeit waren die Familien von Kimpo und von Hyongche schon erheblich belastet, weil sie ständig von der Substanz lebten. Das Gesicht von Kyong-Hos Mutter, um deren Mund immer ein Lächeln hing und die sehr freundlich war, zeigte jetzt deutlich ihren Kummer. Wie die Frau von der Wäscherei sagte, stritt sie abends wohl mit ihrem Mann. Der Vertreter Kim, dessen Gesicht rauh wurde, klagte, daß er jetzt viel trinke, jeden Tag vier Hob Schnaps. In seinem Fall war das ein bißchen zu viel. Er tobte so, wenn er betrunken war, daß die Ortsbewohner nur den Kopf schüttelten. Wenn er einmal betrunken war, wütete er und schrie, er werde sein Geschäft aufgeben. Und wenn er in schlechter Stimmung wäre, verkaufe er die Waren für unmögliche Preise, und er mache Schulden, um haufenweise Reis und Kohlen zu lagern, die sich dann aber nur schlecht verkaufen würden. So klagten seine Mutter und seine alte Großmutter fast täglich und sie unterdrückten nur mühsam das Weinen: Es breche ihnen noch das Herz. Besonders seiner gebeugten Großmutter standen die Tränen in den Augen, wenn sie sagte: „Immer noch ledig, weil er statt seiner Eltern für den Schulbesuch seiner Geschwister aufkommen mußte, oh, mein armer Enkel. Bis jetzt hat er immer nur hart gearbeitet und ständig gelitten. Ich fürchte, er geht noch daran zugrunde."

„Das gibt's doch nicht. So was! Selbst wenn er nur Obst verkaufen würde, wäre es zum Kotzen. So, alle Zutaten? Wirklich, alles kommt auf einmal."

So wütend wie der Vertreter Kim um sich blickte, so blaß wirkte das Ehepaar vom Supermarkt Kimpo.

„Wirklich, es scheint, wir sollen einfach untergehen. Schon die Quälerei mit dem Vertreter Kim macht uns fertig, und jetzt auch noch Singsing."

Kyong-Hos Mutter, die immer gelächelt hatte, seufzte tief. Ob man es bemerkt hatte oder nicht, auf jeden Fall hing bald noch ein Zettel am Fenster bei Singsing: „Meerlattich aus Wando in einer große Menge vorhanden!"

Ein paar Tage danach verbreitete sich im ganzen Dorf das Gerücht, daß die Familie Kyong-Hos und der Vertreter Kim einen Waffenstillstand geschloßen hätten. Wahrhaft, jetzt waren die Preise der beiden gleich und sie wogen auch genau ab, so daß man immer für dieselben Preise einkaufen mußte, egal bei wem man kaufte. Die Frauen im Dorf sprachen es zwar nicht aus, aber sie fanden es doch bedauerlich. Die Frau des Maklers war immerhin alt genug, daß man es ihr nicht übel nahm, als sie sagte:

„Es hätte schon viel eher so sein müssen. Aber, irgendwie bedauerlich ist es schon..."

Aber es dauerte nicht lange, bis die Frauen etwas Neues erfuhren. Es war nämlich so, daß die Familie Kyong-Hos und der Vertreter nicht nur einen Waffenstillstand, sondern für eine Weile sogar noch ein Bündnis geschloßen hatten. Natürlich war der Gegner dieser Alliierten das Obstgeschäft Singsing. Nach einem zuverlässigen Informanten war es der Vertreter Kim gewesen, der zuerst dieses Bündnis vorgeschlagen hatte. Es gab auch jemanden, der gesehen habe, daß der Vertreter Kim an einem späten Abend mit Kyong-Hos Vater zusammen, in einem Restaurant in der Nähe des Fabrikgebiets, wo man gebratenes Schweinefleisch servierte, getrunken hatte. Vorgeschlagen habe es der Vertreter Kim, sagte ein anderer, aber alles, was die Ausführung betraf, käme von Kyong-Hos Vater. Und man sprach auch davon, daß ihre Beziehung sich so gut entwickelt habe, daß sie miteinander wie ein älterer und ein jüngerer Bruder umgingen und sich gegenseitig ihr Schicksal klagten.

Es blieb nun nur noch übrig, mitanzusehen, was mit dem Obstgeschäft Singsing geschah. Wie die Frau des Maklers sagte, waren es nun drei Walfische geworden, es bestand also auch die Hoffnung, daß man nun noch mehr zu essen haben würde. Darin hatte man sich nicht getäuscht.

Denn die wichtigste Maßnahme der Alliierten war eine Preissenkung. Man sagte, daß sie sich entschlossen hatten, den Preis derjenigen Waren, die man bei Singsing verkaufte, wesentlich zu unterbieten. Und die Preise der anderen Waren normalisierten sich seit dem Bündnis wieder. Dem Angebot von Meerlattich aus Wando bei Singsing stellte der Vertreter Kim das Angebot Meerlattich aus Wido entgegen und verkaufte ihn in jedem Haus zum Herstellungspreis. Der fleißige Vater Kyong-Hos brachte Äpfel und Orangen vom Großmarkt für Obstwaren in Seoul. Sie wurden auch im Laden des Vertreter Kims zu günstigen Preisen verkauft. So brauchten die Frauen in Wonmidong nicht unbedingt in den Laden Singsing zu gehen. Denn Obstwaren und die Zutaten waren bei Kyong-Hos Familie oder bei dem Vertreter Kim viel billiger. Außerdem, warum sollte man trotzdem in das Obstgeschäft Singsing gehen, wo man mit den ärgerlichen Blicken der Nachbarn rechnen mußte. So kam es, daß der Inhaber des Obstgeschäfts Singsing unauffällig jenen Zettel abnahm, der von den Zutaten sprach, und auch noch den anderen, auf dem „Meerlattich aus Wando in großer Menge vorhanden“ geschrieben stand, wegnahm. Und als ob er allen erklären wollte, daß er von nun an nur Obstwaren verkaufen werde, hing am Fenster ein anderer Zettel, auf dem „Großhandel für Obstwaren“ geschrieben stand. Mit so etwas wie Sojabohnensprossen oder Porree macht man sowieso kein Geld. Gut, wie ihr wünscht, ich werde mich um andere Dinge nicht kümmern und ausschließlich Obstwaren verkaufen, hätte er gesagt, berichtete Kyong-Cha vom Friseursalon Seoul Und sie sagte den Frauen, die in ihren Laden ein- und ausgingen auch noch, daß sie gesehen hätte, wie er bei diesen Worten auf den Boden gespuckt habe. So betrachtet schien sich das Bündnis gelohnt zu haben. Nun gäbe es keinen Grund, dieses Bündnis zwischen dem Vater Kyong-Hos und dem Vertreter Kim noch aufrecht zu erhalten, meinten die Ortsbewohner und warteten ungeduldig, wie die Sache sich weiter entwickeln würde. Aber der Angriff gegen den Laden Singsing schien noch nicht zu Ende zu sein. Nach den Worten von Kyong-Hos Mutter dachten auch sie und ihr Mann schon, daß das Bündnis jetzt zu Ende wäre. Aber der Stellverterter Kim, sagte sie, habe vor Zorn getobt:

„Verkaufen wir denn nicht auch Obstwaren? Ich werde nicht eher aufhören, bis ich sehe, daß der Kerl seinen Laden aufgibt.“

Man hörte, wie der Vertreter Kim mit den Zähnen geknirscht habe und unbedingt sehen wolle, wie der Laden Singsing untergehe. Die Reaktionen der Frauen im Ort waren sehr unterschiedlich.

„Ziemlich hart. Macht die Familie Kyong-Hos das etwa mit, nur weil es der Vertreter Kim will? Wenn ein junger Mensch so etwas Böses denkt, sollte ihm doch wenigstens Kyong-Hos Vater davon abraten. Das sollte man von einem rechten Menschen erwarten."

„Reden Sie nicht so. Wie könnte man sich dem Vertreter Kim widersetzen? Wenn man schon ein Bündnis geschlossen hat, dann muß man halt seine Pflicht tun."

„Pflicht? Was für eine Pflicht? Ich weiß es zwar nicht genau, aber ich glaube, im Grunde wünscht sich die Familie Kyong-Hos auch nichts anderes, als daß das Obstgeschäft Singsing zumachen muß, deswegen haben sie sich dann auch zusammen gegen Singsing verschworen."

„Wenn es so ist, dann hat sich die Familie Kyong-Hos getäuscht. Denn wem der Vertreter Kim wirklich den Untergang wünscht, das ist der Laden Kimpo von Kyong-Hos Familie. Es reicht ihm doch nicht, wenn der Laden Singsing zumacht, nicht wahr?"

„Der Vertreter Kim, der ist zu dreist. Wie kann ein junger Mann so kaltblütig sein?"

„Eben. Warum er gegenüber seiner Mutter so mürrisch ist, obwohl er bei allen anderen so freundlich ist, das verstehe ich nicht. Ich habe nie gesehen, daß er seinen Eltern gegenüber ein freundliches Gesicht zeigt."

„So ist es eben das Schicksal unfähiger Eltern. Er wird uns auch nicht schonen, wenn es so weitergeht."

Wahrscheinlich dachte man bei Singsing, daß dann nichts passieren würde, wenn man sich auf den Verkauf von Obstwaren beschränke. So begann der Inhaber, als die Verkaufssaison zum Monduenjahresfest näher rückte, im Laden und davor Kisten, die mit Buntpapier geschmückt waren, mit Äpfeln, Orangen, süßen Persimonen aus Chinjang und Erdbeeren aus dem Gewächshaus zu füllen. Obwohl die Feiern zum Sonnenjahresfest auch schon drei Tage dauerten, war, was man an Geld während dieser Feiertage ausgab, doch nichts im Vergleich zu dem, was man für die Monduenjahresfeierlichkeiten aufwendete. In dieser Zeit kaufte man täglich in der Metzgerei Fleisch und bereitete sich auf die Neujahrsfest-Saison vor, und es roch nach Fleisch. In den Supermärkten Kimpo und Hyongche gab es auch vielfältige Obstwaren zur Genüge. Der Vertreter

Kim hatte sie von einem Großmarkt in Seoul geholt, mit dem Lastwagen, den er geliehen hatte. Die Preise richteten sich nach denen des Obstgeschäftes Singsing. Wenn man bei Singsing eine Kiste mit Äpfel für fünfzehntausend Won verkaufte, verkauften sie sie für vierzehntausend Won. Wenn einer unbedingt Preisnachlaß haben wollte, lehnte man ihn nicht ab, sondern ließ vom Preis möglichst viel ab. In dieser Zeit pflegte man als Geschenk zum Neujahrsfest Obstwaren in Kisten zu kaufen. Das war noch nicht alles. Wenn jemand bei Singsing kaufen wollte und wegen des Preises handelte, nahm der Vertreter ein lärmendes Handmikrophon, das er irgendwo beschafft hatte, vor seinen Mund und störte den Handel:

„Obstwaren zum Sonderangebot. Wir haben Orangen aus unserem Land. Äpfel, ganz lecker, eben erst gepflückt, wir verkaufen sie zum Sonderpreis. Ja, Obstwaren im Sonderangebot!"

Machmal machte er auch Werbung für den Supermarkt Kimpo: „Sonderangebot für Obstwaren. Äpfel, Birnen und Orangen, alle verkaufen wir zum Sonderpreis. Gehen Sie zum Supermarkt Kimpo oder zu uns, wie Sie wollen. Alles zum Sonderpreis!"

So war es ganz natürlich, daß der Kerl vom Obstgeschäft Singsing zum Vertreter Kim lief. Aber der Streit verlief von Anfang an ungünstig für den Kerl vom Obstgeschäft Singsing. Denn auf das erste Wort, das er unüberlegt ausgesprochen hatte, schien der Vertreter Kim nur gewartet zu haben. Es war sein Fehler, den Vertreter Kim ohne weiteres geduzt zu haben, nur weil dieser sehr jung war.

„In Ihren Augen sehe ich wohl wie ein Kind aus. Wie können Sie nur mit solchen schlechten Augen Geld verdienen wollen? Denken Sie vielleicht, daß sich das unsichtbare Geld duckt und darauf wartet, von jemandem gefangen zu werden? Ändern sie zuerst ihre Ausdrucksweise, bevor Sie überhaupt etwas anfangen und davon leben wollen."

Als er so dem Kerl vom Obstgeschäft Singsing das Wort abgeschnitten hatte und der so gar nicht erst damit beginnen konnte wegen der Geschäftsstörung den Vertreter Kim zur Rede zu stellen, mischte sich auch der Vater Kyong-Hos ein. Da dachte dieser Kerl offenbar, jetzt sei die Gelegenheit gekommen und schrie laut: „Ihr beide, warum seid ihr denn so eigensinnig? Der Preis ist so klar wie der Tag. Und warum verkauft ihr die Waren unter Preis und stört das Geschäft eines anderen? Was wollt ihr denn eigentlich? Aber warum denn nur? Warum quält ihr einen so?"

Kyong-Hos Vater hielt sich jetzt auch nicht mehr zurück. „Ist das denn was Schlechtes, wenn man sie billig eingekauft hat und sie wieder billig verkauft? So was höre ich zum ersten Mal." Der Kerl von Singsing wurde rot und sprach nun noch lauter. „Was für Menschen. Einfach gemein seid ihr. Und ihr sagt, was dann Schlechtes daran sei, wenn man billig einkauft und darum auch billiger verkaufen kann? Los, spuckt es aus! Was habt ihr gegen mich? Warum? Warum wollt ihr mich vernichten?"

Da wiedersprach ihm der Vertreter Kim wütend: „Mann, der hat wohl was Falsches gegessen, ansonsten würde er uns nicht immer so widerwärtig duzen. So einen muß man wieder zur Besinnung bringen."

Schließlich griff der Kerl mit allen Kräften den Vertreter Kim an, packte ihn an der Kehle und begann ihn zu würgen. Aber er war viel zu schmächtig, um dem Vertreter gewachsen zu sein. So warf ihn der Vertreter Kim ohne viel Mühe auf den Boden. „Dieser üble Kerl schlägt einen Menschen", schrie jener und versuchte verzweifelt, über ihn herzufallen. Aber der Vertreter traf ihn, bewußt oder unbewußt, ganz geschickt mit der Faust. „Ich weiß nicht, wo sich dieser Knochen herumgetrieben hat. Kam dann hierher, um die anderen in ihren Geschäften zu stören. Das bringt mich zur Weißglut!" Die Stimme des Vertreter Kims klang messerscharf.

Als der Vertreter Kim mit seinen Fäusten rücksichtslos auf das Gesicht des Kerls von Singsing einschlug, das schon blutete und geschwollen war, wurde der Vater Kyong-Hos totenblaß. Dazu kamen noch die furchtbaren Flüche des Vertreters Kim, aus denen Mord sprach.

„Egal wer es ist, wenn einer mein Geschäft stört, den werde ich nicht schonen. Was für einen schwierigen Weg ich hinter mir habe! Ich! Denkt ihr, ich würde so leicht aufgeben? Nein, auf keinen Fall!"

Schließlich zog sich Kyong-Hos Vater unauffällig zurück. Und wenn die Dorfbewohner die Raufenden nicht getrennt hätten, wäre es dem Kerl von Singsing sehr schlimm ergangen. Der Kerl hatte auch selbst Schuld, weil er sich mit aller Kraft den Fäusten des Vertreters Kim entgegengestellt hatte.

„Was ist denn los? Was für eine Dummheit! Beide sind Bewohner dieses Ortes, und warum diese Schlägerei? Hey, Onkelchen. Bitte beherrschen Sie sich. Nur der Geschlagene hat einen Nachteil. Ach, Mann, Vertreter Kim, ist aus dir etwa ein Schurke geworden? So was darfst du nicht. Selbst wenn man dir Unrecht getan hätte, solltest du einen älteren Mann nicht so behandeln. Weg mit der Hand! Wenn du nicht auf meinen Rat hörst, dann sind wir geschiedene Leute. Diese Hand! Weg damit!"

Herr Chu vom Tapetengeschäft Wonmi mischte sich ein und versuchte energisch, beide zu trennen. Währenddessen trat der Vertreter Kim immer wieder mit seinem Fuß in Richtung des Kerls von Singsing.

Die Leute, die kamen, um den Streit zu beobachten, sprachen später immer wieder von diesem Zwischenfall. Zwei Tage danach sah man, daß der Kerl von Singsing sich auf die Lippen beißend mit einem Karren voll Obstwaren herumging, um auf der Straße zu verkaufen. Da erinnerte man sich an die Grausamkeit vom Vertreter Kim und zitterte. Der Kerl mußte es halt so machen, wenn er alle Obstwaren, von denen er sich für die Neujahrsfest-Saison so viel beschafft hatte, verkaufen wollte.

„Entsetzlich. Im Laden des Vertreter Kims werde ich jetzt nicht einmal mehr ein Stück Tofu kaufen."

Si-Nes Mutter schüttelte den Kopf und tat, als sei sie abgeschreckt. Ihr einziges Kind war jetzt vier Jahre, aber sie erschien bei einem flüchtigen Blick viel jünger als die neuverheiratete Frau von Nummer 64. Sie und ihr Mann betrieben das Elektrogeschäft Sunny und lebten sehr romantisch. Das zeigte sich schon daran, daß man am späten Abend aus ihrem verschlossenen Laden melancholische Musik hörte.

„Den Vater Kyong-Hos habe ich nicht so eingeschätzt. Wie zurückhaltend er doch war! Er ist hinterhältig. Mir ist Kyong-Hos Vater noch widerwärtiger als der Vertreter Kim."

Die Frau von der Straßennummer 64 zeigte ihre Wut. Aber die anderen Frauen waren sich darin einig, daß der Vertreter Kim noch gemeiner war. Daß er so grausam sein könnte, sagten sie, habe man nicht geahnt. Man müsse halt einen Menschen kennenlernen, wie er wirklich sei, meinten die Frauen und spitzten ihren Mund.

Die Lage des Obstgeschäftes Singsing war eigentlich immer schon ungünstig gewesen, dort hatte sich kein einziges Geschäft über eine längere Zeit gehalten. Und diesmal war es auch so. Das Obstgeschäft Singsing wurde einen Monat nach der Eröffnung aufgegeben. Es war kein Einzelfall. Denn die ehemaligen Inhaber eines Restaurants, wo Mandu, gedämpftes Fleisch und Gemüsetaschen serviert wurden, danach wieder ein Restaurant, das gebratenes Schweinefleisch anbot, und schließlich eine

Spielhalle hatten auch alle nach zwei oder drei Monaten aufgegeben. Und der Inhaber des Obstgeschäftes Singsing habe eigentlich in die Einrichtung nichts investiert, sagten die Frauen. Er konnte die übrigen Obstwaren und die Zutaten, die er noch nicht verkauft hatte, mit seiner Familie aufessen, so hätte er im Vergleich zu seinen Vorgängern nicht viel Schaden gehabt. Die Frauen im Dorf waren verblüfft, z.T. auch einfach verärgert, daß die beiden Supermärkte endlich ihr Ziel erreicht hatten.

Besonders Si-Nes Mutter tat es leid, daß das Obstgeschäft Singsing hatte zumachen müssen.

„Warum hätten sie hier ein Geschäft eröffnen sollen, wenn sie in guten Verhältnissen gelebt hätten? Ist das denn hier ein Ort, wo man durch ein Geschäft Geld verdient? Es könnte doch jeder etwas verdienen, und dabei könnte man gut miteinander auskommen. Mann. Das ist ja zu grausam."

„Es tut mir auch leid, wenn ich sehe, daß das Geschäft aufgegeben wurde. Aber was soll's. Das passiert nur, weil alle überleben wollen, deshalb streitet man auch."

Die Frau vom Tapetengeschäft, von großzügiger Natur, verteidigte den Vertreter Kim ein bißchen.

Es war Anfang Februar, ein paar Tage lang war es warm, über 10 Grad. Man wußte nicht, wann wieder die Kälte in die Blütezeit einbrechen und alles erfrieren lassen würde. Trotzdem war es jetzt sehr warm, so daß man annehmen konnte, es wäre schon Frühling. Alle Kinder kamen aus dem Haus, fuhren Dreirad oder liefen einfach auf der Straße herum. An einem sonnigen Platz vor dem Elektrogeschäft Sunny war eine Gruppe von Frauen mit den Kindern zusammengekommen. Eine Frau unter ihnen kicherte leise.

„Sieh mal. Es ist schon Frühling. Im Winter war es selten, aber jetzt wird man wieder oft hören, wie der Großvater Schreihals schreit."

Ja, so war es. Im Winter war er selten zu sehen. Aber jetzt stand er vor den Treppen zum Mehrfamilienhaus Eibischstrauch. Er schien schon lange geschrien zu haben, und seine Bewegungen liefen ganz glatt ineinander, wie er sich auf seine Arme schlug, gleich darauf schrie und dann in die Hände klatschte und noch einmal schrie. Nachdem er ein paar mal so geschrien hatte - dieser Schrei klang wie ein unterdrücktes Weinen -, strich er über seinen Kopf, ging die Treppe hoch und verschwand schließlich im Eingang.

„Wirklich, man weiß ja nicht, woran er leidet. Wenn es für einen Betrachter schon so schmerzhaft ist, wie schlimm muß es erst für den Großvater Schreihals selbst sein!“

„Stimmt. Auch ich sehe so eine Krankheit zum ersten Mal. Man sagt, früher hätte mal jemand eine Krankeit gehabt, bei der er immer lachen mußte.“

„Ja, ja. Wenn es so etwas wäre, könnte man es mitanhören. Aber das hier klingt, als ob er beim Ausspucken von Schleim Schwierigkeiten hätte, oder eben wie ein Geräusch, als ob man ihm einen Dolch in den Rücken stechen würde.“

„Ach, sag doch nicht so was Schreckliches, man sagt, er lebe so sauber und er hätte mehr Wäsche als sein Vermieter. Wenn er nur nicht so oft schreien würde, wäre er ein alter Herr, dem es an nichts fehlt.“

So unterhielten sich die Frauen in Wonmidong eine Weile lang über den Großvater Schreihals. Dann kam die Frau des Maklers, und man wechselte das Thema. Wenn die Frauen in Wonmidong zusammenkamen und sich unterhielten, war sie immer dabei. Aber heute hatte sie merkwürdigerweise gefehlt. Doch nun riß sie die Tür des Maklerbüros Kangnam auf und erschien endlich.

„Gibt es etwas Erfreuliches?“ fragte die Frau von der Metzgerei Uri, weil ihr Gesicht so strahlte. „Vielleicht wegen des schönen Wetters?“ „Ah, etwas Erfreuliches? Kann es denn heutzutage für das Maklerbüro etwas Erfreuliches geben?“ „Reden Sie doch nicht so. Jetzt kommt der Frühling, da werden wieder Häuser angeboten... Wie dem auch sei, Sie haben doch bestimmt irgendeinen Abschluß gemacht, nicht wahr? Was war es denn, ein Mietvertrag?“ So-Ras Mutter wollte es diesmal unbedingt wissen.

„Oh, genau getroffen. Das Obstgeschäft Singsing wurde gemietet. Gerade haben wir den Mietvertrag unter Dach und Fach gebracht.“

„Schon? Na ja, es ist auch gut für sie, diesen Ort hier möglichst schnell zu verlassen.“

Si-Nes Mutter sah flüchtig auf den Supermarkt Hyongche vom Vertreter Kim.

„Aber diesmal wird es Si-Nes Familie schwer haben.“ Nach diesen ernsten Worten von der Frau des Maklers sahen alle Frauen auf das Gesicht von Si-Nes Mutter. „Warum? Warum wir?“ Si-Nes Mutter machte große Augen.

„Na ja. Die sagten, sie haben sich zwar noch nicht endgültig entschieden, aber was sie gelernt hätten, sei Technik. So läge es nahe, ein Geschäft in dieser Richtung zu eröffnen."

„Was? Dann kommt ein Elektrogeschäft hierher?"

Das Gesicht von Si-Nes Mutter wurde sofort blaß.

„So klar haben sie sich noch nicht enschieden, sagten sie. Sie wollten sich über dies und das erkundigen und dann entscheiden."

Weil die Frau des Maklers die Maklergebühr genommen hatte, ohne vorher die Nachbarin davon informiert zu haben, war es nicht verwunderlich, daß sie ihren Satz nicht beenden wollte.

„Warum sollten sie hier ein Geschäft eröffnen, wenn sie in guten Verhältnisse leben würden? Es kann doch jeder etwas verdienen, und man kann doch miteinander auskommen, nicht wahr?"

So äffte die Frau von der Metzgerei Uri die Worte von Si-Nes Mutter nach. Da mußten alle Frauen lachen. Nur Si-Nes Mutter guckte ein bißchen finster, tat aber so, als ob sie mitlache. Die jungverheiratete Frau aus Nr. 64 war gespannt darauf zu sehen, was aus der ganzen Sache nun schließlich herauskäme.

„Nun, was wird es jetzt wieder geben? Wieder Streit? Wie ich gemerkt habe, war die Familie Kyong-Hos auch nicht sehr nachgiebig, oder?"

Nachdem das Ziel der Allianz zwischen den Supermärkten Kimpo und Hyongche erreicht worden war, das Obstgeschäft Singsing zu beseitigen, der sich zwischen die Lücken geschoben hatte, blieb nur noch offen, wie sie sich nun arrangieren würden, wo der Anlaß des Bündnisses nicht mehr bestand. Also war man neugierig, was nun geschehen würde.

„Ach, streiten werden sie wohl nicht wieder . Die Sache ist geklärt. Sie müßten sich jetzt dazu durchringen, daß es so für sie beide gut ist."

Das war der Vorschlag von der Frau des Maklers, und diese Worte schien sie an Si-Nes Mutter zu richten.

„Oh, glauben Sie denn wirklich, daß der Vertreter Kim sich damit zufrieden geben würde? Wenn hier zwei gleiche Geschäfte bestehen, werden schließlich beide untergehen."

So widersprach Si-Nes Mutter sich innerhalb so kurzer Zeit selbst. Die Frauen merkten das wohl, sie hüteten sich aber vor übereilten Äußerungen. Denn wenn sie etwas Unüberlegtes sagen würden, würde das womöglich den nachbarschaftlichen Beziehungen schaden.

„Wir sollten einfach abwarten und unseren Vorteil genießen", sagte So-Ras Mutter beiläufig. „Du meinst, der Hummer lacht, wenn sich die Walfische streiten, nicht wahr?" erwähnte die Frau des Maklers wieder den alten Spruch. „Der Vertreter ist von Natur aus ein sturer Bock, das sieht nicht sehr gut aus." Das waren nun die besorgten Worte der Frau vom Tapetengeschäft, die den Vertreter Kim voll und ganz verstand, wenn er sich verteidigte, er sei so böse geworden, weil er eine mehrköpfige Familie ernähren mußte.

„Ich verstehe nicht, warum nur alle Leute immer einen Laden eröffnen wollen."

Diese dumme Frage kam von der Frau von der Metzgerei Uri.

„Weil sie es schwer haben", gab gleich darauf die jungverheiratete Frau die einzig vernünftige Antwort.

Es herrschte kurze Stille. Darin, daß man Tag für Tag sehen mußte, wie man durchs Leben kam, waren alle Frauen in Wonmidong gleich, und in ihren Gesichtern stand der Kummer. Besonders Si-Nes Mutter machte ein weinerliches Gesicht. Da begann der jüngste Sohn der Leute vom Tapetengeschäft - er war wohl hingefallen - lauthals zu schreien. Die Frauen gingen auseinander. Auf den leeren Platz fielen die einsamen Strahlen der Vorfrühlingssonne.

Kellerbewohner

Selbst mit weit geöffneten Augen konnte man die Uhr nicht sehen. Doch auch ohne das Licht anzumachen und auf die Uhr zu sehen, konnte man vermuten, daß es jetzt gegen vier Uhr morgens war. Seine Uhr ging ungefähr fünf Minuten vor. Bis vier Uhr mußte er noch fünf Minuten warten. Na ja, eigentlich brauchte er nicht darauf zu warten, bis es vier Uhr wurde. Trotzdem hielt er den Atem an und horchte. Um vier Uhr würden die Glocken vom Tempel Sukwangsa, der auf dem Rücken des Berges Wonmi lag, dumpf herüberläuten. Und auch die Kirchen in der Nähe würden ungeordnet nebeneinander ihr Glockenspiel erklingen lassen. Er wachte immer fünf Minuten voher auf und wartete auf diese Klänge. Diese fünf Minuten vergingen immer sehr langsam. Es war bereits frühmorgens, trotzdem drang kein Lichtstrahl in dieses Zimmer, dort im Keller, so daß es stockdunkel war. In diesem Dunkel wälzte er sich hin und her und drehte sich zur Wand. Er runzelte die Stirn über den üblen, modrigen Geruch der Tapeten. Nicht nur von den Wänden, auch aus dem feuchten Bett her drang dieser Geruch. Obwohl nirgendwo das Wasser durchsickerte, war das Zimmer überall feucht. Wann hatte er zum letzten Mal in einem Bett geschlafen, in dem er jedesmal, wenn er sich umdrehte, das Geräusch der gestärkten Baumwolldecke hatte hören können? Er versuchte, die vergangenen Erinnerungen zurückzuholen, zog seine ausgestreckten Beine zusammen und krümmte sich. Obwohl er es zu ignorieren versuchte, wurde sein Bedürfnis sich zu entleeren, immer stärker. Er spannte sich so straff wie ein Bogen und warf seinen Kopf auf die stinkende Matraze. Die feuchte Bettwäsche klebte an seinem Gesicht. Er runzelte wieder die Stirn. Da begann, wie erwartet, vom Tempel Sukwangsa die Glocke zu läuten. Das Glockengeläut schien in einem unterirdischen Raum zu erklingen. Hätte man nicht gewußt, daß es dort ein Tempel gab, dann hätte man mit Sicherheit glauben können, es wäre ein Ruf, von irgendwo her unter der Erde, um die Geister herbeizurufen, die zur buddhistischen Andacht kamen. Er krümmte sich noch mehr und versuchte verzweifelt, es auszuhalten. In seinem Körper, der während der Nacht kalt war, stieg dieWärme hoch und kalter Schweiß floß seinen Rücken herab. Aber jetzt hielt er es nicht mehr aus. Endlich stand er auf und zog sich die Arbeitshose an, die er auf den Boden geworfen hatte.

Wie immer, so standen auch heute ein Lastwagen und ein schokoladenbraunes Auto draußen nebeneinander. Sie versperrten den Blick auf die Straße, und die andere Seite wurde gänzlich versperrt durch die Seitenwand des Mehrfamilienhauses Eibischstrauch, in dem er wohnte. Er versuchte, nicht auf die von ihm zuvor hinterlassenen Kothaufen zu treten und bog in die Ecke hinter den Wagen ein. Es hatte sich ein bißchen aufgehellt, trotzdem war es immer noch sehr dunkel, so daß man die Füße nicht deutlich sehen konnte. Er kauerte sich hinter die Hinterräder des schokoladenbraunen Autos und sah plötzlich zum Himmel. Die Sterne der Frühe, die sich schon sauber geputzt hatten, saßen gemütlich nebeneinander und sahen auf ihn hinunter. Er erledigte sein Geschäft, kam hinter dem Wagen hervor und ging an dem Elektrogeschäft Sunny vorbei. Da rollte ihm ein Fahrrad geräuschlos entgegen. Auf dem Gepäckträger waren die Morgenzeitungen aufgestapelt. Der Junge, der das Fahrrad fuhr, hatte kurze Beine und sein Hintern, der eigentlich den Sitz berühren mußte, hing so in der Luft, daß es sehr gefährlich aussah. Der Junge hielt vor ihm an. Nachdem er eine Zeitung unter die Tür des Hauses von Nummer 64 geschoben hatte, sah er ihn mit unruhigem Blick an. Da entfernte sich der Junge mit einem flüchtigen Blick auf diesen Kerl, der im frühen Morgengrauen müßig die Straße entlang bummelte. An der Haustür Nummer 64 konnte er nicht einfach vorbeisehen. Unten waren das Tapetengeschäft Wonmi und der Fotoladen Hengbok, auf der ersten Etage wohnten mehr als zwei Familien. In diesem Haus war die Tür niemals zu gewesen. Immer wenn ihm danach gewesen war, hatte er die Tür zurückschieben und eintreten können. Er hatte ein paar Mal die Toilette im Erdgeschoß benutzt. Aber eines Tages - er wußte nicht mehr wann - hatte man die Tür bei Nacht zugeschlossen, und seitdem war es immer so geblieben. Und auch im Haus Nummer 65, in dem sich das Elektrogeschäft Sunny und das Maklerbüro Kangnam befanden, fing man an, die Tür abzuschließen. Daneben, bei der Metzgerei Uri und dem Friseursalon Seoul, war es genauso. Er wußte warum. Er überzeugte sich bei einer nach der anderen davon, daß alle eisernen Türen auf der Straße in Wonmidong verschlossen waren, drehte sich um und ging weiter.

Die Treppe zum Keller war steil und eng. Er ging tastend im Dunkeln die Treppe hinunter. Einmal war er dabei hingefallen. Wenn man die Treppe hinuntergegangen war, stieß man auf einen engen Durchgang, wo kleine Haushaltsgeräte gelagert waren. Immer wieder suchte er tastend nach der Zimmertür, dann passierte es auch ab und zu, daß einem der vorstehende Rauchfang des Kohleofens in die Seite stieß. Direkt neben der Zimmertür ragte ein Wasserhahn aus der Wand. Ohne Abfluß. Man durfte nur das unbedingt notwendige Wasser entnehmen. Das gebrauchte Wasser mußte man in einen Eimer schütten und ihn dann nach draußen wegtragen. Außerdem bekam man nur jeden zweiten Tag Wasser, so daß es sehr umständlich war; man durfte nicht vergessen, Wasser aufzubewahren, wenn man welches bekam. Als er die Zimmertür öffnete, drang ihm jener üble, feuchte Geruch entgegen. Solange er im Zimmer war, nahm er nichts davon wahr. Aber wenn er von draußen herein kam, empfing ihn sofort der modrige Geruch. Ein kleines Fenster gab es wohl, aber es reichte fast bis zur Zimmerdecke, und es war zu klein, um durchlüften zu können. Von draußen gesehen berührte es fast den Erdboden. Weil der Fensterrahmen immer mit Regen und Staub beschmutzt wurde und deshalb völlig verkleistert war, war es sehr schwierig, das Fenster auf- und zuzumachen. Als er in dieses Kellerzimmer eingezogen war, war er zunächst auf einen Stuhl gestiegen und hatte das Fenster mit weißer Tapete verklebt. Obwohl das Haus von Bäumen eingerahmt war und hinten der Gemüsegarten des alten Kang lag, so daß von dort selten jemand hereinsehen würde, wollte er nicht so ungeschützt den fremden Blicken ausgesetzt sein. Wenn es Nacht wurde, stieg er auf den Stuhl und schloß das Fenster. Als der Sommer kam, wurde es im Zimmmer schwül, weil es nichts als ein Loch und zum Leben ungeeignet war. Trotzdem wollte er nicht bei offenem Fenster schlafen. Denn es hätte sein können, daß alle herrenlosen Katzen und mutigen Ratten ihm über das Gesicht gekrabbelt wären und sich darauf getümmelt hätten, während er schlief. Und wer weiß, ob da nicht ein Betrunkener in sein Fenster pissen würde.

Er dachte, daß er ruhig noch zwei Stunden schlafen könnte und legte sich wieder auf das feuchte Bett. Da oben hatte wohl jemand den Wasserhahn aufgedreht. Von der Decke her drang ein lautes Geräusch, als ob Wasser liefe und ihm war so, als ob man es direkt über ihn ausschüttete. Da er einmal aufgewacht war, konnte er nicht so leicht wieder einschlafen. Er versuchte herauszuhören, wer da oben rumorte und was dort getrieben wurde. 'Wer könnte es sein? Die Frau, die so früh zum Frühstück Reis kochte', fragte er sich unsinnig. Obwohl direkt von oben das Wassergeräusch herdrang, vermutete er, daß es nicht vom ersten Stock war. Direkt über ihm lag die Wohnung Nummer 102 des Mehrfamilienhauses Eibischstrauch, deren Untermieter er war. Alle, die im ersten Stock des Mehrfamilienhauses Eibischstrauch wohnten, hatten einen Keller, der so groß war wie der hier, den er jetzt bewohnte. Diese Keller wurden meistens als Lager benutzt, aber ab und zu auch als Zimmer eingerichtet, wenn die Familie aus mehreren Personen bestand. Manchmal stellte man es auch einem der Kinder zur Verfügung, damit es dort lernen konnte, oder es wurde eben einem Arbeiter vermietet. Vermietete man es, mußte man dem Untermieter die Wohnungsschüssel überlassen. Denn es gab im Keller keine Toilette. Es war schon klar, daß man es nicht gerne hatte, wenn die Tür unerwartet mit einem Ruck aufging. Und wenn man ausgehen wollte, machte man sich Sorgen, weil der Fremde im Keller die Wohnungsschlüssel hatte. Aus diesen oder anderen Gründen wollte keiner so gerne dieses Zimmer vermieten, es sei denn, man brauchte unbedingt Geld. Auch er hatte auf das Recht zur Benutzung der Toilette bestanden, als er den Mietvertrag abgeschlossen hatte. Die Hauptmieterin, die er damals traf, war sehr jugendlich gekleidet, so daß man ihr Alter nicht so leicht schätzen konnte. Die engen Jeanshosen, die runden, frei hängenden Ohrringe und die scharlachroten Fingernägel, mit denen sie das Geld zählte. Sie lebe allein mit ihrer Tochter, erzählte sie, fuhr mit den Fingern durch ihre kurz geschnittenen Haare und sagte: „Seien Sie unbesorgt. Ich gehe selten aus. Sie werden keine Schlüssel brauchen."

Aber sie machte nie die Tür auf. Sie ging auch nicht aus. Obwohl sie in der Wohnung war und ganz genau wußte, daß er ein dringendes Bedürfnis hatte, machte sie die Tür nicht auf. Wenn man schon Geld brauchte und deswegen das Kellerzimmer vermietete, dann durfte man so etwas nicht tun. Plötzlich fielen ihm ihre roten Lippen und ihr schamloses Lächeln ein und er zitterte am ganzen Körper. Wenn er wirklich einschlafen wollte, sollte er nicht solch feindseligen Gedanken und Erinnerungen nachhängen. Er versuchte sich abzulenken. Heute, ja heute war der Tag, wo er sein Monatsgehalt bekommen würde. Er stellte sich Zehntausend-Won-Scheine vor und schloß die Augen. In seinem Kopf ließ er die Tagesgeschäfte, die er noch vor sich hatte, wie Filmuntertitel vorüberziehen und wurde dabei wieder düster. Er erinnerte sich immer wieder daran, daß er sich jedesmal mit der Schneidemaschine in den Finger schnitt, wenn er nicht genug geschlafen hatte. Er legte sich auf den Rücken, wobei er die Hände auf die Brust legte.

Wenn man zu spät eingeschlafen ist, ist das Aufstehen immer mühseliger. Im Moment mußte er wegen vieler unerledigter Arbeiten früher zum Dienst gehen. Als er sich mühsam dem Schlaf entwand, war es schon halb acht. Um sich eilig zu waschen und loszugehen, würde er wahrscheinlich zwanzig Minuten brauchen. Und wenn er in dem Restaurant vor der Fabrik, wo er immer frühstückte, in zehn Minuten sein Frühstuck nehmen würde, würde er knapp die Verspätung aufholen. Mit Ausnahme des Mittagessens nahm er alle Mahlzeiten, Frühstück und Abendessen, hier ein, wo ein normales Gericht mit Reis nur fünfhundert Won kostete. Auch das war keine kleine Summe, aber wenn man wie jetzt hintereinander Nachtdienst hatte, bekam er das Abendessen von der Fabrik bezahlt, so daß er fürs Essen weniger ausgeben mußte. Er wusch sich rasch, fand aber kein Handtuch. Als er endlich eines gefunden hatte, stank es furchtbar. Obwohl es dunkel war, pflegte er das Licht tagsüber nicht anzumachen. Trotzdem war der schäbige Anblick seines Zimmers morgens nicht zu übersehen. Während er sich anzog, schob er mit dem Fuß das Bett zur Seite. Ihm blieb nichts anderes übrig, als die Socken anzuziehen, die er gestern benutzt hatte. Denn er hatte wegen des ständigen Nachtdienstes keine Zeit zum Waschen. Wenn es einfacher gewesen wäre, Wasser wegzuschütten, hätte er jederzeit Socken oder Handtücher waschen können. Er sollte wohl lieber ein besseres Zimmer suchen, dachte er, obwohl ihm bewußt war, daß das aussichtslos war. Er sah sich in seinem Zimmer um.

Die Treppen zur Fabrik waren ebenso steil und eng. Überall war es so. Die Treppen im Erdgeschoß waren breit und fest gebaut, aber die im Keller schienen immer darauf angelegt zu sein, daß man sofort hinfallen sollte. Man sagte, hier sei ursprünglich das Lager eines Supermarktes gewesen. Beim Bau hatte man wohl an einen Supermarkt gedacht, so war es natürlich, daß man an der Seite ein Kellerlager aufgebaut hatte. Aber das Geschäft war wider Erwarten nicht besonders gut gegangen. Der Besitzer war nicht in der Lage gewesen, noch mehr Geld hineinzustecken und ein größeres Lager zu unterhalten. Selbst die Waren auf den Verkaufsständen waren staubbedeckt. Die Gegend war weder ein Wohngebiet noch ein Fabrikgelände, dort standen nur alte Fabriken, die schon längst hätten demontiert werden sollen. Sein Zimmer lag ebenso wie seine

Arbeitsstelle in Wonmidong. Er ging jeden Tag zu Fuß zur Arbeit, es dauerte zehn Minuten. Das hieß, daß er täglich Wonmidong von einem bis zum anderen Ende zu Fuß durchquerte. Nachdem er an einem Ende Wonmidongs in einem Kellerraum zusammengekauert geschlafen hatte, begab er sich auf die ebene Erde, nur um sogleich in einen Kellerraum zu gelangen, in dem faule Luft stand; das war nun einmal sein Leben.

Wirklich, die Luft in der Fabrik konnte man nicht anders beschreiben als faulig. Als er die Fabrik betrat, war dort alles voller Tabakrauch, weil jeder vor dem Arbeitsbeginn Zigaretten rauchte. Ein Ventilator drehte sich unaufhörlich, aber das reichte überhaupt nicht. Man mußte schon dafür dankbar sein, daß er wenigstens den ekelhaften Kunststoffgestank vertrieb. Immerhin war es zur Zeit nicht sehr schlimm, weil man mit durchsichtigen Vinyl-Kunststoffen arbeitete. Arbeitete man aber mit gefärbten Materialien oder Tapeten, lief einem wegen des scharfen Geruchs die Nase. Er überzeugte sich, daß der Chef noch nicht da war, ging zum Waschbecken und putzte sich die Zähne. Ingenieur Mun und Motorradfahrer Chung schienen noch nicht da zu sein. Ingenieur Mun war verheiratet und kam daher oft zu spät. Aber der Motoradfahrer Chung war immer pünktlich. Wenn man sich überlegte, daß er immer meckerte und murrte, war es eigentlich sogar wunderlich, daß er weder zu spät kam noch jemals fehlte. Er sah auf die Uhr. Zehn nach acht. Da seine Uhr fünf Minuten vorging, war es also fünf nach acht. Um diese Zeit hätten der junge Park vor dem Stoff, Herr Na und er vor der Schneidemaschine und die Ingenieure Mun und Pai vor den Hochfrequenzgeräten sitzen müssen. Seit die Auftragsmenge größer geworden war, lief es bei allen glatt, ohne daß es einer Aufforderung des Chefs bedurfte.

„Fangen wir nicht an?"

Er fragte niemanden Bestimmtes und setzte sich als erster an die Schneidemaschine. Es gab nur einen, der an seinem Platz war; der Ingenieur Pai, der das Hochfrequenzgerät bediente. Er sah wegen seiner dicken, schwarzen Brillenfassung wie ein Professor aus. Und seine Statur paßte auch ganz gut dazu, so daß man ihn Doktor Pai nannte. Das geschah nicht zu unrecht. Denn er ging mit dem Hochfrequenzgerät so geschickt um, daß er schon das Niveau eines Professors erreichen sollte. Aber auch dieser Professor Pai hatte noch nicht angefangen zu arbeiten. Ingenieur Pai schien nicht zu befürchten, daß der Chef gleich hereinstürzen würde, und zündete sich noch eine Zigarette an. Der junge Park lag ausgestreckt auf dem Stoffhaufen, Herr Na war entsprechend seiner Gewohnheit beschäftigt, vor dem Wandspiegel müßig seine Pickel auszupressen. Irgend etwas stimmte doch nicht.

„Arbeiten wir nicht?" Diesmal fragte er den Ingenieur Pai. „Oben ist eine Versammlung. Der Chef ist auch dort." Aus den Nasenlöchern des Ingenieurs Pai kroch langsam der Tabakqualm. „Streik. Wir haben uns entschieden zu streiken", erklärte der junge Park, ein Baseballfan und gleichzeitig ein Fußballfan. „Warum hast du gestern gefehlt?" fragte Herr Na ihn tadelnd. Gestern, nach der Arbeit hatte der Motorradfahrer Chung eine Trinkrunde vorgeschlagen. Und wahrscheinlich hatte man dort etwas abgemacht. Er trank nicht gerne Alkohol. Zu rauchen hatte er auch nicht gelernt. Wenn man alles nachmacht, was die anderen tun, könnte man es dann endlich schön haben? Seine entschiedene Haltung hatte er schon seit seiner Jugend. „Ausgerechnet jetzt, wo man es so eilig hat..." Bevor er seinen Satz beendete, tadelte ihn Herr Na: „Ach, du meine Güte, eben, weil man es eilig hat, hat man ein Ohr dafür. Der Motorradfahrer Chung ist ja ganz schlau. Wir tun ja nur, was man uns sagt, damit man uns etwas gibt."

Herr Na sah sich wieder im Spiegel. Er wollte das Schneidemesser nehmen, ließ es aber doch bleiben und überzeugte sich noch einmal: „Soll ich denn wirklich nicht anfangen zu arbeiten?" „Na klar... Gleich wird Herr Chung kommen, um uns das Ergebnis zu berichten. Wir müssen warten, bis er kommt." Der Ingenieur Pai lehnte sich gelassen im Stuhl zurück. In diesem Augenblick läutete das Telefon. Es mußte die erste telefonische Bestellung für heute sein. Häuften sich schon von morgens an die Bestellungen, dann mußte man den ganzen Tag ohne Pause arbeiten, um den Bestellungen nachkommen zu können. Herr Na notierte die bestellten Mengen auf einen Zettel.

„Ja, für die Automarke Exel dreißig Stück. Jawohl. Sobald der Chef kommt, werde ich es ihm ausrichten. Wie bitte? Für den Leman haben wir keinen Vorrat. Vielleicht fünf Stück noch...ja...dann für den Leman zehn Stück..."

Herr Na legte den Hörer auf und zuckte mit den Achseln. Die Bestellungen hatte man zwar angenommen, aber man wußte nicht mal, ob man heute überhaupt arbeiten würde. Er stellte sich das schwarze Gesicht seines Chefs vor, der wegen des Drucks ungeduldig werden würde, und fühlte sich unwohl. Vermutlich wird sein Chef wohl allein schneiden und die Hochfrequenzmaschine in Gang bringen. Obwohl das nicht genügen wird, um die hungrigen Mäuler der Kunden zu stopfen. Wieder klingelte das Telefon. Noch zwanzig Stücke für den Exel. Aus unerklärlichen Gründen hatten sich die Bestellungen für den Exel nicht reduziert, sondern weiter erhöht, obwohl inzwischen längst andere neue Automarken produziert wurden. Nach ein paar Minuten klingelte wieder das Telefon. Morgens war es immer so. Herr Na schüttelte den Kopf und nahm den Hörer ab. Er hob jedoch unbewußt das Schneidemesser. Der junge Park, dessen Arbeit im Stoffschneiden bestand, stand unauffällig auf. Herr Na legte den Hörer auf und brummte mürrisch.

„Wer zum Teufel fährt heutzutage einen Pony? Hey, du, Park. Such mal, ob wir fertig gepreßte Matten für einen Pony haben. Man kommt ja außer Atem. Fünf sind schon genug. Professor Pai, dürfen wir wenigstens die schon gedruckten Waren verkaufen?“

Ein Streik war ihnen fremd, so waren alle unerfahren. Als immer mehr telefonische Bestellungen hereinkamen, stellte der Facharbeiter, also Ingenieur Pai, seine Füße auf das Fußbrett. „Nichts. Für Mabsi genügende Vorräte, für Stella auch...aber...“, der junge Park hob seine Hand und schüttelte sie verneinend, indem er hinter der Trennwand hervortrat.

Zur Zeit gab es selten eine Bestellung für einen Pony oder einen Mabsi. Bodenmatten für die Autos herzustellen war ihre Arbeit. Die waren heutzutage als unentbehrlich akzeptiert, weil sie beim Fahren gegen den Staub schützten und dem Inneren des Autos Würde verliehen. So mußte das Arbeitsmaterial an die neuen Automodelle angepaßt werden. Kurz zuvor war man emsig damit beschäftigt, für den Stella die Bodenmatten herzustellen. Aber als dann der Leman auf den Markt kam, stellte man die Produktion für den Stella ein. Die Bodenmatten für den Leman und den Exel waren die Hauptartikel. Für den Exel brauchte man weniger Material und Arbeit, so daß die Arbeit effektiver war. Nun, man weiß ja nicht, was für ein neues Automodell noch auf den Markt kommen wird. Dann wird er sich mit dem Schneidemesser wieder ein paar Mal in den Finger schneiden, weil er einer ungewohnten Linie nachgehen muß.

Weil Herr Na immer wieder den Hörer abnehmen mußte, konnte er nicht mehr die Pickel auf seinem Gesicht auspressen. Jetzt war sein Gesicht rot und bunt. Ob er fünfundzwanzig war? Aber Herr Na sah so jung aus, wie ein Oberschüler, dessen Gesicht voller Pickel ist. Das Telefonklingeln bedrängte sie irgendwie, und so versuchten sie dieses Gefühl zu verdrängen, indem sie über alles mögliche redeten. „Ihr habt bestimmt schon einen roten Leman gesehen? Den roten Leman fahren meistens Frauen. Mit einer Sonnenbrille ist das ganz schick." Der Ingenieur Pai tat so, als drehe er am nichtvorhandenen Bart. Er war eigentlich zwei Jahre jünger als der Ingenieur Mun, sah aber so erfahren aus, daß selbst der strenge Ingenieur Mun ihn nicht einfach duzte. Ingenieur Pai hatte früh geheiratet - sein Sohn besuchte schon die Mittelschule - und war in der Fabrik wie ein Alteingesessener. Als die Werkstatt entstanden war, hatte der Chef an der Hochfrequenzmaschine gedruckt und der Ingenieur Pai geschnitten. „Wir pressen Bodenmatten nach allen Kräften und haben nicht mal eine Gelegenheit, im Auto von irgendwem mitzufahren. Andere können ihrer Frau einen roten Leman schenken und stolz darauf sein, ach, es macht mir keinen Spaß." Herr Na rieb sich das Gesicht.

„Ah, die Tante vom Supermarkt hat gesagt, wir sollen die Toilette sauber halten. Sonst wird sie die Toilette abschließen, hat sie gesagt, und sie war furchtbar böse", sagte der junge Park. In diesem dreistöckigen Haus - den Keller eingeschlossen - gab es nur eine einzige Toilette. Dazu war sie noch für Männer und Frauen gemeinsam und fast immer besetzt. Sowieso meckerte sie schon seit langem, daß die Kerle aus der Werkstatt die Toilette zu oft benutzten. Es waren mit dem Chef insgesamt sieben Männer. Im Sommer war es peinlich, wenn man nur zum Pissen auf die Toilette ging. Die Toilette befand sich ausgerechnet da, wo man von der Kasse des Supermarktes direkt hinaufsehen konnte. Da sehr viele Leute sie benutzten, war sie immer dreckig. Trotzdem konnte man nicht die unerledigten Arbeiten liegen lassen und hinaufgehen, um sie zu putzen.

„Du gehst am häufigsten auf die Toilette, oder? So fällt das Putzen auf dich allein", verhöhnte ihn Herr Na. Um das Bedürfnis zum Kacken, das ihn jeden frühen Morgen überkam, zu erledigen und es dort, wo er die gemeinsame Toilette benutzen konnte, zu befriedigen, pflegte er gezwungenermaßen dorthinzugehen. Aber merkwürdigerweise ging das eben nicht, wie sehr er sich auch darum bemühte. Nun, letzten Endes wachte er früh auf und suchte ächzend einen Ort, wo er kacken konnte. 'Ächzend', über diesen Ausdruck, den er selbst gewählt hatte, wunderte er sich. Wie ein

Hund ächzen, das wollte er nicht. Plötzlich empfand er einen Groll gegen die Vermieterin mit den roten Lippen.

Damals war es doch schön gewesen, als er noch in einem kleinen Zimmer seines Chefs gewohnt hatte. Das Haus seines Chefs war wider Erwarten ein ganz normales Haus. Er hatte viele Kinder, für deren Schulbesuch er viel ausgeben mußte, und seine Frau war kränklich. Und hin und wieder hatte er nicht wenig Schulden gemacht. Zur Zeit liefen die Bestellungen massenweise, aber ob damit seine Schulden zurückbezahlt werden konnten? Er erinnerte sich an die Worte des Motorradfahrers Chung und wurde unsicher.

„Alle Chefs übertreiben, so als würden sie jeden Monat bankrott gehen. Man soll so etwas nicht wörtlich nehmen. Der Ingenieur Yun, der früher hier gearbeitet hatte, hat jetzt seine eigene Fabrik. Auch dort druckt man emsig und braucht schon neue Leute. Wir brauchen uns nicht davor zu fürchten, daß wir entlassen werden. Er hat gesagt, er könnte alle Leute aufnehmen. Alle..."

Das war vor kurzem, als uns der Motorradfahrer Chung von dem Ingenieur Yun erzählte. Er konnte jedoch die Worte Chungs nicht einfach akzeptieren, weil er eben in dem Haus seines Chefs ein paar Monate gewohnt und da etwas mitgekriegt hatte. Wenn die Ingenieure Mun und Pai die Waren gedruckt hatten, dann fiel das Packen und Ausliefern Herrn Chung zu. Herr Chung war wegen des Auslieferns selten in der Fabrik. Seine Geschicklichkeit im Motorradfahren war außergewöhnlich. Der ehemalige Auslieferfahrer war oft von der Verkehrspolizei erwischt worden, was den Chef einiges Kleingeld gekostet hatte. Aber bei Herrn Chung war es anders. Im Vergleich zu denen, die im Kellerraum hockten und ohne Pause arbeiteten, hörte Herr Chung draußen eine Menge Gerüchte. Es ist immer so; je mehr Gerüchte man hört, desto unzufriedener wird man. Herr Chung meckerte immer über das Leben auf dieser Welt. Jetzt saß er im chinesischen Restaurant da oben, dem Chef gegenüber und würde auch wohl meckern. Man sah es nicht, aber konnte schon vermuten, daß der Ingenieur Mun von sich aus nicht sprach und nur den Worten Chungs beistimmte. Die beiden paßten gut zusammen. Man konnte leicht annehmen, daß das, was Herr Chung sagte, genau das war, was der Ingenieur Mun sagen wollte.

Von den beiden abgesehen, wie würde wohl sein Chef auf diesen unerwarteten Streik reagieren? Der Chef war bestimmt davon überzeugt, daß er seine Arbeiter normal behandele, nicht schlechter oder besser als alle andere Bodenmattenhersteller. Und damit hatte er sogar recht. Er hatte selbst in diesem Bereich als Aushilfe angefangen und deshalb machte er alles so, wie er es selber gesehen und erfahren hatte. Wie bei dem Ingenieur Yun, der vor ein paar Monaten noch mit der Hochfrequenzmaschine die Waren gedruckt hatte, jetzt selber Chef wurde, gebe es nichts besonderes an einem Chef, meinte der Chef persönlich. Wahrscheinlich würde der Chef jetzt die Stirn runzeln und nur Zigaretten rauchend da sitzen. Er hatte sich in seiner Jugend in den rechten kleinen Finger geschnitten und dadurch ein Glied abgestrennt. Seitdem rauchte und trank er immer mit der linken Hand.

„Was machen die denn so lange? Sich schnell entscheiden und aufstehen sollten sie. So viel Arbeiten liegen unerledigt herum und wenn ich nicht arbeite, dann werde ich ungeduldig“, sagte Herr Na, nachdem er noch einmal den Hörer abgenommen und ihn wieder aufgelegt hatte. Er hatte recht. Alle waren ungeduldig und neugierig darauf, wie die Sache da oben lief. „Gehen Sie mal hin und schauen Sie nach, Professor Pai. Bitte gehen Sie mal hinauf“, sagte der junge Park. Darauf hob der Ingenieur Pai ablehnend die Hand. „Um Gottes Willen, ich gehe da nicht hin. Wie könnte ich mir das ansehen, wenn der Chef Grimassen macht? Ich wäre ihm sowieso am meisten zuwider. Er würde wohl denken, daß ich ihn verraten habe.“ Da drangen vom Eingang her laute Schritte herein. Weil die Treppen sehr steil waren, bebte unter den Schritten der ganze Keller: Bauz! Bum! Aber da erschienen nur der Motorradfahrer Chung und der Ingenieur Mun. Die anderen machten lange Hälse und schauten nach hinten, aber der Chef kam nicht herunter.

„Wie war's?“ fragte der Ingenieur Pai. Darauf schüttelte Herr Chung den Kopf. Der Ingenieur Mun deutete mit seinem Finger auf seinen Hals und machte eine Bewegung, als ob jemand geköpft würde.

„Er sagte, wir sollen tun, was wir wollen. Selbst wenn er den Bestellungen nicht nachgehen könnte und dadurch in schlechten Ruf geriete und schließlich das Geschäft zugrundegehen würde, würde er es nicht annehmen. Verdammt. Ah, Scheiße, zu schwül an diesem Morgen!“

Herr Chung sah überraschenderweise nicht weniger eingeschüchtert aus.

„Was war denn unsere Forderung?"

Ihm fiel erst jetzt auf, daß er nicht einmal ihre - und er gehörte auch dazu - Forderung wußte. Der junge Park wurde ungeduldig und schrie laut: „Regelmäßiger Bonus von dreihundert Prozent!" In seinem Kopf wurde es in einem Augenblick klar. Ihm war, als ob ihm ein Licht aufgehen und sogleich wieder verlöschen würde.

„Der Chef ist ausgegangen, um die anderen Arbeiter zu suchen. So starrsinnig. Wie laut er das Motorrad in Gang gesetzt hat."

Der Ingenieur Mun sagte mit einer viel gedämpfteren Stimme: „Nun, was sollen wir machen?" Der junge Park sah mit besorgter Miene auf die Leute. „Was soll's. Wir müssen uns halt durchsetzen." Seiner Stellung als Anführer entsprechend machte Herr Chung große Worte.

„Einer bleibt hier, und die übrigen gehen dann raus. Das Monatsgehalt wird er uns am Nachmittag geben. Bis dahin machen wir einfach Pause. Habt keine Angst. Zur Zeit ist es nicht leicht, Arbeiter zu finden. Treffen wir uns hier wieder um sechs."

„Ich bleibe hier", schlug er vor. „Du willst doch nicht arbeiten, oder?" wollte sich Herr Chung vergewissern. „Dann können wir alle rausgehen." Da mischte sich Herr Na ein. „Den Raum allein lassen geht nicht. Einer müßte schon hier bleiben. Du bleibst hier und bedienst das Telefon." Der Ingenieur Pai traf die Entscheidung.

„Laßt uns doch Billard spielen." Dem Vorschlag Herrn Nas stimmten der junge Park und der Ingenieur Pai zu. „Motorrad-Onkel, fahren Sie denn nicht bei der Fabrik vorbei, deren Chef der Ingenieur Yun ist?" Der junge Park machte ein weinerliches Gesicht. „Sei still, du dummer Kerl. Meinst du, außer dieser Stelle gäbe es nichts anderes, wo man das Brot verdienen kann? Sei doch unbesorgt, ich übernehme die Verantwortung." Herr Chung schrie lauter: „Richtig. Nun wollen wir uns mal erholen. In letzter Zeit hatten mir die Schultern und der Rücken so wehgetan, daß ich nicht mehr arbeiten konnte." Der Ingenieur Pai ging voran.

Nachdem alle hinausgegangen waren, sah er in der leeren Fabrik umher und setzte sich auf den Stuhl vor dem Schneidetisch. Wie dem auch sei, er fühlte sich auf seinem Platz wohl. Es war schon Mittagszeit. Das Mittagessen stellte ihm der Chef zur Verfügung. Entweder von dem chinesischen Restaurant da oben oder von einem Restaurant gegenüber ließ man immer abwechselnd das Essen bringen. Aber heute wußte er nicht, wie man es machen würde. Gearbeitet hatte er nicht. Nur faul herumzulungern und trotzdem eine Mahlzeit zu bekommen, so etwas konnte er sich nicht erlauben. In der Mittagszeit klingelte selten das Telefon. Er dachte, daß er auf eine Mahlzeit schon verzichten konnte, und setzte sich aus Langeweile ans Hochfrequenzgerät. Das Gehalt eines Arbeiters an der Schneidemaschine war viel niedriger als das eines Ingenieurs an der Hochfrequenzmaschine. Beim Schneiden ging es nur um die geschmeidige Bewegung des Handgelenks. Ein kräftiger Junge kann auf einmal mehrere Stoffe schneiden. Daher fällt einem die Arbeit desto leichter, je jünger man ist, und damit basta. Jeder mußte zunächst damit anfangen, mit der Schere Stoffe zu schneiden, indem man sie so breit schneidet, wie es nötig war. Kam ein Anfänger, dann setzte man ihn an den Schneidetisch. Für alle Automodelle Muster zu schneiden und sie danach mit dem Schneidemesser auf den Stoff zu übertragen und zuzuschneiden, das war eben die Aufgabe eines Zuschneiders. Der Chef fürchtete, daß die Arbeit unerledigt bliebe und wünschte schon seit langem, noch eine Hochfrequenzmaschine anzuschaffen. Dann würde sich, wenn der Chef keine weitere Fachkraft einstellen würde, entweder Herr Na oder eben er an diese neue Maschine setzen. Herr Na war erfahren im Umgang mit Öl, aber in diesem Bereich war er wie ein Anfänger. Er jedoch arbeitete dort schon zwei Jahre lang. Wenn man es ihm erlauben würde, könnte er schon auf den Trittschalter treten und die Metallform abziehen. Wenn er dann mehr Geld kriegen würde. Er gab Kraft in seinen rechten Fuß, ließ die Metallform herunter und drückte wieder mit dem linken Fuß, um für Strom zu sorgen. Wenn sein Gehalt erhöht würde, würde er Geld sparen. Und wenn schon nicht das, dann könnte er vielleicht doch ein bißchen mehr Geld nach Hause zu seiner Mutter schicken, die unter Arthritis litt. Nein, vor allem könnte er ein besseres Zimmer haben. Ein Zimmer, wo man wenigstens ohne Sorge die Toilette benutzen könnte.

Das war sein Fehler gewesen, daß er anfangs der Vermieterin geglaubt hatte. Außerdem konnte er nicht anders als auch den Worten Herrn Parks vom Maklerbüro Kangnam glauben.

„Nicht deswegen ist dieses Zimmer billig, weil das ein Kellerzimmer war, sondern weil die Toilettenbenutzung umständlich ist. Hey, Junge, du weißt das doch selbst ganz genau, denn du warst auf Zimmersuche, daß so ein Zimmer zu diesem Preis nicht zu haben ist. Du hast einfach ein

Glück, wenn du es bekommst. Die Frau geht nicht aus und bleibt immer zu Hause, so kannst du jederzeit die Toilette benutzen."

Einen Tag nach dem Umzug, ging er, obwohl es ein bißchen früh war, zur ersten Etage hinauf und klingelte. Da sie eine Tochter hatte, die älter als zehn Jahre aussah, mußte sie doch schon aufgestanden sein, um sich für die Schule fertigzumachen. Aber es meldete sich keiner. Vielleicht ist die Klingel kaputt, dachte er und horchte an der Tür. Er konnte deutlich die Klingel in der Wohnung hören. 'Wahrscheinlich schläft sie noch, oder sie ist eben ausgegangen', dachte er und drehte sich um. Aber er konnte seine Gewohnheit, vor dem Frühstück zu kacken, nicht plötzlich ändern, grübelte nach, und schließlich fiel ihm die Toilette in der Fabrik ein. Er hielt sich seinen Bauch, lief Hals über Kopf, fand aber die Rollgitter zum Supermarkt heruntergezogen. Er wurde ratlos. Nur wenn der Supermarkt offen war, konnte man die Toilette benutzen. Die Fabrik und der Supermarkt hatten je für sich einen eigenen Eingang. Er hielt durch, wobei ihm kalter Schweiß kam, aber am nächsten Tag war es genauso. Die Tür zur Wohnung der Vermieterin blieb fest verschlossen wie eine Festung. Wie heftig er auch klingelte, die Tür rührte sich nicht. 'Vielleicht hat sie eine dringende Sache, die sie zwang, längere Zeit auszubleiben', dachte er und kam nach dem Feierabend vorbei. Aber auch diesmal meldete sich keiner. Erst nach ein paar Tagen antwortete wenigstens eine Stimme. 'Heute ist auch niemand da', dachte er, doch nach einer Weile hörte er unerwartet die Stimme der Vermieterin. „Wer ist da?" „Mumh, ja, der Untermieter aus dem Keller..." „Ja, und? Was wollen Sie?" „Was ich will?" Er war verblüfft. Dazu hatte sie noch nicht einmal die Tür geöffnet. „Auf die Toilette..." Als er davon sprach, stellte sie sich, als sei sie erschrocken. „Ach, jetzt geht es leider nicht, denn ich bin gerade beim Duschen." Er wurde unweigerlich rot. Dann hieß das, daß er jetzt ihren nackten Körper vor sich hatte und es zwischen ihnen nur eine Tür gab? „Es ist schon in Ordnung. Morgens, gegen sieben oder acht...geht das?"

„Ja. Dann kommen Sie um diese Zeit."

Am nächsten Morgen stand er vor der Tür. Aber es kam keine Antwort, und er hielt sich den Bauch. Ob sie bereits ihre eigenen Worte vergessen haben sollte oder ob ihre Schlafgewohnheit so war, konnte er nicht wissen. Danach stand er noch ein paar Male vergeblich vor der Tür der Vermieterin und kehrte schließlich um. Zum Glück konnte er schon überleben, weil er herausgefunden hatte, daß man die Toiletten im Erdgeschoß der Geschäftshäuser in den Straßen von Wonmidong jederzeit benutzen konnte. Seit er sich daran gewöhnt hatte, mitten in der tiefen Nacht oder frühmorgens die Toilette anderer Leute heimlich zu benutzen, dachte er nicht mehr daran, zur Wohnung Nummer 102 in der ersten Etage hochzugehen. Die Zeit, in der er das Bedürfnis zum Kacken hatte, verlegte sich auch ganz natürlich auf die tiefe Nacht oder den frühen Morgen. Die Toilette, die die Ladeninhaber gemeinsam benutzten, lag nicht weit entfernt von der Haustür. So begegnete er niemandem, wenn er flink war. Was er bedauerte, war, daß er nicht mit Wasser spülen konnte. Denn er fürchtete, damit die Leute zu wecken. Vielleicht hatte man sich deswegen erschrocken und begann, die Haustüren verschlossen zu halten, was man früher nicht getan hatte. Einmal beklagte er sich bei Herrn Park vom Maklerbüro Kangnam ganz nebenbei über seine erbärmliche Situation. „Obwohl sie da ist, öffnet sie nie die Tür, sei es am Tag oder in der Nacht", sagte er. Da wurde Herr Park zornig.

„Ach mein Gott. Man sagt, daß man ein ganz anderer Mensch ist, wenn man auf die Toilette geht, als wenn man sie verläßt. Genau so ist es. Mehr als zehn Leute wohnen im Keller des Mehrfamilienhauses Eibischstrauch, und keiner von ihnen hat eine eigene Toilette. Im ganzen Dorf beklagt man sich natürlich über diese Leute, die einfach in fremde Häuser kommen und ihre Geschäfte verrichten und einfach wieder abhauen. Es ist doch ganz klar, daß darüber geredet wird. Deshalb schließen alle die Türen zu."

Er war erstaunt, daß Herr Park plötzlich in Zorn geriet, anstatt zu versuchen, eine Lösung für ihn zu finden. Da mischte sich seine Frau ein, die bis jetzt den beiden nur zugehört hatte. „Die Frau der Wohnung Nummer 102 ist auch so eine. Egal wer kommt, sie macht die Tür nie auf. Wenn man sieht, wie sie sich anzieht, wirkt sie eigentlich nicht wie eine Frau, die immer zu Hause hocken würde. Aber wie dem auch sei, sie macht die Tür nie auf, sagt man, und liegt da, ohne sich zu rühren. Es ist doch unglaublich, daß sie so etwas macht, obwohl sie es beim Vertragsabschluß ausdrücklich versprochen hat."

„Wie dem auch sei", begann Herr Park, schnitt damit seiner Frau das Wort ab und sah ihn wieder mit einem immer noch ärgerlichen Gesichtsausdruck an. „Wie dem auch sei, sie hat es beim Vertragsabschluß versprochen, so mußt du eben zu ihr gehen und sie zur Rechenschaft ziehen, nicht wahr? Man darf doch nicht einfach etwas sagen und es dann anders tun." Er erkannte, daß von Herrn Park keine Hilfe zu erwarten war. Auch nicht von der Vermieterin, die entschlossen war, die Tür nicht zu öffnen. Sie mochte es nicht, vermutete er, daß er in ihre Wohnung kam. Sie wollte nicht, daß ein so schmutziger Mann ihr glänzendes, sauberes Badezimmer betrat. Sie hatte das Zimmer vermietet, weil sie Geld brauchte, mochte aber nun das Badezimmer nicht mit ihm gemeinsam benutzen.

Da gab es nur einen Ausweg. Die Zeit, zu der er sein Bedürfnis verrichtete, mußte er halt ändern. Er kam zum Schluß, daß ihm nichts anderes übrig bliebe, und versuchte mit allen Mitteln, seine Verdauungsorgane so zu lenken, daß er auf der Toilette in der Fabrik sein Bedürfnis befriedigen konnte. Natürlich ging das nicht. Nein, je mehr er sich bemühte, desto schwerer wurde es, sein Geschäft in der Fabrik zu erledigen. Und wenn er dann in sein Kellerzimmer kam und sich einredete, er dürfe jetzt nicht, begann es sogleich in seinem Unterbauch zu brodeln. Warum es so war, konnte er nicht verstehen. Er wunderte sich, wie widerspenstig seine Verdauung sich zeigte. Nur konnte er nichts dagegen tun. Er versuchte, die Tür aufzuschieben, fand sie aber verschlossen. Also mußte er irgendwo in Wonmidong einen dunklen Ort suchen und sich hinhocken. Wenn er auf der Straße sein Bedürfnis verrichten wollte, mußte er sich für eine Zeit entscheiden, in der selten ein Mensch vorbeiging. Nur dann wäre er sicher, von niemandem entdeckt zu werden. Es gab einige unbebaute Plätze, aber dort waren keine Absperrungen, so daß er sich unsicher fühlte. Einen Ort, an dem auf allen Seiten der Blick versperrt war, mußte er suchen. Aber es war doch klar, daß ein solcher Ort nicht überall zu finden war. Am ehesten hinter den Lastwagen, Autos, Minibussen usw., die auf der Straßen geparkt waren, wohin kein Blick drang.

So oder so, vom Auto lebt man. Er sah auf die Hochfrequenzmaschine und lächelte bitter. Von den Bodenmatten für Autos lebte er und bekam sein Brot, und unter dem Schutz von Autos ließ er das Verdaute wieder ab. Ihm fiel das unverschämte Gesicht des Herrn Park vom Maklerbüro Kangham ein, und er runzelte die Stirn. Wenn es mit der Toilette kein Problem gäbe, hätte er keinen Grund, übel über ihn zu denken. Ein Kellerzimmer paßte genau zu seinen Verhältnissen. Er war an das unterirdische Leben gewöhnt. Vielleicht würde es für ihn irgendwann einen Weg nach oben geben, aber jetzt waren ihm ein unterirdisches Einzelzimmer und ein unterirdischer Arbeitsplatz soviel wert wie sein Leben. Sein Wunsch war einfach, das Gegessene, um arbeiten zu können, frei ausscheiden zu dürfen.

An anderen Tagen hätte man um diese Zeit, halb zwei, zu Mittag gegessen und die Arbeit am Nachmittag begonnen. Da rief Herr Chung an.

„Du hast also keine Nachricht vom Chef? So? Es stinkt irgendwie."

Herr Chung schmatzte laut.

„Haben Sie viel Spaß? Wo sind jetzt alle?"

„Der Ingenieur Mun ist nach Haus gegangen und will seiner Frau helfen. Und wir sitzen in einem Cafe vor dem Bahnhof. Es ist langweilig. Und du tust mir leid, daß du im verschlossenen Keller hockst."

Herr Chung tat so gelassen wie ein Überirdischer, den es auf die Erde verschlagen hat. Kurz nach dem Telefongespräch mit Herrn Chung kam der Chef herein. Er war sehr verärgert. Er überzeugte sich, daß er in der Fabrik allein war und sah sich geistesabwesend um. Sein verblichenes Hemd klebte eng an seinem Rücken. Es mußte draußen sehr heiß sein. Man hörte kein Motorradgeräusch. Ob er gelaufen war? Er wußte nicht, was er sagen sollte und sah nur zu, wie sich sein Chef verhielt. Sein Chef drehte den Wasserhahn auf, füllte ein Glas voll mit Wasser und trank es in einem Zug. Er setzte sich vor die Hochfrequenzmaschine und begann schweigsam, die Metallform zu drucken. „Wenn es etwas Geschnittenes gibt, dann gib es her", sagte sein Chef derb. Für den Leman gab es ungefähr fünfzig Stück, für den Exel hundert, so brachte er sie an die Maschine. Er wußte nicht, ob sein Chef die auf der Tafel geschriebene Bestelliste schon gelesen hatte oder nicht, sorgte aber dafür, daß sein Chef mit der für den Leman anfangen konnte. Er wünschte sich, daß sein Chef die zwanzig Stück für den Leman allein drucken und damit die Leute, die vor kurzem immer wieder gedrängt hatten, zufriedenstellen konnte.

Sein Chef ging mit der Maschine ganz geschickt um. Obwohl er schon lange nicht mehr mit seinen Händen gearbeitet hatte, schienen sie sich doch schneller zu bewegen als beim Ingenieur Pai. Wenn ihn jemand arbeiten sähe, würde er ihn nicht für den Chef halten. Mit den verschwitzten Haaren, dem mit der Zeit schwarz gewordenen Gesicht und der lässigen Kleidung sah sein Chef nicht besser aus als der Ingenieur Pai oder Mun. Als die Maschine in Gang gesetzt war und Geräusche machte, da erst schien sich die im Keller stehende Luft zu bewegen. Ob er arbeiten sollte oder nicht, konnte er nicht entscheiden, so fühlte er sich bedrückt. Die Hände in den Schoß zu legen und nur zuzusehen, was der andere tat, paßte nicht zu ihm. Solange er seine beiden Hände bewegen konnte, bis der Lebensknoten seines Körpers zerrissen werden würde, mußte er halt arbeiten, ansonsten würde er es nicht aushalten. Arbeiten und hungern war für ihn viel leichter zu ertragen als nichts zu tun und zu hungern. Als er das Schneidemesser berührte und immer noch zögerte, läutete das Telefon. Das mußte bestimmt der wegen der Warenauslieferung dringende Anruf sein, dachte er. Da nahm sein Chef den Hörer ab.

„Verleg's auf morgen. Ah, wenn ihr es so eilig habt, dann nimm es lieber von Whakokdong. Heute können wir die Waren nicht ausliefern." Er legte das Schneidemesser wieder auf den Tisch. Ein Versprechen war eben doch ein Versprechen. Sein Chef mochte wohl schon Leute angestellt haben, die ab morgen hier arbeiten würden. Was er jedoch gelernt hatte, während er von einer Fabrik zur anderen wechselte, war, daß man ein Versprechen, das man seinen Kollegen gegeben hatte, nicht brechen dürfte. Man durfte nicht Menschen verletzen, für die ein Verrat unerwartet schwer wog. Wie langsam die Zeit verging! Es war erst drei. Weil er nichts zu Mittag gegessen hatte, fühlte er in seinem Bauch eine Leere. Als er wie ein Hund ächzend herumirrte, stieg in ihm der Hochmut auf, er werde lieber hungern. Aber daß er eine Mahlzeit nicht genommen hatte, war deutlich spürbar. Die glühende Hitze war auch nicht leicht zu ertragen, wenn man Hunger hatte. Als sein Chef sah, daß er auf den Knopf des Ventilators drückte, zog er sein Hemd schnell aus, als sei es ihm gerade eingefallen. Von seinem Gesicht fielen große Schweißtropfen herunter.

„Hast du schon gegessen?" fragte ihn sein Chef. Er schüttelte den Kopf. „Bestell zwei Doppelportionen Chachangmyun." Auch sein Chef schien nichts zu Mittag gegessen zu haben. Als die Chachangmyun gebracht wurden, saßen sich die beiden am Schneidetisch gegenüber. Sein Chef entfernte die Papierpackung von den Holzstäbchen und nickte ihm zu, er solle anfangen zu essen. Ihm fiel gerade die Zeit ein, in der er bei seinem Chef gewohnt hatte. Wenn er morgens am Frühstückstisch gesessen und gewartet hatte, bis sein Chef mit dem Waschen fertig war, hatte der sein wassertropfendes Gesicht geschüttelt und genickt, genau wie jetzt. Während sie die Chachangmyun aßen, läutete das Telefon bereits das zweite Mal. „Laß das. Heute geht sowieso nichts." Er sah jedoch nicht seinen Chef an, dessen Mund mit schwarzem Chachang beschmiert war und hob nur mit seinen Stäbchen die Nudeln hoch. Wo die anderen waren? Er dachte plötzlich an seine Kollegen, die irgendwo oben auf der Erde herumliefen. Und er sah auf seinen Chef. In anderen Zeiten würde sein Chef jetzt irgendwo draußen auf der Erde sein, und sie würden hier hocken. Vielleicht hatte er nicht gedacht, daß sein Chef hier, mit diesem unterirdischen Ort etwas zu tun hatte. Er sah zu, wie sein Chef mit einer Hand immer wieder den Schweiß von der Stirn abwischte und mit der anderen die Chachangmyun mit einer Drehbewegung hochnahm, und war erstaunt, daß ihm der Anblick seines Chefs gar nicht fremd war.

Kurz danach machte sein Chef den Teller leer, anschließend war auch er mit dem Essen fertig. Nachdem er das leere Geschirr am Eingang abgestellt hatte, nahm er das Toilettenpapier mit und ging zur ersten Etage hinauf. Das war schon eine Gewohnheit geworden, daß er immer, nachdem er etwas in seinen Bauch gefüllt hatte, auf die Toilette rannte. Denn er fürchtete sich davor, in einem solchen Zustand in sein unterirdisches Zimmer zurückzugehen, mit etwas im Magen, was man entleeren mußte. Fast zwanzig Minuten machte er verzweifelte Anstrengungen, versuchte es manchmal sogar mit einem Zauberspruch für Erfolg und blieb auf der Toilette. Aber schließlich nahm er das Toilettenpapier wieder und ging in den Keller hinunter. Vielleicht weil sein Chef gerade gegessen hatte, schlummerte er jetzt, seinen Kopf auf die Stuhllehne gelegt. Sie war zu niedrig, um den Kopf des Chefs bequem zu stützen, dieser Stuhl war ohne jeden Sinn für Bequemlichkeit gemacht worden und besaß nur die Grundform eines Stuhls. Außerdem lag sein Bein auf dem Tisch, so war seine Körperhaltung unmöglich. Wenn er wirklich hätte schlafen wollen, hätte er einige Stühle aneinanderstellen und es sich, angelehnt an einen Stoffballen, bequem machen können.

Wahrscheinlich war er eingeschlafen, weil er der augenblicklichen Müdigkeit nicht widerstehen konnte. Um seinen Chef nicht zu stören, setzte er sich einfach auf die letzte Stufe. In einer Stunde würden seine Kollegen zurück sein. Was für eine Lösung sein Chef wegen des unerwarteten Streiks seiner Arbeiter vorschlagen würde? Er sah zum Gesicht seines Chefs hinüber, das seitwärts geneigt war. Sein Mund war weit offen, unter den zusammengezogenen Brauen waren die Augen ganz geschlossen. Er sah aus, als betrachtete er die Welt mit mißtraurischem Blick, selbst wenn er schlief. Er hätte doch ein bißchen bequemer schlafen können. Er stand auf, um etwas zu finden, was er unter den Kopf seines Chefs schieben konnte. In diesem Augenblick drang das Geräusch von unvorsichtigen Pantoffelschritten herüber. Es war der Ingenieur Mun. Er legte unbewußt einen Finger auf die Lippen.

„Ist er da?"

Der Ingenieur Mun senkte die Stimme. Er stieg die Treppe ein wenig hinauf, setzte sich und nickte. „Warum kommen Sie allein?" „Ich ging nach Hause...und bin dann bei der Werkstatt von Ingenieur Yun vorbeigegangen." Er mußte sich große Sorgen gemacht haben. Vielleicht wollte er sich eher als die anderen eine Stelle sichern, in der Fabrik des Ingenieurs Yun, nein des Chefs Yun. Bis jetzt war der Ingenieur Mun mit dem Motorradfahrer Chung ganz gut ausgekommen, aber gerade jetzt begann er, an Herrn Chung herumzunörgeln, und zwar mit einer drohenden Stimme.

„Daß er bei jeder Lieferung einige Stücke geklemmt hat, wußte ich auch. In letzter Zeit aber hat er eine Menge mitgehen lassen, er hat einfach die hektische Lage ausgenutzt. Er hat gemerkt, daß der Chef es schon längst herausgefunden hat und auf eine günstige Gelegenheit wartete. Darum hat er uns aufgestachelt zu demonstrieren. Er will einfach den Chef zum Schweigen bringen. Gibt es bei der Fabrik des Ingenieur Yuns freie Stellen? Der hat aber gesagt, er habe nicht einmal erwähnt, daß er Leute bräuchte."

Als er den Ingenieur Mun flüstern hörte, dachte er an seinen kleinen Lebensunterhalt, an das Geld, das er seiner Mutter zu schicken pflegte, die Schulden im Lebensmittelgeschäft. Wenn er sich irgendwie durchschlagen würde, könnte er schon eine Arbeit finden. Aber es lag in der Luft, daß seine vorläufigen Pläne sich wie ein Knäuel verwickeln würden.

„Was hat er gesagt? Hat er denn nicht gesagt, er habe schon Leute eingestellt?" Ingenieur Mun machte ein weinerliches Gesicht. Wenn sogar ein Ingenieur, der mit der Hochfrequenzmaschine arbeitet, ein weinerliches Gesicht machte, konnte er erst recht nicht gut ruhig bleiben. „Das hat er nicht gesagt. Er schien sehr müde zu sein. Er hat einige Stücke gedruckt und ist gleich danach eingeschlafen." Sein Chef war eigentlich schweigsam. Seit fast einem Jahr war er bei dem Chef, aber er hatte ihn nicht einmal herzlich lachen gesehen. Wenn sein Chef eine schwere Zeit hinter sich hatte, hätte er doch wenigstens in diesen guten Zeiten einmal lachen können, aber er machte immer eine verschlossene Miene. „Ist es soweit? Ob er für unsere Gehälter von der Bank Geld abgehoben hatte? Hoffentlich ist es doch nicht das letzte Gehalt in dieser Werkstatt.“ Ingenieur Mun staubte seinen Hintern ab und erhob sich. Zögernd erhob auch er sich.

Die Leute kamen zwanzig vor sechs zurück und ließen den Motorradfahrer Chung vorangehen. Nachdem der Chef aufgewacht war und einige Zigaretten nacheinander geraucht hatte, sah er flüchtig auf die zusammengekommenen Leute. Seine Mitarbeiter starrten verlegen auf die Wand, weil sie sich aus dem Keller weggestohlen und draußen einen müßigen Tag verbracht hatten, und warteten, bis der Chef den Mund aufmachte. Es hatte sie wohl sehr ermüdet, einen ganzen Tag draußen in der Welt durchzustehen. Besonders die tiefhängenden Schultern des Ingenieurs Pai ließen das vermuten. Außer der Geschicklichkeit, mit der er die Hochfrequenzmaschine zu bedienen wußte, gab es offenbar draußen auf der Erde nichts, was seine Schultern aufrichten könnte. Endlich nahm der Chef aus seiner schwarzen Handtasche, die er immer bei sich hatte, die Umschläge heraus, in der die Gehälter waren. Während der Chef ihnen die Umschläge gab, sagte keiner von ihnen ein Wort.

„Diesmal wird es ein bißchen mehr sein. Denn ihr habt ununterbrochen Nachtdienst gemacht. Selbst wenn es nur wenig mehr ist, habe ich doch ein bißchen mehr hineingetan.“

Keiner von ihnen wagte in den Umschlag hineinzusehen. Wie immer, wenn der Chef sich schämte, rieb er sich seinen Hinterkopf und sagte:

„Erst jetzt habe ich begonnen, meine Schulden zurückzuzahlen... Ihr und ich, wir unterscheiden uns nicht so sehr.“

Seine Stimme klang sehr leise wie ein leichtes Murmeln. Aber es schien keinen zu geben, der die Worte des Chefs nicht verstanden hätte. Herr Chung räusperte sich gezwungen, mied den Blick des Chefs, der junge Park und Herr Na zwinkerten mit den Augen. „Sollen wir gleich anfangen zu drucken? Man drängt ja so sehr...“ Das war der Vorschlag des Ingenieurs Mun. Der Chef rieb sich wieder seinen Hinterkopf. „Es ist schon spät. Lassen wir das heute.“ Ingenieur Pai zog seine Schultern hoch und mischte sich ein. Alle sahen den Ingenieur Pai an.

„Soll doch schimpfen, wer will. Wir wollen doch ab morgen arbeiten. Und wenn die Schulden zurückgezahlt sind, lassen Sie uns bitte auch einmal einen Bonus sehen.“

Mit den letzten Worten zielte er auf den Chef. Jetzt hielt Ingenieur Pai seine Schultern gerade.

Als man bereits zu Abend gegessen hatte, wozu der Chef einlud, und nun zurückkam, schien die gräßliche Sommersonne immer noch auf die Antenne, die auf dem Dach des Rathauses plaziert war, und färbte sie rostig rot. Er hatte versucht, sich in der Toilette des Restaurants dessen zu entledigen, was er den Tag über gegessen hatte. Vergeblich. Und jetzt, als er in der Ferne den Supermarkt des Vertreters Kim sah, konnte er vor Unruhe nichts anfangen. Ihm kam es vor, als koche es schon in seinem Bauch. Ihm fiel ein, was Herr Na im Restaurant zu ihm gesagt hatte. „Hast du auf der Toilette wieder eine Andacht für Buddha gehalten? Dieser Weichling! Verhandle doch mit der Vermieterin! Verhandle doch! Wozu hast du einen Mund?“ Und er senkte die Stimme, fügte hinzu: „Heute war es genauso. Einen Tag hatten wir frei, trotzdem einige zehntausend Won mehr bekommen. Sogar gebratene Schweinerippen genießen wir gerade. Nun, viel haben wir bekommen, nicht wahr?“ Herr Na schien recht zu haben. Nein, wirklich, er würde tun, was Herr Na gesagt hatte. Er würde einfach warten, bis sich die Tür öffnete. Wenn sich die Tür öffnen würde, würde er reingehen und nicht eher gehen, als bis man ihm die Schlüssel gab.

Schließlich ging er also nicht in sein unterirdisches Zimmer, sondern geradewegs zur Wohnung seiner Vermieterin. Im Gegensatz zu seinem inneren Gefühl läutete die Klingel in der Wohnung ganz hell. ‘Dingdong Dingdong Dingdong.’ Die Tür schien sich nicht leicht öffnen zu wollen. Er drückte immer wieder auf die Klingel, drückte die Türklinke, die sich nicht drehen ließ und schlug mit der Faust gegen die Tür. So stand er dort eine lange Weile. Wozu man einen Mund habe, hatte man zu ihm gesagt, aber erst dann kann er mit ihr verhandeln oder etwas ähnliches tun, wenn sie überhaupt erschien. Er starrte auf die feste Tür und ging zu seinem Kellerzimmer hinunter. Als er die Tür öffnete, drang ihm wie erwartet der üble Geruch entgegen. Er stieg auf den Stuhl, öffnete das Fenster und legte sich hin, wobei er die Betten als Kopfkissen benutzte. Es war schon lange her, seit er das letzte Mal so früh nach Hause gekommen war. Und heute war der Tag, an dem es Wasser gab, also wäre es schön, wenn er die aufbewahrte Wäsche waschen würde. Aber im Moment hatte er keine Lust, sich zu bewegen. Obwohl es keine Regenzeit war, sickerte durch den PVC-

Bodenbelag Wasser. Ich werde gleich einschlafen, fürchtete er einen Augenblick lang. Ihm schien, als wäre er ganz kurz eingeschlummert. Da wurde es plötzlich über seinem Kopf, draußen an seinem Guckloch laut. Er öffnete ruckartig die Augen.

„Wer war diese Furie! Hat man kein Lokus, dann sollte man nichts fressen."

Vor einer Stimme, scharf wie eine Messerschneide, erschrocken, erhob er sich mit einem Ruck. Sie schien sich an ihn zu richten, aber er konnte nicht erraten, wessen Stimme es war. Es war keine Stimme, die man oft in Wonmidong hörte.

„Ganz recht. Bei diesem Gestank kann man doch nicht leben. Es lohnt sich nicht, es wegzuschaffen. Sowieso wird dieses Schwein hier wieder kacken, es bringt überhaupt nichts!"

Das war bestimmt die Stimme von Herrn Chu aus dem Tapetengeschäft. Als er jetzt genau hinhörte, war ihm als hörte er das Geräusch von Wasser, das aus einem Gummischlauch spritzte. Man konnte es ganz von nahem hören. Er horchte direkt am Guckloch, wollte sich kein Wort dort draußen entgehen lassen. Es war ihm, als tropfe das Wasser auf den Boden, dringe in die Erde und benetze schließlich angenehm sein Herz. „Die Kotfliegen sind so wild. Das ist nicht nur von ein oder zwei Tagen!" Eine Frauenstimme mischte sich ein. An dem Sopran konnte er sofort erkennen, daß es Si-Nes Mutter war. „Na ja, wenn man das hier so sauber gemacht hat, wird da keiner nochmal hinkacken, wenn es denn überhaupt ein Mensch ist. Man sollte es hier so sauber schrubben wie ein Zimmer." Und das Geräusch des gespritzten Wassers wurde noch lauter.

„Jeden Morgen, komme ich hier her, um das Auto zu nehmen, und dann sehe ich das hier. Heute morgen bin ich auf etwas Breiartiges getreten und hab das hier gesehen. O Gott, so ein Pech."

Die fremde Stimme lachte gütig. Es mußte der Besitzer des schokoladenbraunen Autos sein, und wahrscheinlich hatte er wegen des Versehens am Morgen den ganzen Tag auf diese Gelegenheit gewartet und kam jetzt mit dem Gummischlauch heran. Er jedoch fühlte, daß sein Gesicht rot wurde und setzte sich mit einem Plumps hin.

Oh bitte, betete er. Er betete noch einmal, aber es war vergeblich. Als er aufgewacht war und sich kurz herumgewälzt hatte, da drang wie immer vom Tempel Sukwangsa durch die frühmorgendliche Luft das dumpfe

Glockengeläut, und anschließend erklang das Glockenspiel der Kirchen. Es war genauso wie gestern. Die Symptome, wie sich sein Unterbauch allmählich verdrehte, waren genau dieselben. Er zog die Beine eng zusammen und atmete tief.

Wenn es dort hinter dem schokoladenbraunen Auto nicht mehr ginge, dann könnte er noch einige andere abgelegene Orte finden. Er bereute es, sich einen Ort ausgesucht zu haben, der so nah vor seinem Zimmer war. Er hätte ein bißchen weiter von hier weg suchen sollen. Notfalls könnte er einmal die Furche des Gemüsegartens vom alten Kang benutzen. Er könnte sich auch unter den Gurkenranken verstecken. Ein gut gewachsener Paprikagarten wäre auch gut. 'Hat man kein Lokus, dann sollte man nichts fressen.' Hätte diese Stimme bloß nicht so messerscharf geklungen! Nein, das ging auch nicht. Der alte Kang, der immer recht grob sprach, würde bestimmt noch derber schimpfen. Während er unentschlossen zögerte, begann ihm wieder kalter Schweiß über den Rücken zu laufen. 'Wenn das ein Mensch war, wird der hier nicht noch einmal hinkacken.' Herrn Chus kräftige Stimme ließ sein Gesicht noch einmal rot werden. Wer hat ihn denn gezwungen, sich so menschenunwürdig zu benehmen? Er packte sich fest an den Bauch und setzte sich. Schweißperlen standen ihm auf der Stirn, auf dem Arm bekam er eine Gänsehaut. Er warf seinen Kopf auf das Bett, stand auf und lief in seinem engen Zimmer im Kreis umher. Aber all das nützte nichts. Am Tage wollte es nicht kommen. Aber warum ausgerechnet hier, in diesem Zimmer wühlte es so sehr in seinem Bauch? Er war schier verzweifelt. Und wieder erfaßte ihn die Wut - diese roten Lippen seiner Vermieterin! Wenn diese Nacht nur vorüberginge, wenn er diese Nacht ohne Probleme aushalten würde, würde er sie bestimmt stellen, auch wenn er dafür die Tür eintreten oder kaputtschlagen müßte. Er rieb seine Wange an der nach Schimmel riechenden Wandtapete und wünschte innig, daß sich diese tiefe Dunkelheit schnell aufklärte.

Wann er endlich eingeschlafen war, wußte er nicht. Als er seine Augen öffnete, fand er sich wie ein Hummer gekrümmt auf dem Bauch liegen. Zuerst wußte er nicht einmal, daß er eingeschlafen war. Wann er sich das letzte Mal vor Schmerzen gewunden und gekrümmt hatte, fiel ihm ein, sobald er seine Augen öffnete. Zwanzig nach sechs. Daß es in seinem Zimmer so hell geworden war, daß man die Uhr sehen konnte, tröstete ihn. Ob er sich endlich doch wie ein Mensch benommen hatte, fragte er sich. Plötzlich machte es „Klirr“. Direkt neben ihm klirrte ein Fenster. Ah, das war es also, was ihn geweckt hatte. Oder die Glasscherben, die vor sein Guckloch flogen. Er hielt den Atem an. Er stellte sich augenblicklich einen Stein vor, der auf ihn zielte. 'Wer war diese Furie!', hatte wütend der Besitzer des schokoladenbraunen Autos geschrien. Und jetzt würde dieser mit einem kantigen Stein dastehen. Das jedenfalls stellte er sich vor. Gerade in diesem Augenblick klirrte wieder Fensterglas. Anschließend hagelte es draußen auf sein Guckfenster Glasscherben. Manche prallten an dem Guckfenster ab.

„Mach die Tür auf! Willst du sie nicht aufmachen!“ drang eine boshafte Frauenstimme, so nah, als sei sie direkt vor ihm. Und kurz danach hörte er jemanden heftig gegen eine Tür schlagen, so daß die Wände zitterten. „Mach die Tür auf! Ich weiß schon alles. Mach die Tür auf!“ Es schien, als ob jemand mit dem Fuß gegen die Tür trat. Als sich der kräftige Fußtritt - so kräftig, daß man kaum glauben konnte, daß er von einer Frau war - wiederholte, traute er seinen Ohren nicht. Die Tür, die jetzt mit dem Fuß getreten wurde, war eben die von der Wohnung Nummer 102. Dieselbe Tür, gegen die er vor einigen Stunden vor Wut gerannt war und die zu zertrümmern er sich vorgenommen hatte. Was zum Teufel war denn los? Der frühe Eindringling ging einmal vor das Haus, dann wieder nach hinten, schlug gegen die Tür und warf Steine in das Verandafenster. Egal ob die Haustür eingetreten oder ob die Verandafenster eingeschlagen wurden, vom Hausinneren her war kein einziger Laut zu hören. Da es absolut still war, würde jeder, der es nicht besser wußte, das Haus für unbewohnt halten. Selbst ihm, dem das Schweigen jenseits der fest verschlossenen Haustür vertraut war, kamen augenblicklich Zweifel. Aber der Eindringling war fest entschlossen.

„Mach die Tür auf! Ich weiß schon alles. Mach auf!“

Die heftigen Schläge ließen die Wände erzittern. Das Fensterglas zerplatzte, und es hagelte Glasscherben.

„Denkst du, dir passiert nichts, obwohl du von einer anderen den Mann gestohlen hast? Du Schlampe! Mach die Tür auf!“

Endlich kam heraus, wer dieser Eindringling war. Die Frau, die da herumtobte, war eine Ehefrau, und die Frau, die dort drinnen zitterte, schien eine Konkubine zu sein. Ihm fielen die purpurroten Fingernägel seiner

Vermieterin ein, von der man sagte, sie mache nie die Tür auf, egal wer sie besuche. Sie konnte also nicht ohne weiteres die Tür öffnen. So betrachtet, hatte auch er sich ihr gegenüber nicht richtig benommen, wie es sich für einen Menschen ziemte. „Na, willst du die Tür nicht aufmachen? Mach auf! Aufmachen!“ Diesmal schien sie einen großen Stein geworfen zu haben. Es krachte furchtbar, und Glasscherben fielen zu Boden. ‘Es wird keine Glasscheibe übrig bleiben,’ dachte er und schüttelte den Kopf.

Darin hatte er sich nicht getäuscht. Sogleich waren wilde Bewegungen zu vernehmen, mit der sich der Eindringling über das eiserne Gitter schwang. Ein bißchen abseits von seinem Guckloch, direkt da oben, war der Balkon der Wohnung Nummer 102. Die Entfernung vom Erdboden bis zum Balkongeländer entsprach der Größe eines Erwachsenen. So konnte man es schon überspringen, wenn man wollte. Jetzt war es noch viel leichter, weil die Glasscheiben schon kaputt waren. Nun, was würde jetzt passieren? Er stellte sich seine Vermieterin vor, die jetzt mit ihrem Liebhaber entsetzt dalag. So wartete er ungeduldig, wie die Sache weiterging. In diesem Moment drangen gleichzeitig der Schrei dieser Frau, ein lautes Knallen von irgendetwas, das zerplatzte, und ein Heulen zusammen herunter. Hatte denn niemand geahnt, daß die Ehefrau über die Veranda hereinkommen würde, wenn die Glasscheiben zerschmissen waren? Lieber hätte man schon am Anfang die Tür aufmachen sollen, dann hätte es nicht so ein Getümmel wie jetzt gegeben. Das war so dämlich, daß es ihm fast leidtat. Obwohl er es nicht gesehen hatte, war er sicher, daß alle Dorfbewohner diesem wirren Durcheinander zusehen würden. Es war merkwürdig. Die Wut, die er gegen seine Vermieterin empfunden hatte, war im Nu wie Staub verflogen. ‘Jetzt ist der Gegenstand des Hasses verschwunden’, dachte er. Es war halt Pech, daß er an die falsche Vermieterin geraten war, bitter aber wahr!

Auf dem Weg zum Dienst sah er auf die Wohnung Nr 102. Sie sah verlassen aus wie eine Ruine. Die Ehefrau, die so wahnsinnig getobt hatte, schien schon fort zu sein. In der Wohnung war es fast zum Fürchten still. Die Glasscheiben der Außenfenster waren ohne Ausnahme kaputt. Nicht nur auf der Veranda, sondern auch im Schlafzimmer gab es keine Glasscheibe mehr. Vor seinem Guckloch lagen haufenweise Glasscherben, sie glänzten und spiegelten den stechenden Sonnenschein wieder. Alle Passanten glotzten in die kahle Wohnung. Die Dorfbewohner standen auch dort und flüsterten miteinander über den Skandal. Die Herren Eum und Chu standen vor dem Fotoladen Hengbok und betrachteten die Wohnung Nummer 102. Er jedoch fürchtete, daß sie ihre Blicke auf ihn richten würden. Darum ging er schnell. Das schokoladenbraune Auto war nicht mehr zu sehen. Die Stelle fiel gleich auf, weil es dort im Gegensatz zur Umgebung sehr sauber war. Er schritt eine Zeit lang weiter, drehte sich aber plötzlich um und sah zurück. Direkt vor ihm lag das Ackerfeld vom alten Kang, es sah sehr frisch aus, denn es gab dort grünes Gemüse. Aber im Gegensatz dazu war die leer aufgebrochene Wohnung Nummer 102 sehr finster. Vielleicht deswegen, weil der Sonnenschein draußen zu hell und zu stark war? Das Hausinnere war so dunkel wie eine Höhle und machte einen schauderhaften Eindruck. Daß diese Wohnung Nummer 102, die ihn so hart abgelehnt hatte, so schäbig gewesen sein konnte, machte ihn einerseits traurig. Er stand eine ganze Weile da. Wieder und wieder besah er die Wohnung Nummer 102, die sich nicht von seinem Kellerzimmer unterschied und einer Höhle glich. Der Sonnenschein fiel auf seinen Rücken, ihm war heiß, obwohl es noch früh war. Unter die Erde, in sein Kellerzimmer, konnte er von dort aus nicht sehen. Nicht einmal sein Guckloch konnte er erkennen. Daß es unter der Wohnungshöhle Nummer 102 noch eine Höhle gab - diese unbezweifelbare Tatsache konnte er kaum glauben.

Ewig konnte er nicht da stehenbleiben. Er drehte sich um und sah auf den Weg, den er noch zu gehen hatte. Würde er an der Kreuzung nach links abbiegen, käme er dort zur Werkstatt. Daß dort, wohin er jetzt gehen würde, auch nur eine Höhle auf ihn wartete, daran dachte er jetzt nicht und beschleunigte seine Schritte. Es war einer der Tage, an denen es von morgens an sehr schwül war. Sein Nacken klebte schon von Schweiß. Bei jeder Bewegung roch es von seiner Kleidung her übel nach Schimmel. So einen Geruch wie den, der aus seiner Kleidung drang, hatten nur Kellerbewohner wie er.

Der Gipfel Hangeryong

Die Frauenstimme aus dem Hörer klang sehr rauh und gebrochen. Bei flüchtigem Hinhören war es kaum zu erkennen, ob sie einer Frau oder einem Mann gehörte. Ich begann in meiner Erinnerung nach jemandem zu suchen, zu dem sie passen könnte. Nur zwei der Frauen, die ich vom Telefon kannte, hatten eine so tiefe Stimme. Eine war die Redakteurin einer Firmenzeitung, und eine andere war eine Verlegerin. Gesehen hatte ich weder die eine noch die andere. Trotzdem hatte sich ja mein Vorurteil festgesetzt, daß es sich bei beiden um ziemlich forsche, ja skrupellose Frauen, mit einem Wort um richtige Amazonen handelte.

Wenn es schon eine von diesen beiden war, dann am ehesten die Redakteurin der Firmenzeitung, vermutete ich und antwortete beiläufig, als sie sich am anderen Ende der Leitung höflich nach mir erkundigte. Ich war gerade dabei, etwas zu kochen und hatte es sehr eilig. Ich war also innerlich ziemlich unruhig, doch sie überzeugte sich zunächst erst noch einmal, ob ich am Apparat war. Dann sagte sie mit ziemlich unsicherer Stimme:

„In Chunchu...in der Nähe der Eisenbahn, haben Sie vielleicht dort gelebt?"

Für mich kam die Frage überraschend, denn ich vermutete, es sei eine telefonische Anfrage um einen Essay oder eine Kurzgeschichte. Aber sie hatte doch recht. Ich komme aus Chunchu, und habe wirklich ganz in der Nähe der Eisenbahn gewohnt. Die Eisenbahn fuhr in meiner Kindheit durch das Wohngebiet, vor einigen Jahren erst war sie in die Vorstadt verlegt worden. Aber die Landschaft um die Eisenbahn war in meinem Herzen lebendig.

Obwohl ich eine positive Antwort gegeben hatte, kam die Stimme sehr zögerlich aus dem Hörer.

„Vielleicht kannst du dich an mich erinnern...ich bin Park, Eun-Cha, Eun-Cha von dem Chinbang-Laden neben der Eisenbahn...", sagte die Stimme so unsicher, als wollte sie zeigen, es mache weiter nichts, falls wenn man sich nicht mehr an sie erinnere. Denn wie sollte man sich an einen Namen einer Jugendfreundin von vor fünfundzwanzig Jahren noch erinnern.

Park, Eun-Cha. Aber ich konnte mich an diesen Namen ganz deutlich erinnern. So deutlich, daß ich, als die Stimme am Apparat den Chinbang-Laden usw. erwähnt hatte, sofort wieder den Geruch der Mandufüllung aus Glasnudeln und Schmalz in der Nase hatte. Aber ich erwähnte nichts davon, und wie die Zeit mir beigebracht hatte, versuchte ich, meine Freude zu verbergen und mit möglichst ruhiger Stimme zu sagen, daß ich mich an diesen Namen genau erinnere. Trotzdem schien meine Freude durch die Telefonleitung geflogen und in ihr Herz getroffen zu haben. Ihre heisere Stimme stieg höher, und bei jedem Auf und Ab ihrer rauhen Stimme platzte ein Verschlußlaut, und die Worte strömten wie ein Wasserfall:

„Es freut mich. Wie lange ist das schon her! Ich dachte, du kannst dich an mich nicht mehr erinnern. Ich habe lange gezögert, dich anzurufen. Aber immer wieder tauchte dein Name hier und da auf. Ich habe den Leuten die Zeitung gezeigt und geprahlt: das schreibt meine Freundin. Früher, als du klein warst, mochtest du Comics, da wußte ich schon, daß du mal Schriftstellerin wirst. Ich hab den Zeitungsverlag angerufen und deine Telefonnummer bekommen. Schon vor einem Monat hatte ich sie, aber erst jetzt komme ich dazu, dich anzurufen. Mensch, wie lange ist das jetzt her?"

Genau vor fünfundzwanzig Jahren hatte ich Eun-Chas Stimme das letzte Mal gehört. Es stimmte. Denn ich war in der 2. Grundschulklasse, als ich die Tochter des Chinbang-Ladens an der Eisenbahn kennenlernte. Wenn man hier und da öffentlich mit seinem eigenen Namen erscheint und als Autor zeichnet, kommt es immer wieder mal vor, daß einem plötzlich aus dem Hörer solche Namen entgegenspringen, die schon längst in der Vergangenheit vergraben sind und von denen man glaubte, man werde sie sich wohl kaum je in seinem ganzen Leben wieder ins Gedächtnis rufen. Natürlich machte das Freude, sich an früher zu erinnern, das war dann auch genug. Es war jedem klar, daß man weiter seiner eigenen Wege gehen würde, trotzdem sprach man der Höflichkeit halber davon, sich einmal treffen oder in Kontakt bleiben zu wollen. So blieb es immer bei dem Wunsch nach einem Wiedersehen.

Daß die Tochter vom Chinbang-Laden, Park Eun-Cha mich anrufen würde, hätte ich nie gedacht. Selbst wenn sie irgendwo in einer Literatur-Ausstellung auf mein Porträt und meinen Namen gestoßen wäre, hätte sie sich schwerlich an mich erinnern können. Und selbst wenn - sie hätte keinen Grund gehabt, den Zeitungsverlag anzurufen, um sich nach meiner Adresse zu erkundigen. Denn wir hatten lediglich in den 60ern ein Jahr lang in demselben Dorf gelebt. Wenn ich jetzt daran zurückdenke, war dieses eine Jahr für mich ein großer Trost, aber für sie müssen es sehr langweilige Tage gewesen sein.

Das unerwartete Telefongespräch zog sich in die Länge, weil man über einen so langen Zeitraum - fünfundzwanzig Jahre - zu erzählen hatte. Vor allem wollte ich sie fragen, warum sie nicht Sängerin geworden sei. Ich wollte sagen, daß ich niemanden den Schlager „Blues mit schwarzer Wunde“ so gut habe singen hören wie sie. Aber sie gab mir keine Gelegenheit, davon zu sprechen. Hier und da habe sie schon etwas von mir gelesen. Und wie dumm diese Leute seien, die nicht glaubten, ich sei ihre Freundin. Auch ihre Freude, die sie jedesmal beim Entdecken meines Namens empfunden habe, erzählte sie immer wieder. Anschließend sagte sie von sich aus, welchen Beruf sie hatte.

„Gezwungenermaßen lebe ich doch vom Gesang. Sag mal, du wohnst in Buchon und hast noch nie von dem Namen 'Mina Park' gehört? Dein Mann muß ein Philister sein. Er hat dich wahrscheinlich noch nie in einen Nachtklub oder eine Stehbar mitgenommen. Wenigstens in den Nachtlokalen in Kyongin ist 'Mina Park' sehr berühmt. Auch in Buchon singe ich schon seit ein paar Jahren. Hör dir meine Stimme an. Sie ist ganz gebrochen. Wie furchtbar ich mich versungen habe! Manchmal kommt kein Wort heraus. Im Solo oder im Chor habe ich unnütz viel gesungen.“

Erst da konnte ich mir die anderen heiseren Stimmen vorstellen. Wenn Sänger sprachen, waren die Stimmen meistens rauher als ihre Singstimme. So, ausgesungen hatte sie sich also! Ich fühlte, daß mein Herz heiß wurde. Denn ich hatte mir schon Sorgen gemacht, womit ich Eun-Cha wohl in Erinnerung hätte bringen können, außer in Zusammenhang mit Gesang. Wenn sie mit Gesang nichts zu tun gehabt und mich als eine Hausfrau angerufen hätte, was hätte ich da empfunden? Selbst wenn sie keine berühmte Sängerin war, die oft im Fernsehen auftrat, und wenn sie immer noch als unbekannte Sängerin durch die Nachtlokale tingelte, war es doch wichtig für mich, daß sie den Gesang nicht aufgegeben hatte. Deshalb weckte ich in ihr einige frühere Erinnerungen wie „Blues mit schwarzer Wunde“, das kleine Konzert unter dem Weidenbaum und die Welt von Sängern, über die sie mir an einem Regentag in dem engen Wachturm erzählt hatte. Da freute sich Eun-Cha, wie ich erwartet hatte, ganz unbändig. Als fiele sie gleich in Ohnmacht, so übertrieben nahm sie mein bißchen Freundschaft auf und freute sich, daß ich mich noch an solche Kleinigkeiten erinnerte und schließlich benahm sie sich ganz wie eine alte Freundin.

Außer diesen Erinnerungen hatte ich noch andere. Die traurigen Augen eines Schweins, das in jenem Jahr von der Wasserflut mitgerissen wurde, ihre Mutter, die über der Damenunterwäsche nichts anhatte, und die schlanken Waden ihrer älteren Schwester, die als Bedienerin eines Cafés eingestellt wurde, und noch viele Sachen hätte ich ihr sagen können. Denn ich hatte vor einigen Jahren eine Erzählung veröffentlicht, deren Heldin Eun-Cha war und die von der Kindheit handelte. Diese Erzählung brachte mir die Erkenntnis, daß das Schreiben einer Erzählung die Vergangenheit ins Gedächtnis zurückrufen und daß überhaupt die Arbeit des Schreibens süß sein kann. Eine bestimmte Zeit der Kindheit, in der der Wechsel zwischen Leben und Tod besonders auffällig war wie der Kontrast von Licht und Dunkel in einem Schwarzweißbild. Diese Zeit mit Worten, Wort für Wort, heraufzubeschwören, das war die schönste Arbeit, die ich je gemacht hatte. Denn ich hatte mich dieser Arbeit sehr hingegeben. Das vollkommene Behütetsein im Schoß der Familie, dann das Hinausschreiten in die Welt, in der sich Hunger, Habgier, Liebe und Haß kreuzten, und wie das junge zierliche Blättchen des zarten Selbstbewußtseins der wirren Welt begegnete und sich in sie verwickelte. Bei diesen Gedanken bekam ich feuchte Augen. Eun-Cha war schon weit mehr als ich mitten ins Leben getreten. Die Schlager, die Eisenbahnlinie und der Tod stießen ihr in den Rücken, so schritt Eun-Cha immer tiefer in die Welt. Daß sie sich in der Welt auskannte, veranlaßte meine Mutter dazu, sie Teufelskind zu nennen. In dieser furchtbaren Welt, in diesem Durcheinander, in dem das schweflige Feuer emporloderte, hier lebe ich schon Jahrzehnte lang! Nein, eigentlich lebe ich nicht, vielmehr überlebe ich gerade!

Trotzdem sagte ich Eun-Cha nichts von dieser Erzählung. Eigentlich gab es auch keine Gelegenheit dazu. Wie das Schicksal sie als Sängerin an die Nachtlokale gefesselt hatte und welch schwere Zeiten sie hinter sich hatte, obwohl sie doch genug zu essen hatte; all das zu erzählen, nahm eine geraume Zeit in Anspruch. Ich konnte sie nur fragen, ob sie nicht vor ungefähr zehn Jahren an einem nationalen Sänger-Wettbewerb teilgenommen hatte. Das hätte ich von jemandem gehört.

„Ja, richtig. Damals habe ich einen Preis bekommen. Ein Produzent versprach mir, er werde mit mir eine Schallplatte aufnehmen lassen. Da lief ich ihm hinterher. Aber ohne Geld klappte das nicht. Also habe ich, wie gesagt, kurz in einem Nachtklub in Chunchu gesungen. Damals war ich zwanzig. Ich wollte ein bißchen Geld sparen, um meine Schallplatte aufnehmen zu lassen. Deshalb habe ich eigentlich dort gesungen. Aber in Wirklichkeit war das der Anfang meines Lebens als Sängerin auf der Nachtbühne. Wie dem auch sei, wollen wir uns nicht einmal treffen? Ich brenne darauf, dich zu sehen. Und was machen deine Brüder? Ach ja, ich habe schon früher gehört, daß dein ältester Bruder viel Erfolg hatte. Prima. Und du? Ich möchte dich möglichst schnell wiedersehen, weißt du?"

Als ob sie mit dem Telefongespräch nicht die ganzen fünfundzwanzig Jahren erzählen könnte, drängte Eun-Cha, daß wir uns schnell treffen sollten. Ablehnen kam nicht in Frage. Denn sie sang gerade jeden Abend in Buchon in einem Nachtklub. Ihr Auftritt fand einmal um acht und dann wieder um zehn statt. Ich solle gegen neun da sein. Wenn ich als Schriftstellerin dort nicht verkehren könne, sagte sie, dann könnten wir uns irgendwo anders treffen. Doch sie fügte gleich hinzu, es sei doch völlig normal, daß eine Schriftstellerin sich auch mal ein Lokal ansehe, und so stachelte sie mich weiter an.

Natürlich hatte ich Lust, Eun-Cha zu treffen. Aber gleich heute oder morgen, diesem Drängen konnte ich nicht nachgeben. Um neun ging meine Tochter ins Bett. Und wenn sie eingeschlafen war, hatte ich zwei Prosastücke zu schreiben, die bis heute abend oder morgen unbedingt fertig sein mußten. Seit fünfundzwanzig Jahren hätten wir uns nicht mehr gesehen, sagte ich. Wäre es da so schlimm, wenn wir uns nun einen oder zwei Tage später treffen würden? Wenn sie sowieso jeden Abend in Buchon singe, könnten wir uns doch jederzeit wiedersehen. Da brauste Eun-Cha auf:

„Heute ist Mittwoch, oder? Der Vertrag läuft nur noch bis diesen Sonntag. Vorläufig kann ich weder in Buchon noch irgendwo in Kyongin auftreten. Denn ich habe nach vielem Hin und Her ein bißchen Geld gespart. Die Tochter vom Chinbang-Laden hat Erfolg gehabt und wird ein Café in Sinsudong eröffnen. Fünfzehn Tage später ist der Eröffnungstag.

Wann könnten wir uns also sehen, wenn nicht in dieser Woche? Hast du denn keine Lust, mich zu sehen? Ach, ich könnte sterben, vor Sehnsucht nach dir. Ich bin sehr gespannt zu erfahren, wie es dir geht. Hauptsache, wir treffen uns. Du brauchst nur kurz vorbeikommen, dann kann ich wenigstens dein Gesicht sehen, oder? Du sagtest, du wohnst in Wonmidong, nicht wahr? Ach Mensch, du könntest sogar zu Fuß kommen. Denk mal an früher, in Chunchu. Jetzt ist es ja noch nicht mal so weit wie damals von unserem Haus bis zu der Kreuzung, die in fünf Richtungen ging. Damals sind wir doch immer dorthin gelaufen, oder?"

'Hast du denn keine Lust, mich zu sehen?' Als ich Eun-Chas heisere Stimme hörte, fühlte ich wieder, wie mein Herz heiß wurde. An einem dieser fünf Tage werde ich bestimmt um neun Uhr abends dorthin gehen, versprach ich. Erst jetzt konnten wir dieses lange Telefongespräch beenden. Als ich den Hörer auflegte, atmete ich unbewußt auf. Das Hin und Her zwischen den fünfundzwanzig Jahren hatte mich sehr ermüdet. Und als ich endlich in die Wirklichkeit zurückgekehrt war, erst da fielen mir die blaue Flamme des Gasherds und der Topf ein, der vorhin gekocht hatte. Ich rannte los, aber es war zu spät. Der Topfinhalt war schon zu knuspriger Asche verkohlt.

Es war merkwürdig. Auch ohne den unerwarteten Anruf von Eun-Cha, dachte ich zur Zeit immer an die heimatliche Landschaft von damals. Ausgerechnet jetzt tauchte nun plötzlich Eun-Cha auf, eine Person aus jener Zeit. Daß ich so oft an die Heimat dachte, lag wahrscheinlich an den Nachrichten über meinen ältesten Bruder, die von dorther kamen. Diese Neuigkeiten, die manchmal von meiner jüngeren Schwester oder meiner Mutter erzählt wurden, waren von Anfang bis Ende immer sehr weitschweifig, so wie bei allen anderen Familien. Aber sie besagten immer dasselbe: Mein ältester Bruder, der früher so kräftig wie eine Eiche war, korrekt in allem, und deshalb unnahbar wirkte, breche jetzt Stück für Stück zusammen. Anfangs wurde nur berichtet, er werde immer schweigsamer. Seine Kinder waren schon groß genug, die Universität zu besuchen. Seine Haare waren schon etwas weiß geworden. So betrachtet, sei auch das eine Alterserscheinung, dachte seine Familie. Es war im letzten Frühling. Meine Mutter rief mich manchmal an und sagte, er spreche den ganzen Tag kein Wort, es sei denn, er trinke. Und er starre oft nur in die Ferne. Danach trinke er viel, obwohl er in letzter Zeit wegen seines kritischen

Gesundheitszustandes maßvoller war. Machmal ging er aus dem Haus, blieb ein paar Tage weg, ohne Bescheid zu sagen, und trieb sich herum. Wenn die ganze Familie Angst hatte und sich Sorgen machte, dann kam er nach Hause, tat so, als sei nichts passiert und jätete im Garten das Unkraut. Er kümmerte sich nicht mehr um sein Unternehmen, das er bis jetzt so fleißig betrieben hatte, und sein Blick schien irgendwo in der Ferne hängenzubleiben. Meine Mutter beschrieb ihn in diesem Zustand oft so: 'Er schien durch und durch erschöpft zu sein.' Und meine jüngere Schwester sagte, wenn sie ihn von hinten sehe, tue er ihr so leid, daß ihr die Tränen kämen. Ja. Meine Mutter klang jenseits der Telefonleitung immer erschöpft, und durch die Stimme meiner jüngeren Schwester hörte man ein Schluchzen. Mir kam es vor, als ob durch den Damm, von dem ich geglaubt hatte, er sei absolut fest, hier und da Wasser sickere. Ich empfand dann eine tiefe Leere.

Sowieso hatte ich in letzter Zeit vieles in den Stürmen des Lebens mitgemacht. So sehnte ich mich nach jenem Damm, der ursprünglich felsenfest und zuverlässig gewesen war. Jetzt war er weder sehr jung noch, wegen einer großen Operation vor ein paar Jahren, gesund. Und den Grund, warum er sich grämte, meinte ich schon zu kennen. Nein, es kam mir nur so vor, in Wirklichkeit konnte ich ihn absolut nicht kennen. Das Joch, das ihm auferlegt war, war das Joch des ältesten Sohns. Und der Zeitpunkt als es endlich von ihm abfiel, lag nur ein paar Jahre zurück. Obwohl unser Vater nicht da war, konnten wir auf seinen Schultern stehen und unversehrt zu selbstständigen Menschen heranwachsen. Während wir uns an seine Schulter und seinen Rücken klammerten, sah er aus wie ein mutiger, schneidiger Heerführer. Eun-Cha müßte auch wissen, was für ein wunderbarer Mensch mein ältester Bruder gewesen war. Nun tauchte Eun-Cha plözlich auf, so, als ob sie das bezeugen wolle. Als ich an sie und an ihre heisere Stimme dachte, fühlte ich mich erleichtert.

Aber weder an diesem Abend noch am nächsten Abend ging ich in den Nachtklub, in dem Eun-Cha sang. Trotzdem war es nicht so, daß ich Eun-Chas Anruf vergessen hatte. Statt ihn zu vergessen, versetzte ich mich bei jeder Gelegenheit in die Landschaft des Dorfs an der Eisenbahn. In der Ferne war der Gipfel Girin zu sehen, und der blendende Sonnenschein pflegte auf den Schienen, die in zwei Reihen zum Park Omokdai liefen, entlang zu gleiten. Wenn man den Bach, der mit alten Unkräutern und

Abwasser gefüllt war, überquerte, tauchte sofort das Kohlenlager des Bahnhofs auf. Der Bach floß auch zur Westseite des Bahnhofs, der Ortsteil am Damm war ein Vergnügungsviertel, und dort schlenderten sogar bei Tag die dick geschminkten Frauen herum. Im Dorf wurde unser Haus ein reiches genannt, denn es besaß viele Söhne. Fünf stämmige Söhne hintereinander. Und danach noch zwei Töchter. Weil es so viele hungrige Mäuler gab, war meine Mutter immer besorgt, daß der Ghimsang ausgehen könnte, obwohl sie im Winter Ghimsang mit zweihundert Köpfen Chinakohl gemacht hatte. Wenn wir an dem runden Eßtisch saßen und mit Stäbchen aßen, mußte der, der damit zu langsam war, am Ende schieren Reis ohne Beilage essen. Aber der einzige, der in unserem Haus ein eigenes Einkommen hatte, mein ältester Bruder, saß immer allein an seinem eigenen Eßtisch. Wie es sich für ein Familienoberhaupt gehörte, das eine so vielköpfige Familie zu versorgen hatte, schob mein ältester Bruder seinen Eßtisch oft zur Seite, beinahe ohne daß er das Essen überhaupt berührt hatte. Dann wurden uns die Reste als etwas Besonderes verteilt.

Außer dem Maisbrot, das in der Schule an alle Schüler verteilt wurde, gab es für uns nur Mehlkuchen oder Ssukkuchen, die wir zwischen den Mahlzeiten essen konnten. Deshalb schmeckten uns der Chinbangkuchen oder die Mandu vom Laden der Familie Eun-Chas ganz ausgezeichnet. Ihre Eltern verstanden von Hygiene nichts, so ermahnte uns unsere Mutter, daß wir von diesem Haus nichts essen sollten, selbst wenn es gratis sei. Aber meine Brüder gingen heimlich dorthin, kauften den Kuchen und aßen ihn. Wenn es regnete, sammelten meine Brüder ihr geringes Taschengeld und schickten mich auf Besorgungen. Es ging meistens um zweierlei: Erstens mußte ich beim Laden der Familie Eun-Chas den Chinbangkuchen kaufen und zweitens im Comic-Laden einige Hefte ausleihen. Da ich selbst für diese Dinge kein Geld hatte, mußte ich dafür die Sachen holen. Wenn ich zum Laden der Familie Eun-Chas ging, um Kuchen zu kaufen, gab mir Eun-Cha ein paar Kuchen mehr, ohne daß ihre Mutter es merkte. Dann begleitete sie mich bis zum Comic-Laden, wobei sie mir den Regenschirm hielt. Und unter diesem Regenschirm faßte sie Mut und begann zu singen. Auf dem Weg nach Hause, nachdem ich für meine Brüder ein Heft, das den Krieg darstellte, und für mich eins von Eum, Hee-Ja, das über eine Ballerina handelte, geliehen hatte, hörte ich ihr noch einmal beim Singen zu. Selbst wenn wir an unserer Haustür angekommen waren, konnte ich nicht eher ins Haus gehen, bis sie fertig gesungen hatte, und mußte stehenbleiben und bis zu Ende zuhören.

Obwohl es in ihrem Haus genauso schlecht lief wie in unserem, hatte sie doch immer etwas Kleingeld bei sich und war unter unseresgleichen die reichste. Sie hatte manchmal von dem Geld aus dem Verkauf der Chinbangkuchen etwas gestohlen, wurde von ihrem Vater erwischt und kräftig geschlagen. Wie sie dann dabei kläglich schrie, als ob sie gleich sterben würde, habe ich oft gesehen. Eun-Chas Vater schlug nicht nur Eun-Cha, sondern auch sehr oft ihre Schwester, die schon eine junge Frau war, und sogar ihre Mutter. So war es keine Seltenheit, daß man einen schrill ausgestoßenen Schrei hörte, wenn man an ihrem Haus vorbeiging. Als Eun-Cha eines Nachts von zu Hause floh in der Hoffnung, Sängerin zu werden, lebte ihr Vater nicht mehr. Wenn er zu der Zeit noch gelebt hätte, hätte sie - sie war noch jung - es nicht wagen können wegzulaufen. Erst wenn sie als berühmte Sängerin Erfolg hätte, wollte sie ruhmreich heimkehren. Aber sie konnte nicht mehr zum Chinbang-Laden neben der Eisenbahn zurückkommen. Bevor sie Erfolg hatte, wurde der Chinbang-Laden aufgegeben, und wie ich mich noch erinnere, wurden dort hintereinander eine Boutique, ein Schreibwarenladen, ein Imbiß und ein Buchladen eröffnet. Und jetzt ist die Stelle, wo der Chinbang-Laden der Familie Eun-Chas stand, einfach verschwunden. Nachdem die Eisenbahnschienen verlegt worden waren und man dort eine vierspurige, gepflasterte Straße gebaut hatte, müßte man erst das Pflaster aufschlagen, wenn man die Erde von damals riechen wollte.

Gegen Freitagmittag rief mich Eun-Cha wieder an. Ihre ersten Worte waren, daß ich heute abend unbedingt zu ihr kommen solle. Da es schon ihr zweiter Anruf war, benahm sie sich ungehemmt, so wie eine alte Freundin.

„Ich bin gerade aufgestanden und rufe dich jetzt an. Gestern abend habe ich auf dich gewartet, Bokumbab bestellt und es im Warteraum gegessen. Du kommst doch heute abend, oder? Hat dein Mann dich zurückgehalten? Nimm ihn doch mit. Ich könnte euch zum Trinken einladen. Ein Mädchen dort hat deinen Roman gelesen. Ich sagte, die Schriftstellerin würde kommen. Da hüpfte sie vor Freude und wurde beinahe ohnmächtig."

Und sie erzählte, daß sie zwei Söhne habe und mit ihrem Mann lebe, der früher in einer Musikband gearbeitet hatte. Ihr jetziges Haus sei ein sehr teures Appartement. Nachdem ich ihren Anruf bekommen hatte, dachte ich nur an ihren Chinbang-Laden, in dem es vor lauter Fliegen nur so summte. Als ob sie das gewußt hätte, sagte sie ausführlich, wie hoch ihr Einkommen gewesen war, als sie in ihrer goldenen Zeit in zehn Lokalen aufgetreten war. Wie dem auch sei, ich war froh, daß sie in guten Verhältnissen lebte. Zwar konnte sie nicht sehr reich sein, aber immerhin roch es in ihrem Leben nicht mehr so übel nach der Füllung von Mandu. Daß sie ein sorgenfreies Leben führte, fand ich einfach beruhigend.

„Heute mußt du kommen. Ihr habt doch ein Auto? Es dauert ja nicht lange mit dem Auto, oder? Wo habt ihr denn das Geld aufgestapelt, das ihr verdient habt? Ist es denn nicht peinlich, wenn eine berühmte Schriftstellerin kein Auto hat? Dann nimm ein Taxi und komm doch kurz vorbei. Ich warte, weißt du?“

Sie machte mich einfach zu einer berühmten Schriftstellerin. Und schnalzte, als ich sagte, wir hätten kein Auto. Vermutlich hatte sie angefangen, meine finanzielle Stelle einzuschätzen. Da Eun-Cha so inständig gefragt hatte, war es anzunehmen, daß sie mit dieser Frage andeuten wollte, sie führe ein eigenes Auto. Eun-Cha fand es bedauerlich, daß ich mich an sie nur als die Tochter vom Chinbang-Laden aus ihrer Vergangenheit erinnerte. Wie sie sich verändert habe und in welche Schicht sie jetzt emporgestiegen sei, erzählte sie mit ernster Stimme. Wenn wir uns sehen würden, würde ich ihre neue Umgebung genau sehen. Statt die Begegnung zu scheuen, wünschte sie herzlich, mich wieder zu sehen, und ich nahm ihre neue Wirklichkeit erfreut auf. Denn ich konnte mich an die erste Versammlung meiner ehemaligen Mitschülerinnen erinnern. Von denen, die in Seoul und in der Nähe lebten, kamen mehr als die Hälfte nicht zu diesem Treffen. Natürlich mochte es wohl einige geben, die einfach nicht kommen konnten, weil sie etwas anderes zu tun hatten. Aber andererseits waren die meisten wohl deswegen nicht gekommen, weil sie sich schämten, sich an diesem ersten Treffen nach dem Schulabschluß mit ihrer wenig ansehlichen Position bloßzustellen.

Nach Eun-Chas Anruf kam ein Telefonanruf aus Chunchu. Es war meine Mutter. Ob das Paprikapulver nicht alle sei und ob ich den Krug mit Dönchang immer in die Sonne stelle, fragte sie. Sie fragte nie nach mir, sondern stattdessen nach den Gewürzen ihres Kindes. Ich erzählte ihr von Eun-Cha. An deren Namen konnte sie sich nicht sofort erinnern, aber bei den Worten 'die Tochter vom Chinbang-Laden' fragte sie uninteressiert zurück: „Parks Tochter?" Mutter hatte sicher nicht nur deswegen angerufen, um nach Gewürzen zu fragen. So konnte ich von Eun-Cha nicht lange sprechen. Mutter und Tochter schwiegen kurze Zeit. Ich erwartete, von meiner Mutter etwas zu hören und las dabei die Notiz neben dem Telefon. Zwanzig Wongochi Bögen bis zum Dritten. Fünfzehn Bögen, bis zum Vormittag des Dritten. Das Foto nicht vergessen. Mit diesen hingekrizelten Buchstaben war mein Leben festgenagelt. Meine Mutter war einst die Stütze meines Lebens gewesen, und jetzt drang ihr leiser Seufzer von einem Ort, der weit weg von Seoul, sogar weit weg von Chungchungdo war, nämlich von Chollado.

„Zur Andacht und Gedenkfeier für deinen Vater kannst du nicht kommen, oder?" fragte sie wie nebenbei. Denn ihr Kind sagte immer, es sei sehr beschäftigt, und weil sie wußte, daß sie das Leben ihres Kindes nicht mehr beeinflussen konnte, pflegte sie diese Frage immer in dieser Art zu stellen, wenn der Monat Mai vorrückte. Aber der heutige Anruf war bestimmt nicht nur deswegen. Das spürte ich ganz genau. Wahrscheinlich hatte mein ältester Bruder gestern meiner Mutter das Herz mit Jammer und Klagen über die trostlosen Zeiten in ihrem Schoß ausgeschüttet. Und er hatte wahrscheinlich unter dem Alkohol, den sein Körper nicht mehr ertragen konnte, gelitten und meine Mutter gedrängt, sie solle sich doch an die zurückgelegten Wege erinnern, die die beiden zusammen gegangen waren. Während er von den harten Erlebnissen in jenen schweren Zeiten erzählte, von der Aussichtslosigkeit, damals, als man kalte und lange Winternächte durchwachte und sich Sorgen über das Morgen gemacht hatte, eine wie die andere zermürbend, wird sich mein ältester Bruder nicht gescheut haben, Tränen zu vergießen. Und meine Mutter wird seinetwegen wohl sehr traurig gewesen sein. So traurig, daß es ihr beinahe das Herz zerrissen hätte. Aber ich sagte trotzdem nichts.

„Dein ältester Bruder ist gestern zur Grabstätte gegangen. Es ist schon dreißig Jahre her, daß Vater gestorben ist. Und warum er immer wieder dahin eilt, verstehe ich einfach nicht. Dort hatte er mit seinem Vater, der Alkoholiker war, eine Flasche Branntwein geleert."

Daß mein ältester Bruder unseren Vater in die Erde seiner Heimat verlegt hatte, obwohl er vorher auf einem Gemeindefriedhof lag, war schon lange her. An jedem nationalen Feiertag im Herbst, am 15. August, folgte ich meinen fünf Brüdern und besuchte den Gemeindefriedhof, der am Rande der Stadt lag. Mein ältester Bruder paßte auf den Zug seiner jüngeren Geschwister auf und fragte ab und zu: „Könnt ihr denn das Grab unseres Vaters finden?" Vom Zug kam keine Antwort. Ob sie es konnten oder nicht, die anderen Brüder grinsten nur, wenn sie vor ihrem ältesten Bruder standen. Daraus bestand ihre ganze Unterhaltung. Wenn sie den Gemeindefriedhof betraten, auf dem die vielen gleich hohen, runden Gräber den ganzen Berg füllten, ging mein ältester Bruder in einem Schritt durch, ohne zu halten, und fand die Stelle, wo mein Vater lag.

Die Zeit verging, von den Geschwistern verließ einer nach dem anderen das Haus, und es entstand in diesem Zug zur Grabstätte jedesmal eine Lücke mehr. Da beeilte sich mein ältester Bruder, das Grab unseres Vaters zu verlegen. Jetzt besuchen wir nicht einmal mehr das Grab unseres Vaters gemeinsam. Denn das Leben besteht aus nichts anderem als daraus, sich ständig mit neuen Ausreden zu umgeben. Einmal im Jahr, im Mai, wenn es die letzten Erdbeeren gab, wenigstens bei der Andacht zur Gedenkfeier für unseren Vater müssen wir alle da sein. Obwohl es sogar an diesem einzigen Treffen ab und zu eine Lücke gegeben hatte.

„Was wollte die Tochter Parks?" meine Mutter zeigte doch noch ihr erstes Interesse für Eun-Cha, nachdem sie eigentlich den Hörer schon hatte auflegen wollen. Sie sei endlich Sängerin geworden, und man könnte schon sagen, sie habe Erfolg, sagte ich. Darauf erwiderte meine Mutter: „Wenn Park so gestorben ist, wie könnte seine Tochter Erfolg haben", und wollte von meinen Worten keine Notiz nehmen. Eun-Chas Vater wurde von dem Wächter des Wachturms umgebracht, weil der darüber wütend war, daß er, sein möglicher Schwiegervater, Eun-Chas ältere Schwester als Bedienerin in einem Café arbeiten ließ. Dieses Ereignis hatte in jenem Herbst die ganze Stadt in Unruhe versetzt. Meine Mutter schien die Familie vom Chinbang-Laden immer noch für eine Teufelsbrut zu halten. Vielleicht glaubte sie, daß die erlösende Leiter, die die Menschen aus dem schwefeligen Feuer befreien wird, nie für diese Familie zur Verfügung stehen würde. Jedenfalls sagte sie es absichtlich so, als ob sie wirklich so denken würde. Denn sie wußte ja viel besser als andere, wie schwer das Leben für die Zurückgebliebenen war.

Das Telefongespräch mit meiner Mutter machte mich wie immer unruhig. Sowie mich das Klingeln des Telefons am späten Abend oder frühen Morgen aufschreckte und ich einen Anruf aus der Heimat vermutete, kamen mir zur Zeit alle möglichen, schlimmeren Vorahnungen. Ich vermied möglichst auszugehen und blieb immer zu Hause. So war für mich das Telefon der einzige Zugang zur Außenwelt. Ohne das Telefon hätte ich nicht so weit entfernt leben können wie jetzt. Ob ich gewollt hätte oder nicht, ich hätte viele Menschen treffen und besuchen müssen. In diesem Sinn war das Telefon ein Zugang zur Außenwelt und gleichzeitig eine Schutzmauer. Im Verhältnis zur Heimat war es genauso. Obwohl man sie nur einmal im Jahr besuchte, kam es einem nicht in den Sinn, daß man sie schon lange nicht mehr besucht hatte, weil es eben das Telefon gab. Und eine Funktion des Telefons war es, den Menschen zu ermöglichen, der Heimat fernzubleiben.

Mit dieser innerer Unruhe konnte ich einfach nicht arbeiten. Ich nahm die Morgenzeitungen, die ich flüchtig durchgeblättert und zur Seite gelegt hatte, und las sie. Da wurden meine Kopfschmerzen noch schlimmer. In jeder Zeitung war eine ordentliche Namensliste der Berühmtheiten zu finden, und die Titel oder die direkt nachgeordneten Berichte hoben sich durch ihre ernste Wortwahl ab. Obwohl es Frühling war, war das Wetter schwül. Wenn man am Fenster saß, war der Wind frisch. Vom zweiten Stock aus war die Straße von Wonmidong mit einem Blick zu übersehen, wenn man am Fenster stand. Man konnte sehen, wie Herr Eum vom Fotoladen Hengbok mit seinen drei Töchtern auf dem Weg zum Markt aufwärts ging. Si-Nes Vater vom Elektrogeschäft Sunny konnte zur Zeit seine Freude über sein neues Motorrad nicht verbergen. Er war mit Si-Ne schon ein paar Mal um den Ort herum gefahren. Der Stellverteter Kim hatte gefrorenen Tintenfisch in Kisten eingekauft. In seinem Supermarkt Hyongche waren Frauen zusammengekommen, und es herrschte stetiger Lärm. Wer könnte sich dagegen wehren, sich von dem Vertreter Kim überzeugen zu lassen, wenn er so aufmunternd zum Kauf aufrief. Heute abend werden wahrscheinlich alle Bewohner in Wonmidong Tintenfisch essen. Doch auch ohne diese Frauen war es auf der Straße laut. Die Kinder, deren Heimat Wonmidong in der Stadt Buchon werden sollte und die sich später an diese Straße erinnern und darin Trost finden würden, schrien, weinten und liefen unaufhörlich umher.

Obwohl ich schon eine Zeitlang am Fenster stand, hatte ich überhaupt keine Lust, mich mit dem unfertigen Manuskript herumzuquälen. Wenn das Telefon jetzt wieder läuten würde, dann mußte es der Anruf des tüchtigen Redakteurs sein, der dieses Manuskript haben mußte. Trotzdem rannte ich zum Bücherregal, nahm einen Band meiner Werke heraus und blätterte die darin enthaltenen Erinnerungen aus der Kindheit durch. Die Erzählung fing damit an, daß ich aufwachte, nachdem ich am Nachmittag geschlafen hatte. Ich dachte, es sei Zeit, in die Schule zu gehen, und rannte zur Schule, nachdem ich die Schuhe verkehrt herum angezogen hatte. Die Geschichten von damals, als ich so oft weinen mußte und als ich mich einfach vor der Welt fürchtete und ihr dann doch wieder endlos vertraute, las ich immer wieder und tröstete mich immer wieder von neuem damit. Daß jemand, dessen Beruf das Romanschreiben ist, beim Lesen seines eigenen Romans Trost findet, konnte ich nicht genau erklären. Wenn ich in einer tiefen Nacht mit der Arbeit beschäftigt war und unruhig wurde, las ich den Roman, in dem Eun-Cha auftrat. Man drehte die Zeit zurück, lief immerzu rückwärts, da waren die Schienen zu sehen. Mein ältester Bruder war ein sehr gutaussehender junger Mann, und die anderen Brüder waren alle Schüler, deren Haare kurz geschnitten waren wie die von Mönchen. Öffnete ich die Kommode, dann fand ich eine Puderbürste darin, von der man sagte, die habe mir mein Vater geschenkt. Warum er seiner noch zu kleinen Tochter ausgerechnet die Schminkutensilien geschenkt hatte, meinte ich schon zu wissen; oder würde ich den Grund vielleicht doch nie kennen?

'Ohne deinen ältesten Bruder hätten wir alle verhungern müssen', sagte meine Mutter oft und erinnerte sich an das Verdienst ihres älteren Sohnes. Und sie hatte recht. Mein Vater hatte sich wie eine wandernde Wolke nur für das Jenseits dieser Welt interessiert, starb plötzlich und hinterließ eine elende Armut, Schulden und sogar sieben Kinder. Er hatte in seiner Heimat, wo der Krieg alles aufs Schlimmste zerstört hatte, unter wenigen anderen überlebt. Sich zwischen den Gerstenbüscheln im Süßkartoffellager im Hintergarten versteckend, konnte er überleben, aber er verließ sogleich die Welt, als er in die Stadt kam. Man konnte ja nicht nach Belieben so weiter leben oder sterben, aber das war für meine Mutter ein Verrat, den sie ihm nie verzeihen konnte. Ich hatte wenigstens eine Puderbürste bekommen, aber meine jüngere Schwester verlor den Vater kurz nach ihrem ersten Geburtstag. Mein ältester Bruder besuchte eine Abenduniversität und hatte schon damals zu unserem Lebensunterhalt beigetragen, als unser Vater noch lebte. Und nachdem mein Vater gestorben war, hatte er mit meiner Mutter zusammen mühsam seine Geschwister groß gezogen. Morgens blieben wir immer wieder vor ihm stehen, um ihm die Hände hinzustrecken. Für Schulgebühr, Nachschlagewerke, Spenden, Turnbekleidung usw. mußten wir viel Geld ausgeben, aber es gab nur einen, der uns Geld geben konnte. Er war gegenüber den zwei jüngsten Schwestern sehr mild, daher zwangen mich meine älteren Brüder oft, ihn für sie um Geld zu bitten. Mein dritter Bruder in seiner Schuluniform, weit und lang wie ein Sack, mein vierter Bruder in den kurzen Hosen, die er von seinem älteren Bruder übernommen hatte und die seine Fußknöchel unbedeckt ließen, und mein fünfter Bruder mit seinem wackelnden Kopf; immer war er sauer, weil er nie neue Kleidung anzuziehen bekommen hatte. So standen sie auf der Gasse und warteten auf mich. Ich war gerade dabei, meinem älteren Bruder vorzutragen, was mir die anderen Brüder aufgetragen hatten, Schulgebühr, Essenskosten, Materialkosten... 'Selbst wenn man in einer Fabrik Geld drucken würde, würde es nicht reichen', sagte mein ältester Bruder und öffnete sein Portemonnaie.

So wie ich empfanden auch meine anderen Brüder den ältesten als unnahbar. „Sogar das leckerste Essen schmeckt einem nicht, und man verliert sofort den Appetit, wenn unser ältester Bruder da ist“, sagte mein zweiter Bruder. Und mein dritter, vierter, und fünfter Bruder stimmten sofort zu. An einem sommerlichen Sonntag aßen die fünf Brüder zusammen Wassermelonen. Da konnte nur der älteste Bruder ohne Rücksicht die Kerne ausspucken, die anderen zögerten und schluckten sie oft herunter. Wenn wir mit einer Schöpfkelle Wasser geschöpft hatten und es uns über den Rücken gossen, durfte unsere Mutter nur unserem ältesten Bruder den Rücken massieren. Mein zweiter und dritter Bruder, mein dritter und vierter Bruder massierten sich den Rücken gegenseitig. Aber wenn mein ältester Bruder sagte, massiere mir den Rücken, dann wurden alle anderen Brüder verlegen. Nicht nur unsere Brüder, sondern auch die Dorfbewohner behandelten meinen ältesten Bruder nicht wie üblich. Sogar Eun-Chas Mutter, die sich immer in kunstseidener Damenunterwäsche herumtrieb und sich in alle Dinge im Dorf einmischte, eilte in ihren

Chinbang-Laden, wenn mein ältester Bruder vorbeiging und sie begrüßte.

'Ich warte, weißt du?', hatte Eun-Cha gesagt. Vielleicht weil ich an ihren Anruf dachte, machte ich an diesem Tag früher als gewöhnlich das Abendessen. Ich hätte schon ganz in Ruhe im Club Neu-Buchon sein können, wo sie mich erwartete. Mein Mann las in einem kleineren Zimmer und sagte, daß ich ohne Sorge ausgehen könne. Denn er könne das Kind schon alleine ins Bett bringen. Er fand es auch interessant, daß die Heldin eines Romans in einem Club in Buchon sang. Die Zeit verging immer weiter. Als es kurz vor neun wurde, gähnte das Kind unaufhörlich. Ich bräuchte mich nicht darum zu kümmern, daß meine müde Tochter einschlafen würde. Sie würde gleich in die Welt der Träume eintreten. Auf der großen Straße vor dem Haus fuhren die Taxen, die die Heimkommenden hergebracht hatten, üblicherweise ohne Gäste in die Stadt zurück. Wenn ich jetzt aufstehen, hinausgehen und ein Taxi nehmen würde, wäre schon alles erledigt. Und ich müßte dem Taxifahrer nur sagen: 'In die Stadt', das wäre schon alles. Trotzdem konnte ich nicht gleich aufstehen.

Eun-Cha würde jetzt auf den Eingang starren, bis ich da erscheine, nachdem sie um acht aufgetreten war. Das Zeitsignal um neun erklang, und die Abendnachrichten im Fernsehen begannen. Ich blieb immer noch da. Das Kind war schon eingeschlafen, mein Mann blätterte in Angelzeitschriften, beneidete den großen Lachs eines Anglers. Mein Mann hatte einige Angelgeräte gekauft und versuchte, keine Information im Bereich Angeln zu verpassen, und er plante immer wieder, zum Angeln zu gehen, machte es aber nie wahr. Er hatte bis jetzt nur einmal im Meer geangelt. Und dieses einmalige Erlebnis reichte schon, um ihn zu fesseln. Bis er aber an irgendeinem Wochenende endlich mal rausgehen und die Angel werfen würde, mußte er sich schon überwinden. Manchmal sah es so aus, als ob er nur die Vorfreude aufs Angeln genießen wollte. Wie jeder, der den ersten Schritt zu etwas Höherem tat, wünschte er sich unter die Angler gezählt zu werden, wenn er des Lebens auf dieser Welt müde werden würde. Ich sah flüchtig auf die bunten Bilder der Angelzeitschriften und stellte mir den Fisch vor, den er irgendwann angeln würde. In meiner Vorstellung glänzten seine Schuppen, die Uhr zeigte Eun-Chas zweite Auftrittszeit und tickte.

Am nächsten Morgen rief Eun-Cha an. Es war Samstag. „Jetzt bleibt uns nur noch heute und morgen Abend", sagte Eun-Cha mit Nachdruck.

„Willst du etwa nicht kommen? Oder doch? Es ist schon furchtbar schwer, eine alte Freundin zu treffen. Hey du, schämst du dich etwa, als eine Schriftstellerin eine alte Freundin zu treffen, die nur nachts auf der Bühne singt? Sei nicht so. Vielleicht bin ich in deinen Augen armselig, aber bis ich zur jetzigen Mina Park werden konnte, bin ich oft gefallen."

Sie hatte recht mit dem, was sie sagte. Für eine Schriftstellerin, die sich immer in gehobener Sprache ausdrückte und die in der Zeitung veröffentlichte und feststellte, was man zu tun oder zu lassen habe bzw. was zu tun sich nicht gehöre usw., ziemte es sich nicht, eine Sängerin zur Freundin zu haben. Es hätte schon sein können, daß sich jemand darüber aufregen würde. Ich konnte nichts dagegen sagen. Obwohl ich merkte, daß unser Gespräch abdriftete, konnte ich nichts dagegen tun. Sie schien sehr oft hingefallen zu sein, bevor Park Eun-Cha sich in eine Mina Park verwandelt hatte. Aber bei wem war es denn nicht so? Seit ich nach Buchon umgezogen war, hatte ich sehr oft solche trostlosen Stimmen des Lebens gehört. Das hatte nichts mit Buchon zu tun, sondern mehr damit, daß ich dort wohnte. Wenn man am Fenster saß und horchte, konnte man immer noch die Geschichten von den Leuten von Wonmidong hören, wie sie gefallen waren und ihre Wunden davongetragen hatten. Und obwohl sie immer wieder fielen und immer wieder aufstanden und wieder fielen, näherten sie sich dem Gipfel und mühten sich ab, über den Berg zu kommen. Die Tatsache, daß der Gipfel sehr schmal war und dort nicht jeder Platz hatte, schien nur eine Täuschung zu sein. Und auch die Tatsache, daß man, selbst wenn man mühsam bis ganz nach oben gekommen war, sofort wieder hinabsteigen mußte, wollten sie nicht akzeptieren. Denen, deren Leben aus nichts anderem bestand als aus Stolpern und Kriechen um des reinen Lebens willen, half keine andere Wahrheit. Für sie war das Leben nichts, was man erforscht und worüber man nachdenkt, sondern es war wie eine starke, eiserne Tür, an die man mit allen Kräften pochen mußte. Oder ein hoher Gipfel in der Ferne.

Eun-Cha war einer von diesen Menschen, die glaubten, sie hätten gerade einen Gipfel überschritten. Weil sie nicht immer vom Gesang leben konnte, sagte sie, habe sie eine Weile den Gesang aufgegeben. Nach dem ersten Anruf, nein genauer, nachdem sie gemerkt hatte, daß ich nicht sofort zu ihr rennen würde, erzählte sie Stück um Stück von ihrer Vergangenheit. So sei sie einmal mit einer billigen Musikband nach Japan geflogen und wollte nicht mehr zurück. Und sie habe sich am letzten Auftrittstag aus dem Staube gemacht und sich ohne festes Ziel herumgetrieben. Das habe ich wohl bei ihrem zweiten Anruf gehört. Aber heute erzählte sie mir von einem noch traurigeren Teil ihrer Vergangenheit. Als sie ihren jetzigen Mann, der Musiker in einer Musikband war, kennenlernte und mit ihm zusammenlebte, habe sie in einer Standbar einen Verkaufsstand erworben. Aber sie habe dafür hohe Schulden gemacht, was sie zwang, jeden Tag zwischen Chuan, Bupeong und Buchon hin und herzupendeln und dort aufzutreten. Auch ihr Mann habe damals bis früh morgens Gitarre spielen müssen. Damals war sie schwanger. Aber sie durfte nicht mit ihrem dicken Bauch auf der Bühne im Lokal auftreten, so habe sie mit Korsett und Stoff ihren Bauch so schlank pressen müssen, daß sie ein Galakleid mit enger Taille tragen konnte. So war ein Monat vergangen. Da pötzlich hatte das Kind in ihrem Bauch aufgehört, sich zu bewegen. Es war ihr merkwürdig vorgekommen. Trotzdem habe sie noch einen halben Monat in diesem Zustand weiter gesungen. Endlich sei sie zum Arzt gegangen und habe erfahren, daß ihr Kind schon längst tot gewesen war. Anschließend sagte Eun-Cha: „Für eine berühmte Schriftstellerin muß so etwas doch wie ein Roman klingen, oder? Lese ich einen Roman, finde ich ihn, so traurig er auch sein mag, trotzdem weniger bedrückend als meine Lebensgeschichte. Ansonsten gibt es nur diese Romane, die man überhaupt nicht verstehen kann. Schreibst du auch solche Romane, die einen dazu bringen, beim Lesen einzuschlafen? Na ja, deinen Roman habe ich noch nicht gelesen. Aber jetzt werde ich ihn lesen. Und, hast du ein bißchen Geld gespart?"

Ein Glück, daß Eun-Cha meinen Roman nicht gelesen hatte. Wahrscheinlich hatte ich mich gerade gestern abend damit abgemüht, an so einem Roman zu schreiben, der einen dazu bringt, beim Lesen einzuschlafen. Trotzdem wartete ich auf die Gelegenheit, an diesem Morgen schlafen zu können, ganz als ob ich in der Nacht etwas Wichtiges geschafft hätte. Auch Eun-Cha sagte, sie müsse jetzt noch ein paar Stunden schlafen. Denn sie kam immer erst frühmorgens heim. Wir hatten also etwas Gemeinsames: sowohl sie als auch ich arbeiteten in der Nacht. Als ich daran dachte, mußte ich bitter lachen.

Eun-Cha sagte mit schläfriger Stimme, wir sollten uns noch heute abend treffen. Und sie sagte, das Programm sei am Wochenende anders als in der Woche, so müsse sie ab acht ununterbrochen da sein. Es komme auch ein Chor an die Reihe, und sie müsse auch Background singen. Am Samstagabend hätten die Gäste gern eine abwechslungsreichere Show, deshalb wechsele man ununterbrochen die Darsteller.

„Aber meine Auftritte dauern nie lange. Bis Mitternacht bin ich da, so komm doch einfach vorbei, wann du willst. Heute und morgen arbeite ich in diesem Lokal umsonst, das ist mein Abschiedsgeschenk. Möchtest du nicht mein Lied hören? Früher hast du es gerne gehört, nicht wahr? Und sag am Eingang, du kommst, um Mina Park zu besuchen, dann wirst du herzlich empfangen. Du brauchst nicht zu zögern, und sei nicht so spießig."

Natürlich, ich komme vorbei. Gestern habe ich wirklich keine Zeit gehabt - hatte ich überzeugend sagen wollen. Aber ich tat es nicht und legte, immer noch unschlüssig, den Hörer auf. Die echte Freude, die ich bei ihrem ersten Anruf empfand, hatte sich danach in ein unerklärliches Zögern verwandelt.

Eun-Cha war wie eine Wegmarke inmitten meiner Erinnerungen. Nachdem ich Eun-Cha als Erinnerungsstütze benutzt und ein Jahr, das fünfundzwanzig Jahre zurücklag, in einen Roman gefaßt hatte, war das umso bedeutsamer. Es war keine Absicht von mir, daß ich mich nur an das erinnerte, was ich geschrieben hatte. Trotzdem kreisten meine Erinnerungen nur in der Szenerie des Romans. Wenn ich einmal im Jahr zur Gedenkfeier meines Vaters mit dem Expreßbus nach Chunchu fuhr, war mir die Landschaft meiner Heimat so fremd, daß ich sie ohne Hinweise auf den ersten Blick nicht wiedererkennen konnte. Auch mein Elternhaus hatte sein früheres Aussehen fast verloren, weil sich die Straßen in alle Richtungen erweitert hatten und das Haus nun zwischen Motels und Geschäftsvierteln verborgen lag. Das alte Haus war abgerissen worden, dann hatte man dort ein Haus im westlichen Stil gebaut. Es wurde ein Objekt, an dem einige Leute großes Interesse zeigten, da sie es zum Motel umbauen wollten. Seitdem das Gewässer vor dem Haus abgedeckt worden war, wurde das Dorf schnell in die Stadt integriert. Und als schließlich die Schienen weggerissen worden waren, hatte sich das alte Erscheinungsbild völlig verändert. Es war schon lange her, daß der Weidenbaum gefällt worden war, unter dem wir einmal ein kleines Konzert abgehalten hatten.

Und an der Stelle, an der ursprünglich der Chinbang-Laden gewesen war, fuhren nun Autos entlang. Es war eben kein Wohngebiet. Früher hatten wir, von freundlichen Nachbarn umgegeben, sehr friedlich gelebt. Aber davon war jetzt keine Rede. Das Motel 'Eunsungchang Mirim' und das Hotel 'Villa für große Reiche' konnten keine Nachbarn sein. Außerdem wuchsen die Kinder heran. Unsere Geschwister sowieso, aber auch meine Neffen drängten ihren Vater umzuziehen. Aber mein ältester Bruder konnte sich nicht so leicht entscheiden. Je mehr man ihn drängte, das Haus zu verkaufen, um so mehr Geld gab er für Hausreparaturen aus. Er war der einzige im Dorf, der bis zum Schluß darauf beharrte, nicht wegzugehen.

Wenn ich einmal im Jahr auf dem Weg in die Heimat war, nur um mich von der eingetretenen Entfremdung zu überzeugen, fühlte ich mich dabei einsam. Und jetzt würde diese Einsamkeit nicht mehr nur meine Einsamkeit sein. Jetzt würde niemand mehr in die Heimat zurückkehren können. Denn die Heimat existiert nur in der Erinnerung. Der eine sagt, für ihn lebe die Heimat auf mit dem Wiedererkennen der Ulme am Rande des Dorfes, für den anderen ist es der salzige Geruch eines Fischerdorfes oder der Fluß, der durch das Dorf geht. Meine letzte Erinnerung war Eun-Cha. Das, was man sehen konnte, hatte sich verändert, sogar mein ältester Bruder. Aber Eun-Cha war in meiner Erinnerung dieselbe. Wenn ich mich an Eun-Cha erinnerte, kamen mir die früheren Erinnerungen, alle Atemzüge meiner Heimat so nah, als ob ich sie mit der Hand fassen könnte. Da war auch mein ältester Bruder mit seiner früheren Gestalt, als er noch nicht zusammengebrochen war. Wenn ich zum Club Neu-Buchon ginge und dort Eun-Cha träfe, dann wüßte ich nicht mehr, an welche Wegmarke ich mich halten und ob ich meine Heimat je wieder besuchen könnte.

Wie Eun-Cha jetzt aussieht, konnte ich mir nicht vorstellen. Selbst wenn ich dorthin gehen würde, war ich gar nicht sicher, ob ich sie wiedererkenne. Eun-Cha war in meiner Erinnerung ein Mädchen mit kurz geschnittenem Haar. Auf ihrem schmutzigen Nacken waren die Händespuren von Park und unter ihren Achseln durch die zerrissene Kleidung die alte Unterwäsche zu sehen. Wie sollte ich sie mir vorstellen, als eine Frau im mittleren Alter von über dreißig? Ein Gesicht aus der Heimat, das ich Jahrzehnte lang in meinem Herzen getragen hatte, möchte ich in Wirklichkeit nicht wiedersehen, dachte ich. Wenn ich sie träfe, dann würde ich diese Kindheit und jene ganze Zeit verlieren, von der der Roman handelte, der mich so tröstete. Diese Furcht konnte ich nicht vertreiben. Aber mich nun von Eun-Cha, die schon als Wirklichkeit greifbar vor mir stand, einfach abzuwenden, mich zu dieser Entscheidung duchzuringen, brachte ich nicht über mich. So verbrachte ich den Samstagabend in meinem Haus in Wonmidong.

Am Sonntag konnte ich mich tagsüber nicht vom Telefon entfernen. Bald würde Eun-Cha mit einer dröhnenden Stimme mein Desinteresse tadeln. Ich wollte ihren Tadel über mich ergehen lassen. Ich wartete auf ihren Anruf und stellte mir jedes Wort vor, das sie mir dann zuwerfen würde. Aber am Vormittag läutete kein einziges Mal das Telefon. Sonntags war es immer so. Selbst wenn ich das versprochene Manuskript nicht fertiggeschrieben hätte, würde kein Redakteur am Sonntag anrufen und mich drängen. Wenn das Telefon läutete, dachte ich, dann müßte es der Anruf von Eun-Cha sein.

Am Nachmittag endlich läutete das Telefon. Aber aus dem Hörer klang nicht die heisere Stimme Eun-Chas, sondern die meiner jüngeren Schwester. Die Stimme meiner Angehörigen aus der Heimat erfreute mich trotz einer bösen Vorahnung. Das Gespräch mit meiner jüngeren Schwester drehte sich nur um die düsteren Gedanken unseres ältesten Bruders. Er habe sich endlich entschlossen, das Haus zu verkaufen, und schon den Vertrag unterschrieben. Die Andacht zur Gedenkfeier für unseren Vater, die in einem Monat stattfinden sollte, wollte er noch ein letztes Mal in diesem Haus halten. Gestern habe er den Vertrag unterschrieben und danach den ganzen Tag getrunken, allein. Auch er habe das Haus verkaufen wollen. Aber er fühle sich im Moment so leer, daß alle Angehörigen Angst hätten.

Er habe zwar das Haus verkauft, konnte sich aber doch gleichwohl ein noch besseres kaufen, das war kein Grund zur Sorge. Aber trotzdem habe er gestern den ganzen Tag ganz allein getrunken, so daß sowohl ich als auch meine jüngere Schwester sich Sorgen machen mußten.

„Bei dieser Andacht darf keiner fehlen. Ich werde alle Brüder anrufen. Sowieso ist unser ältester Bruder in letzter Zeit sehr schwach geworden. Wenn das hier nicht ein Wald von Motels geworden wäre, hätte er das Haus nicht verkauft. Er hat so viel Schnaps getrunken, sagte man, daß er heute morgen nicht mehr aufstehen konnte. Warum ausgerechnet Schnaps? Gibt es nichts besseres? Ich verstehe ihn einfach nicht. Ruf doch wenigstens an. Und du mußt zur Andacht kommen. Es sieht so aus, als wäre es euch allen ganz egal. Wir sehen uns doch im Jahr höchstens einmal, genau das macht unseren ältesten Bruder so traurig."

Er hatte in jenem Haus seine Geschwister und seine eigenen Kinder groß gezogen. Der wichtigste Teil seines Lebens hatte sich dort abgespielt. Unser ältester Bruder, der einen Mythos geschaffen und seinen sechs jüngeren Geschwistern den Schulbesuch ermöglicht hatte, war dabei, sich in einen Menschen zu verwandeln, dem jede Bedeutung von Zeit verloren ging. Vor fünfundzwanzig Jahren war er ein gutaussehender junger Mann gewesen, aber jetzt war er schon fünfzig und alterte. Während dieser fünfundzwanzig Jahre hat uns nur einer von uns verlassen. Außer meinem dritten Bruder, der meinen ältesten Bruder verriet, indem er sich das Leben nahm, lebten alle unser Geschwister, indem wir den Mythos unseres ältesten Bruders pflegten. Mein zweiter Bruder, der seinen älteren Bruder immer noch als unnahbar empfand, half ihm beim Unternehmen als seine rechte Hand und war sehr erfahren in der Gärtnerei. Der vierte Bruder, der als Facharzt für innere Krankheiten eine Praxis hatte, und auch der fünfte Bruder, ein Streber in der Schule, der die Staatsprüfung für die Verwaltungslaufbahn bestanden hatte und jetzt hoher Beamter war, verrieten den Mythos meines ältesten Bruders niemals. Für meine Mutter oder meinen ältesten Bruder war ich eine, die sich mit dem Erzählen von Lügen Erfolg verschaffte, die sich früher mit nichts als Büchern die Zeit vertrieb und jetzt ab und zu irgend etwas schrieb. Aber selbst ich war nicht vom Wege abgekommen. Meine jüngere Schwester, die nur ein Jahr alt war, als mein Vater starb, war Mutter von zwei Kindern und arbeitete als Musiklehrerin. Aber mein ältester Bruder wurde von dem Mythos, den er selber geschaffen hatte, gefesselt. Damals, als er für seine jüngeren Geschwister verantwortlich war, daß er für sie sogar in einer Fabrik Geld gedruckt hätte, wenn es möglich gewesen wäre, waren sie, also wir, sein Lebensziel gewesen. Jedesmal, wenn er ein neues Unternehmen gründete, biß er die Zähne zusammen und arbeitete hart. Und was ihm das ermöglicht hatte, war eben das Bewußtsein der Verantwortung für eine große Familie, die er ernähren mußte. Aber jetzt hatten sich all seine Geschwister selbständig gemacht. Und Geld hatte er auch genug gespart. Sowie er es selbst gemacht hatte, lebten seine Geschwister mit junger, munterer und unerschöpflicher Energie in der Gesellschaft. Wem es zu verdanken war, daß sie so fest auf beiden Füßen standen, wollte er wahrscheinlich nicht fragen. Das Alter empfand er als einen tiefen Abgrund, die Aussicht darauf ließ ihn zusammenbrechen. Nachdem er sich vor ein paar Jahren mühsam von einer großen Operation erholt hatte, wackelte sein Leben merklich. Dies dürfe man nicht, das sei gefährlich, und dies und das solle man vermeiden: all die Verbote im Leben schnürten ihn zusammen. So unermüdlich gelaufen, aber was auf mich wartete, war nur dieses Gefühl der Leere, klagte er oft. Jedesmal, wenn ich solche Nachrichten hörte, geriet ich ins Grübeln darüber, was mein ältester Bruder wohl verloren haben sollte. So wie ich oft Trost fand, wenn ich die Notizen meiner Kindheit durchblätterte, wollte auch er vielleicht seine Wirklichkeit vergessen, indem er die Seiten seiner Vergangenheit durchblätterte, um sich Schritt für Schritt von der realen Zeit zu entfernen.

Er würde wahrscheinlich um das Haus, das sich bald in ein Motel verwandeln wird, herumgehen und dabei scharfen Schnaps trinken, indem er sich an sein bisheriges Leben in diesem Haus erinnerte. Wenn ich mir vorstellte, wie leer er sich dabei fühlen mußte, tat er mir leid, denn ich war auch hilflos. Ich konnte schon verstehen, warum er plötzlich zum Grab unseres Vaters ging und dort mit dem Verstorbenen zusammen eine Flasche Alkohol leerte. Wenn die Einsamkeit eines Menschen bis ins Mark geht, kann kein Lebender helfen. Nur ein Verstorbener konnte es damit aufnehmen. Das schien mir vollkommen sinnfällig. Meine jüngere Schwester teilte mir mit, wozu meine Mutter sich entschlossen hatte, dann legte sie den Hörer auf. Das war also das letzte, was meine Mutter für ihren ältesten Sohn tun konnte:

„Seit heute morgen hat Mutter begonnen zu fasten. Bis unser ältester Bruder in die Kirche geht, will sie morgens fasten und beten. Wieviele Monate, wieviele Jahre das dauern kann, weiß man nicht. Du weißt doch, wie hartnäckig Mutter ist."

Wenn er nur in die Kirche gehen und Gott empfangen würde, dann würde ihm, so wie ihr, die Leere der Welt nicht so zusetzen. Das glaubte sie. Wie dem auch sei, mir blieb nichts anderes, als zu wünschen, daß sie mit dem Fasten und Beten möglichst bald aufhören würde. Nach dem Anruf meiner jüngeren Schwester blätterte ich im Kalender und machte zwei rote Kreise um das Datum für die Andacht.

Obwohl der Nachmittag schon sehr weit vorgerückt war, meldete sich

Eun-Cha nicht. Vielleicht hatte sie sich entschieden, diese Freundin zu vergessen, die sie auch gestern abend wieder versetzt hatte. Ich machte mir langsam Sorgen. Wenn ich diese letzte Gelegenheit auch verpassen würde, könnte ich sie nie mehr singen hören. Bei diesen Gedanken wurde ich ungeduldig. Und ich überlegte, ob es nicht eine Möglichkeit geben könnte, sie singen zu hören, auch ohne sie zu treffen. Das wäre schon eine Reaktion darauf, daß sie so herzlich nach mir verlangte. Die Azaleen seien in voller Blüte, wie schön die grünen Blätter seien: so schön, daß man allein bei ihrem Anblick sich am liebsten selbst grün einfärben möchte, teilte mir mein Mann mit und erzählte vom Frühling, als er von einem Gang auf den Berg Wonmi zurückkam. Alle Bergrücken, die man in Wonmidong sehen konnte, gehörten zum Berg Wonmi. Wenn man nur durch das Fenster blickte, konnte man gleich die roten Blumen in Fülle sehen. Man brauchte nicht unbedingt zum Berg zu gehen, um die Azaleen zu sehen. Ich nahm das Fernrohr heraus, das ich für meine Tochter gekauft hatte, und stellte es ein. Auf dem Berg Wonmi war die Zeit schon weit vorgerückt. Die Azaleen blüten in der Linse des Fernrohrs voll auf, der Berggürtel mit den frischen Blättern war so weich wie ein Teppich. Dann trank ich ein Glas von dem Wasser, das mein Mann von der Quelle mitgebracht hatte. So gab es keinen Unterschied zwischen ihm, der auf dem Berg Wonmi gewesen war, und mir, die ich zu Hause mit dem Fernrohr den Berg Wonmi betrachtete. Könnte ich nur - ganz wie ich den Berg Wonmi mit dem Fernrohr betrachtete -, Eun-Cha nur von weitem beim Singen zuhören und dann gleich zurückkommen.

Endlich entschloß ich mich, den letzten Auftritt Mina Parks nicht zu verpassen. Er sollte am Sonntagabend stattfinden. Das wäre ein Glück für mich, wenn ich 'Blues mit schwarzer Wunde' noch einmal hören würde, aber ich wußte ja nicht, was für ein Repertoire Mina Park hatte. Doch vielleicht würde sie auf dieser Bühne eher die alten Lieder singen. Selbst dann gäbe es keinen Grund dafür, daß es mir unangenehm sein könnte zuzuhören. Ich hatte solche Lieder gern. Kurz zuvor hatte mir ein Medleysong im Taxi gefallen. Daß ich es nur während der Fahrt vom Bahnhof Buchon bis nach Wonmidong hören konnte, fand ich schade. So fragte ich den Taxifahrer nach dem Namen der Cassette. Leider habe ich sie noch nicht besorgt, aber ich konnte erst da richtig verstehen, warum auf jedem Trinkgelage solche alten Lieder immer wieder gesungen wurden.

Der Club Neu-Buchon lag unerwarteterweise im zweiten Stock. Ich hatte mir eigentlich einen dunklen Raum vorgestellt, so daß mir die helle Beleuchtung des Eingangs fremd war und mich verlegen machte. Wegen des lauten Lärms der Band und des Krachs, dessen Ursache ich nicht genau bestimmen konnte, der aber sicher von den vielen Menschen kam, wäre ich am liebsten gleich nach Hause zuückgegangen. Gedankenlos hatte ich vorhin Herrn Chu vom Tapetengeschäft geantwortet, ich würde an einen schönen Ort gehen. Das war einfach lächerlich. Herr Chu war gerade dabei, die Tapetenrollen, die draußen standen, in den Laden zu tragen, und fand es seltsam, daß ich zu so später Zeit ausging, und fragte: „Wo gehen Sie denn hin?" Wahrscheinlich ging es jetzt im Frühling mit seinem Geschäft ganz gut, so daß ich ihn selten gesehen hatte. Ausgenommen im Winter war er immer in kurzen Hosen. Seine Stirn glänzte vor Schweiß. Und ich sah, daß die Stirn der Betrunkenen, die durch die lederne Tür herauskamen, auch vor Schweiß glänzten. Ich zählte die wankenden Schritte der Betrunkenen, die die Treppen hinuntergingen, und schob vorsichtig die lederne Tür auf und trat ein.

Wie erwartet, war es in der Halle sehr dunkel. Viellleicht deswegen, weil ich so leise hereingekommen war, gab es unter den Leuten, die tranken und sich gut amüsierten, niemanden, der mir seine Aufmerksamkeit schenkte. Gerade trat eine Sängerin im Scheinwerferlicht auf. Ob der Auftritt Eun-Chas schon beendet war oder die Sängerin, die gerade auftrat, eben Eun-Cha war, konnte ich nicht erkennen. Von der Stelle aus, wo ich stand, war die Bühne sehr weit weg, und die bunte Beleuchtung machte ihre Züge undeutlich. Die dicke Schminke und ihre langen offenen Haare machten es unmöglich, ihr Alter zu schätzen. Ich versuchte mich vergeblich zu erinnern, wie Eun-Cha vor fünfundzwanzig Jahren ausgesehen hatte. Da stieß ich nur auf Dunkelheit. Vielleicht könnte ich sie erkennen, wenn ich sie singen hörte, dachte ich und sah gespannt auf ihre Lippen. Langsam ertönte die Musik. Die Band spielte düster, langsam und feierlich. Im Nu verschwand die Hektik, die zuvor die Atmosphähre auf der Bühne bestimmt hatte, nur die schwere Stimmung der Musik lag vollständig auf den Anwesenden.

Und dann begann aus den roten Lippen der Sängerin das Lied mit klarer Stimme zu fließen. „Jener Berg sagt mir, weine doch nicht, weine doch nicht. Unter den Füßen die feuchten Schluchten, engen Klammen..." Der tiefe, vornehme Gesang der Sängerin durchdrang jede Ecke der Halle, und die Band spielte leise. Ich trat unbewußt einen Schritt vor und nahm den Gesang auf. Etwas, was ich nicht genau definieren konnte, fühlte ich auf meinem Rücken, und plötzlich bekam ich auf den Armen eine Gänsehaut. Ich zitterte am ganzen Körper und trat noch einen Schritt vor. Die Sängerin regelte geschickt ihren Atem, schloß die Augen und sang weiter. „Jener Berg sagt mir, vergiß doch, vergiß doch und tröste mich..." Die Stimme der Sängerin war vornehm und gleich tief. Erst da kam es mir in den Sinn, daß ich dieses Lied schon lange kannte. Bestimmt hatte ich es schon ein paar Mal gehört. Trotzdem hatte ich mich dem Gesang hingegeben. Nein, das Lied drängte mich zu sehr. Es floß reißend auf mich zu und ließ mir keine Zeit zum Denken. „Ah, aber ich möchte leben und zurückgehen wie ein Hauch des Windes. Wie ein Wind, der von diesem Berg zum anderen die Wolken der Tränen mitreißt." An dem Hals der Sängerin traten die Sehnen noch mehr hervor, und die Band spielte noch kräftiger. Ich atmete tief ein. Einen Augenblick näherte mir sich, während des Gesangs, der einsame Rücken meines älteren Bruders, seine erschöpfte Erscheinung von hinten. Um das nicht zu sehen, schloß ich die Augen. Und als ich die Augen schloß, floß mir eine Träne über die Wange.

Der Titel des Liedes war 'Der Gipfel Hangeryong'. Aber zwischen dem Lied 'Der Gipfel Hangeryong', das ich kannte, und dem Lied, das ich gerade hörte, gab es einen großen Unterschied. Wenn ich deswegen gekommen wäre, um das Lied zu hören, dann hätte ich sehr gestaunt über das, was ich jetzt zu hören bekam. Wäre diese Sängerin, die dort auf der Bühne mit alllen Kräften sang, nicht Eun-Cha, wäre es mir ganz gleichgültig. Ich nahm das Lied mit meinem ganzen Körper auf, und die Sängerin ließ mich keinen Augenblick los. Unter den Füßen, unter der Erde, irgendwohin an einen unterirdischen Ort schien ein blitzender Strom unaufhörlich zu fließen. Mit meinen tränenfeuchten Blicken hing ich an den betrunkenen wankenden Leuten, die dort um einen Tisch saßen. Auch für die hatte es vermutlich Zeiten gegeben, die sie nun vergessen mußten, und Momente, in denen sie dachten, sie würden ganz einfach so dahinleben und vorbeistreichen wie ein Windhauch. Warum sollte es nur meinem ältesten Bruder so gehen? Wieder blieb mir ein Schluchzen in der Kehle stecken. In diesem Augenblick trat ein Kerl mit einer Fliege vor mich hin und verbeugte sich höflich.

„Möchten Sie an einen Tisch?"

Als der Ober das sagte, überlegte ich, wo dieser Tisch sein könnte, an dem ich sitzen würde. Und ich war unentschlossen und drehte mich um und sah zurück. Dort war nur Dunkel, in das kein Licht drang. Vermutlich würden dort nur feuchte und befleckte Wände sein. Ich wollte dem Ober etwas sagen. Aber das Wort blieb mir im Hals stecken. „Jener Berg sagt mir, gehe runter, gehe runter, schieb meinen erschöpften Rücken..." Ich stand immer noch stotternd da, und auf mich strömte die letzte Strophe des Liedes ein.

Erst als ich nach Hause kam, war ich überzeugt davon, daß die Sängerin, die ich gesehen hatte, Eun-Cha gewesen war. Gefallen, wieder gefallen, so viele Male gefallen war sie. Und jetzt war sie Mina Park geworden. Sie, die immerzu weint und den Bergrücken besteigt; der Gipfel, der sie tröstet, sie solle alles vergessen; die Verzweiflung, in der sie mit hängenden Schultern zu ihren Füßen und auf die engen Schluchten und Klammen hinabschaute. Das also hatte Eun-Cha gesungen.

In dieser Nacht war mir im Traum der Gesang begegnet. Daß man so etwas träumen konnte, daß man einem Gesang begegnete, erfuhr ich zum ersten Mal. Im Gesang war ich Gruppen von Menschen begegnet, die den Berg bestiegen, der unter dem dunklen und grauen Himmel lag. Sie waren alle erschöpft und jeder trug eine schwere Last auf dem Rücken. Unter dem Gewicht dieser Last bogen sich ihre Rücken, und das Gebüsch, das sie zu durchdringen hatten, war dicht und stark. Im dichten Wald, wo es weder eine Quelle gab, aus der sie ihren Durst hätten stillen können, noch eine Wiese, auf der sie ihre Füße hätten ausruhen lassen können, mußten sie immerzu mit schwerem Schritt vorwärtsschreiten. Unter ihnen waren auch meine Geschwister. Mein ältester Bruder ging voran und die anderen Brüder folgten ihm. Bei jedem Schritt zum Gipfel verschwand der Weg, den man gerade hinter sich gelassen hatte, unter dem wuchernden Unkraut. Was würde sie erwarten? Könnte es ein Echo sein, daß man vergessen sollte, oder ein Wind, der einem in den erschöpften Rücken fällt und sagt: Gehe runter? Wenn es noch etwas anderes geben könnte, wären das höchstens der graue Himmel und ein Stück Land von der gelben Erde. Trotzdem schritten die Menschen, darunter auch mein ältester Bruder, verzweifelt mit ihrer Last auf dem Rücken dahin, mit schweren Schritten, vorwärts zum Gipfel.

Drei Tage vergingen. Eun-Cha meldete sich wieder an einem späten Morgen mit ihrer heiseren Stimme.

„Auf gut Cholladonesisch gesprochen, warst du einfach gemein. Du bist wirklich nicht gekommen, oder?"

Ganz der Tatsache entsprechend, daß sie in meiner Erinnerung das Erkennungsmal meiner Heimat darstellte, tadelte sie in unserem Dialekt meine Gleichgültigkeit. Ich lachte nur und sagte nicht, daß ich am Sonntagabend in den Club Neu-Buchon gegangen war. Natürlich fragte ich sie nicht, ob die Sängerin, die 'Der Gipfel Hangeryong' gesungen hatte, gerade sie gewesen war.

„Wenn ich jetzt nicht so beschäftigt wäre, würde ich gleich zu dir kommen und dich ausschimpfen. Wie dem auch sei, wenn du in Seoul etwas zu erledigen hast, komm dann bei meinem Café vorbei. Es ist direkt vor dem Kreisverkehr, es ist ganz einfach zu finden. Heute in einer Woche ist Eröffnung. Den Namen habe ich schon ausgesucht. Ob er der Frau Schriftstellerin gefallen würde? 'Gutes Land' heißt er. Egal, wenn er dir nicht gefällt. Denn ich habe schon das Ladenschild aufgehängt."

„Komm beim Café Gutes Land vorbei. Vergiß nicht, Gutes Land." Eun-Cha wiederholte es und legte den Hörer auf. Ich hatte gar nichts dagegen, daß Eun-Cha ihrem Cafe den Namen 'Gutes Land' gegeben hatte. Wie gut war dieser Name! Nur, ob ich bei diesem guten Land vorbeigehen könnte, nein, ob ich in das gute Land eintreten und sie dort wiedersehen könnte, das war nicht sicher.

Anhang

Liste der Bewohner und Protagonisten

Chin-Mans Vater: früher Angestellter, jetzt arbeitslos, sucht vergebens eine Stelle, Hauptperson in „Das glühende Feuerscheit".

Chung-Mis Mutter: lebte früher in Seoul. Ihr Mann ist zwar nur Versicherungsagent, aber immerhin kann sie sich ein eigenes Auto leisten.

Der alte Kang: Grundbesitzer und Bauer, verliert sein Vermögen durch seine Söhne und ist gezwungen, „Das letzte Stück Land" zu verkaufen. Seine Söhne heißen: Yong-Kui, Yong-Min, Yong-Chul und Yong-Mun. Seine Tochter Hee-Cha ist von seiner verstorbenen ersten Frau. Kyong-Kuk, sein Enkel, ist der Sohn von Yong-Kui.

Dong-Ah: Tochter von Makler Park und seiner Frau.

Eum Chis Mutter: Frau von Herrn Eum.

Eun-Cha: Barsängerin, singt das Lied „Der Gipfel Hangeryong".

Eun-Hes Vater: Angestellter, lebt mit seiner älteren Mutter und seiner Frau, einer Schriftstellerin zusammen, wird in „Der ferne und schöne Ort" Bewohner von Wonmidong und erzählt in „Bei Regen muß man nach Garibongdong fahren" von Herrrn Im.

Eun-Hes Mutter: Schrifstellerin, in der sich die Autorin selbst porträtiert, erzählt in 'Der Gipfel Hangeryong' von ihrem ältesten Bruder und der Sängerin Eun-Cha, ihrer Jugendfreundin.

Herr Chu: Inhaber des Tapetengeschäfts „Wonmi", rettet Herrn Mongdal („Der Dichter von Wonmidong)" vor Verbrechern, hat einen Sohn namens Sang-Su.

Herr Eum: Inhaber des Fotogeschäfts „Hengbok", verliebt sich in „Die Frau vom Teehaus".

Herr Kim: Inhaber des Supermarkts „Hyongche", Vertreter des Bezirks 23, Unterbezirk 3 in Wonmidong, kämpft um „Tägliches Brot".

Herr Im: früher Bauer in Ichon in der Provinz Kyonggido, jetzt Arbeiter und Kohl-Verkäufer, sagt „Bei Regen muß ich (man) nach Garibongdong fahren", um dort von seinen Kunden das Geld einzutreiben.

Herr Im: Inhaber der Metzgerei Uri.

Herr Mongdal: psychisch leicht gestört, aufgrund erlittener Folter wegen Teilnahme an der Studentenbewegung, rezitiert manisch Gedichte und gilt als „Der Dichter aus Wonmidong“.

Herr Park: Immobilienmakler, versucht den alten Kang dazu bringen, „Das letzte Stück Land“ zu verkaufen, zeichnet sich durch sein mitleidloses Verhalten gegenüber dem „Kellerbewohner“ aus. Seine Frau wird als „Frau aus Kohung“ bezeichnet, seine Tochter heißt Dong-Ah.

Kyong-Cha: Inhaberin des Friseursalons „Seoul“, informiert Frau Eum über die Affäire Ihres Mannes mit der „Frau vom Teehaus“.

Kyong-Chus Mutter: erzählt in „Der Goldfink“ von ihrem Leben ohne ihren Mann, der wegen seiner oppositionellen politischen Arbeit im Gefängnis sitzt.

Kyong-Hos Vater: Inhaber des Supermarkts „Kimpo“, kämpft um „Tägliches Brot“.

Kyong-Ok: fünfte Tochter eines Müllwerkers, sie erzählt die Geschichte von Herrn Mongdal, dem „Dichter aus Wonmidong“, und hat vier Schwestern. Sun-Ok**:** Kyong-Oks ältere Schwester, in die Bezirksvertreter Kim verliebt ist.

Madame Hong: „Die Frau vom Teehaus“, sieht sich wegen der Affäre mit Herrn Eum gezwungen, Wonmidong zu verlassen.

Si-Nes Mutter: Frau des Inhabers des Elektrogeschäfts „Sunny“.

So-Ras Mutter: die Elegante aus Wonmidong, Frau des Handwerkers.

Yun-Hee: Freundin der Erzählerin (Kyong-Chus Mutter) in „Der Goldfink“, geschieden, lebt mit ihrem Sohn Sung-Ku zusammen.

Ortsnamen

Buchon: Stadt in der Provinz Kyonggido
Chunchu: Stadt in der Provinz Chollado
Chungchungdo: westliche Provinz, zwischen Kyonggido im Norden Chollado im Süden
Chungnung: Wohnbezirk in Seoul
Chollado: südwestliche Provinz
Chunglyangli: Stadtteil Seouls
Garibongdong: Stadtbezirk Seouls
Honam: eine andere Bezeichnung für die Provinz Chollado
Ichon: Ortsgemeinde in der Provinz Kyonggido
Inchon: große Hafenstadt im Westen, in der Nähe von Seoul
Kangnam: Stadtteil Seouls, in dem die Grundstückspreise sehr teuer sind
Kepodong: Stadtbezirk Seouls
Kimpo: Stadt in der Provinz Kyonggido
Kohung: Stadt in der Provinz Chollado
Kurodong: Stadtbezirk Seouls
Kwachon: Stadt in der Provinz Kyonggido
Kwangchu: Hauptstadt in der Provinz Chollanamdo (Chollado besteht aus Chollanamdo und Chollabukdo)
Kyongin: gemeint sind die Städte Seoul und Inchon
Kyonggido: westliche Provinz
Kyongsangdo: südöstliche Provinz
Myongdong: eine belebte Straße in Seoul
Namyoung: Stadtbezirk Seouls
Oryudong: Stadtbezirk Seouls
Sinsudong: Stadtbezirk Seouls
Tögero: Stadtbezirk Seouls
Wando: Insel, gehört zur Provinz Chollado
Wido: Insel, gehört zur Provinz Chollado
Wonmidong: Wohnbezirk in der Stadt Buchon in der Provinz Kyonggido
Yangpeong: Ortsgemeinde in der Provinz Kyonggido
Yeokkok: Stadbezirk Buchons
Yongdungpo: Stadtteil Seouls

Sachregister

Auk: eine Art Hibiskus (Malva verticillata Linnaeus, Balley)
Cha: Maßeinheit, 1 cm = 0.033 Cha
Chosenging: eine herabsetzende japanische Bezeichnung für Koreaner
Dö: 1 Dö = 1.8039 Liter
Dönchang: Sojabohnenpaste
Gaidaggak: japanisches Schuhwerk; hier die Japaner gemeint
Ghimsang-Saison: zwischen Ende November und Anfang Dezember werden Ghimchi-Einlagen für den Winter als Reserve hergestellt
Ghimchi: eingelegtes und leicht fermentiertes Gemüse, meist Chinakohl
Hodduk: eine Art Waffel
Hob: 1 Hob = 0.18039 Liter
Mal: 1 Mal = 18.039 Liter
Peong: 1 Peong = 3 Quadradmeter
Wongochi: 1 W. faßt 200 Schriftzeichen

Nachwort der Übersetzer

Nach dem Abschluß ihres Studiums der koreanischen Literatur an der Universität Wonkwang erhielt die Schriftstellerin Yang Guija im Jahr 1978 für ihre Erzählungen „Der wieder beginnende Morgen“ und „Die schon geschlossene Tür“ den Nachwuchspreis der Literaturzeitschrift „Literatur und Denken“. Ihr literarisches Talent wurde aber schon früher entdeckt. Denn ohne das Stipendium für die literarischen Begabten hätte sie aus finanziellen Gründen nicht studieren können und es wohl auch nicht wollen, da sie um Schriftstellerin zu werden, wie sie meinte, nicht unbedingt die Universität hätte besuchen müssen. Daß sie trotzdem studierte, geschah durch den Willen ihrer Mutter - man denke an die koreanischen Verhältnisse, wo „formale Bildung“ so hochgeschätzt wird.

Geboren im Jahre 1955 als erste Tochter nach vier Söhnen, war sie das Lieblingskind ihres Vaters, der leider früh verstarb. Sie wollte zuerst auf das Studium verzichten, um ihrem ältesten Bruder nicht zur Last zu fallen, der mit seiner Mutter zusammen sehr mühsam seine vier Geschwister großzog. Nach dem Studium durchlief sie einige berufliche Stationen als Lehrerin und Journalistin. Sie veröffentlichte zahlreiche Erzählungen und Romane, unter anderem:

1987: „Die Leute von Wonmidong“, Roman
1990: „Hoffnung“, Roman
1992: „Ich wünsche mir, was mir verboten ist“, Roman
1995: „Eine tausendjährige Liebe“, Roman
1998: „Widerspruch“, Roman

Sie erhielt für den Roman „Die Leute von Wonmidong“ und die Erzählung „Die verborgene Blume“ die Literaturpreise Yu Chu-Hyun (1988) und Yi Sang (1992).

Yang Guijas Werke begleiten den Leser an den Rand des mühsam von Tag zu Tag sich schleppenden kleinbürgerlichen Lebens. Ihre Figuren fristen fast alle eine Existenz wie in der Hölle, geplagt von den Lasten des Alltags und dem Überlebenskampf, der ihnen keine Zeit zum Nachdenken über ihre Situation läßt.

Die Texte machen dem Leser die Verformungen des Lebens bewußt, mit denen sich die Menschen längst abgefunden haben, aber sie erkennen auch die feindliche, gefühllose Wirklichkeit, in der sie sich befinden.

Das Gesicht der feindlichen Wirklichkeit ist in Korea geprägt durch die Gewalt und Unterdrückung, die nicht nur unter der vergangenen Diktatur in Form von Folter und dem Massaker von Kwangchu im Jahre 1980 an den Tag kamen, sondern deren drastische Erscheinungen sich auch in einer inhumanen Gesellschaft verfestigten und latente Angstgefühle hinterließen.

Yang Guija läßt in ihren Erzählungen und Romanen erkennen, daß ein Hauch von Hoffnung bleibt, der es möglich macht, dieses trümmerhafte Leben zu ertragen und weiter nach dem Sinn des menschlichen Lebens zu fragen. Diese Hoffnung besteht in nichts anderem als dem Mitgefühl mit dem Leiden. Nur wer selbst leidet, kann auch das Leiden anderer verstehen.

Yang Guija verarbeitet diesen Aspekt in ihren Werken, indem sie mit indirekten Mitteln die soziale und politische Wirklichkeit schildert und auf das neutrale oder - in der erlebten Rede - auf das personale Erzählverhalten zurückgreift. In dem Verzicht auf ein ideologisches Angebot liegt Yang Guijas spezifische Ästhetik der Reflexion.

Ihr Roman „Die Leute von Wonmidong" ist genau in diesem Sinne zu verstehen. Hier schildert sie einfühlsam und versöhnend das harte und zähe Leben der armen Nachbarn, die die Autorin selbst als Bewohnerin von Wonmidong, einer Vorstadt Seouls, kennenlernte. Alle Figuren hegen die Hoffnung auf ein besseres Leben und reagieren äußerst empfindlich auf jede kleine Störung ihrer eigenen Interessen. Der Roman „Die Leute von Wonmidong" macht beispielhaft deutlich, worin das Hauptanliegen von Yang Guijas Schreiben zu suchen ist: In dem Versuch, Trost und Ermutigung über das durch Gewalt und Unrecht gebrachte Leid zu stellen.

Edition Moderne Koreanische Autoren

YI Munyol

Der entstellte Held

Roman
Aus dem Koreanischen von
Heidi Kang
und KIM Hiyoul
128 Seiten
Festeinband
Format 14,5 x 20,5 cm
DM 24,80
ÖS 166/SFr 21,-
ISBN 3-929096-73-0

Om Sokdae, der Sprecher einer fünften Klasse einer Grundschule, tyrannisiert die Klasse mit eiserner Faust. Er ist ein durchtriebener Kerl, der seine Kameraden zu willenloser Unterwerfung zwingt und sie zu kriecherischen Duckmäusern degradiert. Er schlägt sie, nimmt ihnen Geld weg, nutzt sie aus, um bei Arbeiten zu mogeln, treibt „Abgaben" ein, verkauft Vergünstigungen und läßt sich wie ein König behandeln. Ein neuer Schüler nimmt den Kampf gegen Sokdaes Diktatur auf, wird aber in die völlige Isolation getrieben und muß sich schließlich geschlagen geben. Nach seiner Kapitulation entdeckt er jedoch eine neue Seite der korrupten Herrschaft und beginnt, die Privilegien und die Teilhabe an der Macht zu genießen.
Nachdem Sokdae fort ist, beginnt eine Phase des Umbruchs, die in der Wiederherstellung demokratischer Verhältnisse mündet.
YI Munyol wurde 1948 geboren und gehört zu den bedeutendsten koreanischen Schriftstellern. Er wurde mit zahlreichen Preisen ausgezeichnet. In „Der entstellte Held" zeichnet er ein Psychogramm der Macht auf und beschreibt damit ein Thema von universeller Gültigkeit.